三浦紫苑 著

林佩瑾、李建銓、楊正敏 譯

強風吹拂

風が強く吹いている

《強風吹拂》，這就是三浦紫苑！
——人生就像跑步，「速度」不如「潛力」、「毅力」

整理撰文：嚴可婷

自二〇〇六年以來，三浦紫苑陸續以《強風吹拂》、《哪啊哪啊~神去村》、《啟航吧！編舟計畫》入選日本書店業界的年度盛事「本屋大賞」，其中《強風吹拂》是她在以《多田便利屋》榮獲「直木賞」大獎後發表的第一部小說，一如她過去其他作品同樣妙趣橫生，卻從取材開始歷時六年才完稿，也是她到目前為止寫作時間最長的一部作品。

《強風吹拂》是以日本每年新春舉辦的「箱根驛傳」（長程大隊接力賽）為題材，描寫十名性格各異大學生的青春群象。這些人幾乎都沒有田徑經驗，卻必須在一年內完成訓練，爭取參賽與在箱根大賽發光發熱的機會。

許多日本人習慣在新年期間觀賞箱根接力賽的電視實況轉播。三浦紫苑在接受訪問時便提到自己從小收看到大，直到二〇〇一年初時，忽然想到「箱根驛傳」充滿新年的朝氣，又是隆重的盛事，卻還沒有人以這為題材寫過小說，從而動念執筆。

小說裡，住在寬政大學宿舍「竹青莊」裡的十名怪咖各有鮮明的個性與怪癖，不得已接受主角清瀨灰二的「徵召」，開始接受他長達一年的「魔鬼訓練」。然而，現實是，這支勉強湊到參賽人數的弱小隊伍，根本難敵傳統強校的菁英團隊，不論再怎麼努力，也不可能像熱血漫畫、勵志小說中描寫的那樣一步登天，因此這個故事最大的魅力不在於「勝負」本身，而在於他們面對嚴苛現實的挑戰時，產生什麼樣的轉變，終至達成彼此間的信任與默契。此外，故事中每個角色在長跑時，腦海中浮現種種與自己人生相關的想法、記憶與煩惱，也從中察覺對個人最重要的事物。

「運動白痴」三浦紫苑的努力、懊悔與成功！

跑步與其他運動的不同之處，在於這是一種非常「樸素」的運動項目。一位知名前輩女作家曾表示，她的母親每年看箱根賽程轉播時都會感動到落淚。過去她對此總覺得很不可思議，因為怎麼看都只有一堆人埋頭跑步的平淡畫面，直到讀了《強風吹拂》才終於產生認同感。

三浦紫苑認為，長跑與短跑不同的是，雖然它多少還是需要一點運動天分與毅力，但「努力」占了相當大的比重。長跑選手必須在才能、天性、努力之間費盡心力取得平衡——就跟我們所有人的人生一樣，因此能讓讀者產生共鳴。

為了充分掌握這個題材，她曾經貼身觀察選手的練習過程、隨行其夏季訓練營，但其實她本人是名副其實的運動白痴。

寫這部小說時，她嘗試去親身體驗跑步的感覺，結果光是在自家附近跑個八百公尺，就已經累得半死，於是改為騎腳踏車往下坡疾駛，藉此體會賽跑選手時速二十公里的速度感，又或是趁搭車時打開車窗感受風的流動、觀察沿途流逝的風景，揣摩迎著強風疾馳的感受。

小說風格雖然輕鬆有趣，賽程的架構對三浦紫苑來說卻很難掌握。原來，「箱根驛傳」共有二十支關東的大學隊伍參賽，如何設定它們在各區間的位置、主角所屬的寬政大學與其他隊伍的相對位置，以及落後第一名多遠等細節，都是難度相當高的設計。

在寫書的過程中，她發現自己低估了這一切，曾經懊惱自己是否選錯了題材……但最後的成果仍然令讀者覺得，不論是大會的流程、賽程的路線特徵、選手眼中的風景、接力賽等細節，無一不與現實相符，令這部作品充滿了臨場感；而箱根的沿途景色，例如海岸線、溫泉街、蘆之湖、富士山、選手的內心世界等，也都描寫得相當出色。

兼具娛樂性與深刻情感的作品！

在人物的塑造上，三浦紫苑小說中的主角多半以男性為主，《強風吹拂》也不例外。對此她曾解釋，因為她想盡可能描寫自己喜歡的人格特質與人際關係，寫些痛快又爽朗的作品。身為女性，撰寫女性角色時有時可能會拘泥於現實，相較之下，男性角色比較能讓她自由地發揮想像力，創作出有趣的情節。

喜愛她作品的人，看到《強風吹拂》主角清瀨灰二、藏原走，很難不聯想到她的直木賞得獎作《多田便利屋》裡的多田與行天。在現實世界中，這些主角應該都會被歸類為「人生失敗組」，三浦紫苑卻彷彿在唱反調似的，為他們譜寫出幸福的友誼。對此她表示，她喜歡這樣的小說，而且不管局面有多糟，堅持不能忘了搞笑。

三浦紫苑的作品題材雖然廣泛，卻都有一些共同點，例如處處隱藏笑梗、登場人物率真又單純的心，以及超爆笑的合宿生活。《強風吹拂》、《多田便利屋》、《哪啊哪啊～神去村》，都描寫了毫無血緣關係的人同居一個屋簷下，從原先的立場對立或有些隔閡，終至漸漸相互了解、建立起一種互補關係。這種人與人之間緊密相繫的情感，日文稱之為「絆」（kizuna），也就是中文的「羈絆」，在《強風吹拂》中發揮得淋漓盡致、令人動容。

關於小說人物之間的情感，三浦紫苑有她自己獨特的看法。她表示，儘管「家是每個人無可取代、最溫暖的所在」這種主流價值觀是正確的，但她不覺得它是絕對的，反對在這種觀念的驅使下，強迫所有人建立自己的家庭、凡事以家人為第一優先。家，固然是給予我們支持的堡壘，卻不該局限一個人的格局，或讓我們因此排斥自己與家人以外的其他人。在她看來，這是很危險的事。

挫敗的經歷，作家人生的養分！

三浦紫苑的父親是文學研究者，她的名字取自出生時他們家位於東京世田谷區住家庭院中種植的紫苑。她從懂事以來就喜歡閱讀，小學起就開始借閱學校與圖書館的書籍；初中到高中時代，她喜歡坂口安吾、鏡泉花、丸山健二的作品，高中時讀到村上春樹的《世界末日與冷酷異境》，激發她開始嘗試以類似的風格練習文字創作。

一九九八年她仍就讀早稻田大學第一文學部時，開始向各出版社應徵編輯職務，獲早川書房負責面試的編輯村上達朗（今「Boiled Eggs」版權經紀公司負責人）賞識，建議她朝寫作發展。結束在早川書房的短期工作後，雖然她陸續向多達二十家出版社投過履歷，卻因正值日本的「求職冰河期」，結果全部石沉大海。一九九九年大學畢業後，透過朋友介紹，她進入外商出版社兼職，卻因為疲於應付頻繁的越洋英語電話，三個月後離職，改到大型舊書店打工，直到二〇〇一年。

過去這段屢屢受挫的人生經歷，後來或許成了她作品中的養分。誠如日本書評家對《強風吹拂》的解讀，人生在世，即使我們非常努力，夢想不見得就能實現，才華有時也無法派上用場……儘管如此，書中人物還是拚命繼續跑下去，彷彿在呼應我們的真實人生。

三浦紫苑在書寫《強風吹拂》時，訪問過許多長跑選手與教練，意外發現在挑選長跑選手時，應該選「最強」而不是「最快」的選手，路遙知馬力，毅力與潛力遠比速度還重要。這一點正與「本屋大賞」的專業票選意見相呼應：人生就像跑馬拉松，最重要的不是「速度」，而是「力量」。這就是三浦紫苑想告訴我們的事。

目次

序章

儘管這塊土地距離環狀八號線[1]的外側僅二十分鐘路程，入夜後空氣卻相當清淨；很難想像在晴朗的白天，這裡經常會廣播提醒民眾小心光化學煙霧（NO2，二氧化氮）的危害。小小的透天厝鱗次櫛比，住宅區中燈火闌珊，萬籟俱寂。

清瀨灰二走在蜿蜒的狹窄單行道上，抬頭望向天空。雖然這兒的星空遠遠比不上他的故鄉島根，但夜空確實懸著細微的光點。

要是能看見流星該有多好，清瀨心想，但天空依然靜謐。

夜風刮過他的脖子。都已經快四月了，夜晚還是那麼冷。他常去的澡堂「鶴湯」，煙囪居高臨下俯視家家戶戶的低矮屋頂。

清瀨不再眺望天空，把下巴埋進披在身上的棉襖衣襟裡，加快腳步。

東京的澡堂不論哪一家，水溫都非常燙。今天清瀨洗完身體後，一泡進浴池又忍不住馬上站起來。「鶴湯」常客泥水匠老爹，在淋浴區看到清瀨的窘狀，不禁笑道：

「灰二啊，你的『一秒泡澡』功力還是一樣強耶。」

反正錢都付了，不多待一下很吃虧，於是清瀨再度坐到淋浴區的塑膠椅上，對著鏡子用自己帶來的刮鬍刀修起鬍子。泥水匠悠哉走過清瀨後方，哼呀哼呀地泡到浴缸裡。

「老東京人有一句話說，『泡澡的水溫要燙到咬屁股，才算剛剛好』。」

泥水匠的聲音迴盪在貼滿磁磚的挑高浴室裡。女浴室毫無聲息，而櫃台的澡堂老闆，從剛才起就無聊地拔著鼻毛。看來，這兒的客人只有清瀨和泥水匠兩人。

「我一直覺得老爹這句話說得很好，只是有一個問題。」

「啥問題？」

「這裡又不是下町，而是山手[2]。」

清瀨刮完鬍子，再次走近浴槽。他一邊緊盯著泥水匠，一邊扭開水龍頭，將冷水注入熱水中。兩種不同溫度的液體蕩漾、融合在一起。試過水溫後，清瀨將身子泡進浴槽、固守在水龍頭旁，在水溫適中的池水中伸長雙腳。

「既然你已經能區分下町跟山手的差別，看樣子你也習慣這邊的生活了。」

泥水匠似乎無意奪回水龍頭，只見他避開逐漸變溫的池水，移到清瀨的對角線位置。

「畢竟也來這邊四年了。」

「竹青莊最近怎麼樣？今年有可能住滿嗎？」

「還剩下一間房，我也不知道租不租得出去。」

「要是能租出去就好了。」

「是啊。」

清瀨打從心底這麼想。今年是最後一年，最大的機會即將來臨。只差一個人。他捧起熱水，用雙手搓揉兩頰。這個人非找到不可！

熱水弄得他的臉隱隱刺痛，八成是刮鬍子時把臉刮傷了。

1 由東京都大田區羽田機場經世田谷區、杉並區、練馬區、板橋區，連接至東京都北區赤羽的環狀主要道路。上空有許多汽車廢氣形成的污染物質，會在天氣晴朗時與空氣中的水蒸氣結合成為帶狀雲，人稱「環八雲」。

2 山手是江戶時代的東京中產階級以上人士居住區，下町則是同時代的平民區，多為工商地帶。老東京人指的是下町人。

清瀨和泥水匠相偕走出澡堂，然後跟牽著腳踏車的泥水匠悠閒地走在夜路上。拜熱水澡之賜，他一點也不覺得寒冷。正當清瀨思索是否該脫掉棉襖時，背後遠遠傳來一陣慌亂的腳步聲與怒吼聲。

回頭一看，小路的另一頭出現兩名男子的身影。

其中一名男子在大聲叫嚷著什麼，另一名男子則踩著穩健的步伐朝他們這裡跑來，而且轉眼間便逼近清瀨和泥水匠。等清瀨看清楚這是個年輕人時，他已經從清瀨身旁呼嘯而去。過了好一會兒，身上圍著超商圍裙的男子才追了上來。

那名年輕男子跟清瀨擦身而過時，呼吸平穩順暢、絲毫不亂。清瀨差點想也不想就跟著跑過去，卻被泥水匠的評論一棒打醒。

「偷東西啊，真是世風日下。」

經他一說，清瀨才注意到方才從後頭追來的男店員似乎大喊著「幫我抓住他！」只是當時的清瀨沒意識到那句話的涵義。

因為他的心神早已被那個年輕男子矯健如飛、如機械般反覆運轉的雙腿奪去。

清瀨從泥水匠手中搶過腳踏車把手、據為己有。

「借我一下！」

他拋下目瞪口呆的泥水匠，奮力踩動踏板，追向那名消失在黑暗中的年輕男子。

是他！我一直在尋找的人，就是那小子！

清瀨心中燃起信念的火苗，宛如在陰暗火山口蠢蠢欲動的岩漿。他不可能跟丟。在那條狹窄的小路上，只有這個人跑過的軌跡熠熠發亮。它彷彿橫亙夜空的銀河，又像引誘蟲兒的清甜花香，綿延不絕地為清瀨指引一條明路。

迎面而來的風吹得清瀨的棉襖鼓起、翻飛，腳踏車燈總算逮住男子的身影。清瀨每踩一下踏板，白色光圈便在男子背部左右搖曳。

協調性很好——清瀨拚命壓抑著心頭的悸動，一邊觀察男子的跑姿。他的背脊挺得筆直，步伐又大又穩，肩膀不緊繃，腳踝柔軟得足以承受著地的衝擊。他跑得輕盈優雅，卻又強而有力。

男子似乎察覺到清瀨的氣息，在路燈下微微回頭。清瀨看到那張浮現在夜色中的側臉，不禁輕嘆一聲。

原來就是你啊。

一種不知是欣喜抑或恐懼的情感在他的心頭糾結、翻攪。清瀨唯一能肯定的是：他的世界即將有所改變。

清瀨加快踩踏的速度，與男子並肩而馳。彷彿有一種無以名狀的東西在操控著他，一陣發自內心深處的呼喊驅動著他。驀然間，一句話從清瀨嘴裡迸出，而他根本身不由己。

「你喜歡跑步？」

男子驟然止步不動，衝著清瀨擺出一種既困惑又憤怒的表情。那雙蘊含著激昂熱情的烏黑眼眸，閃著純淨的光芒反問清瀨。

——你自己呢？你有辦法回答這種問題嗎？

那一瞬間，清瀨頓然了悟。假如這世上有所謂的幸福或至善至美，那麼，這個男人，就是我心中的真善美。

震撼清瀨的那道信念之光，此後仍將永不止息地照亮他的心坎，恰似燈塔照射在漆黑的暴風雨海面上。那束光芒，將永遠引領清瀨向前邁步。

朝朝暮暮，直到永遠。

第一章　竹青莊的房客

阿走從來沒想過，跑步能在這種時候派上用場。

橡膠鞋底踩踏在堅硬的柏油路上。藏原走品嘗著這個滋味，揚起嘴角。

全身肌肉輕柔地化解腳尖傳來的衝擊，耳畔響起風的呼嘯，皮膚底下一陣沸熱。阿走什麼都不必想，心臟就能讓血液循環至全身，肺部就能從容地攝入氧氣，身體也變得越來越輕盈，能帶他前往任何地方。

只是，究竟要去什麼地方？又為了什麼而跑？

阿走這時才想起自己奔跑的原因，稍微放慢速度。他豎起耳朵，試探性地聆聽身後的動靜。怒吼聲與腳步聲已不再響起，只有抓在右手裡的麵包袋沙沙作響。為了湮滅證據，阿走打開袋口，邊跑邊大口吞下麵包，吃完後一時不知該如何處置袋子，索性直接塞進身上那件連帽外套的口袋中。

留著空袋子，肯定成為自己偷東西的鐵證，但他就是沒辦法隨地亂丟垃圾。說來還真可笑，阿走心想。

直到今天，阿走依然自動自發地練跑，一日都不曾停歇，因為已經跑習慣了。同樣的道理，他也沒辦法隨手亂丟垃圾，因為從小就有人告誡他不准這麼做。

只要是在自己能夠接受的範圍內，阿走總會遵守別人的要求。如果是他自己決定的事，他更是會比任何人都還嚴格約束自己。

或許是吃了甜麵包、血糖上升的緣故？阿走的雙腳又開始規律地踩踏地面。他感受著心臟的跳動，一邊調整呼吸。他半闔著眼，凝視一步之遙的前方，眼裡只有不斷踏動的腳尖，以及畫在黑色柏油路上的那條白線。

阿走沿著那道細線繼續跑。

明明不敢亂丟垃圾，卻能臉不紅氣不喘地偷麵包。現在的他，正沉浸在餓得發疼的胃袋終於得到安撫的滿足感中。

簡直跟動物沒兩樣，阿走心想。為了跑得又快又遠，他每天練跑，練就出正確又強韌的跑姿；為了填飽飢餓難耐的肚子，他到便利商店偷麵包——這樣跟野獸有什麼差別？他就像一頭野獸，一頭遵循特定路線巡查自己的地盤、在必要時出手奪取獵物的野獸。

阿走的世界既單純又脆弱：跑步，以及攝取跑步所需的能量。除此之外，就只剩下一股無以名狀、渾沌不清的煩悶在心頭擺盪。而在那股煩悶中，他有時還會聽到不明所以的嘶吼聲。

阿走暢快地在夜路上奔馳，雙眼前再次上演這一年來反覆在他腦海裡浮現的影像；狠狠揮出、一擊又一擊的拳頭，在他眼前渲染為一片赤紅的激情。

阿走心想，這或許就是所謂的後悔。而那些發自體內的吶喊，是深埋在他心底的自責聲浪。

阿走再也受不了這份煎熬，只能轉開視線、環顧四周。茂密得幾欲覆蓋道路的群木，朝天空伸出細細的枝椏；發芽的季節即將到來，柔嫩的新綠卻尚不見蹤影。樹梢上高掛著一顆閃爍的星星，空麵包袋在他口袋裡發出有如踩過枯葉時的聲響。

阿走驀然察覺到除了自己以外的其他動靜，倏地繃起背脊以對。

有人追過來了。真的有人在逐漸逼近中。生鏽金屬發出的嘎吱聲從他背後緊追而來。即使塞住耳朵，這種感覺恐怕還是會透過皮膚傳遍全身。在大地上奔跑時，他感覺得到其他生物的律動、呼吸聲，以及風的味道有所變化的瞬間——這一切，他早在比賽時體驗過無數次。

一股久違的激昂之情，令阿走的身心為之震顫。

但這裡不是要人繞圈轉個不停的田徑跑道。阿走猛地轉身、拐進小學旁的路口，開始抄小路全速衝刺。想抓我？想都別想！

這一帶的道路錯綜複雜，每條路都非常狹窄，窄到令人分不清是私家巷弄還是公有道路，也因此到處都有死巷。阿走慎選每一條路徑，只怕走錯一條路，就會被逼得無路可退。他奔過蒙上夜色的小學窗台下，一邊全力向前疾馳，一邊斜睨今年春天即將就讀的私立大學校園。

阿走來到一條稍寬的馬路上，一時間猶豫著是否該右轉跑向環狀八號線，最後還是決定往前直奔住宅區。

交通號誌燈沒能阻止阿走穿越馬路，寧靜的住宅區迴盪著他的腳步聲。但是，追捕他的人似乎對這一帶也相當熟悉。對方的氣息越來越接近了。

阿走這才意識到自己不是在「奔跑」，而是在「逃跑」。悔恨之情頓時湧上喉頭。我一直都在逃！這下子，他更不能停下腳步了，否則豈不等於承認自己是在逃跑？

一道微弱的白色光束投射到阿走的腳上。那左右微幅擺動的光源，現在已緊貼在他的背後。

原來他是騎腳踏車！阿走不禁錯愕。怎麼現在才發現這一點？他明明有聽到金屬的嘎吱聲，卻完全沒想到來人是騎腳踏車的可能性。其實他早該知道的，因為很少人能跑這麼長一段距離，而且還跟得上他的速度。

這是因為阿走在不知不覺間，把這個追捕者當成自己心中那團既模糊又可怕的東西，才會這樣拔腿狂奔。

他突然覺得自己好蠢，微微轉頭往後一瞧。

一名年輕男子正騎著附籃子的淑女腳踏車，直直朝他而來。由於夜色太暗，阿走看不清他的表情，但他似乎不是那家便利商店的店員。他不只沒圍著圍裙，還穿著一件類似棉襖的外套，踩著踏板的那雙腳上則只套著健康拖鞋。

搞什麼鬼？

阿走放慢速度，以便觀察那名男子。那輛腳踏車發出類似古老水車的聲響，極其自然地跟阿走並肩前行。

阿走偷瞥男子一眼，只見他相貌清秀、頂著一頭濕髮，看起來像剛洗完澡似的。不知為何，腳踏車的前置籃裡裝著兩個臉盆。男子也不時打量阿走，一雙眼睛老盯著他跑動的雙腳。該不會是什麼變態狂吧？阿走覺得越來越詭異了。

這個騎腳踏車的男子跟阿走保持著些許距離，默默跟在阿走身邊。阿走則一邊揣測對方的企圖，一邊維持節奏繼續往前跑。是店員拜託他來抓自己的嗎？還是只是某個八竿子打不著關係的路人？正當阿走心裡的忐忑、緊張和焦慮即將達到頂點時，一個沉穩的嗓音有如遠方的潮浪般傳進他耳裡。

「你喜歡跑步嗎？」

阿走嚇得停下腳，樣子宛如一個道路在眼前驟然消失、驚慌失措發現自己佇立在斷崖邊緣的人。

阿走呆立在夜晚的住宅區街道中央，心跳聲迴盪在耳底。本來在他身旁飛馳的腳踏車發出尖銳的煞車聲，阿走緩緩轉過頭去。跨在腳踏車上的男子直直凝視著阿走，他這才發現，剛才發問的人正是這名年輕男子。

「不要突然停下來，再慢慢跑一會兒吧。」

語畢，男子再度徐徐踩動腳踏車。憑什麼要我跟你走？你誰啊？——儘管阿走如此暗忖，卻依然有如被操縱似的邁出步伐，追向男子。

阿走望著身披棉襖的男子背影，心頭湧上一股既憤怒又訝異的情緒。已經好久沒有人問他喜不喜歡跑步了。

對這個問題，阿走無法像餐桌上出現喜歡的食物時那樣輕鬆地說出「喜歡」，也無法像將不可燃物丟進垃圾場資源回收桶時那樣淡然地表示「討厭」；這種問題教人怎麼回答？阿走心想。明明沒有目的地，卻仍日日不間斷地跑下去——這樣的人，能夠斷言自己究竟是喜歡還是討厭跑步嗎？

對阿走而言，能純粹地享受跑步的樂趣，只停留在幼時踏著青草跑遍高山原野的時期。之後的跑步生涯，無非是被困在橢圓形跑道上，拚命掙扎並抵抗時間流逝的速度——直到那一天，那股一發不可收拾的衝動粉碎了過去堆砌起來的一切。

腳踏車男逐漸放慢車輪轉動的速度，最後在一間已經拉下鐵門的小商店前停下來。阿走也停下腳步，如常做起簡單的緩身操，放鬆肌肉。男子在發出單調光線的自動販賣機買了冰茶，把其中一罐丟給阿走，兩人不約而同並肩在店門前蹲下。阿走感覺手裡那罐冰冷的飲料似乎將體內的熱度一點一滴吸走了。

「你跑得很好。」

一陣沉默後，男子又開口。「不好意思。」

男子慢慢將手伸向阿走包裹在牛仔褲下的小腿。管他是變態還是什麼，隨便啦，懶得理他了——阿走豁了出去，任憑男子撫摸自己的腳。他實在渴得不得了，把男子買來的茶一飲而盡。

男子的手部動作就像在幫人檢查有沒有腫瘤的醫生，機械性地檢查起阿走的腿部肌肉。接著他抬起頭，直直盯著阿走。

「為什麼要偷東西？」

「……你哪位啊?!」

阿走沒好氣地反問，將空罐扔進旁邊的垃圾桶。

「我是清瀨灰二，寬政大學文學院四年級。」

那是阿走即將就讀的大學，於是他馬上半出於下意識地老實回答：

「我是……藏原走。」

從中學開始，阿走就待在那種跟軍營一樣注重階級觀念的社團，因此對「學長」這種身分的人完全沒輒。

「『走』[3]啊，真是個好名字。」

這個自稱清瀨灰二的男子，突然親暱地叫出阿走的名字。「你住在這一帶嗎？」

「四月起，我也要進寬政大學就讀。」

「喔！」

清瀨的眼中閃過異樣的光芒，阿走見狀不由得往後一縮。這男人騎著腳踏車一路追來，還亂摸陌生人的腳，看來果然不是什麼正常人。

「那我先走了。謝謝你的茶。」

阿走忙要起身，清瀨卻不肯放過他，伸手揪住阿走的襯衫下襬，硬是把他拽回自己身邊。

「什麼學院？」

「……社會學院。」

「為什麼要偷東西？」

話題回到原點，阿走就像一個無法逃離地球重力束縛的太空人，蹣跚地再次蹲下。

「說真的，你到底在打什麼主意？想威脅我是嗎？」

「不是啦，只是覺得如果你有什麼困難，或許我可以幫你。」

阿走的戒心更重了。這人絕對有什麼企圖，否則不可能這麼好心。

「既然知道你是學弟，總不忍心丟下你不管啊……是缺錢嗎？」

「嗯，算是吧。」

阿走本來還期待他這麼問是想借錢給自己的意思，但清瀨看上去，現在身上似乎只帶著兩個臉盆

3　「走」在日文中為跑步的意思。

和口袋裡一些零錢而已。

結果清瀨果然沒要給他錢，而是繼續提出問題。「父母給你的生活費呢？」

「本來要用來付房租的契約金，全被我拿去打麻將了。在下個月的生活費匯進來前，我只能在大學裡打地鋪。」

「打地鋪。」

清瀨向前傾身，兩眼直盯著阿走雙腳，陷入沉思。阿走覺得不自在，扭了扭運動鞋裡的腳趾頭。

「這樣很辛苦吧？」

半晌後，清瀨語氣誠懇地又說：「不嫌棄的話，我可以介紹你來我住的公寓，現在剛好有一間空房。那裡叫做竹青莊，就在這附近，走路到學校只要五分鐘，房租三萬圓。」

「三萬圓？」

阿走不禁大喊出聲。這遠低於行情的超低價，背後隱藏著什麼樣的祕密？阿走想像著夜夜滲血的衣櫥、徘徊在公寓陰暗走廊的白影，不禁打個哆嗦。他一直活在用馬錶將速度化為數值的世界裡，一心一意為跑步鍛鍊體魄，而且樂在其中，實在不知道怎麼應付幽靈或靈異現象這些超自然的東西。

但清瀨似乎將阿走的哀號誤認為嘆息，一個賭麻將賭到荷包空空的人發出的悲嘆。

「放心吧，只要跟房東拜託一下，房租可以晚點交。而且住竹青莊不需要押金，也不需要給禮金。」

沒等阿走回答，清瀨便丟掉空罐、站起身，踢起腳踏車的側腳架。阿走對這個來路不明男子居住的竹青莊，只覺得越來越可疑。

「好，走吧！我帶你去。」清瀨催促阿走動身。「但是去竹青莊前，我們得先去拿你的行李才行。你在學校的哪裡打地鋪？」

體育館旁邊一座戶外的水泥階梯下。阿走就靠它遮風擋雨。他從老家帶來的行李只有一個運動提袋，因為他覺得若還有什麼需要，日後再請家人寄來就行了。住處還沒有著落，阿走就衝動離家來到東京，而且抵達當晚就在麻將館把身上的錢輸個精光。

即使如此，他也沒有因此覺得恐懼或不安。他對獨自在人生地不熟的地方生活不以為苦，反而感覺如獲新生。但是他確實想在開學前找好住處，也厭倦了慢跑時順便去超商偷東西的生活。

清瀨看著乖乖起身的阿走，滿意地點點頭。他沒跨上腳踏車，只是牽著吱吱作響、彷彿就要落鏈的車子向前邁步。他身上披著的那件破舊棉襖，在路燈的照射下熠熠生輝。

奇怪的是，清瀨明明如此關注阿走的跑姿，卻沒問他「你待過田徑隊嗎？」也不告誡他「別再偷東西囉」。阿走下定決心，喚住走在前頭的清瀨。

「清瀨學長，為什麼你要對我這麼好？」

清瀨回頭，宛如一名瞧見青翠的雜草在柏油路裂縫中萌芽的人，悄然笑道：

「叫我灰二就好。」

阿走不再追問，與牽著腳踏車的清瀨並肩而行。管他是多廉價的公寓，管他裡頭的房客有多古怪，都比餐風露宿打地鋪好多了。

公寓遠比阿走想像的還老舊。

「……灰二學長，是這裡嗎？」

「對，這裡就是竹青莊。我們都叫它『青竹』。」

清瀨得意洋洋地抬頭望著矗立在兩人面前的建築物，阿走則是看到呆掉，說不出半句話來。這還是他頭一次見識到這麼老舊卻不是文化遺產的木造建築。

這棟簡陋的木造兩層樓房看起來搖搖欲墜，很難想像竟然還有人住在裡頭。而且，恐怖的是，竟然還有幾扇窗戶正亮著柔和的燈光。

這棟竹青莊，位於寬政大學與澡堂「鶴屋」的中間地帶。兩人穿過巷弄後，來到一塊新建大樓與陳年田地雜陳的區域，而圍著翠綠樹籬的竹青莊就建在這裡。它沒有大門，透過樹籬的缺口就能望盡整片房地。

竹青莊寬廣的前院鋪滿碎石子，左手邊一直到底，是看似房東自己住的平房；或許是剛換過屋瓦，星光灑落屋頂上，使之微微發亮。而右手邊那棟建築，就是本次的主角：竹青莊。

「這裡共有九間房。多虧有你加入，這下子總算住滿了。」

清瀨踩著碎石子，帶著阿走來到竹青莊的前門。這是一扇嵌著薄玻璃的格子拉門，而在布滿羽蝨的細長燈罩中，室外燈正一明一暗地閃著。阿走就著昏黃的燈光，努力想辨識掛在前門一旁的舊木牌上寫了什麼。上頭那幾個蒼勁潦草的大字，寫的應該就是「竹青莊」。

清瀨將腳踏車隨手一停，腋下夾著兩個交疊的臉盆，兩手放到拉門上。

「接下來，我帶你去一個個認識這裡的房客。大家都是寬政大學的學生。」

開這東西需要一點訣竅——清瀨邊說邊將門往上抬，拉開卡住的拉門。

一踏進屋裡，是一片沒鋪木板的水泥地，旁邊擺著一個有門蓋的鞋櫃。這鞋櫃似乎兼具信箱功能，只見每個蓋子上開了一條長方形投入口，上頭還用膠帶貼著紙片，並用原子筆潦草寫著房間號碼。這些紙片都已經被曬到泛黃。阿走掃視鞋櫃一遍，得知一樓有四間房，二樓有五間。

通往二樓的樓梯位於玄關右手邊，不用走上去，就能看出樓梯是歪斜的。這棟建築物居然能撐到現在還沒垮掉，簡直是奇蹟，阿走心想。

清瀨把腳上的健康拖鞋脫在水泥地上。

「上來吧。」他催促道。

阿走依言將運動鞋收進寫著「一〇三」的鞋櫃裡。

「灰二哥，你回來啦～」

突然有人出聲，阿走嚇得環顧四周，卻沒看到任何人。一旁的清瀨也納悶地皺起眉頭。

「這邊這邊！」

那人又喊了他們一次，清瀨和阿走聞聲抬頭望向天花板。玄關的天花板竟然開了一個拳頭大的洞！一張臉緊貼著洞口，一對眼睛窺伺著底下的兩人，露出頑皮的笑意。

「城次。」清瀨低聲說道。「這個洞是怎麼回事？」

「不小心踩破了。」

「我現在過去。你給我待在那裡！」

清瀨氣歸氣，爬樓梯時卻輕盈得聽不到半點腳步聲。阿走猶豫了一下，最後還是決定跟上，而他每踏出一步，樓梯就發出鶯聲地板[4]一般的劇烈嘎吱聲。

爬上昏暗陡斜的樓梯後，阿走好好打量了二樓一番。天花板比想像中高，樓梯旁有兩扇看似廁所和洗臉間的門，再過去還有兩個房間。走廊的另一邊，也就是樓梯的對側，還有三個房間。二樓的每個房間都靜悄悄的，只有三個房間緊鄰的那一側、樓梯正對面那一間貼著「二〇一」號門牌的房間，有燈光隱約從門縫透出。

清瀨毫不遲疑地走向二〇一號房，敲也沒敲就把門打開。阿走站在門口，怯生生地往房內窺探。二〇一號房約有五坪大，中間的矮飯桌是房間的分界點，兩側各鋪著一床棉被。看來這間房裡住著兩個人。棉被四周一片凌亂，到處散落著個人的書籍和雜物。

當中最引人注目的，莫過於這個房間的房客：兩個長相如出一轍的男子，衝著清瀨兩人擺出無辜的眼神。這對雙胞胎長得還真像。阿走像在玩「大家來找碴」似的，一下子看看這人，一下子又看看另一人。

4　日本古代為了防止敵人入侵建築物而設置的機關地板，一踏上去就會發出聲響。

「我不是要你們小心點的嗎？是誰踩破的？」

清瀨雙手叉腰，向兩人興師問罪。這對緊靠在一起的雙胞胎，異口同聲說道：

「是老哥！」

「是城次！」

「誒、哥你很賤耶，怎麼可以賴到我頭上！」

「明明就是你把洞弄大的！」

「我只是不小心踩進你弄破的洞而已！」

這兩人連音調也一模一樣。清瀨輕輕舉起右手，像在示意雙胞胎「給我住嘴」。

「我不是跟你們說過，靠近玄關的木頭地板已經越來越脆弱，要你們千萬小心嗎？」

二〇一號房是榻榻米房，只有玄關正上方的位置鋪了木板。聽到清瀨的抱怨，雙胞胎不約而同猛點頭。

「我們很小心啊！」

「我只是正常走路而已！真的啦！誰知道它會突然啪的一聲破掉。」

清瀨不以為然哼了一聲。

「正常走法當然會踩破。以後你們走在上面時要把皮繃緊，知道嗎？」

雙胞胎再次點頭如搗蒜。清瀨小心翼翼地跪到木頭地板上，檢查破損的程度。

「灰二哥。」雙胞胎其中之一畏縮地出聲叫清瀨。

「幹嘛？」

「那人是誰啊？」雙胞胎將視線投向杵在房門口的阿走。

「對喔！」

清瀨這才想起阿走在場，轉頭看著他說：「這位是藏原走，他和你們倆一樣，是寬政大學的新生。從今天開始，他就是這裡的房客。」

阿走踏進房內，站在矮飯桌旁略欠身一鞠躬。「請多指教。」

「你好。」雙胞胎同時答腔。

「阿走，這兩個傢伙是城家雙胞胎，哥哥城太郎和弟弟城次郎。」

雙胞胎依序向阿走點頭致意。他們倆要是交換位置，阿走肯定認不出誰是誰。

「叫我城次，叫我老哥城太就好。」次郎親切地跟阿走搭話。「大家都這樣叫我們。」

「那個洞應該可以拿來做什麼用，你說對吧，阿走？」太郎也不怕生地將話鋒轉到阿走頭上。

「嗯……」阿走一時語塞，完全無法招架像連珠砲一樣講個不停的雙胞胎。

清瀨站起身來。

「看來只能先拿本雜誌蓋住、把洞堵起來了。」他邊說邊看著洞口。「踩破地板時，有沒有傷到腳？？」

「那倒沒有。」

雙胞胎速度一致地搖搖頭。他們知道清瀨已經消氣，臉上明顯露出安心的表情。

阿走心想，能讓這對雙胞胎怕成這副德行，灰二學長一定是這座竹青莊的老大。一想到今後將在這棟老舊公寓裡過著團體生活，阿走不禁深深嘆了口氣。難道不管去到哪裡，自己都擺脫不了派系鬥爭和長幼階級制？

「我都還沒帶阿走參觀房間，你們就先給我搞出這種飛機。算我求你們，不要再破壞青竹啦。」

撂下這句話後，清瀨隨即走出二〇一號房。城太和城次走到門口送客。

「你才剛來，就被你發現這房子有多破。」

「其實只要住久了，你會發現這裡是個清幽的好地方喔。」

阿走對這兩個你一言、我一句的雙胞胎道晚安，連忙追上開始步下樓梯的清瀨。

沒錯，竹青莊確實是一片靜謐。這對雙胞胎吵成那樣，卻一直不見其他的房客現身，不知道是不在或怎樣。阿走只聽到零星散布在房屋四周的雜樹林沙沙作響，以及時而傳來的車輛呼嘯聲。春季午暖的夜風載著田裡泥土的氣味，由敞開的前門徐徐吹進屋裡。

阿走拎起放在玄關水泥地上的運動提袋。頭上那個才剛破掉的洞，已經被一本用泳裝女郎當封面的雜誌蓋住。少了雙胞胎房間的燈光，玄關變得昏暗起來。

現在，阿走總算能好好觀察竹青莊的一樓。這兒的格局和二樓似乎沒什麼差別，玄關前方就是一條直通到底的走廊。

從玄關這邊看過去，走廊左側由近到遠分別是廚房、一〇一號、一〇二號房；剛才那對雙胞胎住的二〇一號房，就位於玄關和廚房的正上方，所以二樓比一樓多一個房間。清瀨住的一〇一號房位於二〇二號房下方，以此類推，一〇二號房的上方就是二〇三號房。

至於一樓走廊的右側，則和二樓的格局完全一樣。樓梯一旁的兩扇門分別是廁所和洗臉間，再過去是一〇三號房和一〇四號房，分別位於二〇四號和二〇五號房的下方。

阿走正準備跟著清瀨往走廊走去，卻被嚇得停下腳，因為一樓走廊的盡頭正瀰漫著不尋常的濃濃白煙。

「灰二學長，是不是失火了？」

清瀨面不改色。「喔，那個啊。」他正要解釋，走廊左側邊間的一〇二號房的門猛然開啟，一條人影從裡頭衝出來。阿走以為那人是發現失火才奪門而出，於是繃緊神經以待，沒想到他不是跑向阿走他們所在的玄關，而是直接上前狂敲對面一〇四號的房門。

「學長！喂，尼古學長！」

他粗暴地連敲了十幾下，一樓所有房門都跟著震動起來，然後一〇四號房的門總算開了。

「吵屁啊，阿雪。」

一個龐大的人影緩緩現身，但由於煙霧實在太濃，阿走看不清他的模樣。這兩人似乎沒注意到站在廚房附近的阿走和清瀨，開始激烈大吵。

「你的煙都飄到我房裡了！」

「不用買菸就能享受菸味，超爽的好嗎。」

「我又不抽菸！總之拜託你節制一點，不要造成我的困擾！」

你看，全都是煙！一〇二號的房客揮舞著雙手把煙揮開。這些白色有害物質甚至還飄到阿走他們這邊。阿走這才恍然大悟，眼前的煙霧確實帶著菸味。不是火災固然值得慶幸，但這兩人吵得越來越凶了。

「你的音樂也很吵啊！恰喀波喀、恰喀波喀的，整晚都能聽到那種莫名其妙的音樂，吵得要命，想害我做惡夢是不是？」

「深夜我都會戴耳機聽！」

「又沒用，我還不是照樣聽得到那些討厭的恰喀波喀！」

「都怪這公寓太老舊，我哪有辦法。」

「我也不是故意讓菸味飄出去啊！都怪門的密合度太差……」

「好了，到此為止。」

清瀨拍拍手，引來這兩個吵得不可開交的房客注意。「正好，我來介紹你們認識新房客。」

爭吵聲一停，一〇二號房傳出的重低音音樂交雜著電子噪音，以及一〇四號房飄出的乾冰一般純白煙霧，立即源源不絕往走廊湧入。阿走一點都不想過去，清瀨卻不以為意，向走廊盡頭那兩人走去。

這兩個住在竹青莊一樓最裡側的房客頓時氣焰大減，就這樣掄著拳頭張著嘴，等待清瀨和新成員阿走到來。

「學長、阿雪，這是今天起要住進一〇三號房的藏原走，社會學院一年級生。阿走，這位是竹青莊的元老——一〇四號房的平田彰宏學長，大家都叫他尼古學長。」

「因為他是尼古丁大魔王。」還沒被介紹到的阿雪，在震耳欲聾的音樂聲中沒好氣地說。

清瀨要他別插嘴，繼續往下說。

「尼古學長從今年春天起，升上理工學院三年級。我剛住進來時，他還是我的學長，現在卻變成學弟了。」

虎背熊腰的尼古連客套一笑也懶，只是對阿走點了點頭。

「那你就是我的鄰居囉。多多指教了。」

滿臉鬍碴的尼古一副天不怕地不怕的樣子，實在不像個學生。

「請問一下，大學最多可以讀幾年？」阿走悄聲問清瀨。

「八年。」

清瀨才剛說完，尼古隨即補充：「我才第五年咧。」

那個還不知道本名叫啥的阿雪不耐地開口打岔。「別忘了你重考過兩次。」

意思是，他今年已經二十五歲囉？阿走暗自速算了一下，望向威嚴十足的尼古。即使一旁有人搗亂，尼古依然不顯慍色，一派泰然自若的樣子。阿走雖然想遠離煙害，但這位尼古學長看來不是難搞的人物。

然後，清瀨終於開始介紹另外一位。

「阿走，這位是岩倉雪彥。他是法學院學生，跟我一樣四年級，大家都叫他阿雪。別看他這樣，他可是已經通過司法考試囉。」

「你好。」阿雪淡淡地打了聲招呼。

人如其名，他的皮膚透著不健康的蒼白，戴著眼鏡，瘦得像竹竿一樣，看起來有點神經質。阿走告訴自己，最好少惹這個人。

尼古從口袋掏出香菸點燃，阿雪埋怨的眼神根本沒被他放在眼裡。

「灰二啊，剛才二樓鬧烘烘的，是在吵什麼？」

「不出我們所料，那對雙胞胎很快就把地板踩破了。」

「這麼快喔！」尼古笑了。

「真夠白痴的，這兩個傢伙。」阿雪板起臉。「虧我們特意把青竹最大的房間分配給他們兄弟，結果卻把地板踩破，白費我們一番心意。」

「二樓靠近玄關的房間本來就很脆弱啦。現在得想個法子來補強才行。」

經清瀨一說，阿雪倏地皺起眉頭。

「我覺得都是王子害的。」

清瀨和阿雪忙著交談時，阿走和尼古默默地杵在一旁。尼古用他驚人的肺活量，一下子就把濾嘴前那一大段香菸吸成灰燼，然後直接在自己的房門上捻熄。

「喂，阿走。」

尼古跟其他三人一樣，才剛認識就親暱地直呼阿走的名字。「我有個重大發現喔。」

「什麼？」

「你們三個的名字，跟知名卡通裡的角色一模一樣耶！」

「是喔……」

阿走對卡通不熟，所以只能回他一個不痛不癢的反應。只見尼古用夾著第二根菸的指頭，依序指向清瀨、阿走與阿雪。

「灰二是海蒂，你姓藏原，所以是克拉拉，還有就是山羊小雪。我沒說錯吧？」[5]

「拜託你不要隨便把別人說成山羊。」

剛跟清瀨說完話的阿雪，硬把尼古推回一〇四號房。

「而我呢，就是那個彼得……」

阿雪不等尼古說完，猛地關上一〇四號房門。怒火中燒的他跟著轉身躲進自己房裡，粗暴地甩上一〇二號房門，獨留煙霧與餘音浮游在陰暗的走廊上。

「請問……」阿走語帶困惑，清瀨只是輕輕一聳肩。

「你別放心上，他們就是這副德性。看來這兩人都很喜歡你，太好了。」

清瀨打開一〇三號房的門。

「好，這就是你的房間。鑰匙在這裡。」

清瀨指著掛在門後的黃銅圓頭鑰匙。「想從房裡鎖門時，要跟從外頭鎖門一樣，把鑰匙插進去才行。大家都嫌麻煩，所以待在房裡時幾乎都不上鎖。」

阿走拿起那把暗金色鑰匙：懷舊的外型，彷彿在宣告可以用來打開魔法之門。它在歷任房客的手中傳承下來，鍍金已然斑駁，透著一股溫暖的圓潤感。

清瀨徑自上前打開一〇三號房的窗戶，讓風吹進來。房間約有三坪大，也有壁櫥。為防萬一，阿走踱過去拉開壁櫥門，往裡頭瞧一眼——沒有他原先擔心的血跡，而且房內雖然看起來很舊，但仍整理得乾乾淨淨。

「明天我再告訴你去哪裡租棉被，今晚你就先用我的毯子將就一下吧。待會兒我再拿來給你。」

「麻煩你了。」

「每層樓都有廁所和洗臉間。打掃工作的輪值表每個月都會貼在廚房，你才剛來，四月起再加入就好。至於伙食，早餐和晚餐都由我一手包辦。」

「灰二學長一個人負責做飯？」

「只是些簡單的菜色而已。中餐每個人各自解決，如果當天不需要吃早餐和晚餐，必須在前一天告訴我。」

清瀨繼續滔滔不絕地對阿走說明竹青莊的規矩。「洗澡的話，可以去這附近的『鶴屋』洗，也可以跟房東借浴室。想借房東的浴室，只能在晚上八點到十一點之間。不需要事先預約，也不需要打掃浴室，因為打掃浴室是房東的興趣。」

「好。」

阿走專心聽著，好把清瀨的話全都牢牢記到腦子裡。

「我們這裡沒有門禁，如果還有什麼不懂的地方，儘管來問我。」

「吃飯的時間呢？」

「每個人上課時間都不一樣，所以我都是先煮好，要吃的人再自己熱來吃。早餐通常在八點半左右，晚餐大概是在七點半吧。」

「知道了。」

阿走先是點點頭，然後又鄭重地向清瀨一鞠躬。「今後還請多多指教。」

清瀨再度露出微笑。阿走原本以為清瀨帶自己來竹青莊別有企圖，但在見過這裡半數的房客後，他實在很難再懷疑這個人的居心。先是清瀨，然後是一一現身的那幾個房客，雖然他們都有點古怪，卻也都馬上接納了阿走。而此刻清瀨臉上的微笑，也不帶半點強迫意味，反而顯得相當含蓄。

廚房傳來掛鐘的報時聲。

5　尼古說的是《阿爾卑斯山少女》（舊譯《小天使》）這部卡通。日文中，灰二（Haiji）與海蒂（Heidi，舊譯小蓮）音同，而藏原（Kurahara）和克拉拉（Clara，舊譯小芬）音似。

「十點半啦。」

清瀨猛然回過神，看一眼擱在玄關入口處的臉盆。「現在還能跟房東借浴室。如果你不累，要不要順便跟我去主屋向他打聲招呼？」

兩人再次相偕要步出玄關。清瀨覺得一下脫鞋、一下穿鞋有點麻煩，建議阿走隨便借一雙健康拖鞋先穿著。玄關一角散落著好幾雙拖鞋任他挑選，因為竹青莊的房客喜歡穿拖鞋在附近隨意活動。

他們踩著碎石子、穿越庭院，前往主屋那棟木造平房。其實，說是說庭院，也只有幾棵適合乘涼的大樹沿著樹籬亂長而已，其他都是些乏善可陳的東西。除此之外，還有一輛大型白色廂型車承襲著庭院的風格隨意停放其中，而且那還不是它的固定車位，感覺像是車主想停哪裡就停哪裡一樣。這塊土地位於寸土寸金的東京都內，屋主卻在使用上如此奢侈隨興。

找到住處後，阿走內心似乎也踏實許多，頭一次對這個學區萌生一種親切感。

本來以為東京只是個雜亂、匆忙的地方呢。阿走深深吸了一口夜晚的空氣。沒想到，竟然不是這麼一回事。這裡的人也很用心生活，和他土生土長的故鄉沒什麼兩樣；他們一樣也種植樹籬、造園作景，追求恬適的生活。

或許是聽見阿走兩人的腳步聲，某種生物興奮的喘息聲從黑暗中傳來。定睛一看，一隻棕色混種狗從主屋緣廊下現身，朝兩人猛搖尾巴。

「我把最重要的房客給忘了。」

清瀨蹲下來撫摸小狗的頭。「這是房東養的狗，牠叫尼拉。[6]」

「好怪的名字。」

阿走在清瀨身旁蹲下，看著狗兒那雙烏黑、水汪汪的眼睛。

「牠是以前住在青竹的學長撿回來的。」

清瀨用手指撩起尼拉下垂的耳朵：「聽說在沖繩那邊，『尼拉』是『極樂』的意思……大概是這樣吧。總之，這就是牠名字的由來。」

「是喔……原來是極樂的意思。」

這隻狗確實看起來天真無邪、無憂無慮的樣子，很適合這個名字。

「雖然是隻看到誰都會黏上去的笨狗，但真的滿可愛的喔。」

儘管清瀨一下子玩牠的耳朵、一下子把牠捲曲的尾巴故意拉長，尼拉仍然頻頻對兩人示好。阿走也摸摸牠的頭，當作向牠打招呼。尼拉戴著漂亮的紅皮項圈，沒被繫上鎖鍊。「你戴起來很好看喔。」阿走對狗兒輕聲說道。

房東是個名叫田崎源一郎的矍鑠老人。

清瀨將阿走的遭遇適當地修飾了一番，並請求房東晚點向他收租。老人只是面不改色地點了點頭，但當他一聽到阿走的名字，表情卻略產生變化。

「藏原走……你該不會是仙台城西高中那個藏原吧？」

房東急切地開口問，神情就像在海邊被細碎浪花濺了一整臉的人，看不出他是覺得不悅還是興奮。面對一個可能知道自己過去的人，阿走不禁緊繃全身以對，同時也再度懷疑起清瀨帶自己到竹青莊的企圖，心情頓時一沉。他不想再為紀錄而跑了，也不想再接近那個被隊友的嫉妒、競爭心所擺弄的世界。

阿走僵著一張臉，低著頭佇立在主屋的前門口。房東可能察覺阿走的態度有異，因此沒再追問下去。

「總之，你就跟大家好好相處吧。小心別拆了我的房子啊。」

6 尼拉（ニラ）與日文的「韮菜」音同。

語畢，房東便逕自回到傳出電視聲的起居室。可是我才剛來，就看到地板破了一個洞耶——阿走暗自心想，一邊回頭看清瀨。

「別說。」清瀨說。「只要房子沒垮，房東就不會來巡視。」

浴室位於主屋最裡側，脫衣間裡還有一台大型洗衣機。牆上用圖釘釘著一張紙，上頭寫著「洗衣請在晚上十點前完成，內衣褲需先手洗再放入」，字體氣勢磅礡，跟掛在旅館壁龕的字畫沒兩樣。由於字跡和內容的落差實在太大，阿走一時看得入神，這時突然有人從黑漆漆的浴室開門走出。

一個黑人渾身冒著熱氣地來到脫衣間。這一連串突發狀況讓阿走嚇得往後一退，一屁股撞上身後的洗衣機。只見黑人納悶地望向阿走他們，一邊用毛巾擦拭身體，一邊用完全沒外國口音的日語對清瀨打招呼。

「晚安，灰二兄。這位是？」

「他是新來的房客藏原走。阿走，他是留學生姆薩・卡瑪拉，目前住在二〇三號房，是理工學院二年級生。」

「阿走，請多指教。」

姆薩光著身子，落落大方伸出手來。不習慣和人握手的阿走，略顯僵硬地握住姆薩的手。

姆薩的身高跟阿走差不多，眼神透著一股沉靜與深謀遠慮。經歷之前那些聒噪房客的精神轟炸後，總算遇到一個正常又沉穩的人，阿走不禁稍微鬆了口氣。不過，還是有件事讓他覺得奇怪。

「為什麼你洗澡沒開燈？」

阿走一問，姆薩回以爽朗一笑。

「為了自我鍛鍊。」姆薩說。「人在黑暗中下水時，心中往往會產生很大的不安，然而我認為這是一帖省視自我的良方。阿走，你不妨也試試看。」

姆薩的日語非常標準，以口語來說略嫌生硬，感覺非常奇妙。

「我會試試看。」

嘴上這樣說，其實阿走內心想的是：又一個怪咖。

等清瀨和姆薩走出脫衣間，阿走終於得以獨處，不禁輕吐了一口氣。

他脫掉衣服，打開浴室的電燈，在淋浴區搓洗身體。好一陣子沒錢上澡堂，阿走已經很久沒好好洗個澡了。洗完身體後，他決定關掉電燈試試。

姆薩說得沒錯，在黑暗中泡澡的確會讓人心生不安，更何況阿走還是頭一遭造訪這間浴室。黑暗中，他分不清東南西北，不小心撞到浴缸內側的階梯。這想必是特地為房東他老人家設計來當墊腳台用的吧。

阿走伸手摸索著、小心翼翼坐下，在逐漸變溫的洗澡水中伸展雙腳。置身黑暗中，連水也變得沉重。不知是否出於多心，阿走覺得每次自己挪動身軀，迴盪在浴室中的水聲聽來也格外響亮。

阿走閉上雙眼。迎向新生活的恐懼與不安，此刻跟著阿走一起懸浮於水面。「我們會定期匯錢給你，你愛怎樣就怎樣吧。」他想起父母親失望的臉龐，以及近乎放牛吃草的口吻；他想起每天不斷在橢圓型跑道上奔跑時，映入眼簾的一排排屋舍；他想起隊友對他的惡意羞辱，還有他們粗暴關上置物櫃的聲響。諸如此類的片段一股腦兒湧上心頭。阿走讓自己逐漸向下沉，直到池水淹過鼻子。

呼吸越來越困難，但阿走依然不換氣，只是出於習慣性地計數自己的心跳。比這還痛苦的經驗，他在跑步時可嘗過許多；跑到肺部充血，跑到血的氣味湧上喉頭，是很尋常的事。儘管如此，他還是繼續在跑，這是為什麼？因為他在跑步中找到快樂嗎？還是他不想輸給任何人，不想輸給自己？

心臟開始劇烈鼓動，令它的位置所在變得無比鮮明；即便用濕漉漉的手摀住耳朵，仍掩不住迴盪在體內的怦咚巨響。阿走終於從水中探出頭、猛地吸入新鮮空氣，同時睜開緊閉的雙眼。

從陰暗的浴室窗戶向外望去，主屋隔壁的竹青莊朦朧地映入阿走的眼簾。燈火通明的窗戶比剛才多了幾扇，光線柔和地灑向漆黑的庭院，印下窗戶的輪廓。

他不禁心想，或許姆薩並非喜歡在黑暗中洗澡，而是喜歡在過程中眺望這幅景致。

等阿走回到剛被分配到的竹青莊寢室時，清瀨的毯子已經擱在那兒了。

房間四處嘎吱作響，天花板一帶尤其嚴重；枯枝斷裂般的聲音不絕於耳，一刻不停歇。

從今以後，這裡就是我的棲身之處。

阿走躺下來蓋上毯子，上頭的榻榻米味拂過鼻尖。雖然嘎吱聲仍在耳邊揮之不去，心裡卻比在外頭餐風露宿時踏實多了。

一閉上眼，阿走立即進入夢鄉。

姆薩・卡瑪拉在竹青莊的玄關和清瀨道別，走上二樓要回自己的房間。

去年春天他剛搬進來時，這棟木造房屋曾經讓他覺得相當不安，連走在走廊上都得提心吊膽。姆薩的老家是殖民地風格[7]的石造洋房；以前的他，壓根沒想過自己會住在牆壁薄到能聽見隔壁房客說話聲、走廊窄得連兩人錯身都有困難的房子。

但現在的姆薩，卻深深愛上竹青莊這棟建築，以及同住其中這一票年齡相近的房客。

姆薩想起剛才在主屋浴室認識的阿走，暗自希望也能和他相處融洽。姆薩腦中浮現阿走那運動員般的靈活身手，以及看著他時那對略帶迷惘卻又透著堅定意志的眼神。或許——或許，阿走也會很快就習慣這裡，姆薩心想。

姆薩房間的前一間，也就是走廊左側那三間房間正中央的二〇二號房，房門開了一條縫。姆薩經過時順便往裡頭瞧了一眼，只見那間房的房客——社會學院四年級的坂口洋平——正在跟住姆薩對門二〇五號房的商學院三年級生杉山高志一起看電視。

「你們好。」姆薩很想找人聊聊，於是出聲跟他們打招呼。

「喔，進來啊。」房內的兩人回過頭來，一派輕鬆地邀他入內。

姆薩接過表面凝著水滴的罐裝啤酒，跪坐在榻榻米上。

「ＫＩＮＧ兄，你又在看猜謎節目了？」姆薩看著映像管裡那些搶答的藝人，略感詫異地說。

二〇二號房的房客坂口熱愛猜謎節目，喜歡到要錄下來的地步，死也要看到每一個猜謎節目不可。竹青莊的人習慣半取笑地叫他ＫＩＮＧ，也就是「猜謎王」的意思。

「那還用說！」ＫＩＮＧ邊說邊猛敲一下手邊的面紙盒，然後對著電視大聲喊出謎底。「卡拉卡拉浴場[8]！」

原來面紙盒是搶答鈴的替代品。

「跟ＫＩＮＧ一起看猜謎節目真有意思，怎麼看都看不膩。」

杉山笑著朝姆薩比了個勸酒的手勢。「因為他的反應實在太驚人了。」

杉山的外號叫「神童」。姆薩起初很納悶：為什麼這個講話如此斯文的人會叫做「震動[9]」？

「不是那個啦！」神童趕緊解釋。「我的故鄉是在深山裡的一個小村莊，每次返鄉都得花上整整兩天。啊，你知道什麼是『返鄉』嗎？」

「知道。可是真的得花上兩天嗎？即使是我，只要搭飛機飛個一天多，就能從日本飛回我的祖國呢。」

「喔，所以，從時間看來，我的故鄉比你的國家還來得偏遠囉？讓我再度深深體認到，我們那個村莊真是個窮鄉僻壤……啊，你知道什麼是『窮鄉僻壤』嗎？」

「這我就不太懂了，是指鄉下嗎？」

「嗯，沒錯。村裡的人都叫我『神童』，但是說穿了，我也只有在那裡才能當神童。啊，所謂

7　美國在英國殖民時期的建築或家具風格。
8　羅馬皇帝卡拉卡拉（Caracalla）在羅馬城外建造的巨型公共浴場，遺址存留至今。
9　日文中，「震動」與「神童」音同。

『神童』呢，是指神的小孩……」

竹青莊的房客和姆薩說話時，多半不會刻意放慢速度，也不會回避俗語。姆薩本來就具有中級以上的日語能力，但是遇到俗語只能舉雙手投降。所有人當中，只有神童會不厭其煩為姆薩解釋他不懂的俗語與艱澀的單字，姆薩也因此把日語說得越來越流利。儘管如此，姆薩還是決心向溫文儒雅的神童看齊，盡量不用那些已經學會的俗語。住一樓的尼古偶爾會取笑他說：「姆薩，聽你說話實在讓我渾身不對勁吶。」

姆薩喝著啤酒，跟著兩人看起猜謎節目。

在竹青莊裡，只有KING、雙胞胎和尼古房裡有電視。但尼古房裡有嚴重的煙害，所以很少有人願意靠近，而KING又一天到晚看猜謎節目，因此想看電視的人，大多會去找雙胞胎。

不過現在，雖然隔壁雙胞胎的房裡也傳來電視聲，但沒聽到說話聲。看來，今晚雙胞胎終於得以擺脫這些聒噪的學長，兄弟倆自己安安靜靜度過一晚。

KING不厭其煩地猛敲面紙盒，繼續自顧自在映像管外搶答；等節目一切入廣告，就立刻拿起手邊的遙控器快轉畫面。姆薩這才知道，原來這是錄影帶。

廣告飛速閃過，節目再度開始。接下來不是搶答單元，KING總算稍微從電視分出一點注意力。

「欸，姆薩。神童居然能悶聲不吭地看猜謎節目，真的很誇張，對不對？」

姆薩歪了歪頭，顯然對KING的話一頭霧水。KING轉過身，面向並肩而坐的姆薩與神童。

「一般人看猜謎節目一定會脫口說出答案，這樣才正常！好比當主持人問：『請問魚字邊再加上青字是唸成……？』大家自然而然就想回答：『鯖！』可是這小子卻跟啞巴一樣死不開口，讓人看了很沒勁！」

「KING兄自己一個人看節目時也會大叫出聲呢。」姆薩想起KING每晚在隔壁鬼吼鬼叫的情景，內容全是些莫名其妙的單字。

「那還用說！猜謎節目就是要這樣看才有趣啊。我不懂，怎麼會有人看電視時動都不動，跟一尊地藏王石像沒兩樣！」

是嗎？姆薩暗忖。

「是嗎？」神童這下倒真的出聲回嘴了。「我才覺得你是奇葩呢。明明不是參賽者，你怎麼能狂熱到這種地步？我實在不懂。」

「你何不報名參加節目，去當參賽者呢？」姆薩也插嘴道。

ＫＩＮＧ逛遍所有猜謎相關網站，每天埋首研究謎題。他熱中到甚至膽敢踏進人人聞之色變的白煙地獄，向尼古借電腦用。ＫＩＮＧ對猜謎的狂熱，竹青莊的房客全都（躲得遠遠地）看在眼裡。

「只有真正的行家才懂，在螢光幕前比那些有名的猜謎王答得更多、更快、更正確，是多麼有趣的事！」

ＫＩＮＧ挺起胸膛。他看上去很厚臉皮，骨子裡其實很害羞，根本沒膽子上電視。姆薩看出這點後便不再多說，神童也只是淡淡地搭腔：「是這樣嗎？」

姆薩看ＫＩＮＧ一副有點尷尬的樣子，趕緊另起一個話題。

「兩位知道青竹來了個新房客嗎？」

「什麼時候的事？」

「什麼樣的人？」

兩人聞言立即湊過來，ＫＩＮＧ甚至還調低了電視音量。看來，ＫＩＮＧ和神童對這個話題很有興趣，姆薩也就順勢交代了自己在浴室遇見阿走的經過。

「我想他是今晚才來的。灰二兄說他要進入社會學院就讀……灰二兄看起來很開心。」

「我有一種不祥的預感。」ＫＩＮＧ喃喃說道。

「為什麼？阿走看起來是個認真的好人啊。」

「ＫＩＮＧ他擔心的，不是新房客的人品。」神童解釋。「姆薩，你知道灰二哥一心想把一〇三號房租出去吧？」

「知道，可是那又如何？」

「那就是重點啊。」ＫＩＮＧ將手肘拄在盤坐的腿上，裝模作樣地摩挲起下巴。「姆薩，你應該從今年春天起就聽了上萬遍吧？灰二就像『番町皿屋敷』[10]的阿菊一樣，成天唸唸有詞地說：『還差一個人，還差一個人……』」

「什麼是『番町皿屋敷』？」

「就是……」

神童正想告訴姆薩，ＫＩＮＧ卻打斷他的話，斬釘截鐵地說：

「事情不單純。灰二絕對有什麼陰謀。」

「為什麼灰二哥這麼堅持青竹要住滿十個人？」

神童歪頭思索，ＫＩＮＧ則煞有介事地推理起來。

「我在這裡已經住第四年了，可是住滿十個人……我現在可不是在說笑喔。」

「知道啦，別賣關子了。」

「可是這裡從來沒有住過十個人，因為竹青莊只有九間房。」

「說得也是。」

「但是今年不一樣了。打從雙胞胎住進二〇一號房，灰二就開始跟個幽靈一樣不斷咕噥著『還差一個人』。」

「的確，灰二兄好像非常堅持，一定要住滿十個人。」

姆薩也點頭表示認同。清瀨平常不輕易表露自己的情感，不論竹青莊鬧出什麼大小事，他也總是淡然處之。今年他卻滿心掛念著一〇三號房能否租出去，還讓旁人一目瞭然。姆薩也曾經為此納悶，心想他到底怎麼了。

「湊滿十個人後，究竟會發生什麼事？」

「誰知道。」ＫＩＮＧ撂下這句話後，又隨口瞎猜一句。「搞不好會出現數盤子的女鬼！」

「是你自己先嚷嚷事情不單純的！拜託你認真想想好不好？」

神童對中途離開話題、轉頭繼續看電視的ＫＩＮＧ提出抗議，但ＫＩＮＧ的注意力已經完全被猜謎節目吸引了，只有一搭沒一搭地心不在焉隨便回應。姆薩和神童兩人又聊了一下清瀨的企圖，但終究討論不出個結果。

二〇二號房陷入一陣短暫的沉默。

就連猜謎節目，這時也出現好長一段空白，靜候挑戰者答題。這時ＫＩＮＧ突然又冒出一句：

「不管怎樣，要是會發生什麼對我們不利的事，灰二一定會跟我們說的。那傢伙雖然老是拿掃廁所這種事碎碎念個不停，但除了這個之外，基本上還算是個好人啦。」

一點也沒錯！姆薩心想。清瀨絕對不可能做出陷害竹青莊房客的事。

姆薩完全沒感覺到什麼「不祥的預感」，因為剛才他見到的清瀨，看起來是那麼開心。那神情，幾乎跟去年姆薩生平第一次目睹積雪時一模一樣。

---

10 講述女鬼阿菊數盤子的知名鬼故事。內容多是阿菊被誣賴打破盤子，含冤而死後，鬼魂在井邊徘徊不去，出聲數著：「一個盤子……兩個盤子……三個……」

第二章　天下第一險峰——箱根山

阿走每天早晚都會慢跑十公里。這是他從高中時代起養成的習慣。

在體能狀態最佳、練習量最大的高二那年夏季大賽中，阿走締造了五千公尺跑十三分五十四秒三二的紀錄。這項成績不只在高中田徑圈可謂出類拔萃，甚至能媲美國家田徑選手，因此許多大學向阿走釋出了善意。更何況，阿走還有很大的成長空間，難怪大家都想網羅這個可望在奧運創造佳績的選手——直到他引發暴力衝突、退出高中田徑隊，一切到此畫下句點。

不論是代表學校參加競賽，或是在世界舞台上留下紀錄的可能性，阿走對這些都毫無眷戀。相較之下，他更喜歡的是：感受肉體破風前進的舒暢感，自由任意的奔馳。那些被組織的期待與野心束縛、像隻白老鼠一般任人宰制的日子，他早就厭倦了。

締造五千公尺紀錄那一天，阿走的肚子其實很不舒服；但健康管理本來就是這場戰役的重點之一，所以事後也沒什麼好辯解的。只是阿走覺得，自己應該還能跑得更快。他認為，自己絕對有能力將紀錄縮短到五千公尺十三分四十秒。

退出田徑隊後，阿走仍持續進行自我鍛鍊，想到達那個他尚未能得見的疾速世界。流逝而過的景色，掠過兩耳的風。等他跑出五千公尺十三分四十秒的成績時，自己將目睹什麼樣的景致？自己的肉體又會使血液沸騰到什麼地步？無論如何，他一定要親身體驗這未知的世界。

左手腕上戴著有馬錶功能的手錶，阿走默默地跑著。就算沒有指導教練、沒有彼此競爭的隊友隨行，阿走也不覺得徬徨。拂過皮膚的風會指引他，胸腔裡的心臟也會對他呼喊：你還能跑！再快一點！

住進竹青莊幾天後，阿走幾乎已經記住每個房客的長相和名字了。或許因為這樣，阿走的心情輕鬆了許多，就連那天的晨跑，他的腳步也格外輕盈。

綠意盎然的單行道上沒什麼人，一路上只有幾名遛狗的老人與趕著搭公車的上班族，跟阿走擦身而過。阿走略低著頭、定定凝視著白線，一步步跑在身體正逐漸熟悉的慢跑路徑上。

竹青莊坐落在京王線和小田急線之間一片小巧的古樸住宅區中。方圓內的大型建築物，大概只有寬政大學的校舍。離那裡最近的車站，在京王線上是千歲烏山站，在小田急線上則是祖師谷大藏或成城學園前站。每一站都說近不近、說遠不遠，徒步得花二十分鐘以上，因此許多人都利用公車或騎腳踏車前往車站。

不用說，阿走去車站絕對不會搭乘交通工具，畢竟對他來說，用跑的快多了，而且還能當成一種自我鍛鍊。他曾經受清瀨之託到附近的商店街採購食材，也曾經用跑的跟共乘一輛淑女腳踏車的雙胞胎到成城逛書店。久而久之，他對這一帶的地理環境也越來越熟悉。

阿走自己定出的幾條慢跑路徑，大多是車輛稀少、兩旁還留有雜樹林或稻田的小徑。他在比賽中很少邊跑步邊欣賞風景，但平常慢跑或練習時，他偶爾會讓腦袋放空、欣賞周遭的景致。

停放在屋前的三輪車、擱在稻田一角的肥料袋——阿走就愛觀察這些東西。遇到下雨天，三輪車會被拉到屋棚下；肥料袋裡的內容物會一天天減少，不久後又換上全新的一袋。

每次阿走發覺這一類的居民生活軌跡時，總會忍不住竊喜。這些屋主不知道阿走每天早晚都會經過這條路，還偷偷觀察著三輪車和肥料袋的變化。每一天，他們都在不知情的情況下挪動、使用這些東西。一想到這裡，阿走心裡就有一種莫名的快感。那種心情，就像在偷窺一個箱子裡的天堂樂園。

阿走看一眼手錶。六點半，該回青竹吃早餐了。

就在要從小公園一旁跑過去時，阿走瞥見一幅令他在意的景象。他一邊原地踏步，一邊伸長脖子望著公園：清瀨正獨自坐在公園長椅上。

阿走踩著地上一層薄薄的沙，進入了公園，清瀨則始終低著頭未察。阿走在單槓附近停下腳，隔著幾步之遙觀察清瀨。

清瀨身上穿著T恤，下半身是一條老舊的深藍色運動長褲。他似乎是帶尼拉出來散步，長椅上還擱著一條紅色牽繩。清瀨捲起右腳褲管，揉了揉小腿肚。阿走看到他的膝蓋到小腿上半部之間，有一道手術留下的疤痕。

清瀨還沒注意到阿走，但在樹叢間玩耍的尼拉，已經跑到阿走的腳邊。尼拉的脖子上繫著一個超市塑膠袋，裡頭裝著牠的糞便；只見牠用濕潤的鼻頭嗅了嗅阿走的鞋，終於認出他是誰，開始狂搖尾巴。

阿走蹲下來，雙手捧著尼拉的臉來回撫摸。在外頭遇見熟人令尼拉興奮不已，頻頻發出接近乾咳的劇烈喘息聲，就像老人喉嚨裡卡著餅乾塊時那樣。

這聲音終於引來清瀨的注意。他抬頭一看，隨即尷尬地放下褲管。阿走刻意用開朗的語氣對清瀨喊了聲「早安」，走到他身邊坐下。

「帶尼拉散步也是灰二哥你負責嗎？」

「反正我每天都會出來跑步，就順便囉。這是你跟我第一次碰到呢。」

「同樣的路線跑久了會膩，所以我都會稍微改變路線。」

阿走感覺得出來，自己正在試圖縮短他與對方之間的距離，就像把超音波發射到海裡、藉由反射的訊號來探查魚群下落。「……你跑步，是為了健康的因素嗎？」

話才出口，阿走不禁暗自咂了咂嘴。這下可好了，本來打算發射超音波，結果卻投下一枚魚雷。這麼一來說不定會嚇到魚群，讓牠們就此閃耀著背鰭上的光輝、懷抱著祕密往深海潛去。阿走驚覺自己太過躁進，不禁暗自失措。這也讓他更加討厭自己這種只懂有話直說、不會拐彎抹角的個性了。

但清瀨沒有生氣，只是近乎無奈地一笑。阿走知道自己不懂套話這一類話術，只好乖乖靜待清瀨的反應。只見清瀨隔著運動長褲，輕輕撫摩著自己的右膝。

「我不是為了健康而跑，也不是把跑步當成興趣。」清瀨直截了當地說。「我想，你應該也跟我一樣吧。」

阿走點點頭。不過，假如有人問阿走「那你是為了什麼而跑」，他肯定也答不出來。他只知道，自己怎麼也沒辦法在應徵打工的履歷表興趣欄裡寫「跑步」兩個字。

「我在高中時受過傷。」

清瀨抽回放在膝蓋上的手，輕輕吹了聲口哨叫喚尼拉。本來在公園內閒晃的尼拉，隨即跑回清瀨身邊。他彎下腰，把牽繩繫到尼拉的紅色項圈上。

「不過，我的傷已經好得差不多了。現在，我知道自己身體的感覺和速度都回來了，所以跑得很開心。」

打從見到清瀨的傷痕，阿走心裡就有譜了：清瀨跟自己是同路人，都是一路上為跑步付出許多心血的人。兩人相遇的那一晚，清瀨之所以拚命騎腳踏車緊追在後，是因為被阿走的跑法吸引了。

頸子上套著牽繩的尼拉頻頻拽著清瀨，催促他動身。清瀨拉著尼拉，轉頭問阿走：「怎麼樣？要一起回去嗎？」阿走仰靠在椅背上，若有所思半晌後開口問：

「你介紹我去竹青莊住，是因為知道我待過田徑隊嗎？」

「我會一直追著你，是因為你的跑步姿勢太美了。」清瀨說。「但是帶你去竹青莊，是因為你跑步的樣子是那樣自由奔放……你跑得好開心，好像完全忘了偷東西那件事一樣。這一點實在讓我太欣賞了。」

「一起回去吧。」

阿走從長椅上起身。清瀨的回答沒有傷他的心。

早晨的空氣，直到這時才開始流動起來，湧進冷清清的公園。馬路上傳來喇叭聲；某戶人家傳來打開信箱拿報紙的聲響；還有一些聲息，來自那些趕著上班上課的人。

如果把這些全都吸入肺裡，渾身上下的血液一定瞬間立即活化，一路循環到指尖。

阿走和清瀨一走出公園，便再次邁開步伐往竹青莊跑去。尼拉也跟兩人相當有默契，向前直奔而去。尼拉的爪子在柏油路上發出的摩擦聲，無形中成了兩人的速度指標。對阿走來說，這速度比平常還慢得多，但他一點也不在意。拉著牽繩與他並肩而跑的清瀨，似乎相當清楚該如何擺動身體。阿走知道，只有每天努力不懈地勤奮練跑，才能呈現出這樣的跑姿。

「灰二哥，我問你喔，」阿走一邊跑，一邊提出心中的疑問。「為什麼你要把塑膠袋綁在尼拉的脖子上？」

「因為我懶得拿。」

清瀨回答，一副理所當然的樣子。他說話時永遠不帶一絲遲疑。

這算什麼理由啊？阿走不禁同情起尼拉。狗兒的嗅覺比人類敏銳得多，把排泄物掛在牠鼻子前，根本就是在整牠嘛。

尼拉渾然不覺阿走的關心，自顧自地往前跑，捲曲的棕色尾巴在屁股上饒富節奏地左右搖擺著。

一進入四月，竹青莊的房客頓時忙得天翻地覆。

為了新生訓練與選課，大夥兒必須經常往學校跑，恰似乘著春風飛舞的蜜蜂，一刻不得閒。

城太和城次在開學典禮結束後，滿腦子只想物色有正妹出沒的社團；已經沒有退路的尼古，認真研究著學生們私底下流傳的「營養學分攻略大全」，煩惱該選哪幾堂課；ＫＩＮＧ的房間每晚傳出「找工作、找工作」的噩夢囈語，聲音響遍整個竹青莊；去年就通過司法考試的阿雪，連研討會也不參加，只顧著每晚到夜店報到，沉浸在音樂的洪流裡；至於正經八百又不動如山的姆薩和神童，則完全不受其他人影響，兩三下就完成選課，忙著找新的打工機會。

而阿走，也在費盡九牛二虎之力選完課後，很快就認識了幾個朋友。因為他沒錢，所以每天忙著混進不同的迎新會，騙免費的酒喝。沒有人會打探他的過去，也沒有人會逼他未來非得做什麼不可。這裡的人都不愛干涉他人，阿走沒多久就融入這股隨興的校風。

終於，全校學生的選課都告一段落，明天就要正式上課了。阿走結束傍晚的慢跑，一踏進竹青莊的玄關，就看見雙胞胎房間那個破洞垂掛著一張字條，上頭寫著：「今晚舉行阿走的迎新會，所有房客請於七點到雙胞胎的房間集合」。

我的迎新會！阿走不禁感覺不好意思又有點驚喜。他來這裡已經快兩個禮拜，每晚大家都假借各種名目聚在某人房裡喝酒或打麻將，所以他本來以為不會幫他辦什麼歡迎會了。但現在知道大家有這分心意，他還是覺得很高興。

「我回來了！」

阿走大喊一聲，來到走廊上。清瀨和雙胞胎在廚房準備派對上要吃的料理。只見清瀨正在用中式炒鍋翻炒洋蔥絲和大蒜，讓阿走看著不禁納悶。那明明是中式炒鍋，為什麼會散發出橄欖油的香氣？這時，一臉認真地看著火候的清瀨突然出聲：「就是現在！」城太聞言立即手腳俐落地打開罐裝番茄，一股腦兒地往炒鍋倒入。看來他們是在自製義大利麵醬汁。

城太一手倒罐頭，一手搖著另一只平底鍋，一大堆芥菜、小魚順勢飛舞在空中。這回換成麻油香在廚房中流動四溢。

「我在做拌飯啦。」城太看到阿走，笑嘻嘻地說。「喜歡芥菜嗎？」

義大利麵和拌飯。看來今晚是碳水化合物大餐。阿走一邊心想，一邊點頭以對。

城次一個人坐在餐椅上，面前是一大碗看起來像菠菜拌豆腐泥的東西；只見他奮力攪拌食材，額上浮現一層薄薄的汗水。淡綠色的糊狀物逐漸成形。阿走越看越不放心，想出手幫忙卻被他們以「主角什麼都不必做」為由趕出廚房。雙胞胎的歡迎會似乎早在阿走來到竹青莊前就辦過了。城太與城次仗著身為「竹青莊前輩」的威嚴，堅決挑起掌廚的重任。

沒事可做的阿走，只好去「鶴湯」泡個澡。洗完澡後，整個人神清氣爽，他決定在自己房裡靜待七點鐘到來。

等著等著，阿走打起瞌睡來。等他驚醒時，已經六點五十五了。他本來想馬上前往雙胞胎房間赴會，但如果他比約定時間早到，又怕顯得自己很猴急。於是他悄悄打開房門，觀察四下的動靜。廚房裡空無一人，一樓安靜無聲。人聲和腳步聲，全都集中在二樓的雙胞胎房間裡。

阿走又等了三分鐘，才步上二樓。

一打開雙胞胎的房門，他當場目睹尼古正在大聲恐嚇姆薩：「管你的，反正你這堂課幫我代點就對了！」一邊說還一邊對他使出鎖喉功。

「啊，阿走！」城太尷尬地大呼一聲。「搞屁啊，阿走來了啦！」

阿走不禁納悶，難道自己來得不是時候？原來，他們本來打算阿走一走進來就同時朝他發射拉炮以表慶賀。「都怪尼古學長搞這齣，害我們錯過時機！」城次一臉不滿。神童一邊幫忙緩頰，一邊從尼古的魔爪中救出姆薩。

雙胞胎的房間被大家擠得水洩不通，中間的矮飯桌和四周擺滿了清瀨和雙胞胎做的料理，以及每個人各自帶來的點心和酒。老早就開始抓著食物大快朵頤的ＫＩＮＧ，嘴裡一邊嚼著、一邊招呼阿走：「來了啊。坐！」

眾人不聽清瀨的勸阻，從窗口對著主屋一口氣拉爆所有拉炮。嚇個半死的尼拉從緣廊下衝出來，對著月亮狂吠猛叫。

「好，來乾杯吧！」尼古拿起罐裝啤酒。

「感覺好像少了什麼。」清瀨環顧一下四周。

「因為王子不在啦！」雙胞胎異口同聲說。

「誰？」

阿走一問，阿雪隨即答道：「二〇四號房的柏崎茜，文學院二年級生。」

原來還有阿走沒碰到面的房客。但話說回來，為什麼大家要叫他「王子」？

「我去叫他。」清瀨起身。「阿走，你也一起來。」

清瀨走出雙胞胎的房間，敲敲離樓梯最近的二〇四號房門。

「我要進去囉，王子。」

沒等王子應聲，清瀨便徑自打開房門。一看到房內的景象，阿走差點沒暈倒。

在這個跟阿走房間相同格局的狹小空間裡，從地板到天花板都堆滿了漫畫，而且幾乎淹沒整片榻榻米，只留下一條很窄的走道，一直通到窗邊。那裡擱著一條摺好的毯子，想必是因為房裡連鋪棉被的空間都沒有，房間主人只能裹條毯子睡在那裡。而現在，房裡雖然亮著燈，卻不見主人的蹤影。

總歸一句話，漫畫的數量實在太驚人了。這間房位於阿走房間的正上方。原來天花板每晚傳來的嘎吱聲，是這些漫畫造成的啊。阿走不禁伸手輕輕碰了碰堆疊成一整面牆的漫畫。

「喂，不要亂摸！我可是有分類的！」

一旁的漫畫山頂傳來說話聲。阿走嚇了一跳，後退一步想看看是誰在說話，後背卻不小心撞到漫畫山，一本本漫畫立即從頭上砸下來。

「啊啊啊，氣死我了！」

一個長相俊美的男子從天花板和漫畫山的縫隙間爬下來，纖長濃密的睫毛在他臉上眨呀眨的。難怪他的外號叫「王子」。

「搞什麼啊？灰二哥，這傢伙新來的？」

「已經兩個禮拜啦。」

清瀨撿起散落一地的漫畫，遞給王子。「今晚是阿走的歡迎會。你沒看到玄關那裡吊著的字條嗎？」

「沒，因為我這幾天都沒跨出青竹一步。」

「請你『務必』共襄盛舉。」

王子儘管嘴上抱怨著「有夠麻煩的」，但仍在清瀨的眼神攻勢下步出房間。

「不好意思，」阿走趕緊開口。「我的房間會發出很嚴重的嘎吱聲……」

「這裡每個房間不都這樣。」或許是受到食物香味的吸引，只見王子就這樣抱著漫畫，搖搖擺擺地往雙胞胎的房間走去。

「不，我的房間絕對比其他的嚴重。」阿走極力強調。住在這滿坑滿谷的重物下面，實在太危險了。「王子，跟我換房間吧。」

「這些漫畫這麼寶貴，怎麼可以放在濕氣那麼重的一樓！」王子立刻否決阿走的提案。「你叫阿走對吧？你應該換個角度想，把自己當成『住在尼加拉瀑布下』。」

「什麼意思？」

「華麗壯觀，每天驚險刺激度日～」

王子打開雙胞胎的房門。「別人還會羨慕你說：『好好喔，竟然能住在這種奇觀下面』。我的漫畫收藏，就是這麼有價值啦。」

阿走對清瀨露出求助的眼神。

「我很清楚你想說什麼。」清瀨嘆口氣。「勸你還是死了這條心。」

這下，竹青莊的房客總算在雙胞胎的房間全員到齊。大夥兒舉起啤酒乾杯後，室內空氣的酒精濃度便急速竄升，歡笑聲此起彼落。

王子被眾人逼著負起囤積漫畫的責任，坐在最容易崩塌的木地板上。阿走和清瀨並肩而坐，背靠著面對庭院的那扇窗。從這個角度這樣看著大家，可以看出竹青莊眾房客之間的人際關係。要在這麼小的公寓裡過著半團體生活，房客當然都得是波長相合的人才行，但即使如此，還是會自然而然形成比較要好的小圈圈。

只見雙胞胎和王子一邊猛嗑零食，一邊爭論漫畫的內容；姆薩和神童，則正在專心聽ＫＩＮＧ傾吐找工作的煩惱。

「我連買西裝的錢也沒有咧。」

「去打工如何？」

「你的高中制服不是那種西裝式外套嗎？穿那個就可以啦。」

至於尼古和阿雪，兩人正忘我地聊著對阿走而言有如鴨子聽雷的電腦話題。雖然口氣還是一樣很嗆，但阿走已經明白這是這對冤家一貫的相處模式，所以也見怪不怪了。抬槓的過程中，尼古還時不時踱到阿走身後的窗邊，對著窗外吞雲吐霧。

阿走和清瀨兩人沒有刻意找話聊，只是逕自喝酒吃菜。兩人儘管沉默不語，氣氛倒也不覺尷尬。他們知道彼此都熱愛田徑，卻不自覺地避開這個話題。清瀨的膝蓋有傷，阿走則對高中時代的事還沒辦法釋懷，不知道該從何說起。這種情況下聊起田徑，只怕會變成兩個人互舔傷口，而他們倆都不想這樣。

罐裝啤酒喝完了，大夥兒跟著打開神童鄉下老家寄來的當地清酒。這種連聽都沒聽過的酒喝起來有一種奇怪的甜味，但大家都不在意，還從廚房找來味噌醃小黃瓜當下酒菜，繼續拚命攝取酒精。

就在這時候，清瀨不疾不徐地開口說話了。

「大家聽我說，我有重要的事要宣布。」

本來正盡情喧鬧的房客們，頓時全都好奇地看著清瀨，跟著自然而然地以酒瓶為中心聚攏起來。阿走轉頭看身旁的清瀨，也很好奇他想說什麼。

「接下來這將近一年的時間裡，我希望大家能幫我一個忙。」

「怎麼，你想參加司法考試啊？」尼古一派輕鬆問道。

「那我可以給你一些建議。」阿雪說。

每個人都以為清瀨想說的是「我要開始找工作了，所以不想再替大家做飯了」之類的話，但清瀨搖了搖頭。

「大家一起攻頂吧。」

「……攻什麼頂？」

阿雪小心翼翼地催他把話說清楚。雙胞胎膽怯地緊緊依偎著彼此。ＫＩＮＧ則自顧自嘀咕道：「我老早就懷疑灰二想玩什麼花樣了。」

神童和姆薩面面相覷。

「集結我們十個人的力量，靠運動攻頂。」清瀨高聲宣告。「順利的話，不只把妹無往不利，對找工作也有幫助喔。」

「真的假的?!」

雙胞胎馬上上鉤。兩人往前靠上去，人牆頓時縮小，越來越靠近清瀨。

「當然是真的。大家都知道，女生喜歡擅長運動的男生，大企業也很歡迎這種人。」

話才說完，雙胞胎立刻討論起來。

「要是能增強女人緣，我就加入。老哥你呢？」

「我也一樣。可是到底要用什麼運動來攻頂？棒球是九個人啊。」

「足球的話是十一人。」

「該不會是卡巴迪[11]？」尼古插嘴。

「都不是。」清瀨說。

阿雪冷冷瞥尼古一眼。「你真的以為這年頭在日本，有人能靠玩卡巴迪出名爆紅，然後輕鬆找到工作嗎？」

「而且卡巴迪一隊也才七個人啊。」KING秀出他在猜謎節目中鍛鍊出來的雜學功力。

尼古和王子當場舉手表態：「那我退出。」剛剛才挖苦尼古一頓的阿雪也跟著舉手說：「你們自個兒好好加油吧。」

姆薩掃視眾人一圈，笑嘻嘻地報告：「這樣就剛好七個人了耶。」

「姆薩，我不是說了不是卡巴迪嗎？」清瀨輕咳幾聲。「況且，阿雪沒有資格落跑。你應該沒忘記，因為你吵著說不想回家，害我每年過年都得特地煮年菜和年糕湯給你吃吧？」

「威脅我是嗎？灰二。」

阿雪出聲抗議，卻只是個空包彈，沒半點威力可言。清瀨露出不懷好意的笑。

「你們以為這些日子來，我是為了什麼每天做飯、照顧你們的健康？」

清瀨到底想說什麼？這些在生活各方面長期受清瀨關照的房客，驚覺大難臨頭，嚇得大氣都不敢吭一聲。看我把你們養得多肥美，準備進我的五臟廟吧！這票人活像一群被帶到巫婆面前的迷途兄弟，只能眼睜睜看著巫婆磨刀霍霍。

清瀨對阿走的跑步能力表現出高度的關切，他自己也待過田徑隊；今晚硬是把王子拉來參加歡迎會，堅持竹青莊所有房客全員到齊；還有，他剛才說是十人編制的運動——

想到這裡，阿走暗忖：不會吧?!

「我的目標是什麼，你們還想不到嗎？」

清瀨撩撥著在場所有人的情緒，一副樂在其中的樣子。每個被清瀨視線掃射到的人，無不像剛孵

11　kabaddi，起源於南亞的印度、巴基斯坦和孟加拉，類似中國的民間遊戲「老鷹抓小雞」，採一隊七人的編制。

化的蚊子一樣，怯生生的，低頭輕搖著。

「這項運動呢，每個人這輩子肯定至少看過一次。就是每年過年時，大家一邊吃年糕湯，一邊在電視上看到的那個……」

「你該不會是指……！」神童倒抽口氣。清瀨背倚著窗框，悠悠地說出口：

「對，驛傳。我的目標是箱根驛傳[12]。」

雙胞胎的房間，頓時陷入怒吼與混亂的漩渦。

「不可能！」「你瘋了嗎！」「憑什麼要老子大過年的穿著短褲、披著布條去爬山？」「『箱根義船』是什麼東西？」「所謂『驛傳』呢，起源於『驛馬傳馬[13]』這個制度……」「我們這裡又沒半個田徑隊員！」大家你一言我一句，拚命發表自己的意見。

這當中，只有阿走沉默以對。

對跑田徑的人來說，「箱根驛傳」是別具意義的大賽，非常清楚這是多麼困難的事。清瀨的提議就像天方夜譚一樣。這絕對不是竹青莊這群外行人能隨便拿來當成目標的事。

只見清瀨猛地起身、走到門外，一反常態地大聲踏步下樓去。

「他生氣了？」城次不安地囁嚅道。

「我才氣好嗎！」阿雪煩躁地一飲而盡杯裡的酒。「灰二那傢伙……這笑話一點都不好笑！」

正當阿走思忖事情會如何發展下去時，房門再次被人用力推開。清瀨回來了，手裡拿著那塊掛在竹青莊門口的大型木牌。眾人以為他要拿它來揍人，連忙像烏龜一樣縮起脖子。但清瀨只是站到大夥兒中間，用衣襬擦去木牌上的污漬。

「給我看清楚！」

清瀨把木牌當印籠[14]一樣高高舉起，然後朝著在座所有人轉了一圈，好讓每個人都能看清楚。

「什、什麼鬼啊！」

驚呼聲此起彼落。阿走也探身向前細看木牌上的文字，不禁當場愣住。這就是所謂的「目瞪口呆」吧？

這塊原木板上，用毛筆寫著「竹青莊」三個字，但又不只這樣而已。之前因為太髒而看不清楚，其實上面還寫了另外兩行小字。

寬政大學

田徑隊訓練所

「聽都沒聽過。」

竹青莊元老尼古幽幽地說，新來的城次和城太則一臉慘白地面面相覷。事到如今，眾人總算知道清瀨不是在說笑，而是真的想挑戰箱根驛傳。

「我們學校真的有田徑隊嗎？」

神童可憐兮兮地問清瀨，樣子活像個在哀求地方大老爺降低稅賦的農民。

「雖然很弱小，但還是有的。我不是跟你們說過，我一年級時參加過比賽嗎？」

12　驛傳就是長程接力賽，「箱根驛傳」僅限關東地區的大學隊伍參加，舉辦日期為每年的一月二日到三日。驛傳與一般的接力賽不同，跑者傳遞的並非接力棒，而是披在身上的「接力帶」。

13　一種藉由接力的方式，由騎馬的傳令兵在中央與地方政府間傳遞書令的制度。當中的「驛」字，是指等距離設置在官道上的驛場。

14　日本古代用來裝藥物的小容器。此處是影射日本的民間故事《水戶黃門》；水戶黃門是水戶藩第二任藩主德川光圀，平時喜歡微服出巡，每當要懲罰壞蛋時，水戶黃門身旁的部下就會亮出德川家的印籠，讓壞蛋知道眼前的老者是大名鼎鼎的德川光圀大人。

「我還以為你是以個人名義參賽的咧。」不了解田徑界制度的王子一個人在那裡碎唸著。

清瀨完全不為所動，舉著木牌又撂下更勁爆的話。

「不只我，你們也全都是田徑隊隊員。」

「搞屁啊！」

眾人這次的反彈，比清瀨宣布全員挑戰箱根驛傳時還要更激烈。阿雪站起身，逼問清瀨：

「什麼時候的事！」

「從你們住進來的那一天起。」

清瀨淡淡地說。「你們都不覺得奇怪嗎？這年頭竟然還有房租三萬圓的房子，而且還有人煮飯給你們吃？想也知道，天下哪有白吃的午餐。」

有別於其他人的激動，阿走冷靜地盯著清瀨。

「也就是說，我們住進青竹的時候，你就幫我們填了田徑隊入隊申請書？」

「沒錯。」

「然後，因為這樣，我們順利成章加入了關東學生田徑聯盟？」

「沒錯。」

「沒錯？我說你啊……」阿走嘆了口氣。「沒經過當事人同意自作主張，你不覺得太卑鄙了嗎？田徑隊總共有幾個人？」

「跑短組大概有十幾個人吧，但是弱到不行。至於長跑組，就是現在在場的這十個人。」

「就說我們什麼時候變成田徑選手了?!」

ＫＩＮＧ氣沖沖上前想搶清瀨手中的木牌，姆薩趕緊出手制止他：

「現在還不清楚事情的來龍去脈。咱們還是先好好談一談吧。」

「說得對。大家冷靜一點，都坐下吧。」

清瀨下達指示，一副若無其事的樣子。這鳥事還不都是你搞出來的！眾人心裡這麼想。但是清瀨的話在竹青莊一向頗具分量，大家也只好按捺著滿腔怒火，再次圍圈而坐。結果，半晌沒有人開口；事情實在來得太突然，大家反而一時不知道該說什麼。

阿雪用手肘頂了頂阿走的側腹，兩眼向他示意「你上啊」。阿走面露難色，看了看圍坐成一圈的大家，只見雙胞胎正對他露出求救的眼神。除了成天窩房間裡嗑漫畫的王子在狀況外，竹青莊所有人都知道阿走每天早晚都會一個人去慢跑。

阿走早就過慣了講究上下階級觀念的生活，現在要他搶先這些學長發言，難免令他有所遲疑。但話說回來，眼下能跟清瀨天馬行空的提議相抗衡、據理力爭的人，也只有熟悉田徑世界的阿走了。看來，他只能硬著頭皮、代表大家質問清瀨。

阿走立即坐直身子。「為了慎重起見，想請教你一個問題。請問教練是誰？他對這些連自己是田徑隊員都不知道的幽靈隊員，有什麼看法？」

「這你們不用擔心，教練就是我們的房東，田崎源一郎。」

「這是在惡搞吧！」

慘叫聲再次此起彼落。

「讓那個已經一隻腳踏進棺材的老爺爺當教練，不用跑就知道注定失敗啦！」城次被一口酒嗆到，一邊猛咳一邊指控。

「沒禮貌！房東先生可是被人尊稱為『日本田徑界之寶』的人物呢。」清瀨語帶責備地說。

「那是什麼時代的事？」城太一邊幫城次拍背，一邊戰戰兢兢地問。

「我想想喔……在圓谷幸吉[15]寫下那篇提到一堆食物的遺書死掉時，房東先生就已經是寬政大名頂頂的教練了。」

「完全聽不懂。」姆薩苦惱地歪了歪頭。

這一次，連神童和「雜學天王」ＫＩＮＧ都無暇他顧，沒能幫姆薩解答疑問。圓谷幸吉是在東京奧運奪得銅牌的偉大馬拉松選手，但要是解釋下去肯定沒完沒了、模糊了討論的焦點，阿走只好也無視姆薩的嘆息。

「灰二哥，你說希望大家挑戰箱根驛傳，但恕我直言，那根本是不可能的任務。」

阿走說得斬釘截鐵。在場除了清瀨之外，所有人都大大鬆一口氣。

「還沒試，怎麼會知道？」

「我當然知道。那些田徑名校都是每天狂操猛操、好幾年這樣磨鍊下來，但最後能在箱根驛傳出場的，還是少數中的少數學校而已。」

「不是我在自誇，我啊，幾乎沒怎麼跑過。」一直顧著看漫畫、好像這一切跟自己無關的王子，終於抬起頭來。「要等我練到能出場去跑箱根驛傳，恐怕草履蟲都先一步進化成人類啦。」

「王子你再怎麼不才，腳程一定還是比草履蟲快啦。」ＫＩＮＧ安慰人的功力實在很拙劣。

「草履蟲就是草履蟲，再怎麼進化也不會變成人類。」阿雪冷冷地丟下這麼一句。

清瀨直視阿走，充耳不聞外野的雜音。

「我還真的沒想到，你會連試都不試就夾著尾巴逃跑。練習固然重要，但是能不能出場，重點應該不在訓練嚴不嚴厲吧？」

阿走也正面接受他的挑戰。

「灰二哥，既然你也跑過，就應該很清楚才對。這些人全是外行人，你何必把他們拖下水，讓他們陪你做夢、逼他們受苦？」

「不挑戰看看，才會真的永遠只是一場夢。」

清瀨難得顯露出情緒，而且越說越激動。「況且，他們每個人都有很好的資質。尼古學長跑過田徑，雙胞胎和KING在高中時待過足球社，阿雪是練過劍道；神童以前每天走山路上學放學，來回共十公里，而姆薩在肌力上的潛力也無可限量。」

「大家以為黑人就跑得快，其實是一種偏見。」姆薩有氣無力地說。「就像有些黑人也討厭嘻哈、不擅長跳舞……我的腳程真的沒有特別快。」

「我跑過田徑？那已經是七年前的事了耶。」尼古又點了一根菸，苦笑著說。

「你好像漏了我喔，不過我確實是運動白痴啦。」王子窮極無聊地翻著漫畫，有點鬧彆扭地說。

清瀨的眼中依然只有阿走，慷慨激昂地對著他說：

「然後，阿走加入了青竹。十個人都湊齊了！箱根不是海市蜃樓的虛幻山巒，不是痴人說夢！我們一定可以接力攻頂，這絕對是真實的！」

現場響起有氣無力的零落掌聲。清瀨大喝一聲「不要鬧了！」打斷了掌聲，也打斷本來想繼續反駁的阿走。清瀨見機不可失，一口氣背出「箱根驛傳參加資格」。

「『參賽者必須登錄於參賽學校所屬之關東學生田徑聯盟，且向本大會提出參賽的次數不得超過四次，預賽的參賽次數亦包含在內。』青竹的所有房客都是寬政大學田徑隊隊員，而且已經自動完成聯盟登錄手續；包括預賽在內，在座所有人都沒有參加過箱根驛傳。看吧，我們確實完全符合參賽資格。」

「問題就在預賽。」阿走終於能插嘴了。「想在箱根驛傳出賽，必須先通過預賽。」

15　1940-1968，日本馬拉松選手。自殺前留下一封遺書，內容提到許多食物，諸如「壽司很好吃」、「柿子乾很好吃」、「蘋果很好吃」等。

「是喔？以前都不知道呢。」神童喃喃說道。

「這是因為大多數人都只看過春節期間舉辦的決賽。」阿走點點頭。「雖然共有二十所學校可以參加箱根驛傳，但是能得到種子隊伍資格的，只有去年排名前十的學校。每年大約會有三十所學校挑戰十月舉辦的預賽，爭取剩下的參賽名額。」

「全關東只有三十所學校挑戰預賽，聽起來也不是很多嘛。」

「你太天真了！」城次一說完，阿走馬上吐槽他。「箱根驛傳是由十個人跑十個區間，但是每個區間都有二十公里以上的距離。不用說，每所大學的選手都必須在預賽中跑完二十公里，最後再由每個學校的總成績決定哪些隊伍晉級。可是……這二十公里首先就是一個大難關。」

阿走用眼神催促清瀨說下去，後者只好勉為其難開口補充說明。

「要確保十個人都能以一定的速度跑完二十公里，是不容易的事，而且最近大會要求的速度越來越嚴苛，連參加預賽也有資格限制。參賽者必須擁有十七分鐘內跑完五千公尺，或是三十五分鐘內跑完一萬公尺的正式紀錄才行。」

大家大概是被這些具體的數字嚇到，屋內霎時陷入一陣沉默。這回換阿走接口。

「那些參加箱根驛傳的強校，選手平均都能在十四分鐘三十秒前跑完五千公尺，而且，他們全都是從全國各地網羅來的好手。箱根驛傳不是那種做做樣子就好、對所有人敞開大門的比賽。像我們這種沒有體育保送生的小咖田徑隊，根本想都別想。」

王子小心翼翼地舉手發言。「那個，嗯，我不是很清楚那個紀錄有多厲害耶。」

「你在高中體育課沒跑過耐力跑嗎？」城太低聲問。

「沒有。」王子一個勁兒地搖頭。「我高中是念升學學校，所以你們說的耐力跑也才三公里而已。」

「如果要在十七分鐘內跑完五千公尺，那跑一公里的時間必須少於三分半。」阿雪冷靜地展現心算成果。

「三分半！我記得我跑三公里就花了十五分鐘耶。」

「那真是……慢到人神共憤啊。」尼古吞雲吐霧沒停過，嘴裡一邊咕噥著。

「十七分鐘內跑完五千公尺，這還只是參加預賽的條件。要是我們沒辦法每個人都在十四分鐘內跑完，想去箱根確實很困難。」清瀨越來越能冷靜地直指問題的核心了。

「所以說啊，就憑我們幾個，根本不可能啦。」

城太以為終於能逃過一劫，整個人開朗起來了，但清瀨不打算放棄。

「長跑需要的是持久力和集中力。所謂的練習，不是只要死操活操就好；只要能定出一套以箱根驛傳為目標的練習進度，我們就能化不可能為可能。」

「你憑什麼這麼有自信？」阿走詫異說道。

「憑什麼？剛才我不是說了嗎，青竹的人是有潛力的。」

清瀨面不改色地說。這些跟他在竹青莊同居這麼多年的房客，之前一定想都沒想過他骨子裡竟然這麼熱血。

「我來說個具體的數字吧。阿走的五千公尺紀錄是十三分鐘左右，這在參加箱根驛傳的選手中，也是屈指可數的亮眼成績。至於我，在腿受傷前跑過十四分十幾秒的紀錄。最近我的傷也在慢慢痊癒了，一定會再刷新紀錄，抱著斷腿也在所不惜的決心跑完箱根驛傳。」

「算了吧，幹嘛搞到斷腳斷手的？」討厭人賣弄熱血的阿雪冷不防冒出一句。「還有，拜託不要把我拖下水。」

但清瀨完全把阿雪的話當耳邊風。

「還有，我覺得姆薩應該可以跑出接近十四分的紀錄，因為那些參加箱根驛傳的外籍選手，成績都在十三分鐘左右。」

「那些人本來就是因為跑得快，才被請來日本留學的吧？」姆薩一邊用眼神向神童求救，一邊拚命幫自己開脫。「我絕對不行啦，因為我只是理工學院的公費留學生而已。再說，在敝國，我上下學都是由司機接送的。」

「像你這樣的好野人，幹嘛來住青竹這種地方啊？」城次提出合理的疑問。

「為了增加一些社會經驗啊，誰知道會碰上這種事……」

姆薩變得跟枯萎的牽牛花一樣垂頭喪氣。清瀨沒理他，自顧自做起結論。

「總之呢，其他幾位，只要把你們平常打麻將、玩通宵的熱情分一點到跑步上，就一定能跑出好成績。畢竟，你們別的不說，至少在體力方面多到有剩。」

阿走從現場氣氛可以感覺到，有幾個人快要被清瀨的熱情打動了。事情哪有那麼簡單！阿走忿忿地把酒倒入杯中。

一群雜牌軍，竟然想挑戰箱根驛傳？而且距離十月的預賽只剩下半年！要是讓認真跑田徑的人聽到這麼天兵的計畫，絕對只會大笑說：「你們在說夢話嗎？」清瀨到底把跑步當成什麼了？

那時候帶我來竹青莊，原來是有這個企圖？到頭來，灰二哥跟高中那些只會稱讚我跑得快的人也沒兩樣！

阿走氣歸氣，卻沒辦法掉頭就走。他很清楚與其跟著這種無聊事瞎起鬨，不如早點閃人回房。想是這麼想，但不知怎麼的，他的身體卻動也不動。在他內心深處，有一個聲音在低語著：「很有趣，不是嗎？難道你打算就此離開田徑界，永遠孤單地跑下去嗎？那樣的話，倒不如跟竹青莊的人一起在箱根驛傳賭一把，反正試它看看又不吃虧。」

內心的低語，幻化成點燃阿走衝勁的火種。

清瀨說過，阿走跑起來是那樣的自在、奔放、開心，所以他才會叫住阿走。除了清瀨，從來沒有人對阿走說過這種話。

跑步不需要開心。玩樂、戀愛、朋友什麼的全都應該拋在腦後，你只要全心全意提升速度就好——這些話，領隊、教練、學長們不知道對他說了幾百遍，他聽都聽膩了。一直以來，大家一直要求阿走像個機器人一樣跑步，馬錶的數值就代表他這個人的價值。這樣的日子，阿走以為自己已經不想再經歷了，但是……

其他人也都默不吭聲，似乎各有心事。阿走不知該如何處理心中那團亂麻，只好盯著一動也不動的眾人。

半晌後，終於，神童抬起頭。

「我不介意試試看啦。」

在場的人，無不略帶詫異地望向神童。沒想到，平日最沉著、踏實的神童，居然最快下決定。

「以前在鄉下時，每天都要走上好幾公里的山路，所以我對自己的持久力很有自信。況且，假如我們能參加箱根驛傳，電視不是會轉播嗎？我爸媽看了一定也會很高興。」

「既然神童兄要參加，那我也願意挑戰看看。」姆薩說。「不過話說在前頭，我的腳程真的不快喔。這樣真的沒關係嗎？」

「只要接下來好好練習，你一定會進步的。」

現在是關鍵時刻，清瀨特意把語氣放柔，哄誘大家入甕。

「喂喂，你們幾個！」尼古皺起眉頭。

阿雪看著窗外，一副事不關己的樣子。王子正躡手躡腳地偷偷往門口挪動。其他幾個配合度比較高的二樓房客，在神童和姆薩表態後也開始蠢動。

「欸欸，灰二哥，參加比賽真的能招桃花？」

「你不是在唬爛喔？」

「真的對找工作也很有幫助嗎？」

雙胞胎和ＫＩＮＧ雀躍地接連發問，清瀨也信心滿滿地掛保證：「那當然！」

你們被騙了！阿走很想大喊，但他知道說再多也無濟於事。雙胞胎和ＫＩＮＧ只是想暫時逃離現實生活的無力感，才會撲向懸吊在眼前那個叫做「箱根驛傳」的誘餌；就像馬匹那樣，一看到有人拿著以夢的結晶製成的糖果在眼前晃來晃去，就忍不住上鉤。

ＫＩＮＧ的興致整個上來了，精神抖擻地說：「好！那我就幫你一把，實現你的野心！」

「接下來……」清瀨逐一掃視尚未表態的尼古、阿雪、王子與阿走。

「依照少數服從多數的原則，參加箱根驛傳這件事算確定了。不過，我看你們幾個絕對不會服氣吧？」

清瀨接下來會使出那一招？阿走屏住氣息，準備好接招。清瀨冷靜地繼續恐嚇他們幾人。

「所以呢，我決定強制通過此案，不准你們行使否絕權。」

「太鴨霸了吧！」

「法治國家不允許這種事！」

尼古和阿雪拚命抗議，卻被清瀨嗤之以鼻。

「尼古學長，當你哭著說這場考試絕對不能被當掉時，是誰像媽媽一樣恩威並用、硬把你挖起來準時赴考的？又是誰，每年幫你換掉被香菸焦油燻黃的壁紙？還有，當你踩破走廊的木頭地板時，是誰瞞著房東幫你把它修好的？」

清瀨此言一出，尼古就像個在行刑前洗心革面的囚犯，瞬間乖順得像隻貓。清瀨跟著將矛頭轉向阿雪。

「阿雪，你應該沒忘記我做的年菜是什麼味道吧？你該不會忘了自己去年為了準備司法考試沒去打工，一天到晚跟我哭窮，拗我請吃午餐請了整整一年……」

清瀨話音甫落，阿雪馬上變成一個壞掉的人偶，垂頭如搗蒜。清瀨還不打算收刀，只見他一個轉身，從背後揮刀劈向正在開門準備開溜的王子。

「王子，竹青莊快被你那堆藏書壓垮了。看你是要把漫畫丟了，還是跟我們一起挑戰箱根驛傳。選一個吧！」

王子雖然聞言立即腿軟，卻仍勇敢地正面抗戰。

「兩個我都不要！你不如叫我死了算了！」王子仰天長嘯，屋裡迴盪著他悲痛的歎息。

「是嗎？」清瀨只是抱胸以對，然後轉向阿走。

阿走舉起雙手，示意他明白清瀨的意思。「我知道你要說什麼。你想說『也不想想是誰帶你來竹青莊，不想參加就給我滾』，對吧？」

「我才不會對身無分文的你說這種話。」清瀨放下手。「好吧，我就給阿走跟王子幾天時間考慮，等你們改變心意再來找我。」

王子停止哀號，稍微靠近站在房間正中央的清瀨。

「如果我沒改變心意呢？」

「難不成要宣布戒嚴？」阿雪語帶嘲諷。

「不，」清瀨沉穩地微微一笑。「我會用最大的耐心呼喚你們，直到你們投降為止。」

阿走和王子不約而同一餒，垂下肩頭。

過了幾天，阿走下課後朝大門口直奔而去。由於才剛開學，校園裡學生很多，有的三五成群，有的並肩邊走邊聊，阿走只能蛇行穿梭在他們之間。

跑著跑著，突然有人出聲叫道：「阿走、阿走！」於是他停下腳步。阿走環顧四下，在通往正門的喜馬拉雅雪松大道旁瞧見王子的身影。那裡擺著從教室搬來的長桌，而王子就坐在一旁的小椅子上，頻頻對阿走招手。

「你在招募社團成員？」

阿走一靠近，王子立即喜孜孜地遞上學校的筆記本。

「在這裡寫下你的姓名和聯絡地址。」

「聯絡地址……我們不是都住在青竹？」

阿走仔細端詳一下筆記本。看來社員招募不太順利，上面只有城太和城次寫下自己的名字與青竹的地址，而且可能還是因為人情壓力不得已使然。

「……什麼樣的社團啊？」

阿走遲疑地問。果不其然，王子回答：「漫畫研究社！」

「我啊，今年想嘗試看看『從同一位漫畫家的不同作品中擷取各種畫面，創作出一個全新的作品』。」

王子開心大談社團的預定活動內容。阿走在王子身邊的椅子坐下。

「王子，你想好要怎麼做了嗎？」

「你是指『那件事』嗎？」王子故意說得神祕兮兮，但阿走明快地點頭。

「對，要不要參加箱根驛傳這件事。」

被阿走破壞了自己玩間諜遊戲的興致，王子露出一臉不悅。

「參加啊，不然還能怎麼辦？」王子闔上筆記本。「我的漫畫多成那樣，哪可能說搬家就搬家？況且我也沒那個錢。」

「灰二哥說『不參加就把漫畫丟掉』，只是在嚇唬你的吧？」

「你真的這麼想？」

不，很難說。阿走其實沒有把握。或許清瀨真的會把王子的寶貝漫畫當成垃圾清掉也說不定。

清瀨的「勸降計畫」，依然持續針對阿走悄悄進行著。這陣子，竹青莊每天的晚餐總會出現醋酸涼拌小菜，而且只有阿走那一碗的分量特別多。昨晚他也是苦著臉把醋酸涼拌海帶和小黃瓜吞下肚。看來，只要阿走一天不向清瀨的計畫妥協，這個醋酸攻擊就會一直持續下去。

「被人逼著跑步，我怎麼也沒辦法接受。」阿走說。

王子聳聳肩。「話是沒錯，可是既然我們大家住在同一個屋簷下，也只能做某種程度的讓步啦。」

這可不是「做某種程度的讓步」就能解決的問題，阿走心想。跟運動絕緣的王子根本不了解，想挑戰箱根驛傳必須經歷多少嚴苛的訓練。清瀨正在引誘竹青莊的人一步步走向一條險惡的道路。這條懸崖邊上的小路到處都是危險，而且它還不保證能夠抵達目的地。

王子沒注意到阿走陷入沉思中，逕自往下說：

「灰二哥好像在一年級時參加過田徑比賽喔。聽說他當時練得可認真了。」

「為什麼他後來不跑了？」

阿走佯裝對清瀨的膝傷一無所知。

「有些高中會強迫選手過度練習，結果害很多人受到運動傷害……尼古學長這樣說。」

尼古抽菸抽成那樣，怎麼可能是從事運動的人。

「尼古學長真的待過田徑隊嗎？」

「嗯，他說在高中畢業以前，他一直都是田徑隊的。」

王子拿起筆記本，飛快翻弄著空白一片的內頁，掀起一小陣微風。

「阿走，我一點都不討厭住在青竹喔。想跑卻不能跑的人是什麼樣的心情，我也多少能體會，那大概就跟萬一哪天我不能再看漫畫一樣慘吧……所以我才會想幫灰二哥這個忙。」

當天晚上，竹青莊的房客再次齊聚在雙胞胎房裡。當阿走和王子表態願意參加箱根驛傳時，雙胞胎隨即高聲歡呼。

「太好了，這樣就十個人到齊啦。」城次說。

「明天就開始來練習吧。」城太說。

姆薩和神童興高采烈地去廚房把清瀨做的料理端來。大盤子上的炸雞，堆得跟山一樣高。

「如此一來，咱們得多多補充營養才行。」

「你們倆終於下定決心啦。」

這一餐已經不見醋酸涼拌小菜的蹤影。阿走悄悄瞥清瀨一眼，儘管他一臉無辜的樣子，但他肯定早料到阿走和王子這兩天內就會表態。被清瀨看穿自己的一舉一動，這一點讓阿走心裡有點不是滋味。

「來來來，拿著拿著。」

城次在房裡繞了一圈，發給每個人一罐啤酒。「來乾杯吧。」

最後一道防線也被攻破，尼古和阿雪掩不住心中的失望，意興闌珊地從城次手中接過啤酒，悄聲對阿走抱怨。

「你幹嘛不拒絕到底啊？」

「還以為你有點骨氣呢，沒想到竟然這麼軟心腸。」

半出於立下嶄新目標而熱血澎湃，半出於一種豁出去捨命陪君子的心情，所有人一起舉起啤酒罐乾杯，同時出聲大喊：

「目標天下第一險峰——箱根山！」

雙胞胎的房間接下來瞬間變成無法無天地帶。王子坐在木頭地板上，埋頭默默看起漫畫，一副「我已經表態參加，接下來沒我的事了」的樣子；尼古、ＫＩＮＧ和城太搬出麻將桌，宣稱「玩它最後一把」，圍坐一圈打起麻將，城次則在四邊走動觀戰。

「阿雪，做人有必要這麼狠嗎？」

「尼古學長，是你自己不長進吧。」

「喂，城太！我不是說過不能亂喊胡牌！你懂不懂規則啊？」

「嗯，是不太懂。」

「城次，不准把偷看到的牌告訴城太！」

神童和姆薩看著電視，靜候輪到他們打下一圈。

「他明明說『將於星期一深夜播出，敬請期待！』螢幕上卻打出星期二凌晨一點，神童兄，你不覺得奇怪嗎？」

「因為他們覺得就算過了深夜十二點，只要在上床睡覺前都還算是『星期一』啦。不過，這種說法確實很容易讓人搞混。」

啤酒不一會兒就告罄，眾人開始改喝蕃薯燒酒[16]。屋內瀰漫著一股朝新目標全力以赴的決心與希望。儘管沒有人說出口，卻能感覺到大家都在壓抑那分雀躍又不好意思的心情，努力裝出若無其事的樣子。

阿走避開麻將桌，坐到窗邊的位子。

你們能開心也只有現在了，阿走心想。眼前這些被清瀨花言巧語騙倒的人，一定沒多久後就會厭倦練習，丟下一句：「我不跑了。」所謂跑步，每天不間斷地跑，不是那麼簡單的事，而箱根驛傳也不是光靠氣勢就能出場的比賽。

灰二哥的計畫，遲早會因為這些人的造反或脫隊而失敗告終，阿走想著。在那一天到來前，我只

16 蕃薯製成的日本燒酒，味道濃厚、有獨特的臭味，因此評價兩極。近年來釀酒技術越來越進步，以往為人詬病的臭味也越來越淡。

需要隨便應付一下他們就好，繼續照往常的步調跑我自己的。

清瀨坐在阿走一旁剝著花生殼，剝好的花生全放到盤子上，一臉看起來非常滿足的樣子。

「吃吧。」稍微歇息後，清瀨端起盛著燒酒的杯子，另一手把盤子推向阿走。

「你是認真的嗎？」阿走平靜地問清瀨。

「是啊，別客氣。」

「我不是在說花生。灰二哥應該很清楚，這根本是個愚蠢的賭注。」

清瀨沉默半晌，然後不置可否地舉杯對著燈光，彷彿杯子上寫著一條條的問題似的。

「阿走，你喜歡跑步嗎？」他反問。

兩人初次相遇的那天晚上，清瀨也問過同樣的問題。阿走愕然，無言以對。

「我很想知道，跑步的真諦究竟是什麼。」

清瀨說道，兩眼一直凝視著酒杯。這個答案，完全沒有回答阿走的問題。

然而，直到很久很久以後，阿走仍能清楚記得清瀨當時那真摯的眼神。

第三章　開始練習吧！

「沒人起床耶。」

「沒人耶。」

四月上旬的清晨五點半。說是清晨，天色卻比較像黑夜。早起的鳥兒還沒開嗓就急著張嘴唱起來，送報摩托車的引擎聲呼嘯過耳邊，飛馳而去。

竹青莊的院子裡，站著阿走和清瀨兩人。

「阿走，你們昨晚的熱情難道都是假的嗎？你們不是說不管怎樣都不會放棄，為了跑步奉獻生命也不足惜，還有你們寧死也要化為一陣風登上箱根山嗎！」

「別看我，不是我說的。是ＫＩＮＧ自己ＨＩＧＨ過頭瞎說的啦。」

城太和城次當時好像也舉起拳頭跟著ＫＩＮＧ瞎起鬨，但這三人恐怕早就把這一切忘得一乾二淨了。誰教他們要喝那麼多酒，阿走暗忖。不過，為了避免刺激到清瀨，他決定還是不要多嘴。

小看酒精威力的清瀨，等著等著終於也不耐煩了。「我去挖他們起來。」說完便消失在玄關那頭。

阿走徑自做起暖身操，一邊看著東方的天空逐漸變亮，緩緩轉為淡桃色。竹青莊裡傳出聽來像是用湯杓敲鍋底的聲音。彷彿受不了那陣噪音似的，尼拉從緣廊下走出來伸了個懶腰。阿走和尼拉在院子裡玩起你追我跑的遊戲。

等阿走暖身完，幾個剛睡醒、臉部浮腫的人，在清瀨的帶隊下步出玄關。

「好，開始吧。首先，我們得克服預賽的參賽條件，提升所有人的速度和體力。」

清瀨說得鏗鏘有力，眾人卻沒什麼反應。他們就像被浪潮打上岸的海藻一般癱軟無力。渾身酒臭、搖來晃去的城太，還得靠阿走幫忙攙扶才能站穩。

但清瀨毫不以為意，繼續往下說。

「今天早上，我們就先從這裡跑到多摩川的河灘吧！等我了解每個人的程度了，再幫大家擬練習計畫。」

「早餐呢？我肚子餓了。」城次含蓄地抱怨。

「才剛起床你吃得下？年輕果然不一樣。」

尼古打了個大大的呵欠，搔搔一頭的亂髮，一旁的阿雪則還在睡——站著睡。

瀰漫在空氣中的睡意、食慾與不滿情緒，清瀨全沒放在眼裡。

「跑完再吃飯。來，出發囉！」

「從這裡到河灘，至少有五公里吧？」王子臉色鐵青地說。「你要我們來回跑十公里？這麼大清早的？」

「你們只要照自己的步調來跑就好，很輕鬆啦。」

清瀨就像不離不棄、全程監督羊群的牧羊犬一樣，把這群在原地磨蹭的人強制驅離竹青莊。最先聽從清瀨指示的是姆薩和神童，兩人分別抓住ＫＩＮＧ的雙臂，硬是拉著他跑。阿走也對雙胞胎說了聲：「走吧！」

「剛吃完飯就跑步，一定會肚子痛。稍微餓一下，跑起來反而比較輕鬆喔。」阿走輕拍城次的背，一邊鼓勵一邊督促他往前跑。

才跑到公車道，王子已經上氣不接下氣。

「再兩小時，我大概就能跟你們在河灘會合了。」王子邊說邊跑，速度慢得跟散步沒兩樣。

「阿走，你先跑吧。」清瀨沒有催促王子，只是在一旁靜觀其變。「我來押隊，你負責記錄大家的抵達時間。」

「什麼是『押隊』？」姆薩問神童。

「就是跑最後一個的意思啦。」神童輕快地跑著，神態和往常一樣從容。

幾乎同時從竹青莊出發的這一行人，幾個跑得不快的人已經開始落後，隊伍越拉越長。阿走穿過隊伍，開始照著自己的步調往前跑。九人分的呼吸聲、說話聲、腳步聲，轉眼間被他拋在身後。

好久沒跟別人一起跑步了。然而，到最後還是得自己一個人跑。人畢竟無法與別人共享速度與節奏，這一切只屬於自己。

跑著跑著，天空變得越來越明亮。通往河灘的沿路上幾乎都是住宅區，渡過仙川和河野這兩條多摩川支流後，要先越過一片廣大的空地，然後穿過小山丘上的高級住宅區。這是一條高低起伏變化極顯著的路線。

越過家家戶戶的屋頂往前望去，就是多摩川的堤防。空氣清澄時，這裡甚至能看到遠方的丹澤群山和富士山，但這天的清晨一片霧靄濛濛。

阿走衝上提防，俯瞰河面。靄氣隨著河川綿延而去，河灘上沒什麼人，只有幾個在做體操的老人家和遛狗的人。小田急線的列車駛過鐵橋。才一大清早，上班上學的人潮已經擠滿車廂。

土堤上的綠意沾著露水，在朝陽下熠熠生輝。跑步時最忌諱突然停下腳步，於是阿走開始在堤防上來回慢跑。他大約是以一公里三分半的速度跑到河灘。才五公里的路程就花這麼多時間，這對他來說已經算龜速了，但竹青莊的房客卻連一個都還沒到。阿走只好一邊做緩身操，一邊不時張望馬路、看手錶。

等雙胞胎、神童、姆薩、ＫＩＮＧ終於抵達河灘，距離大家從竹青莊出發已經過了二十五分鐘。ＫＩＮＧ跑得上氣不接下氣，一臉痛苦的樣子，其他五人倒是顯得游刃有餘。

「你們好像還能再多跑一些嘛。」

阿走說道。城太對他的多功能手錶表現出濃厚的興趣，一邊接話：「不知道耶，畢竟我從來沒刻意跑過五公里的距離，不知道自己能用多快的速度跑多遠，反正就這樣悠哉悠哉地跟大家一起跑過來。」

「餓扁了啦！」

城次隨手拔下身邊的小草，根本無心欣賞朝露的美。阿雪往潮濕的土堤上一倒，滿心只想補個眠。至於神童和姆薩，正老神在在地幫ＫＩＮＧ拍背。

阿走暗忖，或許這些人真的很適合跑步。雖然他們沒有田徑經驗，也不懂跑步的訣竅，但至少看起來不討厭跑步。

清瀨會不會早就看透這一點了？神童和姆薩的基本體力相當充足，雙胞胎和ＫＩＮＧ則是踢過足球，訓練中通常包含越野長跑訓練，因此應該很習於跑步。至於練過劍道的阿雪，當初想必也練跑過，而且練劍道不會讓肌肉過度發達，正好適合長跑。

阿走本來以為他們一定會叫苦連天，但照這情況看來，說不定他們真的能跑出不錯的成績。看著剛跑完的這群人，阿走的想法稍微有點改變了。當然，最後成功與否，還是得看今後的練習狀況而定，但清瀨說得沒錯，他們確實有潛力。阿走開始覺得自己沒有立場說「隨便應付一下他們就好」這種大話，也無法再冷眼旁觀。

「跑完後，得讓身體放鬆一下才行。」阿走搖醒阿雪。「建議你先去土堤上來回慢慢跑幾趟，調整好呼吸後，先做個緩身操再坐下來休息。」

阿走不想在這裡枯等，也覺得今天早上還沒跑過癮。他對眾人示範緩身操的做法，然後把手錶交給城太，回頭去找還沒抵達河灘的尼古、王子和清瀨。

才剛下堤防回到馬路上，阿走就跟尼古碰個正著。

「嗨，阿走。」尼古儘管氣喘如牛，卻仍努力往前跑。「我覺得身體好重、肺也好痛苦，感覺快掛了！」

看來尼古脫離田徑圈已經太久，身體早就忘記怎麼跑了。

「我看我得先戒菸和減肥。」尼古邊說邊朝著河灘跑去。阿走和尼古分道揚鑣，再次沿著原路跑回去。

王子倒臥在小山丘住宅區的山腳下，清瀨拿著瓶裝運動飲料蹲在一旁照顧他。

「大家都到了嗎？」清瀨問。

阿走點點頭。

「然後我剛在回來的路上碰到尼古學長。」

「他也太慢了。」

「他說要戒菸跟減肥了。」

「算他有心。其他人呢？」

「一公里差不多將近五分鐘吧。」

「你覺得他們跑得怎樣？」

「應該還有進步空間。雖然他們沒正式跑過，但是姿勢的協調性還不錯。」

「嗯。」清瀨似乎非常滿意，但眼下還有一個問題：倒在路邊的王子。

「那個……王子他沒事吧？」

「怎麼可能沒事。」王子本人親自回答。「我連站都不想站起來了。阿走，你揹我回青竹吧！」

跑步的話，要我跑再遠都沒問題，但揹著重物一起跑，這就有難度了。阿走正猶豫著不知該怎麼辦，清瀨跟著搖頭說：

「不行。用走的也沒關係，你一定要走到河灘。用你自己的雙腳，感受一下五公里的距離。這一點很重要。」

阿走頗感意外，沒想到清瀨這麼有耐心。在開始跑步前，清瀨一下子施行高壓統治，一下子使出在晚餐菜色上動手腳的奧步，簡直跟竹青莊的獨裁者沒兩樣。但是開始跑步後，清瀨卻改而採取尊重個人步調的方針，在一旁默默守候，看著大家憑自己之力跑到終點。

灰二哥這個人，跟我以往認識的領隊和教練不太一樣。阿走頓時覺得心裡莫名地有點慌。這時的他還不知道，那其實是因為他心中開始有所期待。阿走從沒遇過「志同道合的指導者」，所以下意識地壓抑自己心中的期待。

「至少回程讓我搭電車？」

清瀨用沉默駁回王子的提議。

「你只要走一走，就會自然而然想跑啦。」阿走隨即將心頭那片漣漪拋到腦後，對王子這麼說。

阿走從小就不喜歡慢慢走；走著走著，他的雙腳總會忍不住自動跑起來。跑步不只可以早一點抵達目的地，劃過皮膚的風和越來越激昂的心跳，也令他覺得痛快又舒暢。

「又不是每個人都那麼愛運動。」王子站起身，滿臉無奈。「啊，蝴蝶。」

順著王子的視線回頭望去，一隻猶如白色花瓣的蝴蝶正飄然越過阿走和清瀨身後。早晨的和煦陽光，從轉角人家的屋簷邊緣投射而下。

半晌間，三人就這樣定定望著蝴蝶橫渡光之河。

「不要心急，慢慢走。走著走著，你就會又有體力跑了。」清瀨說。

他這句話不只說給王子聽，也像在對自己說一樣。

人類蹬地跑步，就如同蝴蝶乘風飛舞。對阿走來說，跑步甚至比呼吸還來得自然。然而，原來不是每個人都這麼想。真是不可思議，阿走暗忖。

在這之前，阿走接觸過的都是立志從事田徑運動的人。他的生活被練習占去大半，朋友與老師也多半是田徑圈的人。

所以他從來不知道有人鮮少跑步、稍微跑一下就叫苦連天，也不知道有人不管多麼想跑，卻礙於某些因素而無法盡情奔跑。

原來，以前的我跟一具行屍走肉沒兩樣，不懂得思考，也不懂得去感受。阿走這麼想著。社團裡，全都是「跑得快又耐跑」的人，大家聚在一起只為了達成一樣的目標。在那樣狹隘的人際關係裡，他忙著求生存，根本無暇思考、感受其他事物。

外行人妄想挑戰箱根驛傳——打從這個異想天開的計畫付諸行動的第一天早上起，阿走便開始遭遇一連串的震撼。雙胞胎他們明明有跑步的資質，卻一直對跑步毫無興趣；清瀨和尼古則因為腿傷和荒廢練習，而無法盡情發揮實力。然後是王子。跑步對有腳的動物而言是最基本的行為，王子卻對它深惡痛絕。

這個世界比我想像的複雜多了，但幸好不是會擾亂人、令人厭惡的那種複雜。

阿走一邊思索著，一邊任視線隨著蝴蝶朝水邊飛去。

當天傍晚，阿走從大學回到竹青莊時，其他房客正排排站在院子裡。看樣子，他們八成一踏進門，就被守株待兔的清瀨逮個正著。

全員到齊後，清瀨終於開口。

「我已經擬好大致的練習計畫了。因為我想照程度分組，所以等會兒要測一下你們認真跑五千公尺的成績。」

做事還真有效率。阿走由衷敬佩起清瀨，但雙胞胎免不了又出言抱怨幾句。

「早上才跑過，又要跑？」

「已經很累了說，而且我的『該邊』有點痛耶。」

城次隨口埋怨髖關節作痛。清瀨每個字都聽進去了。

「很痛嗎？」

「誒，其實也沒那麼痛啦。」

「是因為還不習慣跑步？還是因為姿勢不良？還是關節本來就比較弱？」

清瀨憂心地在城次跟前彎下腰，用大拇指輕輕揉了揉他的腿根。

「欸欸，灰二哥，不要亂摸人家那裡啦。」

城次拚命扭動身子，看起來很癢的樣子。

「會不會是鞋子的關係？」阿走指出問題所在。「那是籃球鞋吧？」

「還真的咧！」清瀨站直身，掃視每個人的腳。「為什麼你們不是穿籃球鞋，就是普通運動鞋？到底有沒有心要跑？」

「我就只有這一百零一雙鞋啊。」

和城次穿同款籃球鞋的城太躲在王子身後說道。王子更離譜，竟然穿著像從廉價量販店買來的陽春款球鞋。

「全都去給我買慢跑鞋！」清瀨喝令道。

「已經買啦。」神童和姆薩高高拎起運動用品店的袋子。

阿雪也緊接著亮出本來藏在身後的新鞋。

「今天早上跑完後，覺得跑步還滿好玩的，所以……」

「你本來不是很不屑嗎？現在倒想跑啦？」一旁的尼古挖苦道。

「很好！」清瀨點點頭。「其他人也趁早買雙合腳的鞋。可以的話，最好順便買一支有計時功能的錶。」

「我想要跟阿走一樣的。」城太探頭盯著阿走手腕上的錶。「這只錶好帥。是ＮＩＫＥ的嗎？」

阿走的錶是塑膠材質，造型呈渾圓的流線型，不只功能完備，也十分輕巧，是跑者專用的錶。在用過的所有手錶當中，阿走最喜歡這一只。

「這支還有別的顏色。除了馬錶功能，還能累計成績……」

阿走對城太、城次說明手錶的功能。兩人一邊聽，一邊不斷出聲附和。

「看來得多找幾個兼差了。」

神童才剛說完，清瀨便鄭重告誡道：

「青竹的人今後不只禁止打麻將，也嚴禁打工。你們現在還有時間打工？給我專心練習！」

「那你說，我們要拿什麼來買鞋和錶？」KING出聲抗議。

「記得順便買運動服。」清瀨不為所動。「你們現在穿的，不是尼龍材質的高中體育服，就是普通的吸汗運動衫……王子竟然還給我穿牛仔褲來跑！這些材質都不容易排汗，會讓體溫降低。還有，請你們在練習前先準備好毛巾跟替換衣物，一流汗就馬上換掉。」

「你聽不懂人話嗎？不打工哪有錢買衣服！」KING再一次嗆回去。

「安啦，只要你們從早練到晚，就不會有時間玩樂。到時光是靠家裡給的錢生活，還是能馬上存夠錢。」

「啥米！」抗議聲再次揚起。

「你們在院子裡吵什麼啊！」

掛名「教練」的房東打開主屋前門，從裡頭走出來。本來在閉目養神的尼拉一聽到主人現身，立即開心地搖起尾巴。

「錢的事，你們不用擔心。」房東環顧眾人。「灰二都告訴我了。如果你們真的有心挑戰箱根驛傳，我去拜託後援會給你們必要的協助。」

「後援會？我們學校有嗎？」阿雪狐疑地問。

「現在才要成立。」房東說。

不用指望了，尼古暗自嘀咕道。

「好，我們去運動場吧！」

清瀨一聲令下，大夥兒旋即穿著便服邁步出發。尼拉也跟了過來，大概以為他們是要去散步吧。

阿走本來以為清瀨想帶大家到學校操場測量時間，沒想到他卻往反方向前進。看來，目的地是仙川另一頭的區營運動場。

「灰二哥，怎麼不去我們學校的操場就好？」阿走納悶地問。「那裡離青竹比較近，設備也比較齊全不是嗎？」

「很多運動隊伍和社團都要用操場，想輪到我們，大概要等一百萬年吧。」

「可是我們是田徑隊耶，難道沒有優先使用操場的權利？」

「不管什麼事，都有先來後到的規矩。」

清瀨的口氣有點冷，言下之意是：「我們是小到沒人在乎死活的社團。」阿走乖乖閉上嘴，以免不小心踩到清瀨的雷。

雖然場地雜草叢生，但區營運動場還是有個像樣的四百公尺橢圓跑道。

清瀨對眾人簡單說明練習的流程。每次在正式練習前後都得進行一小時左右的暖身跑，然後再做伸展操，接著兩人一組互相幫對方按摩。

「所謂『暖身跑』，就是慢慢跑的意思嗎？」姆薩問。

「嗯，意思是慢慢跑、輕鬆跑，不要給身體帶來太大負擔。如果突然起跑或是跑到一半突然停下，很有可能會受傷。」

「要我在練習前先跑一小時？跑完我已經沒力啦。」王子一臉絕望。

「王子，你今天早上不是跑了五公里嗎？跑著跑著你就會習慣了，放心吧。」清瀨拍胸脯保證。

「只要好好練習，你一定能跑出成績。」

清瀨說的，倒也不全是膨風的場面話。長跑選手需要的肌力和短跑選手不同，他們不需要激發瞬間爆發力，而是必須長時間維持一定的推進力。短跑選手的實力多半取決於肌肉構造上的先天優勢，但長跑選手只要天天努力不懈，就能一點一滴增強實力。

換個角度來說，如果不每天跟自己的身體對話、累積練習量，就沒辦法在長跑項目拿到好成績。每一種運動都需要天分，但長跑運動需要的「努力」絕對大於「天分」，而這也是它和其他運動最大的不同。

區營運動場裡幾乎沒什麼人，這一夥人決定分成兩組，分頭測量時間。由於有人嚷嚷著「才不要白流一小時汗才開始計時！」而且這是第一次正式測跑，於是清瀨決定讓阿走和他自己以外的人先全速跑一次五千公尺再說。就這樣，阿走和清瀨決定一心二用：兩人一邊暖身，一邊在同一個跑道上幫其他人測量時間。他們心裡的打算是：等自己暖身完畢時，王子差不多也跑完了，然後兩人再認真挑戰五千公尺。

不過，一邊進行暖身跑、一邊時時留意這些盡全力奔跑的夥伴，需要很大的專注力。稍不留神，很容易就會忘記他們已經跑幾圈了。

「要是尼拉能幫忙按錶就好了。」清瀨哀怨地瞥一眼在場邊聞來聞去的尼拉。阿走和清瀨並肩緩跑著。

「灰二哥，問你喔。你不覺得要王子練到能參加預賽，好像有點太強人所難嗎？」

此情此景下的王子，速度依然大幅落後其他人。

「他已經落後一圈以上了。」

「放心吧。」清瀨又說出這句話。

「你叫我怎麼放心啊？」

「阿走，你覺得什麼樣的人適合長跑？」

「這……有很多種啊，比如說，耐力夠強的人？」

「我覺得是執著的人。你看過王子那堆漫畫山吧？像他這樣滿腦子除了漫畫以外什麼都不想，這可不是一般人能做到的。王子他既不愛夜遊也不愛亂花錢，把所有金錢和時間全都奉獻給漫畫，而且熱情歷久不衰，真的很了不起。這種全心全意投注在同一件事上卻不以為苦的個性，絕對很適合長跑。」

阿走偷偷瞥一眼清瀨，只見他一臉認真的樣子。看來，他的讚美並非隨口胡謅的。

等所有人跑完五千公尺後，阿走將測量得到的數據抄寫到紙上。

阿走　十四分三十八秒三七

灰二　十四分五十八秒五四

姆薩　十五分〇一秒三六

城次　十六分三十八秒〇八

城太　十六分三十九秒一〇

神童　十七分三十秒二三

阿雪　十七分四十五秒一一

KING　十八分十五秒〇三

尼古　十八分五十五秒〇六

王子　三十三分十三秒一三

所有人團團圍上，探頭盯著這張紙。

「阿走，你是故意放水嗎？」

「才沒有！我只是沒跑出最佳狀態而已。灰二哥你也沒資格說我，這不是你該有的水準吧？」

「那是因為我還在復健中。話說回來，姆薩果然不是蓋的，你一定可以跑出十三分鐘的成績。」

「哪裡哪裡，這已經是我的極限了。我還以為自己的心臟要爆掉了呢。」

「總之，以第一次來說，這樣的成績還算不錯。」清瀨環視眾人。「我果然沒看走眼，你們每個人都很有天分。現階段就能跑出這樣的成績，相信以後只要多加練習，你們絕對能跑得更好。」

聽到清瀨的背書，雙胞胎和神童立刻開心地相互擊掌。不過，阿雪似乎不太能接受自己的成績。

「我竟然跑十七分多……一定是姿勢有問題，影響了速度。」腦袋清楚的他，馬上地開始分析問題所在。

「反正我就是只跑得出十八分啦！」ＫＩＮＧ鬧起彆扭來。

「你啊，流的汗都是菸臭味耶。」

尼古被阿雪一說，馬上抬手嗅嗅自己的胳膊：「有嗎？」

「ＫＩＮＧ、尼古學長，你們只是身體還不習慣跑步而已，姿勢其實沒什麼問題，今後一定能將時間越縮越短。」清瀨不著痕跡地為兩人找台階下。「好，大家回青竹吃飯吧。」

城次拉了拉清瀨的衣角。

「灰二哥、灰二哥，你忘了一個人。」

王子整個人趴倒在跑道上。儘管尼拉擔心地探出鼻尖戳他，他仍然一動也不動。

「王子的成績多少？」

「三十三分十三秒一三。」阿走告訴清瀨。

「果然……讓人無言以對呢。」清瀨揉揉太陽穴。「不過，那個漫畫宅男光是能跑完，已經很了不起了。大家對他要有信心。」

搞半天，王子在你眼裡還不就是個宅男！阿走在心裡吐槽清瀨，但沒有說出口。

「明天起，就要開始正式練習了。雖然現在光是跑五公里就好像要你們的老命一樣，但我保證你們以後絕對能跑得更快、更遠，請大家安心追隨我吧。完畢，解散！對了，回青竹還是得用跑的喔。」

尼古一個人在房裡煩惱著。之前兼差接下的軟體設計案子遲遲沒有進展，於是儘管練跑已經讓他疲憊不堪，但由於案子已經火燒屁股，獨自背負學費和生活費重擔的尼古，再累也得硬著頭皮把案子做完。

正當他對著電腦唉聲嘆氣時，有人敲門了。老子現在忙得要死，該不會是ＫＩＮＧ又要來借電腦了吧？尼古有點不耐煩，卻也覺得可以藉此轉換一下心情，於是應聲道：「進來吧。」

雙胞胎和王子打開門，往房裡探頭探腦。城次一踏進房裡，立即高聲歡呼：「帥啊！」

「學長的房間竟然沒有白煙！」

「你真的在戒菸耶。」城太也用力吸入一口新鮮空氣。

「託戒菸的福，害我工作一點進展也沒有。」尼古哀嘆道，又完成一個手指大小的鐵絲小人。每次菸蟲上腦時，他就做一個來轉移注意力。結果，現在榻榻米上四處散落著這些鐵絲小人。

「好像什麼詛咒娃娃，讓人毛毛的。」王子把小人往旁邊一撥，然後一屁股坐下。「電腦能不能借我一下？」

「不會太久的話就借。你要幹嘛？」

「王子想上網拍買跑步機。」城太代替王子回答。當事人早就全神貫注在拍賣網站上了。

「現在還搞這個幹嘛。」

尼古驚覺自己又下意識地找起香菸，於是又拿起鐵絲把玩。

「因為我覺得一邊看漫畫一邊在房裡跑步，好像是個好主意……尼古學長，這什麼啊！」王子看到滑鼠旁一個不明物體，大叫一聲。

「叫什麼叫！菸啦。」

一個菸盒被人用鐵絲一圈圈緊緊纏繞起來。王子見狀，不禁拭去眼角泛起的感動淚光。

「力石[17]！尼古學長，你是力石啊！」

但是，殘念！在場沒人看過《小拳王》漫畫，他的話完全無法引起任何共鳴。

「尼古學長，原來你是認真的。」

王子睜著濕潤的眼眸直直望著尼古，看得他頭皮發麻。

「你們不也一樣？認真到想買跑步機練習。」

「人在江湖身不由己啊，誰教灰二哥那麼認真。」

城次一邊整理鐵絲小人，一邊嘆氣。城太也點頭同意。

「我們喜歡青竹，也喜歡灰二哥。既然灰二哥說他想挑戰箱根驛傳，也只能捨命陪君子了。」

灰二，真羨慕你有這種願意為你兩肋插刀的學弟啊，尼古在心裡對清瀨說。

「可是為什麼偏偏是箱根驛傳？」王子停下操作滑鼠的動作，不解地歪著頭。「想跑他自己一個人跑就好，何必把我們這一大票人都拖下水？」

「因為一個人沒辦法跑接力賽啊。」尼古現在哈菸哈得要命。

「我知道阿走和灰二哥跑得很快。」城太說。「可是，他為什麼不去別的地方找跑得比我們快的人？」

17　力石徹，千葉徹彌的漫畫《小拳王》中的角色。書中有個橋段是力石為了減重而絕食禁水，當他渴到意識不清、衝去廚房找水喝時，卻發現屋內所有水龍頭都用鐵絲綁死了。

「會不會是青竹剛好有十個人，所以他想說乾脆叫我們來跑？」

尼古這麼一說，正在操作滑鼠的王子頓時板起臉來。

「有沒有這麼懶？拜託他別隨便拿我們來充數！」

「先別氣，我們又還不知道灰二哥的真正想法是怎麼。」城次一派悠哉地說。「我倒覺得跑步還滿開心的。」

城太和城次開始互相按摩彼此的腰部和雙腳。

「我也是。」

尼古也開始幫坐在電腦前的王子揉起肩膀，並隨意一笑。打從阿走踏入竹青莊的那一天起，他就多少猜到了。尼古畢竟以前也跑過田徑，所以他知道阿走就是清瀨期盼已久的那個人。為跑步而生的阿走，以及很清楚「想跑卻不能跑」有多痛苦的清瀨。這兩個對跑步懷抱無比熱情的人，一定能影響彼此，抵達大多數人難以窺見的至高境界。

竹青莊的其他夥伴，必須助他們一臂之力。距離預賽還有半年，到時我們能進步多少呢？能否參加箱根驛傳，會成為改變阿走和清瀨未來的重要關鍵。尼古猛地握緊自己的手，阻止它伸向香菸。

又有人敲門了。這回探出頭來的人是神童。

「王子，原來你在這裡。」

「幹嘛？如果是要我參加猜謎大賽，跟ＫＩＮＧ說我現在沒空。」

「ＫＩＮＧ跟姆薩都累到睡著了。」

神童一如既往，一派穩重老成地走進尼古房裡，找個角落正經地席地跪坐。「你不是說想要跑步機嗎？剛才我打電話回老家，家裡人說倉庫裡有一台耶，大概還能用。你要的話，我叫他們寄過來，怎麼樣？」

「我要我要！」

王子馬上關掉網拍頁面。

「你家怎麼會有跑步機？」城次問。

「鄉下人家裡通常都會有按摩椅、跑步機這種健康器材，只不過上頭都積了一層灰塵吧。」神童回答。

「裴肖維，我老家就沒那種東西！」尼古在心裡吐槽，雙胞胎卻不疑有他，紛紛讚嘆：「好好喔！」「你家真大！」

王子連忙說：「那就麻煩他們馬上寄來，我再付運費給貨運公司。那就這樣，明天還得早起，我去睡囉。」語畢，王子便匆匆走出門外。

他就是這樣，總是有點不太合群。雙胞胎明明是陪他來的，王子卻丟下他們說走就走。不過他們似乎也不以為意，只是停止為彼此按摩，跟著打開門說：

「那我們也閃了。」

「晚安——」

說時遲那時快，阿雪忽然從對門衝過來，怒吼著：

「你們到底吵夠沒，害得我都不能睡！」

「你不要因為被禁止去夜店，就暴躁成這樣好不好？」尼古輕描淡寫地說。

「你有資格說我嗎！也不看看自己那副戒菸戒到快瘋掉的德行！」

「好了好了，明天早上六點還要晨練，你們就別吵了。」性情溫厚的神童出面緩頰。「對了，尼古學長，你這些鐵絲創作能不能給我一些？」

「好是好，不過你要幹嘛用？」

「山人自有妙計。」

神童抓起一把鐵絲小人，塞進自己的運動褲口袋裡。

二樓的房客魚貫上樓去。腳步聲和關門聲悄然止息，竹青莊終於回歸寧靜。

「你真的打算幫灰二嗎？」阿雪站在門口，輕聲對尼古說。

「不行嗎？你自己還不是幹勁滿滿。」

「我又沒差。反正我學分都修完了，司法考試也過了……但是你不一樣。你今年要是又不能升級，就沒有退路了。」

不論進大學前還是進大學後，尼古總是在繞遠路；幸好他這一路上也嘗試了許多感興趣的事物，因此練就一身謀生技能。就算他最後沒辦法畢業、到公司行號上班，也絕對能夠靠自己的力量活下去。不過，他知道阿雪是在關心自己，於是說道：「謝啦。」

阿雪只是略聳聳肩，藉以掩飾自己的害羞。

「欸，阿雪。」

當阿雪轉身想回自己房間時，尼古喚住他。「一起好好度過這一年吧。」

這是他們在竹青莊共度的最後一年。

阿雪不發一語，默默消失在門的另一邊。菸癮持續發作中的尼古，重新目不轉睛地盯著電腦。結果他的軟體設計工作還是沒任何進度，只徒然生產了一堆鐵絲小人。

清瀨依照各人的程度，擬出三種不同的四月分訓練計畫表。阿走和清瀨屬於重量級，王子是輕量級，其他成員則是介於兩者間的普通級。

不論哪種程度的訓練計畫表，都著重讓身體適應跑步的節奏，同時逐漸提升速度和耐力。為了避免大家對訓練感到厭煩，清瀨還特地挑選了幾個不同的場地。這分訓練計畫表不只掌握了跑者的心理，也顧慮到每個人的實力差距。阿走再次深深體會到：灰二哥果然不簡單。

既然清瀨能設計出如此周到的訓練內容，想必是個很有實力的選手。阿走很想知道，膝蓋受傷前的清瀨究竟是怎麼跑的。現在既然知道清瀨是個中好手，他沒辦法不放在心上。搬進竹青莊至今，他頭一次興起和清瀨好好討論田徑的念頭。

然而，竹青莊的房客幾乎都是田徑門外漢，當然不可能從這分訓練表看出清瀨的實力，只能一頭霧水地盯著手中的訓練表。

好奇心旺盛的城次率先發難。

「灰二哥，什麼是『C.C.』啊？」

「Cross country，是越野賽跑的簡稱。不是在運動場的跑道上跑，也不是在馬路上跑，而是在大自然中跑步。我們要在草地上練跑。」

「草地？那裡離竹青莊有兩公里遠耶，有必要特地去那裡練嗎？」

「跟柏油路比起來，泥土地對雙腳造成的負擔比較小。草地的地面起伏比較有變化，而且還能順便轉換心情，有什麼不好？」

「那，這個『C.C.２．５k×６』該不會是……」這次換城太提心弔膽地出聲。

「為了測量草地上的練跑距離，我規畫了一條一圈二．五公里的路線。至於是怎樣的路線，我待會再告訴你們。你剛剛問的，就是那個路線跑六圈的意思。」

「你是說我們總共得跑十五公里？」王子有如一顆洩了氣的氣球。

「這樣還算少呢，畢竟你們是初學者。」清瀨毫不心軟。「阿走可是得跑八圈咧。」

姆薩舉手了。

「那什麼是『配速跑』？」

「就是照著設定好的速度來跑。每一次跑步前，我都會依據你們的體能狀態和跑力[18]來調整速

18　速度與持久力的能力統稱。

度。」

說到這裡，本來看著訓練表的清瀨抬起頭看看眾人，確認大家是否都聽進去了。

「沒問題，到目前為止沒有不懂的地方。」姆薩笑著打包票。

「這份訓練表的設計，主要是針對持久力，也就是體力的養成。大家不要太勉強，只要能跑完全程就好。練習前後的JOG也一樣，絕對不可以跑太快，跑得上氣不接下氣。我說過很多次了，跑步時最重要的是放鬆身體，好讓自己能跑得久、跑得越來越遠。」

「那個JOG，就是慢跑的意思吧？」神童認真地抄下清瀨傳授的跑步術語。

「如果只是一成不變地慢慢跑的話，沒辦法提升跑速，所以我們也必須練習加速跑和間歇跑。加速跑是慢慢地加快速度，然後衝刺；間歇跑則是一種快跑和慢跑交錯組合的跑法。」

「衝刺的話，我知道。」KING說。「就是那種類似五十公尺或百米賽跑的跑法嘛。」

「正是。不過，基本上長跑跑者不需要做那種短距離衝刺練習，因為長跑和短跑時運用的肌肉不一樣。」

清瀨的視線又落在訓練表上。「四月下旬的阿走練習欄上，不是寫著『B－up[19] 10000』嗎？意思就是『在一萬公尺的練跑中，逐漸加速前進』。具體來說，就是假設跑第一公里的速度是三分〇五秒，到了跑最後一公里時必須把速度提高到兩分五十秒左右。我認為這對阿走應該會很有幫助。」

「太操了吧！這樣不是很苦嗎？」城次看著阿走，幫他擔心起來。

「大概吧。」阿走只是淡淡地回答。

「練跑的目的就是增加心肺功能的負擔，當然要辛苦一點才有意義。」清瀨微微一笑。「如果能夠以一定的速度跑完十公里，那他一定能應付更遠的距離。為了在速度和持久力之間取得平衡，大家必須提高心肺功能。這些速度訓練的用意就在這裡。」

「可是，也不能做得太過火，對吧？」阿雪推了推眼鏡，搬出他自己整理出的一套理論。「速度訓練容易造成疲勞，也會增加腳的負擔。」

「對，要是練跑練到受傷，那就得不償失了。」清瀨點點頭。「對初學者來說，練加速跑還太早。雖然我的重點在於培養大家的體力，但速度訓練也是不可少的，所以我才把間歇跑放進來。」

哪個是間歇跑啊？城太一頭霧水地看著練習表。

「你看這邊的『200（200）×15』，像這種有另外加上括弧的，就是間歇跑啦。」阿走告訴他。

「它的意思是，」清瀨繼續補充。「先快速跑完兩百公尺，然後再放慢速度跑兩百公尺，兩種速度來回交替，重複十五次。像這樣，跑者就可以在放慢速度的那兩百公尺中喘口氣了。」

「連喘口氣的空檔也得跑！有沒有這麼壯烈啊？」

阿雪突然正色，直視清瀨。「你說的快速，具體來說是多快？」

「我是希望你們可以在三十秒到三十二秒左右跑完兩百公尺，不過，要你們馬上辦到確實很強人所難，所以我會視情況調整。」

「阿走的間歇跑訓練計畫也太猛了吧！」城次大喊一聲，聽不出到底是讚嘆還是傻眼。「竟然有『400（200）×20』這種東西耶！」

「現在才四月，所以這樣的練習量還算輕呢。」阿走說。「到了夏天，還要更拚才行。」

「還要更拚?!」

一行人頓時覺得未來一片黑暗。

王子打從一開始就悶不吭聲。阿走本來還擔心，王子是因為只有自己的訓練計畫跟別人不同而暗

19 Build-up，加速跑。

自神傷，但其實是阿走自己想太多。王子根本是在忙著想有沒有辦法逃避跑步練習，才會一聲不吭。

「我……」王子企圖在自己和清瀨之間找出一個妥協點。「我想一個人專心進行自主訓練，不知道可不可以。」

「什麼樣的自主訓練？」

「神童他給了我一台跑步機。有了那個，我就能一邊看漫畫一邊跑步。而且我啊，幾乎一整天都在看漫畫，等於從早跑到晚……我想這樣做，效果應該會不錯。」

「跑步機的速度有多快？」

「跟慢慢跑……差不多？」

清瀨挑了挑眉，然後環顧眾人。

「除了越野賽跑，我們所有練習都在區營運動場的跑道上進行。大家要把訓練表看仔細，千萬不要搞錯集合地點。」

王子的話被當成空氣，計謀宣告失敗。

清瀨是個性謹慎細膩的人，因此要求每個人都要填寫練習日誌。除了必須記下訓練表規定的練習花費多少時間，也得記錄自己每天自發地做了哪些訓練，跑了多久、多遠。

「瞎掰沒有用，我只要看到你們在正式練習中的表現，就大概知道是怎麼回事了。」清瀨叮囑眾人。「重點是，你們必須把不滿和身體哪裡不舒服都寫出來。如果有什麼話不方便當面對我說，儘管寫在練習日誌裡。」

「不滿什麼的，我都說了啊。」王子嘀咕道。「可是你都有聽沒有到。」

「等到我感覺你真的不行了，就會認真考量你的意見。」

接著，清瀨開始號召有意願參加早、晚慢跑的人，要大家一塊兒練跑。

「要是有人擔心自己早上起不來，還是沒把握跑完全程，儘管來找我，我來幫忙解決。」

阿走想照自己的步調練習，所以決定還是一如既往，自己進行早、晚練跑。向來奉行個人主義的阿雪，以及厲行戒菸減肥、亟欲找回跑感的尼古，也表明想要自己練跑。至於其他人，則暫且聽從清瀨的號令，一起進行自主訓練。

接下來的日子裡，阿走在致力於正式練習和自主訓練之餘，也不忘密切觀察其他人的動向。為了挑戰箱根驛傳，大夥兒每天練得三魂七魄跑了一半，就算哪天有人中途開溜也不足為奇。

畢竟，大學生最不缺的就是時間，而這些人早就隨心所欲慣了。別說是跑步，光是要他們調整生活作息，對他們當中大多數人來說已經無異於酷刑。

一大早就起來慢跑，跑完後匆匆吃早餐，吃完去大學上課。放學後大家又趕緊集合，前往草地或區營運動場進行當日的練習，接下來還得在睡前騰出時間進行晚間的慢跑。

每天天色一亮，清瀨就敲鍋子叫大家起床；到了晚上，所有人都已筋疲力盡，甚至越來越多人連澡都不洗就昏死過去。

「青竹最近好像有一股怪怪的味道。」

姆薩在主屋的浴室裡對阿走這麼說。他們倆在脫衣間巧遇，為了節省時間，決定一起擠浴缸泡澡——當然，照姆薩的洗澡規矩來：不開燈。

「畢竟住了十個臭男人啊，而且還有人運動流了一身汗也不洗澡。」

「名字我就不明說了，就是雙胞胎、ＫＩＮＧ兄，還有王子。」

「你等於已經說出來囉，姆薩。」

呵呵，姆薩笑了笑。

「ＫＩＮＧ兄和王子是真的很辛苦，但雙胞胎只是懶得洗澡而已。」

「這樣做是不對的。」

阿走和姆薩講話時，不由自主跟著正經八百起來。

「我很為他們憂心。不洗澡，是得不到女孩子青睞的。阿走，你跟雙胞胎是同儕不是嗎？下次你最好不著痕跡地提醒他們一下。」

這是我有生以來頭一遭，在日常生活中聽到人家講「同儕」這個詞呢。阿走心裡一邊想，一邊回答：「好。」

「前幾天晚上出去慢跑時，發生了一件堪稱有趣的事。」

「什麼事？」

姆薩沒有回答，只是又「呵呵」笑出來。

「是我們在商店街跑步時發生的。阿走，下次你不妨也來看看。」

浴室一片漆黑，兩人抱著膝蓋、在浴缸裡面對面而坐。一個白色的圓形光影，在兩人之間的水面上浮盪。

「啊，阿走。我還以為是外頭的燈光，原來是月娘現身了。」

從敞開的窗戶往外望去，確實有一輪朦朧的月亮高掛在春天的夜空。

「你瞧。」

姆薩將兩掌輕輕探入水中，微微一笑。「撈到了。」

「真的耶。」

阿走覺得有趣，也跟著笑了。小小的月亮宛如一塊白玉，柔和地滲進姆薩手中。

大夥兒已經練習了一星期，目前卻還沒有任何人開口說「不玩了」。阿走對此感到意外。明明已經累得連澡都懶得洗，竟然還沒有人想放棄？

為什麼？阿走暗忖。是因為誰都不想當第一個退出的人，所以硬著頭皮死撐？還是說，因為大家住在一起，所以不想當害群之馬？又或者是，他們已經越跑越有心得，開始得心應手了？

阿走泡在浴缸裡想像著：如果到最後都沒有人退出，就這麼一直練習下去，或許自己真的能和竹青莊的人一起參加箱根驛傳。

自己的想法，竟然有如此巨大的轉變。這是阿走始料未及的。明明我一路以來都是孤軍奮戰，現在也同樣貫徹一個人跑步的原則。但是為什麼，心頭好像有了什麼期待呢？

阿走輕輕吐了口氣，水面上的月亮微微晃動。他的心裡，同時萌生一股害怕期待落空的不安，以及至今從未有過的熱切感受。

阿走和姆薩一起離開浴室，回到竹青莊。才剛在玄關脫下拖鞋，就聽到頭頂上傳來一陣唰啦唰啦的聲響。一〇一號房的房門「砰」地打開，清瀨氣沖沖走過他們面前，直接上二樓。沒多久，雙胞胎的房間再傳來清瀨的怒罵聲。

「我不是說過禁止打麻將嗎！沒收！」

箱根驛傳或許真的還是一場夢。阿走想著想著，嘆了口氣。一張麻將計分表從天花板的破洞飄落，城次的悄悄話也一併落下。

「待會我要算分數，你們先幫我收好，別被灰二哥發現。」

「是是。」姆薩笑著撿起計分表。

有心專攻長跑的學生，一個月至少要跑六百公里，每逢賽期將近，一個月跑一千公里以上的也大有人在。阿走練跑也是以此為目標。儘管他很希望竹青莊的人能堅持到底，但也不想還就這個才剛成立的稚嫩團隊，影響到自己的練習。

「阿走，你有點太拚命了。」

看過練習日誌的清瀨，在正式練習結束後這麼對阿走說。當時大夥兒都聚集在草地上，有人在換衣服，有人在做伸展操，一起悠哉地進行緩和運動。

一開始的那兩個星期，大家不是這裡肌肉痠那裡痛、瘀青凝血，就是跑到磨破腳。每個人被操得人不像人鬼不像鬼，但還是拚命達成練習目標。由於這群人的素質本來就不錯，如今他們的身體已經逐漸適應跑步的節奏，也漸漸跑出樂趣了。訓練表規定的練習量，他們都能設法完成。

儘管阿走對大家的適應力之高感到震驚，但說到底，這些不過是初階的練習而已。阿走追求的，是完全不同程度的境界；只要沒人阻止他，不管多久，也不管多遠，他可能會一直跑下去。

「就年紀來說，你的身體還在發育階段，千萬不要太勉強自己。要是操得太凶，把身體搞壞了怎麼辦？」

這陣子，阿走覺得自己的身體非常輕盈，越跑越有力，速度也練得越來越快。所以清瀨的忠告，他其實根本聽不進去，卻仍然乖乖地應了聲：「好。」

「相對的，王子實在太混了。」

王子的練習日誌上，可以看到他每兩天就有一天用跑步機代替晚間慢跑。

「雖然誠實是你的優點之一……但是坦白說，你這樣跟『懶得練跑，窩在房裡看漫畫』有什麼兩樣？」

有時候，清瀨來王子房間找他參加晚間的慢跑，他竟然用漫畫堆成拒馬，死也不肯開門。

在清瀨的追究下，王子拚命幫自己辯解。

「話是沒錯，但我是真的一邊踩跑步機、一邊看漫畫啊，而且我感覺最近雙腳已經練出一些肌肉了呢。」

「我看看。」

清瀨伸手摸摸王子的小腿肚，檢查他的肌肉。阿雪見狀，馬上給他忠告：

「灰二，勸你最好早點改掉動不動就摸別人腳的壞習慣。」

清瀨「嗯」了一聲，站直身軀。

「不論早上的慢跑，還是正式練習，都看得出王子確實有點進步了。但是我不建議你邊看漫畫邊踩跑步機，因為那樣不只容易造成姿勢不良，你也少了適應路跑的機會。所以，希望你每天都能來參加晚間慢跑。」

在清瀨不容反駁的沉靜氣勢之下，王子也只能摸摸鼻子宣誓：「我參加。」

這對阿走來說是個好消息。他希望王子能盡量去外頭跑步，因為王子的房間原本就超重，現在又增加一台跑步機，只要他一練跑，阿走房間的天花板就會響起有如瀕臨爆裂的嘎吱聲。

「跟誠實的王子比起來，我們的國王交出的日誌，簡直充滿了虛偽與誇飾。」

清瀨此言一出，眾人紛紛望向ＫＩＮＧ，忍不住笑出來。

「露餡啦？」不知所措的ＫＩＮＧ用鞋尖在泥土地上鑽出一個洞來。「沒辦法啊，誰教我不只跑不動，速度也完全沒有提升，所以才想稍微灌水一下、裝個樣子嘛。」

「你才開始練習兩星期，不會那麼快就看到成果的。」清瀨苦口婆心地對ＫＩＮＧ說。「想成為猜謎王，最需要的是一點一滴累積知識，還有練出高超的搶答技巧，對吧？跑步也一樣。耍小聰明沒有用，你只能每天練習、培養體力和技巧，而且必須勇於面對自己的優缺點；在正式比賽的最後關頭，那分勇氣就是你的救命關鍵。我知道你練習得很認真，所以你只要照實寫就好。」

「好吧。」ＫＩＮＧ點點頭。

「其他人目前沒有什麼問題。不過，尼古學長……」

「啥？」被清瀨一點名，本來在重綁鞋帶的尼古隨即停下動作，抬起頭來。

「你最近吃得很少吧？」

「哪有。」

「不要說謊。你以為煮飯的人是誰？」

是清瀨。這個竹青莊的支配者，不只幫大家擬訓練計畫，也一手包辦眾人的伙食。任何事都難逃他的法眼。

尼古搔了搔臉，解釋道：「你看我長這麼大隻，不稍微減點肥，行嗎？」

「沒那個必要。」清瀨一口打斷他的話。「你已經在練習中運動過了，不用刻意減肥也會瘦。過度節食會搞壞身體。請你好好吃飯，注意營養均衡。」

「好吧。不過，要是練習沒辦法有效消耗我的脂肪，我就真的要開始節食喔。」

「我估計你到夏天一定會瘦下來，不過……」清瀨讓步了。「萬一沒瘦下來，到時我們再想辦法吧。拜託你千萬不要一個人亂來。」

神童在一旁聽著聽著，不禁疑惑。

「體重輕會比較有利嗎？身體瘦了，體力不是也會變差？」

理論派的阿雪回答了神童的問題。

「當然不能過度減肥，因為不只會引發貧血，也會造成心臟的負擔，對身體健康造成危害。但是基本上來說，還是瘦一點比較好；去除身體多餘的脂肪後，心肺功能也能提高。就好比賽車，大家都希望車體輕一點、引擎有力。兩者的道理是一樣的。」

「原來如此。」神童聽得心服口服，不再多問。

「阿雪說得沒錯。」清瀨掃視眾人一圈。「就像賽車，為了找出車體的最佳平衡點、提高引擎性能，必須反覆試駕一樣，跑者也必須藉由每天練跑來鍛鍊體魄。如果只是一味求快、求速成，反而會出現反效果。請大家一定要注意。」

另外還有，練習完畢後，即使肌肉只有微微發熱，也必須馬上拿冰塊冰敷，暖身操和按摩也絕對不能省略。除此之外，大家還必須服用營養補充錠，攝取容易流失的鐵質等營養素。

清瀨接著又教了大家許多預防受傷、維持體能的方法，然後才宣布：「解散。」

在回竹青莊的路上，阿走碰巧和尼古走在一起。體重的事，再加上戒菸，讓尼古的壓力無處抒發，整個人看起來死氣沉沉。

這種時候，最好聊些快樂的話題。但阿走想了半天，還是沒想到半個梗。

「阿走，你猜今天晚餐吃什麼？」

最後反而是尼古率先打開話匣子。我這個人，除了跑步之外還真的一無是處啊，阿走不禁氣喪地想。

「我猜是咖哩。因為在練習前，灰二哥叫我去商店街買咖哩塊。」

阿走腦中閃現一個點子。對了，商店街！姆薩不是邀我晚上跟他們一起去慢跑嗎？這說不定是讓尼古散散心的好機會。

「尼古學長，今晚要不要跟我一起跑？」

「你幹嘛，突然像在跟我搭訕一樣？」

這時，略微跑在兩人前頭的阿雪突然回過頭，頂著一張有如鋼鐵面具的撲克臉，皮笑肉不笑地說：「你要帶人家去哪裡玩呀，達令。」

「商店街。」阿走正經八百地回答。

這三人都是早、晚單獨練跑的獨行俠。正好有此機會，他們決定晚上一起去看看團體組究竟發生什麼樣的「趣事」。

晚餐果然是咖哩。清瀨一絲不苟的性格，在烹飪上也發揮得淋漓盡致。早在練習開始前，他就已經把洋蔥煮到軟爛，然後加入阿走買來的各種市售咖哩塊，調合成獨家口味。

然而，沒有人吃出他特調醬汁的深奧之處，反倒是咖哩中大量的豬五花肉讓他們看得眉開眼笑。至於精心裝盤的沙拉，他們也看都沒多看一眼，三兩下就掃得一乾二淨。

「我看我是白費工了。」清瀨露出介於憤慨和哀怨之間的神情，把空盤子放到洗碗槽。

「再幫我添一點飯。」站在電鍋前的尼古，似乎已經決定不再節食。「口味、擺盤什麼的都不重要，只要有肉給這些傢伙吃就好啦。」

廚房擺不下可以容納所有人的大餐桌。一旦餐桌坐滿，較晚來吃飯的人只能搬出小矮飯桌，坐到廚房前的走廊用餐。

阿走吃到一半時，神童和姆薩來了。餐桌旁已經沒有空位，而雙胞胎明明已經在吃甜點，卻完全沒有要讓位的意思，只顧著跟對方爭執應該在草莓上面加煉乳、牛奶還是砂糖，吵得不可開交。深受階級觀念制約的阿走，很自動地嘴裡啣著湯匙、端起自己那盤咖哩，打算讓位給學長。

「不用啦，阿走。」神童趕緊制止他。

「在我們青竹，是沒有學長學弟之分的。」姆薩說。「所以住起來才會這麼舒服，對不對？」

「喔好。」

阿走坐回去，繼續吃自己的咖哩。對於高中三年都在田徑隊宿舍度過的阿走來說，學長被趕到走廊吃飯，學弟卻大剌剌坐在餐桌旁吃，實在太難以置信了。

在阿走的經驗中，做學弟的本來就該打點學長的生活起居，比如幫學長洗球鞋、洗衣服，洗澡當然也得等學長先洗完再說。事實上，如果做這些事，能讓自己免於遭受學長嫉妒、得以專心練跑，他覺得倒也無所謂。

但是當阿走自己升上高年級後，他反而不喜歡讓學弟洗他的鞋子，因為那是跑步時最重要、最寶貴的東西。他實在不懂，為什麼以前學長們會這麼輕易地把自己的鞋子交到別人手裡。

那些同年級的隊友，老是愛在背地裡批評他「破壞規矩」、「假清高」，但阿走一點不在乎。反正沒有人追得上他的速度，而且升高年級後又能心無旁騖地專心跑步，光是這樣就令他心滿意足了。其他人愛說什麼，就隨他們去。

在隊上，大家都視阿走為難以親近的獨行俠。換個說法，就是他有點受到孤立。

但是在竹青莊，他卻能自在地做自己。沒人在意誰年紀大、誰年紀小，每個人想說什麼就說什麼，不會把話憋在心裡。就拿現在來說，尼古正在調解雙胞胎之間的糾紛。只見他二話不說，一股腦兒地把等量的煉乳、牛奶和砂糖倒到兩人的草莓上。

「尼古學長，你很機車耶！我本來想加牛奶跟砂糖的！」

「我幫你加了啊。」

「我想加的是煉乳！」

「所以我這不是幫你加了嗎？」

阿走把雞同鴨講的雙胞胎和尼古丟在一邊，幫清瀨收拾善後，和他並肩站在流理枱前一起清洗碗盤。

「灰二哥，你們大約幾點鐘會跑到商店街那一帶？」

「八點左右吧。怎麼了？」

「沒事，隨便問問而已。」

這時姆薩剛好來放盤子，對阿走使了個眼色。

阿走、尼古和阿雪稍後一起來到商店街入口附近的兒童公園。在沙坑、鞦韆和溜滑梯間來回跑步固然無聊，但也只有這兒，能讓他們一邊慢跑、一邊觀察商店街的動靜。

三人在燈光昏暗的公園內跑了約莫三十圈。正當他們跑得頭昏眼花時，清瀨一行人現身了。他們拐彎跑向通往車站前的大型商店街，但由於每個人的程度不一，隊伍因此拉得很長，王子勉勉強強跟在最後。

「來了！」

「我們偷偷跟上去。」

阿走等人也離開公園，進入商店街。

狹窄的通道兩旁羅列著許多個人店鋪，有結束一天工作、已經拉下鐵門的麵包店；也有想在打烊前賣完所有商品、扯著喉嚨叫賣的魚販；還有天色一暗，客人便開始陸續上門的小酒吧。

仿燈籠造型的路燈投射出橘色光芒，商店街一片熱鬧，充斥著從車站走來的返家民眾，以及搶購限時優惠商品的顧客。

「王子未免也跑太慢了。」阿雪嘀咕道。「要不超過他還真難。」

阿走三人以行人為掩護，順利從王子旁邊超過去，然後也無聲無息地追上ＫＩＮＧ，跑到他前頭。

「是灰二！」阿雪用下巴指指前方。清瀨正朝著他們跑過來。

「這傢伙幹嘛折回來？」

「難道他已經跑到車站那個折返點了？太快了吧。」

三人趕緊低下頭裝成路人，但這一切當然不可能逃過清瀨的法眼。

「你們幾個在這裡鬼鬼祟祟的幹嘛？」

清瀨跑到他們身旁，然後轉身改變方向，跟著阿走他們一起跑向車站。

「你不也是嗎？跑得好好的，為什麼突然跑回來？」阿走問。

「我是來看看後面那幾個人跑得怎麼樣了。」清瀨回答。清瀨的管理能力依舊無懈可擊。這個人為了照顧到每一個成員，究竟跑了多少路？阿走有點擔心他，畢竟他的腳傷尚未完全復原。

阿走在想著這些事情時，清瀨和阿雪仍繼續交談著。

「阿走說你們這邊有什麼看頭，我們就跟來啦。」

「喔，你們是指那個嗎？」

他們順著清瀨手指的方向望去，並肩而跑的神童和姆薩恰巧映入眼簾。

「那兩個傢伙在搞什麼？」

也難怪尼古看得一頭霧水。只見神童和姆薩身上穿著白色Ｔ恤，背後用黑色奇異筆寫了幾個大字。阿走定睛一瞧，才看懂穿過商店街中央的那兩人背後寫了什麼。

挑戰箱根驛傳！

寬政大學田徑隊，後援會員招募中！

「……還用ＰＯＰ字體耶。」阿雪品頭論足起來。

「好像是神童自己寫的喔。」清瀨維持著規律平順的呼吸，淡然地說明。「我跟他們說這樣太丟臉了，叫他們打消主意，但他們堅持這麼做，說這樣才能募集需要的資金。而且，他們好像幫每個人都準備了一件。」

我死都不要穿！阿走心想。神童總是安安靜靜的，渾身散發著不食人間煙火的超然氣質，沒想到他其實這麼務實。

「太意外了，沒想到神童會積極策畫募款的事。」

「透過跑步，可以彰顯出每個人不為人知的一面。」清瀨笑道。「神童、姆薩！」他叫住跑在前頭的兩人。

「他們三個說想幫你們跑業務。」

沒有沒有，他在唬爛！阿走三人拚命一致搖頭。姆薩微微舉起手，朝剛加入隊伍的阿走打招呼。

「神童兄親手特製的Ｔ恤，阿走也有喔。還有，你看那邊。」

一輛腳踏車穿梭在商店街的人潮中，上頭是一名年齡與他們相仿的女孩。她紮著馬尾，神情專注地奮力踩著踏板。儘管隔著一段距離，那驚鴻一瞥的側臉，已經充分顯示她的清秀與美麗。

「那是八百勝蔬果行老闆的女兒。」清瀨說。

「你怎麼知道？」

怔怔盯著女孩側臉的阿走，轉頭看向跑在自己身邊的清瀨。

「為了幫大家做飯，我常來這條商店街買菜啊。買久了當然知道她是誰。」

「那你跟她說過話嗎？」

「只說過『這蘿蔔的葉子好漂亮』、『找你兩百圓』之類的。」清瀨揚起嘴角。「怎麼，阿走對她有意思？」

「沒有。沒事啦。」

阿走的視線又轉回前方。腳踏車在人群中若隱若現，繼續奔向車站。

「多虧了這東西，我們現在可是小有名氣喔。」神童拉拉T恤的下襬。「畢竟我們每天都成群結隊在這條街上練跑嘛。有些認識灰二哥的老闆，還會跟我們打招呼說：『你們是住在那棟破公寓的學生吧？這下有好戲可看囉！』」

「而且我們房東是這條商店街的圍棋俱樂部常客。」清瀨也說。「聽說他到處宣傳『青竹的房客要挑戰箱根驛傳』這件事。」

他們是故意把當地居民拉入戰局，好讓大家無法輕言放棄吧？清瀨與房東精心布局，一步一步地攻城掠地，手段高明得令阿走讚嘆不已。第一個表態加入的神童，也覺得自己有義務帶頭投入宣傳活動。這群天真又單純的竹青莊房客，殊不知自己正逐漸踏上通往箱根驛傳的單行道。

阿走覺得不安起來。這群人真的沒問題嗎？不過，挑戰箱根驛傳這件事能受到竹青莊以外的人關注，還是令阿走感到開心，也受到一些鼓舞。

「這段時間以來，每當我們跑到這裡，她就一定會出現。」姆薩指了指腳踏車上那位「八百勝」老闆的女兒。「她的目標是……」

阿走和尼古順著姆薩指的方向望去，視線落在腳踏車前方。跑在她前面的是……

「雙胞胎?!」阿走驚呼。

「的哪一個?!」尼古也發出驚嘆。

「這我就不清楚了。」姆薩聳聳肩。

「哪一個有差嗎？反正他們長得一模一樣啊。」阿雪冷靜地一語道破。

看來，有人要戀愛囉，阿走心想。只是，現在正並肩而跑的城太和城次，似乎還沒察覺到這件事。這下非得趕快勸他們一定要每天洗澡才行。

但無論如何，可以確定的是：這些早晚勤於慢跑的竹青莊房客，和商店街居民之間的距離越來越近了。

第四章　紀錄賽登場

春天到初夏這段期間，是比賽的尖峰期，幾乎每星期都有大學主辦的紀錄賽，或是企業贊助的一些賽事。

有了紀錄賽這個短程目標，眾人練習時也多了一股幹勁。現在只剩下王子和ＫＩＮＧ會跟著清瀨一起早晚練跑，其他人幾乎都自動自發早起，而且積極地照表操練。

清瀨會依照每個人的個性，不著痕跡地給予個別指導。例如，既然神童以達成練習目標為樂，清瀨就為他一個人擬定更詳細的訓練表；為了讓學究派的阿雪心服口服，清瀨欣然和他一起討論訓練方法；城太是只要受人誇獎就越練越來勁，因此清瀨在練習中不忘幫他灌點迷湯；至於城次，不去管他、他也自己跑得很起勁，清瀨根本不用刻意去指導他。

基本上，清瀨會讓大家照自己喜歡的方式去跑。他做的只有兩件事，就是向大家仔細交代練習方針，以及在必要時提供一些建議。他這麼做，反而巧妙地挑起所有人的幹勁，而這看在阿走眼裡，有如一場精彩的魔術秀。他不用強迫的手段，也不設定罰則，只是執著地等待這些頑石點頭、出於真心想跑。阿走從來不知道，原來也有這種的訓練法。

如果我的入門田徑教練是灰二哥，或許現在的我能跑得更快，阿走心想。事實上，竹青莊眾人儘管進步不多，但跑出來的時間確實在一點點地縮短中。

然而，另一方面，阿走又覺得清瀨的態度太過溫和。他要訓練的是一批臨時湊成的雜牌軍，再不嚴格訓練他們，恐怕會來不及參加預賽。他是真的有心挑戰箱根驛傳嗎？阿走忍不住焦慮起來。

「大部分人呢，已經練出十七分鐘內跑完五千公尺的實力了。」這一晚，當大夥兒在雙胞胎房裡喝得酒酣耳熱時，清瀨如此宣布道。

不論練得再累，大家還是會每隔十天開個小酒宴。竹青莊房客個個都有好酒量，而且因為人人都愛喝，所以光是大家聚在一起喝酒，就能抒發不少壓力。

「只不過，畢竟我們這支隊伍有很多初學者，第一次參賽難免會怯場。所以我已經為各位報名幾場紀錄賽，請大家放輕鬆，只要其中一次跑出十七分鐘內的成績就可以了。」

在阿走身邊看漫畫的王子，悄聲問道：

「為什麼灰二哥對『十七分鐘』這麼執著啊？」

「因為必須先拿到『十七分以內跑完五千公尺』的正式紀錄，才能參加箱根驛傳的預賽。」

阿走也小聲地回答完全沒有規則概念的王子。

「想要拿到正式紀錄，就必須參加正式比賽或紀錄賽。」

「這些之前不是已經解釋過了？你忘啦？」

阿雪的鏡框反射出冷峻的光芒。他只差沒說出「你那個豬腦就只記得住漫畫書名。」

「看樣子，灰二的重心全放在預賽上頭。」

「是啊。」阿走點點頭，同意阿雪的說法。

「我是覺得這樣也沒錯啦，不過……」阿雪心事重重地摘下眼鏡，拿出平整得看不到半條皺痕的手帕擦拭鏡片。「阿走你，不參加大專盃嗎？」

阿走沒有答腔，反倒是王子開口問：「什麼是大專盃？」

王子這麼一問，阿雪立即落跑去找坐在角落做鐵絲小人的尼古。膝上仍攤著漫畫的王子，繼續等著有人幫他解惑。

「大專院校盃，就是大學校際田徑錦標賽。」阿走說。「五月有關東大專院校盃，七月則是全國大專院校盃。」

「我們怎麼不參加？」

「這些比賽是為那些一流學生跑者舉辦的，參賽門檻可是比箱根驛傳還高咧。」

「是喔?!」王子看起來很吃驚，跟著視線又回到膝上的漫畫。「可是再怎麼難，應該也難不倒阿走吧。」

那還用說！但阿走沒有說出口，只是對王子露出不置可否的笑容。

清瀨把影印好的資料發給隨意而坐的每個人，上面記載著各大學主辦的紀錄賽日程。阿走一拿到手，立即放到榻榻米上，彷彿它有千百斤重一樣。

別說大專院校盃，就連參加紀錄賽，阿走也備感遲疑。在那種強校雲集的場合，從前的高中田徑隊友肯定不會缺席，而阿走還不想見到他們。

清瀨拿著那張紙，繼續對大家說明。

「首先是東京體育大學紀錄賽，然後五月初有動地堂大學紀錄賽，再兩星期後是喜久井大學紀錄賽。如果都過不了關，六月底還有另一場東體大紀錄賽。希望大家保持平常心，穩紮穩打突破『十七分鐘』這道關卡。」

城太和城次搶著說：

「連黃金周假期也要參加紀錄賽?!」

「六月底不是梅雨季節嗎？我不要在雨中跑步啦～」

抱怨歸抱怨，其實他們也只是打打嘴砲而已。平日的練習已經讓他們倆累積不少信心，只見他們眼中充滿鬥志，宛如在宣稱：「我們絕對要早早跑出十七分鐘以內的成績！」

「不過，如果想挑戰大專院校盃，就必須在第一次的東體大紀錄賽全力以赴，因為主辦單位的報名受理時間只到這場比賽為止。」清瀨說。「雖然拿不到大專院校盃的積分，但身為田徑選手，還是不應該錯過大專院校盃。阿走，你覺得呢？」

阿走正盯著榻榻米上的賽程表發愣，完全沒聽到清瀨說話。

「阿走，怎麼了？」清瀨又喊阿走一次，他才猛然回神抬起頭。

「沒什麼。沒事。」

「欸欸，什麼是『大專院校盃積分』？」

多虧城次插嘴發問，阿走才得以從清瀨的探詢目光中逃脫。

「之前我一直沒告訴你們。」

清瀨挺直背脊，用所有人都聽得到的音量大聲說道：

「箱根驛傳的預賽，比的不只是十個人各跑二十公里的總成績。」

本來七嘴八舌聊成一團的房客，這時驟然噤聲。屋內一片鴉雀無聲，每個人都對清瀨投以不解與困惑的眼神。

「能從預賽晉級決賽的名額有十隊，但其實當中有一隊是『選拔隊』。因為在那些無法晉級決賽的學校中，還是有一些在預賽中跑得很好的選手。這是針對那些人採取的補救措施。說難聽點，他們就是一部拼裝車。」

「意思是，真正能從預賽中取得箱根驛傳出場資格的，只有九所學校囉？」神童問。

「沒錯，而且第七名之後的學校，必須從預賽的總成績和大專院校盃的積分來計算最終排名。解釋起來還滿麻煩的，簡單來說，就是在大專院校盃跑出好成績的學校，可以用大專院校盃的積分來扣秒數。以前就有學校拜這個大專院校盃所賜，利用積分扣掉了五分鐘以上的總秒數。」

「這麼說來，也有那種明明在預賽得到好成績，卻因為大專院校盃的積分慘遭逆轉，結果無法晉級決賽的隊伍？」城太問。

「是啊。春節期間，電視台都會轉播箱根驛傳的比賽實況，可以說是各個學校的最佳宣傳機會。

因為這樣，校方往往認為只要砸資源網羅頂尖好手，然後讓他們在最短時間內成軍、在箱根驛傳出場就行了。大專院校盃的積分制度，其實也是為了避免各大學短視近利，希望他們不要只把重點放在箱根驛傳，可以讓選手多多參與各項比賽，培養出能在田徑的真正賽場——跑道上——發光發熱的人才。」

「講到這個會不會太寫實了。」尼古苦笑道。

「不管在什麼領域，都跟錢脫不了關係啊。」神童或許是有感於宣傳活動的重要性，不禁嘆了口氣。

儘管屋裡的氣氛有點沉重低迷，ＫＩＮＧ仍然說道：

「那好！灰二、阿走，你們去大專院校盃賺一些積分吧！」

「不用想了。」阿雪潑他一頭冷水。「我們只是一支小田徑隊，而那個積分，是根據各個學校的排名和參賽人數來給的。所以，不管灰二跟阿走在大專院校盃多拚命，也拿不到好積分。」

「真傷腦筋啊。既沒錢又沒辦法靠大專院校盃來加持，我們該如何是好？」姆薩垂下肩來。

「別擔心啦。」神童打起精神鼓勵姆薩。「我們只要在預賽中跑進前六名不就得了？這樣大專院校盃的積分就跟我們沒關係了。弱校有弱校的風格，就光明正大地用合計總秒數跟他們一決勝負吧。」

「說得好，神童！」清瀨開心地點頭。

「但那個總秒數，不就是我們目前最大的問題嗎？」阿雪冷靜地指出重點。

「總之就這樣吧，我們幾個在紀錄賽中一步一步縮短秒數，」尼古邊做鐵絲小人邊說。「阿走跟灰二，在大專院校盃把其他學校的傢伙嚇得屁滾尿流吧！」

「好耶！阿走、灰二，你們兩個多賺一點積分回來！」ＫＩＮＧ又來了。

「剛剛不是才說，光靠他們兩個沒辦法賺積分啦！」

「ＫＩＮＧ都沒在聽人家說話。」

城太和城次你一句我一句數落ＫＩＮＧ，阿走仍然一語不發。他根本沒有心思理會一再要他參加大專院校盃的ＫＩＮＧ，因為他一看到「東體大」三個字，就想起一件事。

如果他沒記錯，東體大是榊就讀的學校。阿走的腦海裡浮現這個高中隊友的臉龐，彷彿梅雨季節提早降臨一樣，讓人心情一下子鬱悶起來。

只要參加東體大紀錄賽，肯定會碰到榊。到時榊會怎麼面對自己？現在的我，贏得了進田徑名校就讀的榊嗎？

阿走藉著尿遁離開雙胞胎房間。他直接下樓，拉開前門。庭院中的碎石子在星光下熠熠生輝，誘引他走向那條綻放著白光的道路，也走向自己的內心深處。

他忽然好想跑，但就在他要跨出第一步時，才發現自己穿的是拖鞋，於是停下腳步。阿走感覺到尼拉似乎從緣廊下走出來，因此吐了一口氣，緩緩走向主屋。尼拉用濕潤的鼻尖抵著他的腳趾。阿走蹲下來，撫摸牠溫暖的毛皮。

然後，尼拉忽然用力搖起尾巴。背後傳來踩踏碎石子的聲響。阿走不必回頭也知道，是清瀨。

清瀨在阿走身旁蹲下來，伸出手搔弄尼拉的雙耳之間。尼拉開心地發出哼哼的鼻音。過了半晌，清瀨依然默不作聲，阿走決定先開口。

「你真的要我參加紀錄賽或大專院校盃？」

「那還用說，這些都跟箱根驛傳的出賽資格有關啊。」

「到時那些閒言閒語，會搞得大家不太開心喔。」

「怎麼說？」

清瀨語氣平穩地問，兩手不停揉弄尼拉的脖子。

阿走看著他的側臉問道：「灰二哥應該都知道吧？你聽過我在高中時的風評吧？」

「你是指跑很快這件事？」

「那是好的風評。我說的是……」

「阿走。」清瀨打斷阿走的話。「你聽好，過去和風評都是死的，但你是活的；不要被它們影響，不要回頭。你要變得比現在更強。」

然後，清瀨一邊嚷嚷著痛，一邊挺直膝蓋站起身。阿走和尼拉仰望清瀨，只見他頭頂上的春季星座有如一頂尊貴的王冠，兀自閃耀光芒。

「變得更強……？」阿走問。

「我對你有信心。」清瀨微微一笑，再度踏著碎石子返回竹青莊。

阿走摩挲著尼拉的背，陷入沉思。從以前到現在，有許多人要求阿走跑快一點，但他還是頭一次遇到叫他變強的人。到底什麼叫做「變強」？

阿走不懂。可是，清瀨說他對阿走有信心。

凍結已久的心房，驟然亮起一盞小小的燈火。那盞燈火讓總是在阿走體內迴旋的暴力泉流不再奔竄，也驅退那些將阿走逼向黑暗深淵的誘惑之聲。清瀨的話有一股沉靜的力量，彷彿可以吹散阿走心中的恐懼和膽怯。

「好！」

阿走邊說邊站起身。想太多只會害自己腦筋打結而已，既然如此，還不如專心跑步。就算遇到討厭的人，就算遇到不如意的事，都不必放在心上，只要專心向前跑就好。這是阿走唯一能做到的事。

阿走向尼拉道了聲晚安。

對於參加紀錄賽的恐懼和躊躇，已經在阿走心中逐漸淡化。現在的他，反而越來越期待自己能跑出什麼樣的成績。

隨著東體大紀錄賽的逼近，阿走的鬥志也越來越高昂。

好久沒上戰場了。儘管阿走相信自己已經做好充分的訓練，每晚入睡前，腦中還是不免湧現各種雜念：萬一在賽場遇到舊識，會不會分散自己在比賽中的注意力？這麼久沒比賽，對比賽的感覺會不會變鈍了，因此用錯戰術？在高中田徑界叱吒風雲的自己，上了大學還能一樣威風嗎？

一閉上眼，各種負面想法就一一浮現，阿走索性掀開棉被起身。他拚命壓抑那股想立即出門跑步的念頭，在黑漆漆的房間中調整呼吸，告訴自己：「別慌。別慌。」

別胡思亂想，要想就想像自己跑步的模樣吧！阿走這麼告訴自己。只要跑下去就對了。只要感受全身肌肉的律動，拚命向前跑就好。

一想起那時的熱情，所有的迷惘瞬間煙消雲散。他的心情變得雀躍無比，跟被人帶出去散步的尼拉沒兩樣。

阿走不只全心投入練習，學校的課程也從未缺席，因為清瀨堅持：「一個連學分都被當掉的人，哪有可能跑出好成績！」但為了專心練習，阿走只好不斷推掉聯誼和聚餐的邀約。竹青莊的其他房客，這陣子也把心思全放在紀錄賽上，不但放學後直接回竹青莊，而且一回來就馬上練跑。

於是，不光是商店街，連學校裡也開始流傳：「聽說住在破公寓的那些傢伙，最近跑得很拚耶。」

東體大紀錄賽前一天，阿走特地拜託和他修同一堂外語課的朋友，隔天在課堂上代替他點名。

「幹嘛，藏原，你明天不來嗎？」

「我要參加紀錄賽。」

「喔～說到這個，聽說你想挑戰馬拉松？」

「誒，不是馬拉松啦……」

我想挑戰的是箱根驛傳，而明天要比的是徑賽項目的五千公尺賽跑——但阿走只在心裡反駁，懶得跟他解釋。

升上大學後，阿走才知道那些和田徑絕緣的人，根本搞不清楚馬拉松和驛傳有什麼不同。提到徑賽，他們甚至露出一臉吃驚的樣子，當成笑話一樣地說：「要跑五公里？那不就要一直繞著操場轉圈圈？」簡直把徑賽當成某種莫名其妙的神祕儀式。

我把田徑當成自己的第二生命，一般人卻只把它當成一項無聊的比賽。這個事實對阿走造成很大的衝擊，卻又不禁同時沾沾自喜起來：原來我們每天拚死拚活追求的目標，大多數人都看不出來它多麼有意義呀。

所以遇到這種時候，阿走也只能一笑置之、含糊帶過了。

「總之，是一種類似迷你版馬拉松的徑賽。明天拜託你囉。」

「包在我身上！加油喔！」

朋友的表情是如此的真摯。阿走看得出來，儘管他不太懂阿走追求的是什麼，卻打從心底為他加油。

當晚，阿走一直無法真正入睡。他睡得很淺，精神敏銳又緊繃。很好。阿走在夢境與清醒的分界點如此想著，感覺自己身上殘留的最後一絲累贅已然刨除。過了這一夜，他的身心將轉化成最適合跑步的狀態。

那種感覺，正是他一直以來假裝自己已經遺忘的——比賽前的鬥志。

竹青莊的房客們，全員搭上即將開往東京體育大學的白色廂型車。

「有沒有忘記什麼？隊服、鞋子、替換衣物、手錶，全都帶了嗎？」

「都帶了～」

大夥兒在車裡擠來擠去，一邊不忘高舉自己的包包給清瀨看。

「對了，誰開車？」尼古問。

「我啊。」清瀨坐在駕駛座上，扣緊安全帶。副駕駛座上的阿雪正攤開地圖，確認前往東體大的路線。

「請問……教練呢？」阿走問。從來沒聽過有這種平常不參與練習、現在連紀錄賽也不陪同出席的教練。

「他去圍棋俱樂部了。」

「他是教練耶？」「他是教練耶！」「這算哪門子教練！」眾人紛紛表達質疑與不滿。姆薩問神童：「我早就想問了，『危旗俱樂部』是什麼呀？」

神童開始對姆薩說明「圍棋俱樂部」。ＫＩＮＧ沒理他們，逕自說道：

「沒想到房東先生有這種嗜好。」

「你現在才知道？虧你還在青竹住了那麼久！」城次大剌剌吐槽他。

「在決定跑步之前，我跟房東先生也沒什麼交集。」尼古表示。「以前對他的認識，也只知道他是住隔壁的老頭子而已。」

「房東先生來不來都無所謂。」清瀨慎重地入檔，踩下油門。「因為要上場比賽的人不是教練。」

尼拉搖著尾巴，目送廂型車從竹青莊的庭院猛然發動，往前直衝而去。

沒過多久，阿走就明白為什麼房東先生不和他們同行了。灰二哥的開車技術實在有夠爛！車子總是搖搖擺擺地偏向中線，而且每次紅燈停車時，車體就會劇烈晃動。

「灰二哥，你該不會把駕照當身分證用，平常根本很少開車吧？」

車子這時突然來個急轉彎，害阿走的腦袋用力撞上車窗玻璃。

「靠左開！快靠左開！」城太突然慘叫。

「通通閉嘴！」坐在副駕駛席、生命安全最受威脅的阿雪，臉色蒼白地說。

「聽說開車技術很遜的男人，『那裡』也一樣很遜喔。」

尼古勁爆的發言一出，城次和城太馬上自顧自接話：「那只是謠傳吧？」「不，我覺得滿有道理的。」

「『那裡』是指哪裡呢？」姆薩又在問神童了。

「全都給我閉嘴！」阿雪再度怒吼。至於當事人清瀨，根本沒聽到後座的騷動，只顧著抓緊方向盤，專心一意開車。

阿走發現坐在旁邊的王子，整個人都靠到自己身上了。

「王子？你怎麼了？」

「我暈車。好想吐。」

「慢著！」

車內頓時陷入一片混亂。城太連忙把塑膠袋抵在王子嘴邊，城次則拚命用手掌幫王子搧風。等一下就要上場了，卻沒辦法把精神集中在比賽上。阿走嘆口氣，為王子打開車窗。

折騰了半天，一行人終於抵達東體大。這片位於東京郊外的寬廣校地，矗立著設備完善、氣派壯觀的運動場。體育大學就是不一樣！大夥兒讚嘆連連地完成報到手續，領取背號布條。

城次盯著手裡的背號布條：「欸，阿走，黏在背後的這個小晶片是幹嘛的？」

「計時用的。它會自動記錄你通過終點的時間。」

「好酷！我以為是用馬錶計時呢。」

「現在一些比較大型的紀錄賽或大會，幾乎都採用自動計時。一方面也是因為參賽人數不少啦。」

穿過出入口、登上看台，底下的跑道上正在進行女子短跑比賽，操場內側則是在比跳遠。東體大的啦啦隊在看台上為他們加油吶喊。

「真意外，我還以為開幕式和閉幕式都得到場哩。」阿雪說。「原來只要時間快到時再集合就行了？」

「因為這不是運動會，而是比賽啊。」清瀨笑道。「只要保持住自己的最佳狀態，在比賽時間上場就可以了。」

一行人在階梯看台上找了個地方換衣服，穿上貼好背號布條的隊服。寬政大學田徑隊的隊服，是黑色運動衣搭上黑色短褲，身體兩側各有一道銀線，胸口上則有銀色的「寬政大學」四個字。

「好帥。」城太拿著從未穿過的隊服，滿足地說。

「怎麼辦，老哥，我們倆說不定會迷死一堆女生喔。」城次在看台上大剌剌地打著赤膊，套上隊服。

「其他學校有很多女生來現場加油！今天我們一定要卯起來跑！聽到沒，城次！」

阿走暗忖：「八百勝」老闆女兒那件事，還是過陣子再告訴他們好了。

「換好衣服後就各自做一下暖身操。比賽從兩點半開始，大家記得要在兩點前回來集合。」

清瀨一聲令下，大家便分頭跑起來。

阿走和清瀨沿著跑道一起慢跑。光是在他們視線所及的範圍內，就看到了三棟體育館。這裡的確是個設備完善、專為運動打造的環境。

假如高中時的我繼續留在田徑隊，或許就能推甄到這種體育大學了，阿走暗自想道。可是，究竟哪條路才是正確的，還是得靠我自己用跑步找出答案。

「我去一下廁所。」

清瀨說完便走進操場旁的男廁。比賽前難免會緊張，動不動就跑廁所。阿走剛才也上了好幾次廁所，所以也不以為意，自己一個人繼續跑。

頭一次參賽的雙胞胎，這時居然仍跟往常一樣繼續閒聊瞎扯著。大概是對比賽還沒有什麼感覺，不了解個中的恐怖吧。

想著想著，阿走忽然聽到有人喊了一聲「藏原」。回頭一看，只見路邊的草地上坐著一個身穿隊服的東體大一年級生，似乎才剛做完伸展操的樣子。他正是阿走在仙台城西高中田徑隊的同屆隊友：榊浩介。

我就知道！阿走心想。阿走不想遇到他，但心知肚明一旦來到這裡，兩人就免不了狹路相逢。阿走往回跑，站在從前的隊友面前。

「想不到會在這裡遇到你。」榊從草地上起身，上下打量阿走。「我還真沒料到，你居然還沒放棄田徑。」

「因為我這個人只會跑步。」阿走答。

他此言一出，榊的太陽穴猛地浮現青筋。

「你還是死性不改嘛，也不想想自己當初給我們添了多少麻煩。」

阿走俯視個頭矮小的榊，盯著他的頭頂。啊，有兩個髮旋！阿走有了新發現，但決定閉口不提。

榊看著阿走隊服上的校名，冷笑一聲。

「寬政大學有田徑隊？」

不然你以為我來這裡幹嘛？阿走一陣惱火。他實在不能忍受跑得比自己慢的人瞧不起他。

「有啊，我就是田徑隊的。」

阿走傲慢地撂下這句話，渾身散發出一股沉靜的氣勢，讓榊不禁心生畏懼，就在這時候——

「阿走，你在幹嘛？」剛上完廁所的清瀨出聲。「不要摸魚，去做暖身跑。」

「對不起。」

阿走也是竹青莊的一分子，所以也跟其他人一樣受制於清瀨的威嚴和廚藝，氣勢頓時少了大半，像隻乖順的狗兒一樣向清瀨道歉。

榊趕緊趁隙開溜，臨走前還不忘在阿走耳邊揶揄說：

「你就盡情地跟這些弱雞一起玩賽跑遊戲吧，反正也挺適合你的。」

「站住！有種別走！」

阿走正要追上去，清瀨卻一把緊緊抓住他的衣服下襬，逼他停步。

「想不到你那麼好鬥。」

阿走整理好被清瀨拉鬆垮的隊服，又說了聲：「對不起。」

「阿走，你聽好。」清瀨露出帶著一抹邪惡的笑。「君子報仇，三年不晚。所以我們的跑步之辱，待會再還就好。」

「什麼跟什麼啊。」

「我的意思是，永遠別忘記剛才受到的屈辱，比賽時在跑道上加倍奉還。」

灰二哥該不會其實氣到快內傷了吧？阿走不禁打了個哆嗦。他決定把這當成人家說的那種「武者顫」——等一下就要上場應戰了，因此興奮得忍不住顫抖。

清瀨暖身完畢後回到看台，環視聚集在他面前的所有成員，鏗鏘有力地宣告：

「好，我們上！全心全意往前跑就對了！」

「好！」大家難得一見地齊聲吶喊。

「讓大學田徑界見識一下，『咱們』寬政大學田徑隊的實力！」

他果然聽到我剛才的話了。「對不起。」阿走再次向他道歉。

「我希望你能明白，」清瀨說。「你不是孤單的。」

在這場紀錄會上，寬政大學的確在某種程度上給了其他參賽學校一個下馬威。

阿走跑出了十四分〇九秒九五的紀錄，跟他高中時代的最佳成績相當接近。他不只在所有一年級參賽者中脫穎而出，還是五千公尺項目的第三名。

負責籌辦紀錄賽的學生搬來一座簡單的頒獎台，放在跑道一隅。阿走登上頒獎台，接下寫有自己成績的獎狀，一股喜悅之情頓時湧上心頭。從退出高中田徑隊的那一刻起，他就一直一個人在跑。今天，他的疑問終於有了明確的答案：這段時間沒有白費，而他也沒有走錯路。

「你是仙台城西高中的藏原走吧？」

阿走抬頭一看，只見六道大學的選手正站在頒獎台的最高處，俯視著自己。瞧他一顆頭光溜溜的，是因為念佛教大學才這樣嗎？阿走心想。這個人不修邊幅的瘦削臉龐，以及那副鍛鍊得無比精實的身軀，儼然有如一名修行不懈的苦行僧。

「我聽說你跑得很快，原來你進了寬政？加油啊。」

這還用你說嗎？阿走心裡如此吐槽，但對方很明顯是高年級生，他只好點頭應聲：「是。」

「清瀨好像也恢復得越來越好了。」

六道大學的和尚往看台瞥一眼。清瀨就在那裡，默默守護著頒獎台上的阿走，一旁的雙胞胎則拿著手機，打算用內建相機幫阿走拍照。阿走心想：距離這麼遠，就算拍了也看不清楚誰是誰吧。

「你認識灰二哥？」

「我對他瞭如指掌，也知道他如果處在最佳狀態，跑出來的成績絕對不只這樣。」六道大的和尚說。「你最好多留意他一點。你們不是想一起挑戰箱根驛傳嗎？」

六道大的和尚走下頒獎台，抬頭挺胸大步離去。一群穿著紫色隊服的六道大學隊員在入口處迎接他，整齊畫一地低頭大喊：「學長辛苦了！恭喜學長！」

「幹嘛搞得跟大哥出獄一樣。」阿走低聲罵道。「管你什麼人物，自以為懂很多是嗎？」

清瀨的成績是十四分二十一秒五一。這個速度已經比第一次練習那天快上許多，但阿走也覺得六道大的和尚說得沒錯，清瀨的膝傷還沒完全痊癒。或許是連日來的疲勞造成的影響？清瀨叫阿走別練得太過火，自己卻那麼逞強。

一回到看台，竹青莊的眾人紛紛出聲道賀。儘管這是他們頭一次參加紀錄賽，卻展現了強大的韌性，幾乎每個人都成功跑出十七分以內的成績。尤其是姆薩，更是勇猛地衝進十四分鐘之列。雙胞胎和阿雪的成績是十五分鐘中段，神童和尼古則是十六分鐘前段。

這麼一來，全隊已經有八人取得參加箱根驛傳預賽的資格。

很可惜的是，ＫＩＮＧ的紀錄超過十七分鐘。ＫＩＮＧ的抗壓性本來就不強，這次失敗更是令他壓力倍增，因此變得有些沉默。不過，在正常的情況下，下次紀錄賽中他應該就能成功突破十七分鐘的關卡才對。

問題在王子。他落後第一名好幾圈，慢到連裁判都以為他得了脫水症，差點要他棄權別跑了。他的身體狀況明明很好，也很認真在跑，結果竟然還是這麼慢。他的龜速，讓觀眾和其他學校的選手看到傻眼。

「他真的是田徑選手嗎？哪間大學的？」

「好像是寬政大。」

這樣的對話在場內此起彼落。起跑二十分鐘後，當王子以宇宙無敵最慢速抵達終點、得到最後一名時，整座運動場甚至響起如雷的掌聲。

「雖然很丟人現眼，不過也算達到某種宣傳效果了。」阿雪聳了聳肩。

王子在抵達終點的同時力竭倒地，由神童和姆薩合力扛回看台。頒獎典禮早就結束了，他還軟綿綿地癱在長椅上。

「阿走，幹得好。」收好東西準備回家的清瀨，用力拍了一下阿走的背。「東體大那個一年級小鬼，早就偷偷摸摸離開了。算他活該。」

阿走一心專注在跑步上，早把榊的事忘得一乾二淨了。「灰二哥，你好會記仇喔。」阿走頗覺驚訝。

「剛才那個得第一名的六道大學選手跟我搭話。他好像很了解你。」

「是啊。」清瀨點點頭。「他是我高中時的隊友。箱根之王——六道大學的隊長，四年級生藤岡一真。他是讓六道大學在箱根驛傳三連霸的最大功臣。這次他們似乎也志在必得，打算締造四連勝的偉大紀錄。」

「原來他這麼有名、這麼厲害。」

「整個田徑圈，大概只有你不認識藤岡吧。」清瀨笑道。「因為你把注意心力都放在自己的跑步上，完全不管周遭發生什麼事。要求自己當然不是壞事，但觀察跑得好的人也很重要喔。」

比賽過程中，阿走當然沒忘記觀察藤岡的跑法。他的動作俐落，完全不拖泥帶水；而且他頭腦清晰，精確地掌握了比賽的節奏。藤岡在最後兩圈急起直追，趕在終點前超越房總大學——人稱「驛傳帝國」的名校——黑人留學生馬納斯，勇奪第一，成績是十三分五十一秒六七。無論體力或速度，藤岡都令人嘆為觀止。

藤岡和馬納斯那種在最後階段一決勝負的瞬間爆發力，很遺憾的，正是目前的阿走所欠缺的。他的實力和經驗，也跟藤岡相去甚遠。

比起他們，我還嫩得很。阿走心想。我得更加緊練習才行！我要搾出這副軀體的最後一絲潛力，裝上強而有力的彈簧，跑得跟風一樣快速、輕盈。我要跑到天涯海角，跑到別人以為我周遭的氧氣特別充足，以為我永遠不會疲累。

頒獎台上的喜悅，在一瞬間化為烏有，焦慮進占了阿走的心房。

我想跑得更快！我想抵達從來沒有人體驗過的高度！

在回程的休旅車中，王子終於恢復一點說話的力氣。

「那些運動員，看起來一副很陽光的樣子，其實根本齷齪得很！大家為了在起跑後卡到好位置，不是用手肘頂人，就是推別人的背。」

「那有什麼關係？反正你跑最後，旁邊一個人也沒有啊。」尼古挖苦道。

「話是沒錯啦。」王子噘起嘴來。「可是那個東體大的傢伙在快要超越我時，竟然跟我說『慢死了，滾開』！氣死我了啦！什麼『運動家精神』，根本都是假的！」

因為你真的跑很慢，實在怨不得人。阿走沒辦法像過去一樣和大家瞎扯。打從知道六道大學的藤岡有多厲害後，他沒辦法不這麼想：竹青莊的人實在太散漫了。

再這樣下去，連全員跑進十七分鐘以內都有困難。跑不好就沒辦法參加箱根驛傳預賽耶，你們還笑得出來？

榊說的「賽跑遊戲」這四個字，一直在阿走腦中盤旋不去。

看來，十個外行人想一起參加箱根驛傳，根本就是痴人說夢。為什麼高中時代的我，管不住自己的脾氣？早知道就安分一點，不就能推甄到田徑名校了嗎？這樣一來，我就能在一個充滿優勢的環境裡，和頂尖好手一起練習了。

阿走感到恐懼。他害怕自己跟著竹青莊的人追求那個遙不可及的夢想時，會逐漸被速度的世界遺棄。

完成了首次紀錄賽，竹青莊房客們放鬆下來，在車裡拚命聊個不停，只有阿走一個人悶不吭聲。他甚至沒察覺到，駕駛座上的清瀨頻頻透過後照鏡觀察著他的一舉一動。

一旦亂了步調，阿走就很難再調整回來。

他的雙眼被焦慮蒙蔽，沒辦法冷靜省視自己的狀態。不管練得再多，他都覺得不夠；不管再怎麼跑，他都感覺不到速度的提升。成績停滯不前，但他該補充的營養也靠補給錠攝取了，而且跑得這麼賣力，為什麼……？一想到這裡，他又開始焦慮。然而就算這樣，他還是沒辦法不跑。他害怕自己的狀況會越來越糟，因此無法停下腳步。

做完當日的訓練後，阿走仍然不斷跑到夜色漆黑。他就像一條不游泳就會窒息的魚，也像一隻不振翅就會落海的候鳥。

阿走近乎自虐地跑著，好似被什麼東西附身一樣。其他人本來還抱著讚嘆的心態看他跑步，不久後也發覺阿走拚命得有點異常。

「阿走，該休息了吧。」有人開始勸他。

「聽說今天的晚餐是豬排飯！灰二哥已經先回青竹，說要讓我們吃到剛炸好的豬排喔！我們也該回去了。」

「我再跑一下。」

阿走簡短地回應出言關心他的城次，朝著夜色漸濃的曠野直奔而去。他的模樣，宛如目露凶光的亡靈。

面對這樣的阿走，清瀨倒是沒有多說什麼，只偶爾提醒他「阿走，練得太過火囉，注意一下」，大部分時間都是靜觀其變。阿走看不慣他這種態度。要我別練得太過火？我看是你自己太不認真吧！還有，他也不喜歡清瀨光會叫人別練過頭，卻不解釋清楚原因是什麼，也不告訴他除了練跑之外，還有什麼提升速度的方法。

阿走覺得自己已經練得很賣力了，但諷刺的是，跑出來的紀錄不僅沒有進步，反而節節後退。就連在關東大專院校盃中，他也只繳出和膝傷未癒的清瀨差不多的成績。這雖然不算頂差，但在大專院校盃的所有參賽者當中，這種成績只算得上平庸而已。

雨季來臨了。

一天晚上，阿走跑完步回來，就被廚房裡的清瀨叫住。清瀨坐在餐桌前，看來像是正在幫大家擬訓練計畫。其他房客都早已回自己房間休息，竹青莊裡一片闃寂。阿走拿著毛巾擦拭被雨淋濕的頭髮，乖乖在清瀨對面坐定。

「這次的全國大專院校盃，我們兩個先別參加吧。」清瀨說。阿走大吃一驚，當場激烈反彈。

「為什麼？我想參加！」

「你應該知道自己狀況不好吧？練得那麼凶，我看你已經有點貧血了？這種時候最好別逞強。」

「我跟灰二哥不一樣，我又沒受傷。只要再多跑跑，很快就能恢復水準。」

「是嗎？」清瀨側過頭，目光落在練習日誌上。「我覺得你再這樣下去，不管怎麼跑都只是白費功夫。你沒有好好正視自己，滿腦子只想著跟別人比較，對不對？在這種狀態下去參加大專院校盃，也只會得到反效果。」

「聽你在唱歌！」阿走忿忿槌桌子一拳。「現在可是還有人連十七分鐘的門檻都跨不過去耶！我們能不能參加箱根驛傳預賽都還是未知數，你竟然叫我別參加大專院校盃？那我要去哪裡創紀錄？難道你要我陪著你們把這一整年都玩掉嗎！」

「你跑步只是為了創紀錄嗎！」

清瀨也不甘示弱，把手上的紙張往桌上一砸。他牢牢盯著阿走，眼裡帶著一絲焦慮與憤怒。

「你這樣，跟那些用高壓手段管理選手、眼裡只有速度的指導員有什麼不同！說穿了，你的想法還不是跟那群你痛恨、反抗的傢伙一模一樣！」

「不一樣！」阿走大吼。他不想被拿來跟高中時代的教練和那票人相提並論，但他又沒辦法向清瀨解釋他們之間哪裡不一樣、為什麼不一樣。但阿走又確實覺得這群怎麼跑都跑不快的竹青莊房客很煩，也有點瞧不起他們，當他們是一群沒出息的傢伙。

阿走拚命尋找合適的字眼來反駁清瀨。

「你以為隨便跑跑就能進步嗎？加入大學田徑隊、挑戰箱根驛傳，不是把跑步當興趣就能過關吧？對我們來說，跑步是一種競賽耶！」

「那當然。青竹裡沒有人是隨便跑跑，而我也沒有把跑步當興趣，或是一時興起才把箱根驛傳當成目標。」清瀨又恢復往日的冷靜。「阿走，你到底在急什麼？」

「我才沒有……」

「怎麼了？」

王子從廚房門口探頭進來，輪流看看這兩人，感覺到劍拔弩張的氣氛。

「吵架了？」

「沒事。」阿走站起身。

「你還沒睡？要不要喝點什麼？」清瀨面露微笑。

「嗯，我喉嚨好渴。」王子仍然放心不下阿走和清瀨，邊觀察他們邊打開冰箱。

阿走正想離開廚房，清瀨又對著他的背影叮囑道：

「大專院校盃那件事，你知道該怎麼做吧。這是學長的命令。」

「是。」阿走語畢即穿過走廊，動作粗魯地關上自己的房門。

阿走躺在被褥上輾轉反側，遲遲無法入睡。隔著薄薄的窗玻璃，夜晚的露水捎來清新的溼氣。第三次的紀錄賽中，KING終於跨越了十七分鐘的門檻。唯一還沒過關的王子也在龐大的壓力下拚命練習。但是在阿走看來，他還是太鬆懈了。

王子到底為什麼每天老要搞到三更半夜還不睡？阿走望著黑漆漆的天花板，心煩氣躁地想著這件事。吊車尾的他，明明應該比任何人更規律生活，明明一大早就要起來練跑，幹嘛就是不乖乖去睡？……反正一定又是在看漫畫。

王子和清瀨似乎在廚房又聊了一會兒，才各自回到自己房間。阿走的房間正上方，傳來王子的腳步聲。

這是棟簡陋的老房子，所以隔音很差，任何動靜都會傳到其他房客耳裡。王子好像又在自己的寶山裡翻找漫畫，然後，書籍一本本啪啦啪啦掉到榻榻米上。拜託你別再看漫畫了！快點睡啦！阿走一頭蒙上毛巾被，弓起身子祈禱王子早點就寢。

不久後，二樓響起一陣怪聲，聽來像極了老舊風車的轉動聲。原來，王子又開始一邊看漫畫一邊踩跑步機了。阿走被吵得睡不著，一把掀開毛巾被，拿起棉被旁的原子筆往天花板丟去。

但是，這麼一丁點聲響，根本不可能傳進王子耳裡。他依然在阿走正上方的房間裡不停踩著跑步機。

其實王子也是很努力的。起初他是那麼討厭跑步，跑一下就叫苦連天，現在的他卻自動自發地在半夜裡獨自練習。這全都是為了能和竹青莊的大家一起參加箱根驛傳，以及之前的預賽。

可是，阿走實在沒辦法肯定王子的努力。努力如果得不到結果，就等於白費力氣，沒有任何意義。

阿走不知道自己究竟是想生氣、想哭，還是想笑。只見他再度蒙上毛巾被，緊閉雙眼。儘管雙手摀著耳朵，跑步機的轉動聲和天花板的嘎吱聲，依舊毫不留情地從樓上的房間傾洩而下。

六月底的第二次東體大紀錄賽，王子終於跑出十六分五十八秒一四的成績。他跨越了十七分的門檻。竹青莊所有成員都取得參加箱根驛傳預賽的資格了。

比賽結束後，大夥兒在運動場邊牽著手歡慶成功。他們實在太高興了，索性圍成圓圈跳起舞來。大家繞著圈轉啊轉，活像在召喚飛碟的神祕儀式，一直繞到疲憊不堪的王子癱在地上為止。

阿走沒有加入這個圓圈，獨自一人在稍遠處默默看著他們。能參加預賽確實很令人開心，也像是打了一針強心劑，不過現在高興還太早了。

其他學校的選手看到竹青莊的成員樂成這樣，也紛紛交頭接耳。

「聽說他們終於能參加預賽了。滿有兩下子的。」

「反正我看頂多也只能打到預賽吧。」

「無所謂啦，好歹留個紀念囉。」

語畢，他們竊笑了幾聲。阿走敏銳地察覺到，這個笑裡隱藏著許多涵義。

東體大的榊看到阿走落單，走過去對他說：

「聽說你們想挑戰箱根驛傳是吧？別在預賽時漏氣喔。」

阿走狠狠瞪著榊。他覺得很不甘心，卻無言以對。

「阿走！」

清瀨向阿走招手。阿走撇下榊，走向圍在一起的眾人。

「大家跑得很好。」清瀨語氣平靜地慰勞大家。「我們又朝箱根邁進了一步。接下來的重點，是練習怎麼延長跑距。不過，今晚先開趴慶祝一下吧！晚上練跑完後，大家到雙胞胎的房間集合。」

「喔耶！」

雙胞胎大聲歡呼。阿走笑了，卻是皮笑肉不笑。開趴慶祝？你們不是早就一天到晚在開趴嗎？

阿走的腦海中浮現出每個人的最佳正式紀錄。

阿走	十四分〇九秒九五
灰二	十四分二十秒二四
姆薩	十四分四十九秒四六
城次	十五分〇三秒〇八
城太	十五分〇四秒五八
阿雪	十五分三十六秒四五
神童	十五分三十九秒四五

尼古　　　十五分五十九秒四九
KING　　十六分〇三秒八三
王子　　　十六分五十八秒一四

他們當中大部分人都還不具備第一線的作戰能力。想在預賽中脫穎而出，還有很長一段路要走。這就是現實。

取得預賽出場資格了，但阿走不只沒有從焦慮中解脫，反而越來越心浮氣躁。難怪他在雙胞胎房間的派對上，喝起酒來只覺索然無味。他實在沒辦法融入他們的歡樂氣氛，只好獨自坐在窗邊。

清瀨做的料理已經被清光八、九成。眾人在酒足飯飽之餘，開始你一句我一句稱讚起王子。

「本來我還擔心王子過不了關呢……結果他可真夠拚的！」KING說。

「今天的最後衝刺，真的好精彩！真虧王子能趕在十七分鐘內衝過終點！」神童說。

「是啊，王子的英姿，也讓我看得眼泛淚光了。」姆薩說。

雙胞胎為了犒賞王子，還特地去商店街買來市面上還沒正式發售的周刊漫畫雜誌送他，而王子也顧不得喝酒，當下就讀了起來。尼古和阿雪看著這樣死性不改的王子，不禁笑出來。

阿走的心情糟透了，忍不住嘀咕道：

「有那麼了不起嗎？」

所有人立即轉頭對他投以訝異的眼神。阿走知道自己已經騎虎難下，索性把話說開。

「王子的成績沒什麼好稱讚的。」

「你這麼說也沒錯啦。」王子點點頭，兩眼仍緊盯著雜誌。

「你什麼意思？」城太生氣了。就連向來笑臉迎人的城次，這回也厲聲向阿走抗議。

「王子可是在三個月內大幅縮短他的秒數耶！照這個步調繼續練下去，他絕對可以在預賽時一瞬間跑完五千公尺！」

「別傻了。」阿雪馬上吐槽道。阿走不理會他們，直接槓上王子。

「王子，你自己也很清楚，現在不是看漫畫的時候吧。」

「就是說啊。」王子漫不經心地隨口回答，倒是雙胞胎憤怒地站起身來。

「夠了喔，阿走！你最近真的很反常，恐怖死了。」

「就是啊！不要再針對王子了。你想說什麼，放馬過來跟我們所有人講！」

「說就說！」阿走放下杯子站起來。「照你們這種散漫的跑法，絕對沒辦法參加箱根驛傳！絕對不可能！我不懂為什麼在這種情況下，你們還能悠哉悠哉地喝酒玩樂！」

「阿走，你不是也在喝嗎？」神童拚命抓住阿走的腳踝。「你醉了吧？先坐下再說啦！」

至於雙胞胎，則由姆薩抱著他倆好言相勸。但是竹青莊這三個一年級生，毫不理會學長們的勸阻，眼看就要大打出手。

「不要以為自己跑得比較快一點，說話就可以這麼跩！」

「是你自己說『放馬過來』的耶！」

「那也要看好馬、壞馬啊！不管怎樣，我們哪有可能跑得跟你一樣快！」

「這種話等你們認真練習過再來說！不過我看你們再怎麼練也沒用！」

「阿走，這句話就真的太超過了喔。」尼古正要起身，ＫＩＮＧ突然大吼：「王八蛋，不要太囂張！」而且還想搶先雙胞胎撲向阿走——結果沒有成功，因為到剛才為止一直默不作聲的清瀨，有如敏捷、凶猛的獵豹一般比他更先一步逼近阿走，一把抓起他的領子。

「你這豬頭！」清瀨怒吼道。「快給我醒一醒！王子跟大家都那麼認真、努力，為什麼你不能給他們一點肯定！他們是拿出真心在跑，為什麼你要否定他們！就因為他們跑得比你慢嗎？在你心裡，只有速度才是衡量一切的基準嗎？那我們幹嘛跑步？去坐新幹線啊！去坐飛機啊！那樣不是更快！」

「灰二哥……」

不光阿走，在場所有人都被清瀨的怒氣嚇到動也不敢動一下。

「阿走，你要小心，光只追求速度是不行的，到頭來只會是一場空。我就是一個很好的例子，難道你看不出來嗎？總有一天你會吃到苦頭……」

清瀨話說一半，揪著阿走襯衫的那隻手忽然失去力氣，整個人搖晃起來。

「灰二哥！」阿走趕緊扶住清瀨。「灰二哥，你怎麼了！」

清瀨臉色死白，沉沉地閉上雙眼。

「灰二哥，振作一點！灰二哥！」阿走拍打他的臉頰，他卻毫無反應。「怎麼辦！他昏過去了！」

「啥——！」

屋裡頓時陷入一片恐慌。阿雪立即抓起清瀨的手，測量他的脈搏。

「雙胞胎，快去鋪墊被！哪個人快去叫救護車——不，乾脆叫醫生來比較快！去跟房東先生講一下，叫他請醫生來看診！」

城太和城次從壁櫥裡把墊被搬出來，一邊抽泣一邊說：「灰二哥，你不要死啊！」神童和姆薩也朝著主屋拚命大喊：「房東先生！救命啊～」王子則是慌慌張張地去一樓拿水，六神無主的ＫＩＮＧ只能在旁邊乾著急。

阿走和尼古合力扶起清瀨，讓他躺在墊被上。「不會有事的，你別太擔心。」阿雪好言安撫，但阿走仍然不願離開清瀨一步，就這麼低著頭坐在他身邊，直到房東把鄰近的醫生請來。

儘管早過了看診時間，這名眾人熟識的老內科醫生還是十萬火急地趕來了。醫生撥開圍在清瀨四周的眾房客，一會兒翻開他的眼皮，一會兒拿聽診器抵在他胸口，一會兒又用掌心檢查他有沒有發燒。檢查完畢後，他掃視眾人一圈，說出他的診斷：「過勞。」

接著他又說：「還有一點貧血。不過，現在與其說他昏倒了，不如說他睡著了。」

「……睡著了?!」

所有人的目光一致從醫生轉到清瀨身上。沒錯，清瀨的胸口確實正隨著規律的呼吸而平靜地一起一伏。幸好不是什麼大病。但是，引起這麼大的騷動，而且連醫生都出動了，結果只是虛驚一場，也讓眾人不禁當場洩了氣。

「應該是睡眠不足造成疲勞過度吧。」醫生往黑色公事包裡一摸，兩三下就準備好一支針筒。「我幫他打個營養針，今天晚上你們就讓他好好睡吧。有什麼事再打電話給我，我先走了。請讓病人好好休養，不要讓他太操勞。」

「謝謝醫生。」

所有人一同道過謝後，阿雪和神童負責送醫生到玄關。清瀨依然沉睡不醒。不論針頭刺進肌肉的痛，還是雙胞胎蓋上毛巾被的動作，都沒引起他任何反應。

「都是我的錯。我不該讓灰二哥為我操心的……」

阿走垂下頭，端詳著清瀨的睡臉。他好後悔，也覺得自己很沒用。連六道大學的藤岡都看得出清瀨身體不適，他卻完全沒有發覺。因為他滿腦子只想著跑步，連同住一個屋簷下的夥伴都沒被他放在眼裡。

隔著墊被坐在阿走對面的王子，無力地搖搖頭。

「這不能怪你，要怪就怪我怎麼跑都跑不快。」

每個人靜悄悄地圍坐在清瀨四周，看來跟目睹釋迦牟尼圓寂的森林動物沒兩樣。送客回來的阿雪和神童被這股有如守靈一般的氣氛嚇了一跳，在榻榻米上坐下。

「仔細想想，我們的大小事都是灰二兄一個人在打理。」姆薩說。

「就是說啊。」ＫＩＮＧ盤起胳膊。「不管是報名參加紀錄賽，還是生活瑣事，全都是灰二一手包辦，連煮飯也不例外。」

「他根本就是教練兼領隊兼經理兼舍監。」城太說。

「光是練習就夠讓灰二哥吃不消了，我們還給他添這麼多麻煩。」神童口氣沉重地回想著。

城次見大家愁眉苦臉的，刻意用開朗的口氣提出一個建議。

「我覺得，接下來我們至少應該幫灰二哥分擔廚房的工作，大家輪流做飯！」

此言一出，眾人紛紛表示贊同。

「既然如此，大家和好吧。」尼古語畢，各看了阿走和王子一眼。

「好啊。」

王子一口答應，阿走也為自己先前幼稚的態度覺得難為情，怯怯點了點頭。

「雙胞胎，你們也原諒阿走吧。」

阿雪一說，城太和城次也不好意思地瞥阿走一眼，異口同聲說：「那還用說。」

「好，那沒事了！」尼古代表眾人發言。「大家絕對不能辜負了灰二的遺志！讓我們團結一致，一起去箱根吧！」

「一起去箱根！」

竹青莊的房客們圍著躺平的清瀨，伸出手緊緊交握在一起。

「我不記得我有死耶，你們少在那裡觸我霉頭。」

阿走驚訝地看向枕頭的方向。清瀨醒了。

「受不了，你們在搞什麼啊？」

清瀨撥開自己肚子上方那一雙雙交疊的手，作勢要起身。

「你好好休息！」阿走趕緊壓下清瀨的肩頭，逼他再躺回去。「灰二哥，你剛才昏倒了耶！醫生說你太過勞累，引發了貧血。」

「是喔，給你們添麻煩了。」清瀨仰望看著自己的阿走。「看來你們已經吵完了。太好了。」

「真的很對不起。」阿走坐直身子，低頭致歉。「我一直很浮躁，而且太心急了。」

「因為阿雪房間的噪音太吵了對吧？」

尼古滿臉同情看著阿走，眼神彷彿在說：「我懂你的苦～」

「要扯大家來扯啊。我看是天花板吱吱嘎嘎響個不停的關係吧？」

阿雪這句話，聽得王子心虛地打了個哆嗦。阿走連忙否認。

「其實在來青竹之前，我就是這個樣子了，滿腦子只想著跑步，覺得周遭的事都跟我無關、也不在乎。」

老實說，阿走現在還是不知道自己該怎麼做。除了速度以外，他不知道該朝著什麼目標跑下去。不過，他還是毅然決然抬起頭來。

「從今天起，我會認真地跟大家一起挑戰箱根驛傳。」

「什麼！」雙胞胎的房間爆出一陣驚呼。

「從今天起？那之前是怎樣！」城次一副咬牙切齒的樣子。

「沒有啦，我本來是想隨便陪你們跑一跑就算了。」阿走說出真心話。「因為我覺得你們一定沒多久就膩了，然後說退出就退出……對不起。」

「你本來只是想隨便跑跑，卻還練得那麼勤。」神童佩服得五體投地。

「因為我這個人只會跑步啊。」

阿走說得一臉認真，阿雪搖著頭說：「媽啊。」ＫＩＮＧ更是傻眼地說：「阿走，我覺得你根本就是變態。」

「你太厲害了！簡直稱得上怪胎。」城次忍住笑意。

怪胎你的頭！阿走有點生氣，但看到連清瀨都點頭表示認同，也只好按捺住怒氣不發作。

「我沒辦法戒掉漫畫，但是以後我會更努力練跑的。」王子抬起頭宣示。

儘管眾人心中的芥蒂並沒有完全消除，但那分想和夥伴朝共同目標一起努力的心情，頭一次在所有人的心中萌芽。

清瀨看著此情此景，開口喚道：「阿走。」

阿走維持跪坐的姿勢，傾身靠向躺著的清瀨。

「你知道對長跑選手來說，最棒的讚美是什麼嗎？」

「是『快』嗎？」

「不，是『強』。」清瀨說。「光跑得快，是沒辦法在長跑中脫穎而出的。天候、場地、比賽的發展、體能，還有自己的精神狀態——長跑選手必須冷靜分析這許多要素，即使面對再大的困難，也要堅忍不拔地突破難關。長跑選手需要的，是真正的『強』。所以我們必須把『強』當作最高的榮譽，每天不斷跑下去。」

不論阿走或其他房客，全都全神貫注地聆聽清瀨的話。

「看了你這三個月來的表現，我越來越相信自己沒看錯人。」清瀨接著說。「你很有天分，也很有潛力。所以呢，阿走，你一定要更相信自己，不要急著想一飛沖天。變強需要時間，也可以說它永遠沒有終點。長跑是值得一生投入的競賽，有些人即使老了，仍然沒有放棄慢跑或馬拉松運動。」

阿走體內那股跑步的熱情，就像一團無以名狀的強烈情緒，經常在他心中掀起紛擾的漣漪。但清瀨的一席話，卻無比炙熱地烙進他朦朧幽暗、徬徨無措的內心世界，宛如曙光乍現，照亮阿走心中每一個角落。

但拉不下臉的阿走，嘴硬地反駁：

「老人又沒辦法破世界紀錄。」

「誰說的，人家破得才凶咧。」尼古隨口跟阿走抬槓，清瀨則無奈地泛起微笑。

「在膝蓋受傷以前，我的想法也跟你一樣。」清瀨徐徐說道。「但是年紀大的跑者，卻有可能比你還『強』。這一點，就是長跑的奧妙之處。」

清瀨這番話並不只是針對阿走，也是針對在場的每一個人。或許是累了，只見清瀨打住話頭，閉上眼睛。

「灰二哥，不要睡在這裡啦！」城太和城次搖晃清瀨。

「吵死了，解散。」清瀨含糊不清地咕噥道。

一行人靜靜地離開雙胞胎的房間。

阿走最後一個離開。帶上門時，他順勢回頭，正好看到雙胞胎緊挨著彼此睡在剛從壁櫥拿出來的另一組棉被裡。

灰二哥說的「強」，到底是什麼意思？阿走思忖。他知道清瀨不是指蠻力或腳力，卻又覺得應該也不是單指精神層面上的。

阿走突然憶起孩提時見過的雪原。那天他起了個大早，走到附近的原野一看，熟悉的景色已經因夜間的積雪而煥然一新。他開始奔跑，隨心所欲地在這片杳無足跡的白色原野上飛馳，只為了用雙足勾勒出美麗的圖案。這是阿走第一次體會到跑步的樂趣。

或許所謂的「強」，正是某種建立在微妙平衡上的絕美之物——就像當時他畫在雪地上的圖案。

阿走一邊思考，一邊躡手躡腳地悄聲下樓。

翌日，睽違已久的豔陽高掛天空。阿走晨跑完畢回來時，清瀨正好在竹青莊的院子裡餵尼拉。

清瀨對阿走說：「回來啦。」阿走也答道：「我回來了。」

清透耀眼的晨曦。嶄新的一天，即將如常展開。

第五章　夏之雲

「天氣這麼熱，是要怎麼練習——」

「可是不練的話，我們就要睡路邊囉……」

阿走在廚房煮午餐要吃的麵線，背後傳來這樣的對話。原來城太和城次正躺在前門走廊上納涼加閒聊。

自從清瀨累倒後，竹青莊這一票人變得比以往更加注意健康管理。他們不只每個月定期到上次出診的內科醫生那兒做貧血檢查，廚房也隨時儲備著各種營養錠，臨睡前每個房間裡更會展開馬殺雞大戰。

可是，他們拿夏天的炎熱一點辦法也沒有。

大學第一學期的考試結束了。時值暑假，氣溫熱到讓人幾乎要脫一層皮。竹青莊裡當然沒有冷氣，所以前門和每一扇房門都是全天候開啟，大夥兒也像蛞蝓似的在通風的走廊上爬來爬去，希望能過得稍微舒服一點。

大鍋上冒出來的熱氣和蒸氣直撲向皮膚，黏在身上、化為汗水。阿走飛快將麵線盛在濾盆裡過水瀝乾，然後在餐桌擺上沾麵用的醬汁、礦泉水和冰塊。

「煮好囉！」

阿走用T恤的肩頭部位拭去汗水，朝外頭喊道。

雙胞胎慢吞吞地站起來。城太往餐桌看一眼，嘀咕了一句：

「有沒有這麼寒酸吶，至少也加點佐料？」

「灰二哥已經去院子裡摘紫蘇了。」

阿走把一大盆像山一樣高的麵線擺到餐桌正中央，再拿起杓子敲幾下大鍋的鍋底。竹青莊的房客紛紛從四面八方爬入廚房，活像一堆垂死的蛇。

「灰二到底是去哪裡摘紫蘇？」

「神童兄也不在呢，到底怎麼回事？」

「話說回來，房東先生真的很機車耶，何必氣成那樣。」

「他不生氣才怪。」

這夥人一邊吸麵一邊嘆氣，堪稱一門絕技。

清瀨累倒那天晚上，憂心忡忡的房東先生也想進入竹青莊一探究竟，卻被神童和姆薩擋在門外，死也不讓他進門。

房東先生覺得事有蹊蹺，隔天趁眾人上學時溜進竹青莊，結果才踏進門就看到雙胞胎房間地板的破洞。

房東把這棟破公寓看得跟寶貝兒子一樣重要，如今被弄出一個大洞，簡直傷心欲絕，於是把眾房客全叫到眼前，發出通牒。

「竹青莊需要整修，所以我決定調漲房租，來籌這筆整修費。」

「啊——！」

「啊什麼啊！你們就不會說：『我們一定會在箱根驛傳奪得佳績，找到願意幫我們蓋新宿舍的有力贊助者』嗎？」

「哪有那麼好的贊助者！」搞出破洞的罪魁禍首城太嘴裡唸唸有詞，被房東瞪一眼，馬上閉嘴。

「我看你們精力挺旺盛的，箱根驛傳對你們來說應該沒什麼吧？不想要漲房租，就給我想辦法參加箱根驛傳！」

大夥兒不敢再刺激房東，怕他老人家氣血攻心蹺辮子，只好乖乖地應道：「是——」

「我哪有能力搬家啦。只要能不漲房租，我是很願意練習……」房裡囤了一堆漫畫的王子說。

「可是說真的，你們不覺得在夏天跑步根本是找死嗎？不知道其他田徑隊是怎麼熬過夏天的。」

「大概都是在比較涼爽的地方集訓吧，比如北海道之類的。」阿走答道。

「北海道！」

光是聽到這三個字，就令城次當場暈陶陶，看著沾麵醬汁的樣子，彷彿看到螃蟹、海膽、拉麵這些當地美食。阿走覺得應該趁他還沒陷得太深前把他拉回現實，所以輕咳了幾聲說：「我們不可能去北海道啦，哪有那個錢。」

城次失望地一口嚥下麵線和即將融化的冰塊。這時，清瀨和神童回來了。

「灰二，你們很慢耶，我都吃完了。」尼古說，但清瀨還是把手中的紫蘇葉硬塞給他。

「大家逃離東京這個煉獄吧！咱們去集訓！」

「北海道?!」雙胞胎站起身來。

「不是，是白樺湖。」

儘管蓼科高原的白樺湖不像北海道那麼吸引人，但好歹也是知名的避暑聖地。

「可是我們哪有錢辦集訓？」阿走問。

「商店街的善心人士會支援我們。」清瀨說。「『岡井打擊練習場』的老闆願意把白樺湖的別墅借我們住，八百勝和其他店家會提供集訓時需要的食材。至於往返的交通工具，我們有青竹的廂型車，所以花不到什麼錢啦。」

「關於資金的問題，大家儘管放心。」神童打包票。「我們已經在商店街和學校裡大肆宣傳挑戰箱根驛傳這件事，支持者一定會越來越多。而且，尼古學長的鐵絲小人賣得比我想像中還好。」

裡。

「什麼?」

尼古聞言一愣,手邊的動作一頓。他本來正在把撕碎的紫蘇葉分配到每個還沒吃完麵線的人碗裡。

「你在賣那東西?那種東西要擺在哪裡賣?誰會去買啊?」

「我把它們放在雜貨鋪裡寄賣,結果很受女孩子歡迎呢!她們都說這種避邪娃娃看起來很噁心,可是又好可愛。」神童微微一笑。「拜託你今後再多做一些囉。」

「喔耶!集訓、集訓!」

城太和城次牽起手高聲歡呼。王子早就不見人影,想必現在正在自己房裡思考該帶什麼漫畫去集訓吧。所有人開始在心裡勾勒一幅快樂的夏季集訓想像圖。

涼風吹過湖畔,我和一名身穿白色洋裝的美少女一起啃著玉米,共乘一艘天鵝船。即使秋天到來,我倆的愛也不會結束。我們在白樺樹林約好他日在東京重逢,然後為短暫的別離流下淚水……

「……本來是這麼想的。」城次拉長了臉。「為什麼現實這麼悽慘啊!」

打擊練習場老闆借他們的別墅似乎荒廢已久,呈現半腐朽狀態。

一行人搭著清瀨駕駛的白色廂型車來到位於白樺湖畔針葉樹林中的別墅,光是打掃屋裡就用掉集訓的第一天。大夥兒擦地板、刷浴室、清理暖爐的煤灰,直到打掃完畢,這棟木屋才稍微恢復一些生氣。

眾人第一眼看到這座蓋在樹林裡的別墅時,還以為是熊用木頭堆起來的窩。現在經過一番整理,總算比較像人住的地方。阿走鬆了口氣,把撿來的樹枝丟進暖爐裡。

「城次,你的妄想也太老套了!」滿臉灰塵的城太說。「我早就猜到會這樣了。」

從白天的情形看來,前來白樺湖避暑的多半是家庭或銀髮夫妻。天鵝船伴隨著湖畔小型遊樂園傳來的音樂聲,寂寥地在碧波中漂蕩。

「我覺得涼爽固然很好，」姆薩在T恤上披了件連帽外套。「但天黑後可是涼得讓人發冷呢。」

阿走一點燃暖爐，眾人便紛紛圍攏過來。窗外黑漆漆的，只聽得見樹梢的沙沙聲。

清瀨出神地望著火焰半晌，接著說：「晚餐已經準備得差不多了，只要再把咖哩塊放進去就好。吃晚餐前，我們先去跑一圈吧。」

「又是咖哩喔！」

「別鬧了！打掃已經讓我去掉半條命了！」

「天這麼暗，萬一被車撞到怎麼辦！」

不用說，清瀨當然不會把他們的抗議聽進去。大夥兒被迫穿上鞋子，來到未鋪設柏油的林間道路。

「路還不熟就要我們跑。」尼古搔了搔頭。「湖在哪邊啊？」

「反正只要往下坡去，一定可以抵達湖邊。」

眾人排成一列縱隊，由阿雪帶頭起跑。殿後的清瀨對大家下指令：

「繞湖一圈是三・八公里，大家各自跑三圈，再回別墅吃晚餐。」

「好──」

一來到湖畔的柏油道路，每個人便開始照著自己的步調跑起來。土產店與小型美術館都已拉下鐵捲門，除了兩家大型旅館還亮著燈火，其他建築物都一片漆黑。眾人沒有心情欣賞沿途景致，只能邊跑邊摸索這陌生的路徑。

阿走和清瀨並肩而跑，奔馳在夜色下的和緩彎道。拍上岸邊的湖水聲，是他們在黑暗中的唯一指標。

儘管處在不同於以往的空氣中，跑在不同於以往的道路上，阿走卻不覺得有什麼異樣。他的身體早就掌握了距離感。既然已經知道一圈有三・八公里，他就能以速度和身體的感覺來推算自己現在的所在位置。

現在的阿走，正充分體驗著跑在陌生土地上的激昂與快樂。

「教練呢？」阿走詢問身邊的清瀨。「又去圍棋俱樂部了？」

「天知道，反正他不久後會來跟我們會合。」清瀨困惑地略偏著頭。「不知道為什麼，房東先生死都不坐我開的車。」

一行人早上要從竹青莊出發時，房東還在院子裡目送大家離去。當時他心滿意足地看著後車廂塞滿了商店街提供的食材，卻始終不肯上車。

「真不給面子，你的開車技術明明已經進步很多了。」

話才出口，阿走便暗自懊悔：「慘了，說溜嘴。」不過，清瀨的開車技術確實進步神速；在前往白樺湖的途中，甚至還有人在車上睡著了。遙想第一次參加東體大紀錄賽時，大家還以為自己坐上了在做花式表演的太空梭，不是全身僵硬動都不敢動，就是嚇到快昏過去，哪裡想得到日後居然能安心地在清瀨的車上呼呼大睡。

「不管學什麼，我都學得很快。」清瀨淡淡地說。「我這個人很死心眼，所以不管是做研究或練習，很容易一頭栽進去。」

阿走想起尼古那則關於開車的傳說。「那、那你『那裡』是不是，也、也……」他吞吞吐吐半天，最後還是說不出口，只能點頭說：「是喔……我想也是。」

阿走與清瀨超越跑得比較慢的成員，率先回到別墅。在湖邊跑了三圈，兩人已經習慣高原的涼意和夜晚的濕氣。做完緩身操後，阿走去浴室放洗澡水，清瀨則將冰塊裝在塑膠袋裡，拿來幫右小腿肚冰敷。這是為了預防肌肉在運動之後發炎。

「你還好吧？」

「安啦。」清瀨露出微笑。「你先去洗澡吧。」

阿走洗完後，清瀨把攪拌咖哩的任務交給他，拌著拌著，跑完全程的夥伴們也回來了。他們脫下汗濕的T恤，一窩蜂擠進浴室裡。

這群人搶奪蓮蓬頭的聲響和五音不全的歌聲，連在廚房都聽得一清二楚。清瀨似乎被趕出了浴室，頂著一頭濕髮打開電鍋鍋蓋，而阿走也幫忙清瀨將食物端上桌，在大張的原木餐桌上一一排好。堆得跟山一樣高的咖哩飯和沙拉；添加蛋白粉的牛奶；甜點是水蜜桃。這些全都是商店街提供的食材。

洗得一身乾淨清爽的眾人紛紛圍桌而坐。正當他們拿起湯匙準備開動時——

「等一下。」清瀨說。「是不是少了誰？」

眾人面面相覷，原來是少了神童與姆薩。

「怪了，連王子都回來了啊。」

「我跑最後一圈的時候，前後左右好像都沒人了耶。」王子納悶。

「該不會出了什麼意外？」ＫＩＮＧ站起身，從飯廳的窗戶向外眺望。

清瀨問：「有沒有人在回程時看見姆薩和神童？」沒有人舉手。尼古已經上了二樓，不久後傳來開燈的聲響，想必他是打算讓燈光在森林中成為顯眼的標的。

「他們到底跑到哪裡去了？」

「是不是應該出門找人？」

雙胞胎擔憂地提議道。

「不行，萬一又有人迷路就麻煩了。我們再稍微等一下吧。」

清瀨嘴上這樣說，其實心裡也急得不得了。他打開前門，注視著黑漆漆的林間小徑；儘管豎起耳朵，卻仍聽不見姆薩和神童的腳步聲。咖哩逐漸變涼，但現在大家都無心吃飯。

阿走來到清瀨身旁，和他一起站在門口。尼古從二樓走下來，拍拍清瀨的肩膀：「安啦，在外頭睡一晚也沒什麼大不了的。」

這時，眾人身後的後門猛地開啟。大夥兒嚇得回頭一望，正好看見姆薩和神童從飯廳後方的廚房旁邊走進來。

廚房後頭是一片沒有路走的陡峭斜坡，阿走怎麼也想不到他們倆居然會從那種地方冒出來，頓時看傻眼。

「不好了、不好了！」

「東體大也來白樺湖了！」

姆薩和神童大叫。

大夥兒回過神，重新圍坐在桌旁，一邊吃咖哩飯一邊聽他們娓娓道來。據姆薩和神童所言，原來從別墅沿路再往山上爬，剛好就是東體大的會館。

「那棟建築物還很新喔！我們看到燈亮著，以為是我們住的這棟別墅，結果走到窗邊一看，竟然看到東體大那些傢伙在吃飯。」神童說。

「而且他們竟然在吃燒肉！怎麼看都是最高等級的和牛牛肉。」姆薩補充道。ＫＩＮＧ聞言默默地把摻著豬絞肉的咖哩扒入口中。

「你們怎麼會爬起山來了？」清瀨問。

「我們沒有想爬山唷。」

「是因為天色太暗，不小心迷了路。」

姆薩和神童不加思索答道。

「神童，你不是在山裡長大的？」

「是沒錯，但我是路痴，方向感很差。」

「呵呵，我也是。我在祖國時，父母還再三叮嚀我不准去大草原玩，就連朋友邀我去也不行。」

清瀨頭痛地揉起太陽穴。阿走悄聲附耳問道：

「灰二哥，怎麼辦？你不是打算讓神童跑上山那一段[20]嗎？」

「是啊。」清瀨語帶無奈。「這很可能會成為驛傳轉播史上頭一齣箱根遇難實境秀。」

「比賽時會有前導車，所以應該不至於啦。」阿雪冷著臉說笑。「要是真的有什麼萬一，只能相信神童的野性嗅覺囉。到時就拜託他在箱根山上自己開出一條路，抄捷徑到達蘆之湖。」

「咦，可以嗎？」無意間聽見此言的城次，天真地問。

「想也知道不行！偏離比賽路線就當場淘汰了。」清瀨駁斥道。

「可是以前真的發生過喔！」

雜學知識豐富的ＫＩＮＧ當場小露一手。身為猜謎狂的他，似乎也事先查好箱根驛傳的相關小知識。

「當時的參賽學校只有四所，那是大正時代的事了。聽說這些學校最熱中的不是練習，而是怎麼在箱根山裡找出最短的捷徑。其實這也難怪啦，連箱根驛傳也有過那種連電台實況轉播都沒有的古早時代。」

「那不是作弊嗎？」王子一邊剝水蜜桃皮一邊說。

「這就是大學生最愛的勾當啊。」尼古一邊添飯一邊笑。

阿走的腦中浮現大正時代的學生走在箱根荒徑的情景。他們和對手賣力相搏，但也不忘動歪腦筋投機取巧一下。他們和時下的學生沒什麼不同，同樣既愚蠢又樂天。

「等我們通過預賽，就去找捷徑吧。」

「都說了不行咩。」

20　箱根驛傳共分成十個區間，上山那一段是指第五區間，小田原到箱根路段。

「問題是東體大。現在怎麼辦？」阿雪說。

「明天起，我們肯定會在湖邊的路上跟他們強碰。」神童也喃喃說道。

阿走不發一語，內心燃起滿腔鬥志。就算只是練跑，我也不想輸給東體大的選手！

「不要跟他們吵架。」清瀨叮囑眾人。「湖只有一個，大家就互相禮讓，一起好好跑吧。」

竹青莊的成員們在別墅二樓蓋著毯子睡成一團，清晨鳥啼一響他們就醒了。大夥兒做完暖身操後，想在新鮮空氣中來個早餐前的練跑，誰知道才一來到湖畔，就和東體大的選手碰個正著。

穿著同款運動服的東體大田徑隊員，才剛在開店前的土產店停車場上開完晨會。他們大約有五十人，依程度分成幾支隊伍，正準備開始練跑。

總教練和幾名看似教練的人分別坐上好幾輛車，跟在各自的隊伍旁邊。站在最前頭的幾名東體大成員，按照學長學弟的輩分依序起跑。一旁的城次看了，不禁讚嘆道：「好壯觀～」

寬政大學的長跑隊員，就只有竹青莊這十個人。他們從沒在練跑前開晨會，教練總是不見人影，身上的服裝也是隨興之所至。拿雙胞胎來說，身上穿的是跟白樺湖景觀格格不入、來自夏威夷的鮮豔T恤。

東體大一年級的榊似乎注意到了阿走一行人。他對隊友們附耳說了幾句後，東體大那群人便一個個開始竊竊私語，一年級生更是接連回頭打量他們。

「怎麼好像有點尷尬的感覺啊。」姆薩不禁有點畏怯，容易緊張的ＫＩＮＧ甚至一副想溜回別墅的樣子。

「我們走吧。」

阿走的態度十分堅決。只要扯到跑步，他一向不服輸。

「是怎樣，一大早就這麼精神。」

儘管嘴上猛嘀咕，竹青莊的成員還是跟著阿走向前跑。

「你們不用管阿走，照著自己的步調跑。」

阿走聽了不禁揚起嘴角。果不其然，清瀨嘴上說不要理阿走，自己卻立刻追了上來。跑在兩人前頭的榊頻頻回頭，挑釁地招手要他們跟上來。

「你可別中他的計。」

「有什麼關係，我可以超越他啊。」

「穩住你的節奏！今天的訓練要用二十分鐘跑五公里的速度來跑。」

阿走看向清瀨。只見他泰然自若地望著前方，臉上的表情顯示他只專注於傾聽自己身體的聲音。不論是東體大田徑隊，還是偶爾駛過的汽車，對集中心力跑步的清瀨來說，都等於不存在。他只是一心一意地在湖泊與針葉林間的窄道當中，默默運行自己的身軀。

「好。」阿走說。他效法清瀨，將榊拋到腦後。二十分鐘跑五公里，他用心感受自己的肌肉和心肺在這個速度下的律動。這速度跑起來並不吃力，他可以輕易感覺到血液在身心之間循環。

鳥兒朝著猛然東昇的旭日發出清脆的啼聲，由山頂往下吹來的風，在湖面拂起小小的漣漪。

到底什麼是「強」呢？阿走突然又放任思緒飛馳。是不是就像灰二哥的沉著冷靜？他堅毅、冷靜地在自己的世界中奔跑，從不受到任何影響。我跑得比灰二哥快，卻不敢說自己比他強。我動不動就生氣，而且滿腦子只在意輸贏。

阿走很想知道什麼叫做「強」，也想知道自己欠缺的又是什麼。這是他頭一次浮現這種念頭。以前的他，總像是被什麼催促似的，只會憑著本能向前跑。

面對這群個性十足的夥伴，清瀨從不束縛也不強迫他們，而是施以循循善誘。阿走回頭望去，竹青莊的夥伴們正奔跑在湖畔的道路上。儘管實力參差不齊，大家的姿勢卻很正確，跑得也很認真。春天時他們還抱怨連連，但經過三個月的努力，現在也跑出田徑隊員的風範了。

阿走轉回頭，微微垂下眼。他仔細看著踩踏在地面上的腳，接著注意力一路向上移，連手指擺動的動作也詳細審視了一遍。

只要追隨灰二哥，就一定能看見——看見那個他熱切期盼得見、耀眼璀璨的無名渴望。

東體大的一年級生在榊的帶領之下，不時做些小動作干擾寬政大學的人。

當阿走一行人沿著湖畔奔跑時，東體大的人就故意並排擋在他們前面；或是故意團團圍著阿走跑，給他製造壓力。總之，就是趁他們教練和學長不注意時，用各種手法戲弄阿走他們。

對於這些，阿走完全沒放在心上。早在上大學之前，他就已經在社團活動或比賽中習慣這種騷擾了。他們如果圍過來，只要甩開他們往前衝就好；他們如果故意擋路，從旁邊的對向車道繞過去就行了。

但竹青莊的人都是初出茅廬的跑者，不懂跑步時的攻守戰術。因此東體大一年級生的騷擾確實影響到他們的士氣，讓他們陣腳大亂。

「實在太幼稚了。」

起初靜觀其變的清瀨，終於也嚥不下這口氣。在傍晚的練跑結束後，清瀨決定前去抗議。

約有二十個東體大一年級生，聚集在土產店的停車場上。清瀨毫無懼色地走向他們，竹青莊其他人沒辦法眼睜睜看著清瀨獨闖敵營，趕緊跟上。

暮蟬的鳴叫聲，寂寥地在湖畔的空氣中迴盪。「我們有十個人，算下來一個人只要揍扁兩個人就可以。」尼古扳響手指，姆薩也開始扭動腳踝，舒展筋骨。東體大的一年級生停止交談，轉過頭來。兩校的選手，在停車場正中央展開對峙。

「請你們別再來妨礙我們練習。」

清瀨沉著地說出來意。榊隨即從東體大那群人中走出來。

「我們才想請你們別找碴呢。你說我們妨礙練習，有證據嗎？」

「有。」阿雪說完，隨即從口袋掏出手機亮在他們面前。待機畫面上清清楚楚顯示了占據整個步道的東體大學生，以及在後頭因此跑得綁手綁腳的阿走。

「我本來是想確認練跑的姿勢，才隨身攜帶手機的，沒想到竟然拍到有趣的畫面。」

「我了解你的用意，但以後不要再帶手機跑步了。」清瀨提醒阿雪。「身上帶著多餘的東西，反而會害你的姿勢跑掉。」

你畫錯重點了吧！阿走暗忖。他雖然不喜歡阿雪誇張的研究行徑，但滿腦子只想著跑步的清瀨也讓他覺得恐怖。就連一旁的榊，也露出既傻眼又尷尬的神情。

清瀨再度轉向東體大一年級生。

「我話說完了。我也不想讓你們的教練跟隊長看到這張模糊的照片……希望你們懂我的意思。」

「當然懂囉。」榊揚起嘴角。「我們東體大可是卯足了勁練習，目標是挑戰箱根驛傳，哪有閒工夫去管那些一時興起來挑戰田徑的人啊。」

「這一點我們挺像的。」

阿走看到清瀨的太陽穴浮出青筋。

「我也覺得耍那些幼稚伎倆來妨礙別人認真練習的人，真的讓人很困擾。」清瀨和榊狠狠地互瞪對方。

「灰二哥。」阿走輕喚清瀨，伸手想抓住他的手臂安撫他。

「我們對『認真』的定義好像不一樣吧。」榊不客氣地嗆回來。「要不要來比比看？你們十個人和我們這邊十個一年級生沿著湖邊跑，看誰跑得快。」

聽到這露骨的挑釁，變成阿走當場暴走，衝著榊怒吼道：

「比就比，誰怕誰啊！」

阿走明白榊花了許多心力練跑，但即便如此，他還是不能容忍榊污辱竹青莊的人。榊的態度讓他彷彿看到過去的自己，心裡非常不舒服。這回，換成清瀨抓住阿走的手想阻止他，卻被阿走一把甩開。

「你對我有意見不是嗎？既然這樣，就我跟你比一場！不要因為贏不了我，連這些人也拖下水！」

「藏原，你怎麼還是跟以前一樣臭屁啊。」榊也毫不退縮，正面迎戰。

雙方人馬趕緊出面阻止眼看就要打起來的兩人。雙臂被尼古架住的阿走仍然氣沖沖地瞪著榊，被隊友拉住雙手的榊也又踹又踢，恨不得一腳踹飛阿走。

「你們倆還有空搞私人恩怨？」

清瀨平靜地告誡，像在說給阿走和榊聽。「給我專心練習。」

榊從隊友手中掙脫開來，整理一下凌亂的運動服。他先是看看走，跟著又輪番看了竹青莊每一個人一遍。

「好玩嗎？」榊低聲問道。「跟這群好不容易交到的『夥伴』一起跑步，你覺得好玩嗎？藏原。」

「夠了。」清瀨打斷榊的話，轉過身。「我們回去吧。」

清瀨出聲催促，阿走卻一動也不動。你沒有資格跟我說什麼「夥伴」！怒火和懊悔令阿走的腦袋隱隱作痛，只見他掙脫尼古的雙手，站在那兒狠狠瞪著榊。榊繼續往下說。

「現在你可以跟這些把你當成寶的人開開心心玩跑步遊戲，滿意了吧？」

「說什麼你！」

少假了，是你們吧！當初一直吹捧我跑得有多快的，不就是你們嗎！嘴上讚美我，背地裡卻嫉妒我、把我當成競爭對手！最討厭那所高中的田徑隊了！你們這些表面上裝出一副和樂融融的樣子，私底下卻互扯後腿的傢伙，簡直令我噁心得想吐！

阿走很想把這些話全說出來，卻氣得不知該如何表達。然而，在他的腦袋深處，也同時存在一個矛盾的念頭：自己沒有立場反駁榊。

因為我對他做了不可原諒的事。阿走握緊拳頭，告訴自己：忍下去！都是因為我，害他不能參加高中最後一場大賽，也難怪他那麼生氣。忍下來，就當作是尼拉在吠吧。

「現在你可以跟別人相親相愛地一起跑步，那時候為什麼就辦不到？為什麼你要把我們的努力化為烏有？明明只要稍微忍一下就過去了！」

不行，我忍不下去！尼拉那麼可愛，但是榊一點都不可愛！面對榊一連串的逼問，阿走決定不再忍耐。

「我這個人就是沒辦法忍耐啦！」

阿走反擊的氣勢，連獅子見了也要逃之夭夭。我才想問為什麼咧！為什麼你只會默默忍受隊裡那種令人窒息的氣氛？儘管阿走有滿腹的話想說，卻需要一點時間來把心裡的想法轉化為言語。但榊馬上擺出有如大象行進般的氣勢，輕鬆踩扁阿走的反擊。

「藏原，你少囂張了！」榊壓低聲音，一鼓作氣說出。「當時你一定覺得就算你沒辦法參加比賽，也會有大學向你招手吧！真可惜呢，結局是這樣，你不過就是一個自以為是又任性的……」

「我不是已經說『夠了』嗎？」

清瀨冰冷的語調，讓這兩隻宛如在大草原上互鬥的猛獸為之凍結。阿走回過神，偷偷觀察站在身後的清瀨是什麼臉色。只見他有如冰塊一樣面無表情，雙胞胎在他身後拚命對阿走比手畫腳勸他：「別再吵了！」「灰二哥快氣炸了！」

清瀨見阿走已喪失戰意，於是將冰冷徹骨的眼神轉投向榊。

「我知道你有你的理由，但阿走現在是寬政大學的選手，我希望你不要隨便傷害或打擊他。」

這次真的要走了——清瀨撂下這句話，立刻把阿走推向林中小徑。阿走的T恤下襬被清瀨揪得緊緊的，只好跟著他一起往前走。

「阿走到底對榊做了什麼啊？」

「誰知道。不過，感覺他好像在各方面都很出風頭齁？」

KING和城太發揮想像力，在一旁竊竊私語。「快點過來！」清瀨大喝一聲，竹青莊的成員這才陸續撤離停車場。

「我奉勸各位小心一點，千萬別在緊要關頭被那傢伙捅一刀喔。」

榊撂下這句話，清瀨只是稍稍回過頭，揚起嘴角。

「預賽時我會讓你見識一下我們有多『相親相愛』、有多認真跑步。啊，不過，你們要忙的事那麼多，恐怕也沒空欣賞？總之，你就努力擠進正取選手名單吧。」

「到底誰幼稚啊。」

「灰二真是壞心眼。」

尼古和阿雪在一旁偷笑。寬政大學田徑隊只有他們這幾個人，大家都是正取選手，一定都可以出賽。

「看來，只有十個人的小田徑隊，也有好處呢。」姆薩同情地看著那群懊惱的東體大一年級生。

阿走瞥向身旁的清瀨。雖然他沒有再爆青筋，卻仍繃著一張臉，似乎在思考著什麼。又給他添麻煩了。阿走硬是吞下那聲差點脫口而出的嘆息。

「對不起，灰二哥。」

「你沒必要跟我道歉。」

他果然還在氣頭上。阿走左思右想，重新選了另一句話。

「謝謝你，灰二哥。」

「不客氣。」清瀨說。

清瀨臉龐的線條比剛才柔和多了。阿走這才明白，原來這種時候只要道謝就好了。灰二哥剛才站出來維護我！阿走心中的憤怒與煩躁逐漸退去，心情輕鬆了不少，開始邁開大步向前跑。

「你回去後先放洗澡水。」清瀨說。

阿走舉起一隻手，表示自己聽到了。

儘管高原的夜風帶著寒意迎面撲來，阿走的身體卻暖呼呼的。

晚餐時，清瀨在餐桌上宣布變更訓練計畫。他不想再受到東體大的干擾，所以決定和他們錯開早晚的慢跑時間，連正式練習也盡量避免利用湖邊的道路。

沒有人對變更後的內容提出任何異議。東體大的挑釁反而挑起他們的幹勁。大夥兒覺得只要能專心練習，在哪兒練都無所謂。

「可是，這跑起來很吃力耶。」王子氣喘如牛地說。

竹青莊的成員們正跑在一片沒道路的斜坡上。這是神童找到的路徑。

「這哪叫跑，根本就是攀岩！到處都是樹根，萬一扭傷怎麼辦。」

「如果這麼容易就會扭傷，代表這個人運動神經很差，腳踝也很僵硬，根本不適合跑步。」

清瀨面不改色地說，往王子背後推一把。「好啦，再撐一下！加油，再跑快一點！」

阿走和神童早已不見人影。這片連走路都有困難的陡峭斜坡，他們倆憑著強韌的彈性、耐力和輕盈的身手，一下子就跑到上頭去了。

「你當我是忍者啊？」王子拭去汗水。

若是每天都跑斜坡，會對膝蓋造成過重的負擔，於是清瀨在擬訓練計畫時，特地將山路訓練和平地的耐力訓練，以最有效的方式搭配組合在一起。

從白樺湖越過兩個山頭，有一條高海拔的健行步道。這是為了讓遊客能邊走路邊欣賞風景，而在靠近山頂的平緩地帶開闢的道路。這條路沒有鋪柏油，只鋪了一層木屑，因此比較不會造成膝蓋的負擔。

清瀨稱在這裡進行的訓練為「高地訓練」，心想：何不利用這條路來進行越野跑訓練？沒有安排山訓的日子，大家會搭乘廂型車來到這條健行步道。繞步道一圈大約是三公里多，跑個六圈差不多就等於二十公里。

每個人的身體狀況不同，所以跑步時，即使高度只上升一點點，還是會有人覺得嚴重缺氧。KING在還沒適應之前，就曾經大聲嚷嚷「這根本是地獄之旅」，非常討厭高地訓練。至於王子，甚至曾經在跑二十公里的最後一圈時，被一對來健行的老夫妻超前。

不過，很顯然的，大家的身體開始逐漸適應，實力也越來越堅強。

尼古遵循著正常規律的飲食和練習，總算減肥成功了。少了那些多餘的脂肪，他的身體輕盈了不少，速度也提升了。

理論派的阿雪還是經常質疑清瀨擬出的練習內容，但只要清瀨可以說服他，他還是會摸摸鼻子認真跑。這人既然能通過司法考試，想必不會對日復一日的單調訓練感到厭煩——阿雪也證明了這一點。

天性樂觀的雙胞胎從來不把苦當苦，而神童跑起山路也是輕鬆自在、如魚得水。他們在斜坡上執著地前進，那種腳力和韌性，連阿走都驚歎不已。

反觀姆薩，他對斜坡實在不擅長，但一換成平地，姆薩一身彈性十足的肌肉就發揮作用了。他跨出又長又大的步幅，輕盈地奔跑在木屑地上。

就連大家公認實力最弱的王子，耐力也越來越好了。現在，只要跑步距離不超過十公里，他就能很認分地跑完全程，可說突飛猛進。這一切都要歸功於清瀨的深謀遠慮。原來，他沒收了王子帶來別墅的漫畫，只有在王子徹底完成當日訓練目標時，才允許他在晚上看漫畫。

王子平常老把「沒有漫畫我會死」這句話掛在嘴上。為了度過一個快樂的夜晚，他也只好噙著淚水咬牙認真練跑。

當然，阿走和清瀨的訓練也進行得很順利，兩人的體態狀態都越來越好了。

阿走練得比其他人還勤快，所以有時會因為慢性肌肉痛而難以入睡。不過，只要把它想成是長出新肌肉帶來的痛楚，不管多痛他都能忍受。他甚至還在這種有如刀割般的灼熱和痛楚中，感受到一股跟快感只有一線之隔的喜悅。他深深感覺到，只要天一亮、邁開腳步往前跑，他就能進入比昨天更深、更遠的速度世界。

跑步距離增長、韌性也變強的竹青莊成員，目前正處在最佳狀態。只要看到練習有了成果，他們就會藉此勉勵自己更加努力。一旦達成從前令自己苦不堪言的距離或秒數，他們就越來越能體會運動的樂趣，更能積極專注地練跑。

為了避開東體大而設定的黎明前和日落後的兩次慢跑，再也難不倒任何人。湖畔慢跑路線的標高比健行步道來得低，設定的秒數和距離也簡單許多。結果這條路線現在簡直成了大家適度喘息的機會。

漫長的夏季集訓差不多過了一半的某天晚上，當大夥兒一起慢跑時，突然下起大雷雨。長跑比賽絕對不會因為下雨或颱風而中斷，阿走覺得這是練習的好機會，於是決定在惡劣天氣下繼續沿著湖畔慢跑。當氣溫下降、濕度增加時，呼吸會比較舒服，跑起來也比較輕鬆。

不過，雷鳴和雨勢越來越猛烈了。閃電劃過夜空的低矮地帶，豆大的雨水不斷打在他們身上，令皮膚隱隱作痛。耳邊只聽得見瀑布般的雨聲，除此之外什麼都聽不見。雨滴落在地面激起水花，使周遭一片白茫茫。山上的天氣原本就變幻莫測，但他們還是頭一回碰到這麼大的豪雨。

轉眼間，眾人變成了一隻隻落湯雞，就像穿著衣服下水游泳那樣。天色昏暗、能見度也差，因此清瀨決定中止練跑，指示後面的人返回別墅。

「千萬別著涼了，一回到別墅就先去洗澡。」

阿走站在清瀨身旁，看著每個人一一停止練跑，往林間道路而去。從天空傾洩而下的水幕另一端，隱約可看得到人影。

數到第六人時，阿走覺得事情有異。剛才跑過去的，是照理說跑最後的王子，可是還差兩個人。城太和城次還沒現身。

「灰二哥，雙胞胎不見了！」

「他們跑哪裡去了？」

雨聲實在太大，他們得大吼才聽得到彼此的聲音。

「可能是在某個地方躲雨！我去找他們！灰二哥，你先回去吧！」

阿走沿著湖畔跑回去，搜尋雙胞胎的身影。跑著跑著，雨勢越來越大，打在臉上的雨水幾乎令阿走窒息。

找了半天，還是找不到雙胞胎。會不會其實已經在哪裡擦身而過，但因為雨勢太大而看漏了？阿走站在雨中，閃光和雷鳴幾乎同時在他頭上迸裂。他不自覺縮起身子，眼角猛然瞥見一道朦朧的橘色光線——原來是湖邊停車場的公廁燈光。

他們倆說不定在那裡躲雨！阿走離開道路，進入那棟罩著三角屋頂的水泥建築中。

放眼望去，公廁內空無一人。在這亮著電燈的狹小空間內，雨聲稍微被阻隔在外，感覺起來跟核彈防空壕一樣冰冷，缺乏一種現實感。阿走用手掌擦擦臉，為了保險起見，他決定朝著門板緊閉的個人廁間喊喊看。

「城太、城次，你們在嗎？」

「在在在！」

相鄰的兩個廁間，同時傳出城太與城次的聲音。太好了，看來他們倆沒被雷打成路邊的黑炭。阿走鬆了口氣。

「你們倆搞什麼啊？」

他才問完，兩個廁間便傳出沖水聲。雙胞胎同時打開廁所門，從裡頭走出來。

「我們好像吃壞肚子了～」

「剛才肚子突然超痛，如果沒有這間公廁，我們兩個就慘了，對吧？老哥。」

「對啊。天上淅瀝嘩啦，我們兩個的肚子也淅瀝嘩啦。」

雙胞胎臉色蒼白地摸著肚皮。

「你們牛奶喝太多了。」阿走一口斷定。從集訓開始以來，城太和城次每天都喝上兩公升牛奶。都怪這兩人太貪心，想說「既然是商店街送的，就喝他個夠本」，才會喝壞肚子。

大雨淋得三人身體都冷了起來，他們得趕快離開這兒才行。

「練跑已經中止了，你們有辦法撐到回別墅嗎？」

「誒～很難說耶。」城次苦著臉說。

「我會努力鎖緊菊花忍下去的。」城太一臉悲壯。

三人走出公共廁所，開始在雨中奔跑。才跑了將近五百公尺，城太突然停下腳步，嚷著：「我不行了！」城次也鐵青著臉問：「阿走，你覺得，我們是回去公廁比較好，還是努力撐到別墅比較快？」

「啥？」阿走困惑地回頭看雙胞胎，只見他們倆像蝦子一樣縮著身體，一副可憐兮兮的樣子。

「真是敗給你們了！去草叢裡隨便解決一下吧。」

「才不要！」

「衛生紙怎麼辦?!」

「這裡又沒有別人。你們拿樹葉擦一擦就好。」

「講這什麼話……」

「你給我記住！」

儘管雙胞胎嘴上不服輸，但情況緊急，他們也只好撥開草叢，鑽進路邊的緩坡。這樣的狀況重複了兩次後，一行人終於回到林間道路。這時雙胞胎豁了出去，說道：

「我看我乾脆光著屁股跑好了。」

「我也是。肚子痛成這樣，一直脫褲子真的很煩。」

「不准脫！」

三人就這樣打屁瞎聊，朝燈火通明的別墅奔去。上次在雙胞胎房裡大吵一架而殘留心頭的那一丁點疙瘩，如今全被大雨洗去，不留一點痕跡。鬧肚子的雙胞胎與心力交瘁的阿走被這場鬧劇耗去許多體力，三人都變得瘋瘋癲癲的。

「我們回來了～」雙胞胎一打開別墅大門，立刻火速脫掉T恤和短褲，打算直奔浴室，阿走也跟著脫掉濕答答的T恤。這時——

「啊～～～！」

一陣淒厲的尖叫聲突然傳來。全身赤裸的雙胞胎和正要脫下運動褲的阿走，嚇得動也不敢動。房東和一名留著烏黑長髮的纖瘦女子，竟然出現在飯廳裡。是「八百勝」老闆的女兒！

「你們三個搞什麼！」

清瀨從廚房衝出來，趕忙將雙胞胎押進浴室。正在看電視的竹青莊眾成員，全被這一幕逗得前俯後仰。阿走看得很清楚，雖然「八百勝」老闆的女兒用雙手掩著臉，但指縫間那雙杏眼可是瞪得老大。

「我叫勝田葉菜子。」她向大家自我介紹。

「葉菜啊——」洗完澡、穿上衣服的城太自作多情地揚起嘴角。這什麼怪名，反過來不就變成菜葉了嗎？阿走在心裡嘀咕著。不過，葉菜子確實很漂亮。只見她睜著一雙水汪汪的大眼，面頰潮紅地頻頻瞥向雙胞胎。

葉菜子是寬政大學一年級生，就讀文學院。

「夏天還沒到，各位的事就已經傳遍全校了呢。」葉菜子說。

飯廳餐桌上排滿了清瀨和葉菜子做的菜餚。

「我開動囉。」剛洗完澡、一派神清氣爽的阿走，用筷子挾起一塊乾燒蔬菜。這菜不只切得難看，口味也太重。看來葉菜子還不大會做菜。不過，當然沒人會對她的廚藝有意見，畢竟，為了運送商店街的援助物資，葉菜子可是開著「八百勝」的小貨車、載著房東和滿車食材，大老遠來到白樺湖呢。

「我還帶肉來了喔，明天就吃燒肉吧。」

「有牛肉嗎？有牛肉嗎？」葉菜子才說出口，城次便激動地問。

「嗯。」她點點頭，雙頰再度飛紅。

「喔耶！」

「我們也吃得到牛肉！」

食慾以及想和東體大較勁的鬥志，在城太和城次心中沸騰。阿走覺得不可思議：他們倆明明那麼想交女朋友，為什麼就是對眼前的機會視而不見？阿走身旁的清瀨，正在對房東發牢騷。

「教練，你在想什麼啊？竟然帶一個女孩子來這個擠了十個年輕男人的地方？」

「是十一個。」房東很乾脆地把自己也算進去。

「真要說的話，我覺得有危險的是雙胞胎才對。」阿雪說。

雙胞胎早就把肚子痛的事拋到九霄雲外，渾身上下表現出對有烤肉吃的狂喜。葉菜子則兩眼喜孜孜地盯著猛轉圈圈的雙胞胎不放。不知怎的，阿走突然覺得有點悶，而且連他都覺得自己這樣有點奇怪。

趴在後門踏墊上的尼拉，正啪噠啪噠地甩著尾巴。坐小貨車車斗來的尼拉，似乎也很高興能見到睽違已久的竹青莊成員。

翌日，天氣相當晴朗。

搭廂型車抵達健行步道後，阿走深深吸進一口空氣。清淨的空氣中混雜著甘甜的草香，白雲在翠綠的山巒上投下影子，朝著東邊飄浮而去。

房東和葉菜子，也開著小貨車抵達健行步道。知道葉菜子會在這裡住一陣子，大家變得比平常更賣力了。

如今多了房東和葉菜子，別墅的二樓頓時變得非常擁擠。而且，為了隔出葉菜子的個人空間，他們在牆面之間拉上繩子、披上床單，空間因此變得更侷促。就算高原的夜晚很冷，一群人擠在一起還是相當難入睡。

儘管如此，大家依然很歡迎葉菜子的到來。雖然相處時間短暫，但大家都看得出她此行是代表商店街的老老少少，來向竹青莊的成員獻上最誠摯的支持。

「真是奇蹟啊，世界上居然真的有長相可愛、脾氣又好的女孩子存在。」神童喃喃說道。

「是啊，葉菜子同學真的很標緻。」姆薩也認同神童的說法。

「可是我不懂，她怎麼會看上城太和城次？」神童不解地歪過頭。

「砍上？」姆薩也跟著歪頭。

「不是砍上，是『看上』。」神童拿起樹枝在地上寫給姆薩看。

尼古一邊做著練跑前的伸展操，一邊說：「那孩子，該不會品味很差吧。」

阿走露出苦笑。就連現在，葉菜子也含情脈脈地望著雙胞胎，聽他們解釋健行步道的訓練。

「所以？她喜歡雙胞胎當中哪一個？」阿雪問，跟阿走看著同一情景。

「誰知道。」

「為什麼是我去？」

「你去問。」

「因為你們都是一年級的啊。」

儘管阿走認為這根本算不上理由，卻不敢忤逆學長。他模稜兩可地點點頭，然後跑去找清瀨確認今天的訓練計畫。

清瀨正在向房東講解今天的練習內容。

「今天我的計畫是跑八圈，大概二十五公里。阿走和我會先把速度控制在一圈十二分鐘，然後慢慢提升速度，最後一圈在十分鐘內跑完。至於其他人，我也會按照程度來設定每個人的速度，但就算是跑最慢的王子，我也希望他能在十六分鐘內跑完第一圈。這樣可以嗎？」

「很好很好，都交給你。你想怎樣就怎樣。」

房東顧著看葉菜子，根本沒在聽清瀨說話。

「房東先生是教練沒錯吧？」

阿走悄聲問清瀨，清瀨一笑置之。

「嗯，無所謂，他這人就是這樣。但遇到緊要關頭，他還是幫得上忙的。」

「真的嗎？」

「……大概吧。」

清瀨脫下披在身上的運動外套。「開始吧！」

時間越接近中午，陽光變得越強烈。雖然徐風陣陣，但山頂一帶沒有遮蔭處，因此還是很熱。葉菜子待在步道的中途點，把親手調製的蛋白質檸檬水遞給每個人。

阿走邊跑邊接下它，為身體補充水分。

「你不覺得這東西超難喝嗎？」

這帶有顆粒的酸澀液體，讓阿走差點吐出來。就算對身體再好，也沒必要在檸檬水裡加蛋白粉吧？裡頭的成分完全分離，感覺好像全黏到胃壁上了。

「真的很難喝。」清瀨也露出一副親眼目睹貓咪被車子碾斃的表情。「但還是喝下去吧。天氣這麼熱，很容易引發脫水症狀。」

他將插著吸管的空瓶往步道外扔去，待會兒一併回收後還可以再利用。慢了一圈的夥伴們逐漸映入眼簾，大家看起來都累壞了。追上他們時，清瀨出聲說：

「速度變慢囉。但也不要因為這樣就猛看錶，盡量讓身體記住速度感。」

「天氣熱成這樣，不要下這麼複雜的指令啦！」

儘管遭到眾人的埋怨，阿走和清瀨依舊維持原訂的速度，跑完二十五公里。

就算是清瀨和阿走，跑完這八圈還是免不了流失體力、氣喘如牛。他們先用緩身跑調整氣息，接著再做伸展操舒緩筋骨。然後，兩人脫掉汗濕的T恤，拿出背包裡的毛巾擦拭身體。

換上乾淨衣物後，阿走和清瀨在樹蔭下席地而坐。還沒跑完的夥伴們一一經過兩人面前，跑得上氣不接下氣。

「如果跑得很痛苦，就別逞強了！……不過我看說了也是白說。」

每個人都對清瀨的話置若罔聞，一個勁地往前跑。想到他們在初春時那副德性，還真料不到大家現在居然會如此拚命練習。

葉菜子過來坐到阿走身邊。阿走擔心自己汗臭味太重，於是將屁股稍微挪向清瀨。清瀨發現，不禁笑出來。

「你們一天大概跑幾公里？」葉菜子問。

「要看當天的狀況和每個人的狀態而定……不過，差不多有四十公里吧。」

「咦——！」

葉菜子驚呼一聲，阿走差點嚇到跳起來。清瀨又在偷笑了。

「笑什麼？」阿走瞪向清瀨。

「沒事。」清瀨仍然滿臉竊笑，而且還故意移開視線，望向天空。

「你們好厲害喔。」

葉菜子發出讚嘆，輕吐一口氣。「原來要練得這麼辛苦。我本來以為馬拉松這種東西，就是一群耐力很強的人輕鬆跑一跑而已。」

「不是馬拉松，是驛傳。」阿走糾正她的話。

「是喔，驛傳。」

「嗯。」

阿走覺得臉頰熱呼呼的。他感覺到右手邊的清瀨身體在微微顫動，卻沒辦法轉頭看他的表情。可惡，他絕對又在偷笑！阿走心想。

雙胞胎從三人面前跑了過去。

「還有一圈！」清瀨說。

葉菜子轉過頭追逐雙胞胎的身影，這時阿走突然想起阿雪交代的任務。

「呃……勝田同學，妳喜歡雙胞胎對不對？」

「討厭啦，你怎麼知道的？」

有長眼睛的人都看得出來吧——阿走知道清瀨心裡一定也在說同樣的話。

「然後呢，嗯……妳喜歡哪一個？」

「哪一個？什麼意思？」

「就是，誒，妳喜歡城太還是城次？」

「當然是兩個都喜歡，討厭啦！」葉菜子羞答答地拍了阿走的肩膀一下。

這女生的反應還真妙，阿走心想，過了幾秒才意會葉菜子話中的涵義。

「ㄏㄚ？」阿走怪叫一聲。「兩個都喜歡？這樣好嗎?!」

「反正他們倆長一模一樣啊~我好喜歡那張臉喔。」

「喂！」阿走氣沖沖站起身。「他們兩個又不是兩盆才賣一百五十圓的洋蔥！哪有人因為喜歡那張臉就同時喜歡兩個人？妳不要太過分了！」

「不錯嘛你，想得到這種比喻。」清瀨笑著點頭。

葉菜子轉頭訝異地看阿走。

「為什麼你這麼說？」

「為什麼？因為他們倆是完全不同的個體啊！妳應該多看看他們別的優點，比如個性之類的……」

「個性有那麼重要嗎？」

「那還用說！」

「是喔……但是我只要喜歡上一個人，就不會太在意他的個性耶。」葉菜子露出幸福的微笑。「我昨天跟今天稍微和他們聊了一下。他們兩個沒有什麼讓我受不了的壞習慣，長相又是我的菜。這樣不就夠了嗎？我沒辦法只選一個啦。」

阿走覺得全身無力，坐回樹蔭下。或許是憋笑憋過頭的關係，清瀨居然打起嗝來。

「其實勝田小姐說的也沒錯。」清瀨趁著兩次打嗝的空檔說。「感情本來就沒有道理可言，有時就算對方再怎麼壞、讓人再怎麼痛苦，還是會執迷不悟地愛上對方。」

「就是說嘛。」葉菜子得到聲援，用力地點點頭。「戀愛就是這麼回事。」

竹青莊的成員陸陸續續跑完二十五公里。

「我去叫房東先生。他說要帶尼拉散步，就一直往步道那頭走去了。」語畢，葉菜子走出樹蔭。

阿走和清瀨沉默半晌，靜靜望著野草隨風搖曳。

「你有過那種經驗？」阿走問。清瀨好像終於停止打嗝了。

「你沒有嗎？」他含笑反問道。

「……沒有。」

「是嗎，那跑步呢？不管再怎麼痛苦、再怎麼難受，你不是都一直跑下去嗎？這跟勝田小姐說的那種心情，不是一樣的嗎？」

清瀨起身走到陽光下，把倒在地上的竹青莊成員一個個拉起來。

「喂喂喂，給我起來做緩身操！」

阿走在心裡輕嘆一聲。要是真的像灰二哥說的，我對跑步的執著就好比戀愛那種執迷不悟的話，那戀愛真的是不能求回報的東西呢。

只要迷上了，就再也無法逃離它的掌控；不計較喜惡、不在意得失，不顧一切被吸引著；就像天上那一群被黑暗吞噬、不知會被帶往何方的星星。

就算再艱辛、再痛苦，就算什麼也得不到，阿走就是沒有辦法放棄跑步。

為了把蛋白質檸檬水發給大家，阿走也走到太陽底下。陽光直射向腦門，蟬兒驟然齊聲鳴叫，天空不見半朵浮雲。

「天空好藍。」

夏天啊。

第六章　靈魂的呼喊

阿走把破碗放到走廊的某個角落。水滴滴到他的手背上。他稍微調整一下破碗的位置，起身環顧整條二樓走廊。

走廊上到處擺著碗公和茶壺，像在擺什麼陣法驅邪一樣。今天阿走負責的值日生工作，就是定時巡視整棟竹青莊，把容器裡的雨水倒到水桶中。

靜靜地下在屋外的綿綿秋雨，在竹青莊裡聽來，竟變成不協調的噪音。阿走一邊把水桶裡的水往院子裡倒，一邊哀嘆起這首窮人悲歌。

「吵死人了，不能想想辦法嗎！」尼古猛抓頭。「連在我房裡，都可以聽到它響一個晚上！叮叮咚咚的，簡直讓人快抓狂！」

「我們幾個住二樓的，早就習慣囉。」城太說。

阿雪擦擦眼鏡，不以為然哼一聲。

「尼古學長，是你對聲音的感受力太差吧？雨滴聲可是很詩情畫意的，每每譜出嶄新的節奏，讓人忍不住讚嘆呢。」

什麼雨滴聲，根本是漏水聲好不好！阿走在心裡吐槽，但當然不會真的說出口。

「大家聽好，預賽的日子離我們越來越近了。」

清瀨無視其他人對這棟破舊老屋的哀嘆，自顧自講起話來。

竹青莊的房客們在清瀨的一聲令下，聚集在雙胞胎房裡。當天的練習已經結束，這些早就圍成一圈準備喝酒狂歡的人，勉強轉頭望向清瀨。

「大家在夏季集訓的努力有了成果，每個人的實力都提升了。阿走。」

「好。」阿走看著手上那張紀錄表，大聲唸著：「以下，是大家一萬公尺的現階段最佳紀錄。」

灰二哥　二十九分十四秒
姆薩　二十九分三十五秒
城太　二十九分五十五秒二六
城次　二十九分五十五秒二八
阿雪學長　三十分二十六秒六三
神童　三十分二十七秒六四
尼古學長　三十分四十八秒三七
KING　三十一分十一秒〇二
王子　三十五分三十八秒四二
我　二十八分五十八秒五九

閉著眼聽阿走唸出一串串數字的清瀨，對此點頭表示肯定。

「真的進步很多！大家都跑得比以前好多了，我很高興。」

「今年夏天，我總算知道什麼叫做地獄。」城太說。

「被操成那樣，當然多少會進步一些啊。」城次說。

清瀨環顧眾人一圈，接著說道：

「我相信絕大部分的人，都能在剩下不到一個月的時間裡跑出更好的一萬公尺成績，畢竟我們在練習跑二十公里時，身體已經逐漸習慣長跑的節奏了。當然，也有人還是不能習慣……」

王子的肩膀猛地抖一下。每次王子只要跑超過十五公里，身體就後繼無力，速度也越來越慢。但是清瀨並沒有責怪王子的意思。

「不過沒關係，你們的體力一定會越來越好。只要照這樣繼續練下去，絕對能在預賽中和其他選手較勁。我只希望你們千萬不要受傷。大家繼續加油！」

「加油！」

不用加太多，剛剛好就行啦——城次小聲補上一句，然後拿起杯子跟阿走乾杯。

神童灌下一大口家鄉寄來的酒，說道：

「對了，有人要來採訪我們耶。」

「真的假的，好屌啊！」

「誰要來採訪？又是報社嗎？」

雙胞胎興沖沖地問神童。

夏季集訓期間，竹青莊的成員曾在白樺湖接受讀賣新聞社的採訪。

有個專門報導田徑賽事的雜誌記者特地到白樺湖，目的是採訪東體大的集訓情況。東體大在前一屆箱根驛傳中以些微差距落敗，未能進入種子隊，因此本屆要從預賽挑戰起。但東體大選手的實力相當穩定，晉級預賽可以說是十拿九穩，所以雜誌記者才會在預賽前來採訪。

竹青莊的成員在練習完畢後，跑去湖邊的便利商店買東西，正好目睹東體大選手受訪的那一幕。只見東體大的學生在停車場上列隊面對鏡頭，讓記者為他們拍團體照。拍完後，由隊長對著錄音機發表感想。

儘管那個記者一人兼採訪和攝影，代表發言的隊長也只是穿著運動服，ＫＩＮＧ卻看得入神，征征地說：「簡直跟明星沒兩樣耶。」一旁的阿走，也陪著ＫＩＮＧ愣愣看著採訪過程。

半晌後，東體大的選手就地解散，記者向隊長道了聲謝，然後獨自往這頭走來。走著走著，中年男記者注意到拎著超商塑膠袋站在停車場角落的阿走一行人，不禁「咦」了一聲。

「你們也是長跑選手吧？」

「看得出來？」城太暗自竊喜。

「看你們的體型就知道啦。不過，你們不是東體大的學生吧？」

記者詫異地打量他們身上一件件樣式各異的T恤。

「我們是寬政大學田徑隊。」ＫＩＮＧ搶先回答，但語氣中有一絲緊張。

「我們也會參加箱根驛傳喔。」城次天真無邪地說。他衝著記者傻笑，一副已經拿到驛傳參賽權的樣子。

阿走躲到尼古身後。他覺得記者一定會笑城次，而且心想：「你們這種從來沒參加過預賽的學校，跟我說什麼夢話。」

然而，阿走猜錯了。

「是嗎？我拭目以待喔。」記者用真摯的眼神逐一掃視每位竹青莊成員。「你們隊長是誰？隊員就只有你們幾個而已嗎？」

其實他們從來沒選過什麼隊長，但每個人都自然而然地望向清瀨。只見清瀨勉為其難地說：

「我是隊長清瀨灰二。你看到的就是我們全部隊員。」

「清瀨……你該不會是那個——」記者在腦中搜尋記憶。「我聽說你受傷了，原來你還在跑田徑啊？還有那邊的同學，你不是仙台城西高中的藏原走嗎？」

阿走沒有答腔，在尼古背後縮起身子。

「大叔，你是誰啊？」

城次一問，記者連忙說了聲「抱歉」，然後遞名片給清瀨。

名片上頭寫著：「**月刊田徑雜誌　編輯　佐貫信吾**」

「我可以請教幾個問題嗎？你們真的打算只靠這十個人參加箱根驛傳？」

佐貫接連問了幾個問題。聽到教練的名字，他「喔～」了一聲。當他知道房東說不參加箱根驛傳就要漲房租時，很自然地笑道：「那你們可得認真跑囉。」真是個擅長答腔的好聽眾。

隔天一大早，佐貫又出現在湖邊道路，在一旁觀察竹青莊成員晨練的樣子。等晨練結束後，他走向眾人說道：

「你們真的很有意思！雖然大部分成員跟門外漢沒兩樣，但是看得出你們非常有潛力。」

大夥兒聽不出他到底是褒是貶，只好沉默以對。佐貫喜孜孜地點頭。

「像你們這樣的隊伍，搞不好會讓箱根驛傳變得更有看頭！這回的篇幅不夠，所以我只能刊載東體大的報導，不過我會把你們介紹給我認識的報社記者。」

「報社！」ＫＩＮＧ嚥了一下口水。阿走有不祥的預感。

佐貫辦事效率極高。在集訓即將結束時，讀賣新聞社的記者就來造訪白樺湖別墅。這家報社是箱根驛傳的協辦單位之一，所以絕不輕易漏掉任何一則相關報導。

「《月雜》的佐貫先生把你們的事都告訴我了，我覺得很有趣，所以就趁著休假跑來白樺湖玩囉。」

這個名叫布田政樹的報社記者，談吐斯文和善，年紀似乎跟佐貫差不多。

王子嘀咕著：「《月刊田徑雜誌》簡稱《月雜》？這樣說，誰會知道那是什麼雜誌！《月刊少年雜誌[21]》也可以簡稱《月雜》啊。」竹青莊的眾人知道王子又把話題扯到漫畫上了，決定當作沒聽見。

這時，阿走裝出若無其事的樣子，悄悄從飯廳躲到廚房。

「因為你們還沒通過預賽，所以我不便把報導刊在體育版，但是一個小田徑隊努力挑戰箱根驛傳的故事，我相信一定能引起讀者的興趣。雖然這次的報導只會在東京地區刊載，我還是希望各位務必讓我將你們的故事也刊在地方版上。」

面對布田誠懇慎重的請求，清瀨實在很難拒絕。就這樣，竹青莊的成員接受了這次的採訪。布田立刻把地方版記者和攝影師找來，問了隊員們平常的生活點滴、對箱根驛傳賭上多少鬥志之類的問題，而主要負責回答的雙胞胎和KING也如實應答。攝影師則拍攝了隊員在白樺湖畔的練習情景，以及別墅前的團體照。

漫長的集訓結束後，大夥兒一回到竹青莊，就發現當天的報紙大大刊載了那則報導，還附上一張巨幅照片。神童和姆薩開心地買了一堆報紙回來。他們除了將剪報貼在竹青莊的廚房，也分送給商店街的店家，甚至沒經過許可就貼到校園的公布欄上。不用說，他們也絕對沒忘記在寄信回家時附上這則報導。

迴響相當熱烈，商店街成立的臨時後援會越來越有模有樣，校方也開始對這支田徑隊寄予厚望。竹青莊的每個人，幾乎都接到家人打來的電話。

「當然，佐賀先生和布田先生都說，等預賽開始後會再來正式採訪我們一次。」神童往杯裡倒滿家鄉的清酒。「不過，剛才我說要來採訪我們的，不是報紙，而是電視台。」

「電視台！」KING驚呼一聲。

「負責轉播箱根驛傳的日本電視台，已經跟我們接洽過了。我之前都不知道，原來他們也會轉播預賽呢！他們說會從參加預賽的學校中選幾所特別受矚目的，在當天進行貼身採訪。」

「喂喂喂，你是說我們被選中了？」KING興奮得開始發抖。

「真是可喜可賀啊。」姆薩也感動不已。

「我還沒正式回覆他們啦。」神童說。「畢竟，如果攝影機害得大家分心，結果沒辦法在預賽中

21　月刊少年マガジン，講談社發行的少年漫畫雜誌。

發揮全力，這樣不就本末倒置了？所以我想聽聽大家的意見。」

「贊成！我贊成接受電視台採訪！」城太舉手贊成。

「根本沒有理由拒絕啊！」城次說。

「我早就想找個時間去剪頭髮了。」儘管已經緊張得冒汗，KING仍不忘要打裡自己的儀容。

「我也想上電視。」姆薩微微一笑。「如果把節目錄下來寄給我的家人，他們一定很開心。」

「我也覺得接受採訪沒有壞處。」神童發表自己的意見。「除了能讓父母高興一下，最重要的是，可以藉此達到宣傳的效果。」

「說得對。」清瀨雙手抱胸。「其他人有什麼想法？」

清瀨逐一掃視尚未表達意見的成員。

「你們覺得好就好，我沒意見。」

尼古完全不受「電視台」三個字所惑，展現出泰然自若的成熟風範。對漫畫以外事物提不起勁的王子，也淡淡地說：

「我也沒意見，上不上電視都無所謂。」

「就說你們傻唄～搞不好可以遇到女主播喔！女主播耶！」

KING說得口沫橫飛，王子意興闌珊地回答：「我又不認識誰是誰。」

「不可能，女主播不會來報導預賽啦。」

「很難說唷～不知道他們會派哪個體育女主播來？」

城太和城次興高采烈地討論起來。清瀨沒有參與他們的女主播話題，將話鋒轉向悶不吭聲的阿走和阿雪頭上。

「照少數服從多數的規矩來看，結論已經出來了，但我還是想聽聽你們倆的想法。」

「反正都已經決定了，」阿走嘆口氣。「我說反對也沒用吧。」

「喂阿走，為什麼你不想上電視？」城次偏過頭。「上電視可以讓爸媽爽一下，還能讓自己受女孩子歡迎，好處多得是咧。」

「那是你一廂情願的想法好嗎。」阿走低聲說，試著反駁。

「不是每個人都想取悅父母啦。」

很難得的，阿雪這次竟然沒有話中帶刺。大家聽出他話中的酸楚，頓時鴉雀無聲。阿雪發現所有視線都集中在自己身上，立刻恢復往常的調調：

「說到出名，你們一個個精神都來啦。既然已經決定了，那也沒辦法，我就全力配合囉。」

葉菜子一聽到預賽時會有攝影師跟拍，馬上大叫：「糟了！加油布條得重寫才行！」

「什麼加油布條？」阿走問道。

竹青莊的廚房裡，阿走和清瀨正忙著把葉菜子他們家店裡賣剩的蔬菜一一從箱裡取出。

「商店街的店家，每個都興致勃勃地說要來幫你們加油。加油布條是我爸爸跟泥水匠伯伯做的，可是，寬政的『寬』字不是筆畫很多嗎？泥水匠伯伯問我爸：『阿勝，怎麼辦，字會糊在一起耶。』結果我爸說：『像這種時候，只要用同音字拗過去就好啦！』……」

於是，布條上面用紅色油漆寫了「成就大器！KANSEI[22]大學加油！」幾個大字。

「未免太……」阿走有點錯愕。

「蠢到不行對吧。」葉菜子嘆了口氣。清瀨剝著芋頭皮，莞爾一笑。

「話說回來，真是太好了。大家的努力得到了認同，連電視台都想來採訪你們！這可不是一般人做得到的喔。」

22　日文中，成就大器的「成就」與「寬政」都是唸成KANSEI。

得到認同雖然好，但同時也會招來不必要的注目，所以不全然都是好事啊！阿走默默地壓扁紙箱。

「咦，葉菜妹妳來啦？」

「你知道電視台要來採訪我們嗎？」

雙胞胎聯袂現身，廚房的氣氛頓時熱鬧不少。

「知道啊。預賽時我們都會去幫你們加油，我也會幫你們把節目錄下來喔。」

葉菜子在廚房的椅子上坐定，開心地和雙胞胎聊起來。

「這樣好嗎？」清瀨一邊切著捧在掌心的豆腐，一邊對阿走低語。

阿走把味噌溶進鍋中，板著臉反問：「你指什麼？」

「沒事。」清瀨說。「勝田小姐，跟我們一起吃晚餐吧。」

眾房客陸續來到廚房，和葉菜子一起圍著餐桌就坐。沒位子坐的人，只能搬出矮飯桌，席地而坐。

這天的菜色是滷芋頭和涼拌豬肉片。

「到了這個季節，涼拌豬肉片也該退場了，換壽喜燒上場！」

「我要牛肉的喔！」

城太和城次一邊說，一邊飛快把燙熟的豬肉掃進自己盤子裡。葉菜子帶來的白蘿蔔、辣椒等被磨成泥，為這道料理增色許多。

「差點忘了！」葉菜子擱下筷子，伸手去掏放在腳邊的提包。「今天除了青菜，我還帶了另一樣伴手禮來。」

她拿出一大疊相簿。雙胞胎接過手，翻開紙製的封面。

「是夏季集訓的照片！」

「而且每個人都有一本！」

每本相簿的封面都寫著不同房客的名字。阿走也暫時擱下碗筷，看著相簿封面上葉菜子親筆寫下的名字。相簿裡有大合照，以及每個人各自的精彩畫面。每張照片都經過精心分類，按照拍攝時間依序收在相簿裡。

「不好意思喔，我顧著加洗和整理照片，拖到現在才拿給你們。」

葉菜子語帶歉意，但大家都明白她一定花了不少心力，於是每個人都心懷感激地向她道謝。

接下來，大夥兒忙著交換相簿。看著看著，心頭又鮮明地浮現夏日回憶的點點滴滴。

「現在想起來，集訓那時候其實也滿好玩的。」

「啊！竟然有東體大教練！」

「那是我偷拍的。」葉菜子笑道。照片中的男子留著賭神頭——那種抹髮油、整個往後梳的髮型——手上拿著竹刀、凶巴巴地站在那裡。

「東體大教練超驚悚的啦。」

「他也是惡魔，但是跟灰二是不同種的！」

集訓的最後一天，東體大也來到健行步道。當時阿走一行人已經跑完越野訓練，正在做緩身操，所以沒有跟他們起衝突。至於東體大的人，也沒空跟竹青莊成員吵架。他們的高年級生根本沒把寬政大學放在眼裡，而一年級生則跟被馴服的小狗一樣，乖乖地專心練習。

重點是，東體大的教練正目露凶光地盯著他們。

「他們那樣簡直跟受訓的阿兵哥沒兩樣。」

「有人還記得那個魔鬼教練鬼吼鬼叫了什麼名言嗎？」

「什麼『天氣熱是老天爺給你面子！』、『田徑是弱肉強食的世界！』等等。」

對對對——竹青莊的廚房爆出笑聲，大夥兒笑成一團。

「如果他是我的教練，我早就謝謝再見了。」王子皺起眉頭。

「所有的大學田徑隊，都像東體大那樣嗎？」姆薩問。

「我國中時的教練也跟他差不多。」尼古說。「留賭神頭的傢伙最恐怖！」

「你又知道了。你做過統計嗎？」阿雪馬上吐槽他。

「我相信大部分的大學，都很重視選手的自主性。」清瀨將視線從相簿抬起。「不過，東體大不是唯一採取軍事管理的學校。」

「我就是討厭運動社團這一點。」王子搖搖頭。「教練的話就是聖旨，菜鳥永遠得被老鳥欺壓。我們是學生，不是奴隸！」

「可是，也有人認為如果不那樣做，隊員就會變成一盤散沙。」神童說。「像我讀高中時，校內的強隊大部分是紀律嚴明的社團。」

「就是兩難啦。」ＫＩＮＧ挾起最後一塊豬肉片。「假如不嚴格，就贏不了比賽；但要是去社團一點都不快樂，又會讓人討厭運動。到底怎麼辦才好？」

「笑死人了。」阿走低聲迸出一句。「那種教練不嚴格就打混、不開心就不想跑的人，永遠都不要跑算了！」

「你幹嘛又突然憤青上身啊。」城次輕斥阿走。

「灰二哥，你覺得呢？」城太問。

「如果我喜歡鐵腕作風，早就把你們勒得死死的了。」清瀨說。在一旁默默聽大家談話的葉菜子，忍不住輕笑一聲。

「這裡有灰二的恥照喔！」阿雪亮出相簿的最後一頁。那是集訓最後一天晚上，大夥兒一起到湖畔玩仙女棒的照片。

當時清瀨正蹲在地上想點燃仙女棒，結果尼拉被燃燒爆裂聲嚇得驚慌失措，冷不防爬到他身上。

這三張照片清楚記錄了尼拉從正面撲向清瀨、死命巴在他臉上推也推不開，以及清瀨因此跌個倒栽蔥的模樣。清瀨面紅耳赤地說：

「為什麼阿雪的相簿裡也有這些照片？」

「我覺得很好玩，所以幫每個人都加洗一分。」葉菜子若無其事地說。雙胞胎笑咪咪地不約而同翻到那一頁給清瀨看。

「從明天起，我要跟魔鬼班長一樣操死你們。」清瀨說。

稍後，葉菜子該回「八百勝」了。眾人一起送她到竹青莊的前門。

「夜深了，我覺得於情於理，都應該送人家回去。」

姆薩一說，神童也點頭望向雙胞胎，雙胞胎卻沒察覺他的用意，只是跟著猛點頭。尼古看不下去，只好直接說破：「雙胞胎，你們去！」

城太和城次先是一愣，接著才說：

「喔，好啊。」

「那我們走吧，葉菜妹。」

兩人分別站到葉菜子的兩側，陪她一同離去。

「真受不了他們。」

「怎麼會有人那麼遲鈍？」

其他人一邊嘀咕，一邊各自回房。清瀨回過頭，望向還留在外頭的阿走。

「這樣好嗎？」

「你到底想說什麼啦?!」

「沒事。」

然後，清瀨斂起笑容。「阿走，你覺得我會不會太天真了？」

脫鞋脫到一半的阿走停下動作，抬頭望向清瀨。他不懂清瀨話中的涵義。走廊上的燈光變成逆光，讓清瀨的表情沒入陰影中。

「你心裡應該也有數吧？老實說，我不敢斷定他們能不能通過預賽。你覺得我該對他們更嚴厲嗎？我是覺得，就算搬出鐵的紀律來壓他們也……」

「但這不是你想要的。」

阿走打斷清瀨，踏上走廊，定定看著一旁靠牆而站的清瀨的側臉。

「你討厭軍隊式管理，你認為強迫別人跑步是沒用的，對吧？灰二哥。」

「沒錯。」清瀨垂下頭，但很快又看向阿走，給他一個微笑。「抱歉，我說了些喪氣話。」

「我們還有時間，大家一定能跑得更好，一定可以通過預賽。」

阿走嘴上鼓勵清瀨，心裡卻覺得稀奇。清瀨這個人，一直那麼灑脫又充滿自信地朝著目標前進。阿走還是頭一次見到他心生動搖。晚餐時的那番討論可能是原因之一。但是，都到這個節骨眼了，清瀨究竟是對哪些環節不放心？阿走不懂。

「我……」

阿走覺得剛才的話沒有完整傳達自己的心情，於是拚命尋找適合的詞彙。不擅長表達的他，在說了「我……」之後，只能接「……我也不知道該怎麼說」，然後就卡住了。

阿走整理思緒的時候，清瀨一直看著他，眼神遙遠而迷濛，彷彿正透過阿走看著過去的自己。

「我不想再被束縛。」阿走說。「那對我來說是最痛苦的事。我只是想跑步而已。」

不被任何事物牽絆，自由地盡情奔跑。不聽從任何指揮，只聽從身體和靈魂深處發出的吶喊，跑到天涯海角。

「榊看起來很吃東體大嚴格的紀律那一套，但我跟他不一樣。灰二哥，如果你的作風跟那個魔鬼教練一樣，恐怕我早就不在這裡，在練習的第一天就離開青竹了。」

清瀨的視線再度聚焦在阿走身上。他輕拍阿走的肩膀，從他身旁走過。

「晚安，阿走。」

在房門關上前那一刻，阿走已經看不出清瀨的背影有一絲軟弱或動搖。他又恢復為往常的清瀨了。

「灰二哥，晚安。」阿走低聲自語，然後也回房。

由於夏天累積的疲勞尚未完全消除，而且比賽前也必須慢慢讓身體沉靜下來，因此雖然秋季期間的訓練內容依然很紮實，卻沒有夏天集訓時操得那麼凶。不過，就算是鐵人阿走，也開始感覺身心俱疲了。

練得那麼辛苦，萬一比賽當天沒跑好，豈不是功虧一簣？——這股壓力，是壓垮阿走的主因。預賽不同於到現在為止的所有紀錄賽，只能一次定生死，沒有扳回的機會。如果沒跑出理想的成績，也沒辦法把希望寄託在下一次。這股緊張感，令阿走的身心備感沉重。

訓練內容比以往更嚴格了。二十公里的越野跑已是家常便飯，跑道練習也導入了加速跑的訓練，例如跑七千公尺時，最初的一千公尺在三分十秒內跑完，接著逐漸將速度提升為兩分五十秒。長跑時還得兼顧速度的提升，這樣的痛苦絕非一般人能承受的；耐力賽跑過程中的呼吸不順，以及全力衝刺後的劇烈心跳，會在同一時間襲向跑者。這種痛苦，就像一個人明明已經溺水了，卻還得硬撐著打水球[23]一樣。王子已經因此吐了好幾次，但清瀨每次都會要求他「盡量忍下來」。

「你會吐成習慣的，忍下來繼續跑！」

「不可能的啦！」

23 water polo，一種在水中進行的團體球類運動，類似足球，以射入對方球門次數較多的一方為勝。

「他會被自己的嘔吐物噎死！」

王子突然跑到一旁的草叢裡低頭猛吐，結果連本來上前要照顧他的雙胞胎也忍不住跟著抓兔子，狀況慘不忍睹。

然而，在適度加入休息的反覆訓練下，無論體能訓練或二十公里的越野跑，竹青莊的成員都越來越駕輕就熟，甚至還全體移動到預賽場地——立川昭和紀念公園——進行試跑。

距離預賽不到半個月的某一天，在結束越野長跑後，清瀨要求所有人集合。太陽即將西下，草原上寒風刺骨。草尖再也無力豎直，夏日氣息消失無蹤。沒人採收的柿子和夕陽同色輝映，搖曳在風中。

「在預賽前的這段期間，要考驗各位的集中力。」清瀨說。「大家必須集中精神做好自我管理，讓自己的體能和心志在預賽那天達到顛峰。」

「說起來容易。」

尼古嘆了口氣。緊張帶來的壓力令他這陣子食慾異常旺盛，害他為了維持均衡飲食費了不少苦心。

「我這顆脆弱不堪的心，已經快達到顛峰了。」ＫＩＮＧ在練習時頻頻發生胃痙攣。「我撐得到預賽嗎……」

「不要怕。」

清瀨的語氣相當沉穩，對眾人而言有如一顆定心丸。「你們已經練得夠多了，接下來只要把壓力轉化為銼刀，好好磨練身心就可以了。想像自己在預賽中化為一把美麗的利刃，把自己磨得又薄又利吧。」

「你當自己在作詩啊。」阿雪說。

「不過，我懂灰二哥的意思耶。」王子說。「要是磨過頭，說不定會在預賽前就斷成兩截；但如果磨得不夠，又沒辦法在預賽中發揮實力。是不是這樣？」

「沒錯。」清瀨點點頭。「如果只是瘋狂地拚命練習，絕對沒辦法掌握個中精髓。這是一場和自己內心搏鬥的戰役。我希望你們傾聽自己身心的聲音，小心謹慎地磨練自己。」

原來如此，阿走心想。或許，這就是長跑需要的「強」之一。

長跑不需要瞬間爆發力，也不需要在比賽中過度展現技巧，只需要兩腳交互踏步、穩健地前進就好。「跑步」是一種很單純的行為，大多數人都跑過，而長跑只是在既定的距離中持續進行這項動作而已。至於長時間跑步需要的體力，可以從日常練習中培養出來。

儘管如此，這一路走來，阿走也曾經目睹好幾名選手在比賽中或賽前亂了方寸。有人本來跑得很順利，卻突然自亂陣腳；有人的體能鍛鍊得很成功，卻在比賽三天前的練習中失去原有的速度；也有人處處當心卻染上感冒，結果比賽當天被排除在出場名單外。

阿走一直百思不得其解。該練的都練了，接下來只要往前跑就好，為什麼會自取滅亡呢？阿走自己也有過類似經驗。在高中的最後一場全國高中聯賽中，他腹瀉了。他既沒有著涼，也沒吃到不乾淨的東西，為什麼肚子會忽然不舒服？當然最後他還是跑完了全程，沒造成什麼問題，但他一直覺得奇怪，「為什麼偏偏在賽前拉肚子？」

現在他懂了。真要說的話，就是「調整失敗」，原因則幾乎全來自於壓力。不論鍛鍊得多麼徹底，心中還是會猛然懷疑：「真的夠了嗎？」而一旦確認訓練已萬無一失，又會開始擔心：「萬一還是失敗怎麼辦？」越是鍛鍊自己的肉體與心志，它們就越脆弱。於是選手變得容易感冒，也容易拉肚子。就像一部精密的儀器，幾顆微不足道的塵埃，就可以摧毀它。

戰勝不安與恐懼，把自己鍛鍊得銳利光滑、百塵不侵——這樣的力量，就是清瀨所說的「強」之一吧。

儘管阿走的腦子很清楚這一點，卻不確定自己能不能做到。因為只要他練得越認真，就越沒辦法隨心所欲甩脫賽前的緊張。況且，與自我面對面，本來就是一種孤獨的過程，只能靠自己達成；一個人遊走在跟緊張達成和解，以及緊張過度之間，孤軍奮戰。

最後，阿走決定不再胡思亂想。想太多只會徒增恐懼，腦中浮現的淨是負面的畫面。

人之所以怕鬼，是因為腦子裡想著鬼，然後又加油添醋一番。阿走討厭這種曖昧不明的東西，不想為「你覺得有就是有」這種自由心證的事煩心。他只想要一翻兩瞪眼的答案，有就有，沒有就是沒有。清清楚楚，就像只要讓兩隻腳交互跨步便能往前進一樣。

阿走拋開所有雜念，心無旁騖地練跑。他奮力練習再練習，重複進行著身體所學會的「跑步」這個行為。除此之外，他不知道還有什麼方法能克服壓力。

竹青莊的其他人和阿走不同。由於他們經驗尚淺，因此還沒找到消除緊張的方法。有人和阿走一樣越練越凶，也有人靠焚香入睡，還有人把熱血運動漫畫從頭再重看一遍。預賽迫在眉睫，每個人都拚命把握這最後的調整機會。

預賽的前兩天，阿走覺得自己的集中力正逐漸邁向顛峰。

為了不讓疲勞殘留到比賽當天，這一天的練習因此比較輕鬆。雖然早晚的練跑不變，但預賽前一天沒有排入正式練習。該做的都做了，接下來只能視情況放鬆身體，並提昇自己的鬥志與集中力。

「還有一件事要做，才能算功德圓滿吧？」

在城次的提議下，竹青莊的成員們決定在預賽前兩天聚在雙胞胎的房間內小酌。對這些人來說，喝酒是舒緩緊張、凝聚向心力的最好方法。

房東好歹也掛名教練，所以他們也請他過來，但問題也跟著來了。之前房東把修理破洞的錢交給清瀨，清瀨卻把那筆錢給了神童，用來補貼參加箱根驛傳的經費，因為交通和住宿肯定所費不貲，他們就算錢再多也不夠用。

於是，在房東打開門、準備跨過門檻的那一刻，城太故意手裡捧著雜誌、翻到寫真女星的頁面，從他面前走過。房東果然被泳裝女郎的照片吸引了，看都沒看天花板就脫鞋進屋，尾隨城太爬上樓。作戰成功！在廚房裡確認這一幕的阿走和城次，輕聲地相互擊掌。

清瀨和神童要求王子坐在破洞上，還命令他不管地震還是尿急，都絕對不能在房東面前離開那個位置。王子乖乖聽話照辦，一邊看漫畫一邊掩護那個破洞。

「接下來，請教練為大家說幾句話。」喝得酒酣耳熱的清瀨說。

房東抱著一升容量的酒瓶，搖搖晃晃地站起來。阿走滿心期待地靜候房東發言，希望他能表現出教練應有的樣子。

「預賽就要到了……讓我教你們必勝的祕訣吧！」房東沙啞、嚴肅地說。「祕訣就是——左右腳輪流向前跨出去！」

房內一片鴉雀無聲。房東似乎察覺到現場瀰漫著一股失望、沮喪的氣氛。

「……只要這麼做，遲早會抵達終點。就這樣！」

「就這樣！」ＫＩＮＧ忿忿用力擱下杯子。

「這個人，真的沒問題嗎？」阿雪說。

「我們就不能找個像樣點的教練嗎？」尼古說。

「什麼跟什麼啊，幹勁都沒了。」城太說。

抱怨聲逐漸擴散。阿走見狀，趕緊將話鋒轉向清瀨。

「灰二哥，你不是一開始就深信我們絕對能挑戰箱根驛傳嗎？雖然我個人覺得成功機率不到五成……為什麼你對大家這麼有信心呢？」

「嗯？」清瀨從杯中抬起眼來，微微一笑。「因為大家的酒量很好。」

「ㄏㄚ？」

眾人頓時停止抱怨房東，轉而將視線集中在清瀨身上。

「很多長跑選手都很會喝酒，我想，應該是內臟代謝功能比較好的緣故吧。你們的酒量不是跟無底洞一樣嗎？我一直在觀察你們喝酒的樣子，老早就看準你們一定沒問題。」

「要找酒鬼的話，這世界上多得是吧！」神童仰天長嘯，一臉不敢置信。

「你居然因為這種理由，把我們拖下水！」阿雪氣到聲音都啞了。

阿走哀嘆一聲。本來還寄望清瀨能為大家加油打氣，這下根本是適得其反。

「所以我們是被酒量害到這般田地的？真的嗎?!」王子震驚到差點抬起屁股，神童趕忙對他使眼色，他才又匆匆坐正。「這跟妄想憑著蠻力、徒手在泥地上蓋高樓有什麼差別？」

「當然不只這樣啦。」清瀨有點口齒不清。「我早就看出你們是千里馬，體內隱藏著尚未開發的潛能！」

「灰二哥醉了啦。」阿走嘆口氣。

「唉，就不能講點振奮人心的話嗎？」ＫＩＮＧ呈大字型仰躺在榻榻米上。

「對了，兩位跟葉菜子同學進展得如何？」姆薩問雙胞胎。

「葉菜妹？」

「進展得如何？滿融洽的啊。」

雙胞胎天真無邪地回答。

他們不懂耶。這兩個木頭完全搞不清楚狀況——其他成員紛紛交頭接耳。

「對了，你們倆有沒有女朋友啊？」從剛才起就叼著一尾魷魚乾慢慢啃的尼古，假裝漫不經心地問。「有的話，後天叫她們來場邊加油吧。」

在竹青莊裡，很少出現這種話題。大家的生活空間已經太緊密，所以會盡量避免干涉別人的私事。況且，要是有人交了女朋友，就算不說出口，大家也多少感覺得出來。

不過，這大半年來大家忙著練習，根本沒空掌握別人的感情動態。當然，這裡從來沒有人帶女朋友回來過，因為房間隔音太差，什麼動靜都藏不住。

雙胞胎異口同聲地說：「還沒找到啦！」

既然還沒找到，拜託你們注意一下身邊的女友候選人好嗎？阿走心想。ＫＩＮＧ默默地逕自縮起身子。

「那你呢？你有嗎？」阿雪詢問尼古。

「我現在沒體力應付這種事。」尼古搔搔冒出鬍碴的下巴。

「我啊，」神童垂下頭。「成天忙著跟後援會和校方交涉，大概再不久就會被甩了吧。」

「你有女朋友？」

阿走大吃一驚。他實在沒辦法將樸素老實的神童，跟燦爛華麗的戀愛聯想在一起。

「神童兄在剛上大學時，就交了一個女朋友。」姆薩告訴阿走。「我就不行了，根本沒有人願意跟我回非洲。」

有必要進展得那麼快嗎……阿走心想。

「阿走，你沒有女朋友嗎？」

經姆薩一問，阿走搖搖頭。

「我沒有女人緣啦。」

「看起來不像啊。」

「那王子有女朋友嗎？」

阿走趕緊將矛頭指向王子，但王子仍埋首於漫畫中，連頭也不抬一下。

「我只對二次元的女生有興趣。」

真是暴殄天物，枉費你長得跟明星一樣帥呢，阿走心想。

王子看看清瀨。「不說我了。我偶爾會在文學院聽到灰二哥的傳言喔。別看他這樣，其實他做了很多……好痛！」

清瀨手指一彈，一顆花生米正中王子的眉心。王子哀號一聲後，趕緊閉口不再多說。沒人有膽繼續追問。只見清瀨揚起嘴角，問道：

「阿雪呢？」

「我可是前途無量，個性又好，長得也不差，當然有女朋友啊。」阿雪淡淡地答道。ＫＩＮＧ的身子縮得比剛才更小了。

「你們不問我嗎？」房東邊說邊往自己的碗裡倒酒。

這時，電話聲響起。是阿雪的手機。他說了聲抱歉，跟著走出房間。

「怎麼，又是女朋友打來的喔？」尼古說。阿走也發現最近常有人打阿雪的手機找他。

「可是，我感覺阿雪兄這陣子反倒有點消沉耶。」姆薩語帶關心。

ＫＩＮＧ似乎決定喝個痛快。「冰塊沒啦！」他揮了揮空碗公。

坐在門口附近的阿走站起身來：「我去拿。」

來到一樓，阿走發現前門是開著的。阿雪好像正在外頭講電話，從隱約可聞的談話聲聽來，他好像在跟別人爭執什麼。儘管阿走有些好奇，卻仍躡手躡腳地走進廚房，以免打擾到他。

阿走把冰塊裝到碗公裡，然後把冷凍庫的製冰盒重新裝滿水。大夥兒喝得那麼凶，恐怕會等不及下一批冰塊製好。於是阿走把冷凍庫的控制鈕調到「強」的位置，才捧著碗公離開廚房。

前門依然敞開著，卻沒再傳來說話聲。阿走猶豫片刻後穿上拖鞋，偷偷探頭窺望。

只見阿雪蹲在前門邊，抬頭仰望著夜空。

「冰塊裝好了。」阿走輕聲說道。「再來喝兩杯吧。」

「嗯。」阿雪嘴上答應，卻遲遲沒站起身。他左手握著手機，一臉茫然。

「是有什麼壞消息嗎？」阿走跨過門檻，抱著碗公在阿雪身旁蹲下。

「不是。」阿雪說。「只是我爸媽看到新聞報導後，就一直吵著要我回家一趟。」

「你老家在哪裡？」

「東京。」

這麼近，回家也花不了你多少時間，而且你根本不需要住到竹青莊這種破公寓嘛。等等，這麼一說，我好像記得阿雪學長說他過年時也都沒回家。阿走突然想起這件事，感覺事有蹊蹺。

庭院中的草叢，發出嘈雜的蟲鳴。

「阿走，為什麼你不想接受採訪？」阿雪問。

「……因為我以前惹毛太多人了。我想，不管是我爸媽或高中田徑隊那些人，應該都不想再看到我的出現吧，所以才想盡量低調一點。」

「看來你吃過不少苦頭……我還以為你是個只會跑步的笨蛋呢。」

儘管阿雪用詞毒辣，卻無意追問下去。

「就因為我是只會跑步的大笨蛋，才會落得只能偷偷迴避採訪的下場啊。」阿走笑道。

這時，雙胞胎房裡傳來一陣騷動。有人跑來跑去，還有人大聲嚷嚷。阿走和阿雪不禁抬起頭。

「怎麼了？」他們站起身來。

面向庭院的二樓窗戶應聲開啟，清瀨大喊：

「阿雪！你在嗎？」

「在啊，怎麼了？」

「快去叫救護車！」清瀨看見阿走和阿雪，連忙揮手催促他們倆。「房東先生吐血了！」

陪房東搭救護車去醫院的清瀨，直到凌晨十二點過後，才終於回到竹青莊。

已經習慣早睡早起的大夥兒其實早就睏得不得了，但由於擔心房東的病情，全都苦撐著等清瀨回來。清瀨在前門被眾人團團圍住，滿臉倦容、語氣凝重地說：

「他得了胃潰瘍，得住院一星期，原因好像是過度緊張造成的壓力。」

「壓力！」城次怪聲怪調地大叫。「他會有什麼壓力?!」

「不就是個什麼都不幹的掛名教練嗎？」城太也不解。

阿走心想，一定只是因為酒喝多了。

「關於這一點，其實我也很疑惑……不過，房東先生肯定是以他的方式在默默關心我們。」清瀨揉揉太陽穴。「事情就是這樣，所以後天……啊，變成明天了。明天的預賽，我們的教練恐怕得缺席了。」

「沒差啦。」

「反正他在不在都一樣。」

雙胞胎大剌剌說出心底話。阿走也頻頻點頭。

「你不是說，他在緊要關頭時還是幫得上忙嗎？」阿走小聲嘀咕。

「我是說『大概』幫得上忙。」清瀨回答，一臉無奈地脫下身上的連帽外套。

第七章 預賽，開跑！

「天氣真好。」

阿走伸個大大的懶腰，深深吸入秋天清爽的空氣。出門前聽了天氣預報，氣溫十三度，濕度百分之八十三，幾乎沒什麼風。相較起來，十月中旬是比較適合跑步的天氣。阿走心想，也是很適合比賽的天氣。

在阿走旁邊的城次，看著遠處那些帶著野餐墊的家庭。大概因為是星期六的關係，公園裡早早就聚集了不少來看比賽、順便散步或郊遊的人。

「他們看起來好開心喔……哪像我，從剛才起膀胱就怪怪的。」

「怎麼個怪法？」

「想尿尿，去廁所又什麼都上不出來。」

城次從今天早上起床後已經跑了十多趟廁所。就算叫他別緊張，也沒什麼用的樣子。在立川的昭和紀念公園裡，各校啦啦隊的加油太鼓聲已經響徹雲霄。不管你感不感興趣，鼓聲都讓你知道預賽馬上要開始了。

能不能參加箱根驛傳，今天中午之前，一戰定生死。阿走想不出什麼話來安撫城次緊繃過度的神經，只好簡單回他一句：「我也是。」

城太閉眼躺在一旁離大家稍遠的草地上，兩手搭在肚子上。從他手部不時動一下看來，應該沒有真的睡著。竹青莊這一票人，天還沒亮就起床了，搭了一小時的電車才來到昭和紀念公園，但阿走完全沒有睡意，渾身上下直到每個細胞，都清醒無比。

阿走問城次：「我要再去跑一下，你呢？」城次回他：「我要去廁所。」阿走丟下城次走出草坪，開始在偌大的公園裡跑起來。

其他大學的選手也在專心熱身，同時一邊熟悉公園的地形。每次一看到東體大的藍色隊服，阿走就會心跳加劇。他不想遇到榊。如果在比賽前被他擾亂注意力，這次絕對不會嘴上吵一吵就放過他。

圍觀的人潮為了幫支持的大學或選手加油，紛紛湧向起跑點。到處可以看到穿著校服的啦啦隊員，抱著大旗和發出各種聲響的加油道具，為了占到好的加油位置而跟他校啦啦隊起口角的場景。

身體已經暖好了。雖然不想待在一個地方不動，但比賽前還是別讓身體太累比較好。阿走一邊提醒自己，一邊停下慢跑的腳步，回到起點附近的草地上。

寬政大學加油團的所在位置，掛著「八百勝」老闆和泥水匠做的加油布條，一眼看去就能找到。商店街的人坐在塑膠墊上，等待大會鳴炮宣布預賽開始。竹青莊的房客陸續結束賽前準備，到這裡集合。隔著一小段距離，其他大學的加油團據點散布在四周，豎著印有校名的各色旗幟。

「我們的加油布條，還不錯看呢！」ＫＩＮＧ一看到阿走，劈頭就說。

有嗎？阿走在心裡吐槽，卻不經意看到ＫＩＮＧ微微顫抖的指尖，於是只順著他的話點了點頭，應一聲「是啊」。

「寬政大學校名的由來，是為了推崇在寬政年間推動改革的松平定信[24]的精神……」

ＫＩＮＧ實在太緊張，竟然像壞掉的觀光導覽錄音帶一樣，開始一股腦兒地講起校史來。阿走隨口應聲，跟著在一旁坐下。葉菜子準備了毛毯和瓶裝水，把加油團的空間設置得很舒適。

「雖然大家都試跑過了，對地形也有點概念了，但我們還是來說明一下今天的戰略吧。」清瀨說。

神童和姆薩本來在一旁盯著電視台採訪小組的器材猛瞧，一聽清瀨這麼說，連忙湊過來。阿走在白板上大略畫了一下預賽的路線圖。

「這什麼？迷宮嗎？」王子皺起眉頭。

「路線很簡單，」阿走反駁道，開始對大家說明這張圖。「首先，起跑點是在紀念公園旁的自衛隊營區，先沿著飛機跑道和滑行道跑兩圈，接著來到一般道路，先經過站前大街，然後穿過輕軌電車高架橋下，再回到公園。最後是沿公園跑一圈，終點在綠地廣場旁。」

清瀨接著提醒比賽路線上的一些注意事項。

「自衛隊營區不讓人試跑，但大家就把飛機跑道和滑行道當成開放式跑道吧。兩圈總共五公里。這是一個陌生的場地，又沒有顯著的目標物，所以會有點難拿捏距離感。我們不知道比賽一開始的情況會怎樣，但大家絕不能被那種一起跑就全力衝刺的選手影響了，要用自己的節奏來調配時間。跑到輕軌電車高架橋下的時候，大約是十公里，然後在十一‧二公里處折返，回到公園時，大概已經跑了十五公里。這裡會有補水站，但萬一沒能拿到水，也別太在意。重要的是，從這裡開始，自己還有多少體力。這才是勝負的關鍵。還有，公園裡有很多上下坡道。就算只快一秒鐘也好，請大家全力往終點衝刺。」

「我有問題。」姆薩舉手。「大概得跑出多少時間的成績，才可以通過預賽？我想有個目標。」

「我不太想說，怕你們因為這樣而緊張……」清瀨欲言又止。

「這些傢伙啊，還是讓他們緊張一點好，不然可能會跑得七零八落。」阿雪說話了。「雖然因為天氣和比賽過程其他變數的影響，每年多少有點不太一樣，但是十個人加起來大約十小時十二分左右是跑不掉的。」

---

24 江戶時代諸侯，陸奧白河藩（現日本福島白河市）第三代藩主，擔任德川幕府第十一代將軍德川家齊的老中時，於一七八七年到一七九三年間推動改革，時值年號寬政，因此稱為「寬政改革」。

「ㄏㄚ！」雙胞胎發出怪聲。

「也就是說，一個人跑二十公里，要在一小時多一點之內？」城太問。

「老哥，要用一公里三分鐘多一點的節奏來跑啦！」城次馬上接話。

「而且，我們沒有大專院校盃的積分。」尼古補充道。「從第七名開始，跑出的成績還要和大專院校盃的積分一起計算。這樣一來，我們被擠下來的可能性很高。我們只能靠十人總合的成績來定勝負，所以一定要想辦法擠進前六名。」

「大家別擔心。」清瀨努力安撫眾人動搖的心情。「阿走和我一定會盡全力縮短秒數，幫大家爭取更多時間。參賽的人這麼多，你們只要穩穩地跑、保持自己一貫的節奏就好。跑完飛機跑道一圈後，體力不好的人應該就會開始落後了。但無論如何，大家絕對不能被那些跑太快或跑太慢的跑者影響了。」

「好～」城次回答，一副好孩子的口氣。

「有個但書是，」清瀨又補充。「如果領先集團跑太快，我會給大家暗號應變。除了這種情況之外，大家一定要跟緊前面的人。不這樣的話，通過預賽的機會渺茫……如果不十個人都全力以赴，我們就沒有明天了！」

大部分人心裡又再次燃起鬥志，只有ＫＩＮＧ和王子還是不太有信心的樣子，嘀咕說：「辦得到嗎？」「好苦啊……」

「我也有問題。」八百勝的老闆舉手。葉菜子叫了聲「爸！」勸他別湊熱鬧，但他還是自顧自說下去。「我看其他學校穿著隊服的參賽選手，好像比你們還多？這是怎麼回事啊？」

「阿勝，你問出我的心裡話了。」泥水匠看了看四周。「我算了一下，不論東體大還是西京大，穿隊服的都有十二個，可是我們只有十個。」

「被你們發現了。」清瀨苦笑回答。「預賽時，一隊最多可以有十四個人登記參賽，再看這些選手當天的身體狀況，挑選十二個人上場。」

阿雪推了推眼鏡，接下去說：「上場的十二人裡面，取前十名的合計時間，來決定能不能晉級箱根大賽。也就是說，上場選手多兩人的隊伍，等於買了兩個保險。」

寬政大學只有十名選手，只要有一個人沒跑到終點，就等於斷送了前進箱根之路。意識到自己的責任有多重大，王子不禁臉色慘白地按著肚子。阿走則反而鬥志更高昂了，恨不得馬上就能開跑。

「那就跟它拚了！」城次大概已經放棄不受控制的膀胱了，竟然反而笑嘻嘻地說。「讓我們為告慰房東在天之靈而戰吧！」

「他又還沒死！」阿走喃喃說道。

時間差不多了，大家準備前往起點集合。

清瀨只輕描淡寫說了聲：「走吧！」

「不用圍成一圈、呼一下口號嗎？」ＫＩＮＧ囁嚅道。

「你想要？」

「也不是啦……」ＫＩＮＧ含糊不清地回答。原來他是因為電視台攝影機在拍，覺得應該做點什麼，否則好像沒什麼看頭。

清瀨看穿ＫＩＮＧ的心思，喊了句「目標天下第一險峰箱根山」後馬上接著說：「好了，走吧！」語畢便邁步往前去，冷靜一如既往。竹青莊的眾人見狀不禁傻眼，暗自憋著笑追上去。

「去吧！」「要凱旋歸來喔！」商店街的人熱烈歡送他們離開。

「我們在終點等你們！」聽到葉菜子這句話，竹青莊的大夥兒才轉過身揮了揮手。

通常等選手出發後，觀眾會開始紛紛穿過廣大的公園，往終點移動。葉菜子一行人也趕緊收拾大包小包的東西，準備趕去綠地廣場搶位子。

「八百勝」老闆和泥水匠氣呼呼地罵：「這群臭小子，跩個什麼勁！」

這時候，各大學啦啦隊開始了他們的較勁大賽。在空中盤旋的直升機。到處架設的攝影機。跟拍選手的摩托車。載著攝影器材的前導車。沿路興奮地等選手經過的觀眾。

第一次面對這麼盛大熱鬧的場面和熱烈的氣氛，竹青莊的每個人都難掩心中惶恐。

「沒想到，連預賽都這麼受歡迎。」神童有感而發。

「剛才我跟王子去廁所，整個嚇到。」城次說。「這輩子頭一次看到男生的廁間前面大排長龍，選手一個個等著上大號。」

「我以前對運動員一直有偏見，」王子還在揉他的肚子。「以為他們全都神經超大條，連腦子都是肌肉做的。今天看到他們也有纖細敏感的一面，還滿意外的。」

城太之前還像死人一樣躺在地上，現在卻踏著興奮的腳步，集中注意力克服緊張的心情。

「終於要踏出第一步了！目標箱根驛傳冠軍！」

冠軍？阿走偷瞥清瀨一眼。就算通過預賽，光憑他們這群人，要在箱根正式比賽中奪冠，怎麼想都是不可能的事。清瀨感受到阿走的視線，笑了笑，沒多說什麼，只用眼神示意他別在這緊要關頭說任何打擊士氣的話。

參賽選手把起跑點擠得水洩不通。隊伍最前面，是上一屆箱根驛傳沒能擠進種子隊的大學。人牆那一頭可以看到東體大的隊服，而寬政大被排在後面。

從這裡看過去，前後兩段選手的體型有很明顯的不同，阿走心想。前面那些箱根常客的學校選手，個個肌肉結實，身上沒有半點贅肉。而排在後頭的學校選手，有些人身材過於壯碩，也有些人的腿部肌肉一看就軟弱無力的樣子，讓人懷疑是否真的能跑。

然而，阿走覺得，最大的不同還是選手臉上的神情。那些所謂弱校的選手，不習慣這樣的大場面，臉上也看不到勢在必得的自信。真相是殘酷的。雖然長跑是只要付出努力就能有一定回報的競技，終究還是不能完全撇開與生俱來的體能和資質。另外，能不能提供選手優質的訓練環境和設備、延攬優秀的指導員，都跟大學的財力強大與否有很大關係。

儘管如此，場上的每個選手都是一心以箱根驛傳為目標。在這一點上，大家沒有任何不同。不論你處於什麼立場、曾經有過什麼樣的遭遇，面對跑步這件事，所有人都得站在同一條起跑線上。不論最後是成功或失敗，在這個當下，都取決於自己這副身軀。

正因為如此，才會有快樂，有痛苦，最後是無上的自由。

身上穿著黑銀相間的隊服，阿走定定看著竹青莊的夥伴。他身上沒有半點贅肉，強韌的肌肉包裹住全身，簡直就是為了跑步而生的體型，跟那些強校選手相比也毫不遜色。他眼裡不見一絲畏懼，只有好奇與鬥志的光芒在閃耀著。

不會有問題的，阿走心想。

什麼都不要再想了。起跑後，不顧一切跑下去就對了。阿走專注地看著前方，靜待起跑的槍聲響起。

上午八時三十分，預賽開始。

三十六所大學，共四百一十五名選手，同時出發了。攸關箱根驛傳參賽資格的預賽就此揭開序幕。

在這當中，只有九所學校能取得前進箱根的資格。我們一定會擠進前九名。阿走的步伐強有力地向前踏進。

起跑後，比賽立刻以極快的節奏展開。

阿走和清瀨置身由二、三十人組成的第一個領先集團中。阿走按捺不下心情，一心只想加速衝刺，一旁的清瀨出聲提醒他「冷靜點」，才讓他勉強壓下焦躁的情緒。

領先的是西京大學的兩名黑人留學生，轉眼間就甩開第一領先集團，一馬當先跑到飛機跑道的第一個轉彎處，而箱根驛傳的熟面孔——甲府學院大的黑人留學生伊旺奇——緊跟在後。伊旺奇已經連三年參與箱根驛傳，可以說是二區[25]的強棒。今年是他最後一年參賽。阿走深切感受到這名王牌選手背影透露出的自負與氣勢。

或許是受到這三個領先跑者的帶動，第一領先集團的第一公里賽程只花了兩分四十九秒。由於自衛隊的飛機跑道太寬敞，讓人較難掌握距離感，這樣的速度就全程二十公里的長跑來說，算是很快的，因此開始有人跟不上。來到第二個彎道時，選手群已經形成一列縱隊了。

清瀨看一下手錶確認時間，回頭看一眼。竹青莊的其他成員，正成群結隊跑在七、八十人形成第三集團中。

清瀨移步到跑道的最邊緣，找到一個讓後面的人可以清楚看到自己的位置，做出右手掌朝下的暗號，示意夥伴們「慢下來」，然後照賽前訂好的策略，用手指依序比出數字：「前五公里，每公里三分十秒以內，其他自行判斷。」

「自行判斷」的手勢是手掌在太陽穴附近一開一合。阿雪和神童收到後點點頭，立刻將訊息傳達給跑在身邊的其他成員。

「我們也要放慢速度嗎？」阿走問。

「你想嗎？」清瀨反問。

「不想。」阿走毫無這個打算。清瀨一邊跑，一邊輕拍阿走的背。

「跑到一般道路後，又是新的開始。緊要關頭時，你不用顧慮我，只管向前衝就好。」

葉菜子終於把本來擺在起跑點附近的裝備收拾完，跑去幫正在飛機跑道上進入第二圈的竹青莊房客加油。場地實在太大了，跑在最遠端的選手身影，看起來就像豆子一樣小，幾乎無法辨識。但是當這群人跑近時，地面會傳來震動，而當選手從眼前通過時，觀眾甚至能聽到他們的呼吸聲、感覺到他們身體散發出的熱氣。

葉菜子看了看手上的馬錶，嚇了一跳。

這些人怎麼能跑得這麼快！這個速度，根本比她死命踩腳踏車還要快。前一秒才看清楚選手的臉，下一秒就從眼前消失了。他們竟然要用這樣的速度跑完二十公里！

三名黑人選手通過之後，距離四十公尺左右，第一領先集團也緊跟上來，阿走和清瀨就在其中。他們神情從容，腳步輕盈，動作毫不費力的樣子。圍觀的群眾對著選手大喊：「加油！」葉菜子的聲音卻出不來，感覺胸口被一口氣堵住了。

雙胞胎跑在第三集團。竹青莊其餘八名成員依舊自成一隊，人人一副不想落後的樣子，拚命往前跑著。

「最前面的人跑了兩分四十九秒！大家不要被影響了！」葉菜子傳遞完情報，發現自己居然哽咽了。

她從來不知道，原來跑步的姿態是這麼優美。這是一種多麼原始、孤獨的運動。沒有任何人可以幫上忙，不管加油的觀眾再多，或一起練習的隊友就在身邊，這些跑者都只能自己一個人、用盡全身的能量繼續跑下去。

領先的黑人選手跑完飛機跑道兩圈、來到五公里處時，他們和第一集團之間的距離拉遠到一百公尺以上。葉菜子附近一名中年男子嘖了一聲：「日本選手真沒用吶。」

你在說什麼傻話?!葉菜子真想這樣吐他槽。你看到哪裡去了？不論領先的選手，還是在後頭追趕的選手，大家都是一樣的！他們認真的表情、一心一意挑戰身體極限的意志，你都沒看到嗎？這個場上，才沒有沒用的人！

25　箱根驛傳的二區是從鶴見到戶塚，全長二十三．二公里，一開始多為平路，但從權太坂開始登箱根山，出現爬坡，最後三公里的急陡坡更讓許多選手因配速不佳，體力耗盡功敗垂成，因此各校都把王牌選手放在這個路段，可說是箱根驛傳中決勝的關鍵。

葉菜子緊握雙手，眼光追著寬政大的隊服。不能輸啊。大家絕對不能輸。到底不能輸給誰，葉菜子自己也不太清楚。是敵對的選手，還是大學？是沿路那些大放厥詞的觀眾，還是正在跑步的自己？葉菜子雖然不知道答案，卻仍拚命地祈禱。她不要他們輸。不要他們輸給任何人、任何事。

這時「八百勝」老闆的聲音傳來。「該走囉，葉菜。」

好啦好啦，「八百勝」老闆催促葉菜子。「大家不是都跑得不錯嗎？我們去終點等他們吧。」

滿臉感動的泥水匠吸了吸鼻子，點頭附和。商店街的人都是頭一次這麼近距離觀看田徑選手跑步。那速度是如此震撼人，而竹青莊每個成員在這樣的激戰中毫不遜色，更是讓他們心情激動不已。別看這些小夥子平時一副吊兒郎當的樣子，這次他們是玩真的！在預賽中親眼目睹這一幕，商店街一行人終於感覺到他們的認真與投入。

眾人開始拿著毛毯、瓶裝水等在公園裡移動，準備到綠地廣場找個好位子，給抵達終點的選手最熱烈的歡迎。

葉菜子只覺熱淚盈眶。她猛眨眼，不讓在眼眶裡打滾的淚水流下。現在不是哭的時候。比賽才剛開始呢。我要相信他們，而且現在，我要先做好我能做的事。

葉菜子抱著塑膠墊，精神奕奕地踩過沾著朝露的草地大步向前邁去。

選手們跑完五公里後進入一般道路，迎向新的戰局。第一集團開始鬆動，與領跑選手之間的距離雖沒有縮短，卻也沒繼續擴大。這速度仍然很快，跟不上的人開始被拋在後面，退出第一集團。

第一集團現在大概只剩下十個人左右，阿走和清瀨仍在其中，周圍都是東體大、喜久井大、甲府學院大的王牌選手。阿走確認了一下，沒看到榊的身影，但他心裡並未浮現任何優越感，也沒有同情。他只是心想：「是嗎，沒跟上來啊！」不過，我還要跑得更快。我要超越這一群人。

這時，搭載著攝影機的前導車上，傳出工作人員的讚嘆聲。「喂、快看！寬政大的選手竟然在裡頭！真的很拚啊！」阿走和清瀨當然不會知道這些。比賽究竟會在什麼地方發生變化？在他們和周圍選手之間，一場攻防戰正悄然上演。

田徑隊規模龐大的學校，都會沿途安排隊員盯場，負責傳達各選手的位置，以及教練的速度指示。寬政大因為人手不足，做不到這一點，於是清瀨不只要下場比賽，還得分神關照其他人，不時得回頭確認隊員的狀況。竹青莊另外八名成員仍然跑在一起，位置落在人數略增加的第二集團後方。本來的第二和第三集團已經解體，現在的第二集團其實是由尚未落後的選手加上從第一集團退下來的選手結成的。

雙胞胎、姆薩、阿雪看起來體力還很充沛。神童和尼古也是一派輕鬆，努力保持自己的節奏。ＫＩＮＧ是總算勉強跟得上，但王子看來就有點危險了。本來跑在一起的竹青莊成員，已經慢慢拉長成一列縱隊。

從這裡開始，隊員們如果繼續勉強跑在一起，不只不能提升落後隊員的速度，反而有可能被速度較慢的隊員拖累，導致節節敗退。

通過七公里處時，第一集團每公里的跑速是三分〇五秒，感覺比剛起跑時的速度慢了一點。原因或許是選手們擔心後半段比賽可能後繼無力的集體心理作用，並且跟跑在前頭不遠、目前位居第三的伊旺奇開始放慢速度有關。

清瀨判斷，過了十公里後第一集團才會有選手加速衝出，到時候他和阿走當然也會衝上去，不過，他也得考慮這對後面的跑者可能造成的衝擊。接下來，一定會有人跟不上，因為體力不支而亂了步調。竹青莊的成員絕對不能受到這些人影響。

清瀨往中央線接近，再次下達指令給跑在後頭的夥伴。他用右臂畫了個大圈，示意「差不多可以行動了」，再把右手放到太陽穴附近、做出分別抬動五根手指的動作，表示「你們可以散開了」。最後，他右手握拳、豎起大姆指，告訴大家「奮戰下去，加油」。

除了自顧不暇的王子，竹青莊成員都稍微舉起手，表示「了解」。

「阿走，從十公里起，是預賽的第一個勝負關鍵。千萬不要慢下來。」

清瀨低聲提醒，阿走聞言點了點頭。清瀨從第一集團選手的呼吸節奏，以及積極搶占容易衝刺出線位子的情形，察覺到事態的發展。眾選手之間相互刺探，同時相互牽制，等待著最佳的衝刺時機到來。

他們離開站前大街，往高架橋的方向跑去，沿路都有觀眾在為選手加油。阿走全神貫注在比賽上，這些聲音在他聽來感覺非常遙遠，彷彿只是輕撫過耳邊的海浪聲，不一會兒就隨風而去。今天，阿走感覺自己格外意識到這副身軀的律動。

有時候，雖然感覺身體很輕盈，卻不能實際反映在速度上。今天的狀況則正好相反。他不知道為什麼總有種不太對勁的感覺，卻反而跑出不錯的節奏。不論再怎麼練習，正式上場時經常會覺得大腦和身體搭不起來，因此產生一些錯覺。

想到這裡，阿走第一次看了手錶。目前他的速度是一公里兩分五十七秒。不是錯覺。我今天果然狀況很好。就算比賽的節奏變快，我也沒問題。我還可以跑更快。

跑在阿走身旁的清瀨，敏銳地嗅出阿走的自信，以及想要加速的欲望。

「等等，阿走。」清瀨的口吻像在馴馬一樣。「等過了十公里，你愛跑多快都可以。」

太早加速衝刺，等於自我毀滅。阿走應了聲「是」，速度不見放慢，只是努力忍著不催快速度。

過了電車高架橋，一看到十公里的標示，一切果然不出清瀨所料，第一集團開始有動作了。喜久井大的大三選手和東體大的隊長都開始加速。除了阿走和清瀨，其他跑者全被拋在後頭。

阿走緊跟在喜久井大和東體大兩名選手背後以減少風阻。這樣跑了五百公尺後，阿走低聲說了句「我先走囉」，清瀨默許以對。

阿走從中線旁繞過去，超越了喜久井大和東體大的兩名選手，然後以他自己的節奏，繼續往前跑。他沒那個工夫，也沒有心情回頭看。腳步聲越來越遠，其他人已經被他拋在後面。他很肯定自己領先了，一個人跑在第四位。

好舒服。踩在腳下的跑道，迎面劃破的風，在這一瞬間都只屬於我。就這樣一直跑下去吧，這是只有我才能體驗的世界。

心臟好熱。感覺得到熱血正往指尖奔流。身體好重。不，不該是這樣。讓身體繼續變化吧。變身為柔韌的野獸，奔向沒有痛苦的草原；變身為銀色的光束，照亮黑暗。

十一・二公里的折返點到了。阿走有如一輛最新式的流線型賽車，完美地跑過彎道，一點時間都沒有浪費。放慢速度是一種罪惡。我的一切，是為了跑步而存在。

跑在他前頭的伊旺奇已經近在咫尺。

看著不斷加速的阿走，清瀨不禁陷入一陣狂喜。

大家好好睜大眼，看清楚他跑步的模樣！看他那為跑步而生的身軀有多美麗！

那個身影，可以輕易凌駕旁人的懊惱與羡妒。他是完全不同的生物。跟我這種被重力束縛、汲汲於氧氣的人比起來，有天壤之別。

清瀨很想放聲大喊，但現在只能想辦法忍住。阿走，果然只有你。只有你可以這樣體現跑步的真貌。能夠鞭策我、讓我見識到全新世界的人，只有你，阿走。

清瀨想追上阿走，但這對腳上有舊傷、有如裝了炸彈的他來說實在太勉強，於是只能配合身邊喜久井大和東體大選手的速度跑下去。剛才他們想加速衝刺，卻反而被阿走超前，現在正竭力從這個打擊中振作起來。進入公園後，要面對的是起起伏伏的上下坡，會對比賽產生什麼影響？無論如何，現在只能保留體力，在最後階段賭一把了。這是清瀨僅存的戰略。現在的他也沒有餘力轉頭確認隊友的狀況了。

但是，他可以感覺到。竹青莊另外八名成員，一定也都目睹阿走疾速衝出的畫面了。他知道，當大家看到阿走那光芒萬丈的跑姿時，一定也都因此受到鼓舞。

當阿走跑過折返點、沿原路往回跑時，城次正好和他迎面遇上。阿走就像在慢跑一樣，呼吸絲毫不亂，臉上也沒有半點痛苦的神色。但他的眼神不一樣，城次心想。阿走那對黑亮的瞳孔裡，散發出幸福的光芒，那種只有沉浸在跑步中才能感受到的喜悅。

阿走當然不可能知道自己跑步時是怎樣的表情。城次羨慕起阿走，同時也心生仰慕。我能像阿走那樣單純無邪地跑步嗎？純粹而沒有雜念，那麼一心一意，甚至到了對自己殘酷的地步。我想跑。城次發自內心渴望起來。我也想像阿走這樣跑步！

與阿走擦身而過時，尼古不禁感嘆。沒想到這麼驚人。認真起來的阿走，竟然能跑這麼快！他渾身散發出光芒，耀眼得讓人無法直視。果然是萬中選一的人。根本不用多說什麼就能證明這一切。不過，我也有我的志氣，一定要讓你們瞧瞧我的厲害！尼古再次努力將空氣吸入正發出悲鳴的肺部。至少在意志力上，我絕對不輸阿走！

阿走一路領先的熱情和力量，將身穿寬政大隊服的每個人緊緊結合在一起，往終點的目標邁進。他們就像在夜空中閃閃發光的星座一般，排列成形，合而為一。

葉菜子在綠地廣場占到位子後，連忙趕到公園內的比賽路線旁繼續觀戰。各大學的啦啦隊在終點一帶鬧翻天，觀眾也多到形成了兩、三道人牆，等著選手抵達終點。這些突如其來的喧鬧聲，嚇得公園樹林間的鳥兒逃也似地四散飛離。

葉菜子好不容易在離終點五十公尺左右的地方找到一個縫隙，一邊說著「對不起，借過」，一邊鑽進人牆，終於擠到最前排。由於她穿著寬政大的隊服，讓觀眾以為她是工作人員，好心地空出位子給她。

葉菜子看看馬錶。從比賽開始到現在，五十七分三十五秒過去了。但全程有二十公里長，所以應該還要花上一段時間吧。

葉菜子心裡才這麼想，歡呼聲已經像海浪一樣湧來。各大學的啦啦隊飆起校歌、狂揮校旗，唯恐自家選手不知道自己的位置。

領先的跑者，已經出現在綠蔭中。是西京大學的黑人留學生。緊跟在後的，是另一名黑人留學生。

「好厲害……」葉菜子喃喃道。

兩名留學生在觀眾的歡呼聲中抵達終點，成績分別是五十八分十二秒和五十八分二十八秒。這兩人的體能之強，只能用「無敵」兩個字形容。

不知道竹青莊的大夥兒怎麼樣了。葉菜子一邊鼓掌迎接抵達終點的選手，一邊伸長脖子打量場內的情況。

這時，一個人影出現在轉彎處。葉菜子忍不住大聲尖叫，其他什麼話都說不出來。

是阿走！

第三個往終點線衝刺的選手是藏原走。

「反正前幾名一定都是黑人選手。」本來這樣碎念不停的觀眾，一看到阿走的身影，發出比之前還熱鬧的喧騰，現場一片歡聲雷動。葉菜子覺得自己像在作夢，拚命大喊：「藏原！藏原！」

阿走恍若未聞的樣子。

他發出粗重的喘息聲，一瞬間就從葉菜子面前經過，筆直地往前跑去，眼裡只看得見終點線。他像在短跑一樣全力衝刺，跑完最後的五十公尺，充滿堅持和鬥志的跑姿震懾了全場的觀眾。

有如目睹聖人降臨一般，終點前的觀眾一片鴉雀無聲。

葉菜子趕緊看馬錶確認時間。阿走從起跑到抵達終點，一共花了五十九分十五秒。伊旺奇比阿走慢了五秒才到終點。阿走贏了甲府學院大的王牌選手。

終點前，一陣人聲沸騰。

「寬政大耶，以前從來沒在箱根出賽過。」

「選手很強啊！」

他叫藏原喔。今年才大一，全名是藏原走！葉菜子好想告訴身邊的每個人，但根本沒那個時間，因為後面的選手就要一個接一個抵達終點了。

跑過十五公里處、進入公園時，清瀨照原定計畫開始加速。喜久井大和東體大的兩名選手也差不多在此同時加快速度。大家都不想輸掉比賽。

上坡加速時，清瀨感覺右小腿有點異樣感。可惡，清瀨心想，但沒讓它打亂自己的呼吸，也沒顯現在臉上。要是被人發現自己不舒服就完了。這種時候，慢一秒都會造成遺憾，沒有時間在意舊傷。

清瀨毫不遲疑地繼續加速前進，各校啦啦隊的樂聲已經混成一氣，一股腦兒地胡亂演奏。沿途中，他在人群裡看到幾個商店街的熟面孔，大聲喊著什麼。他什麼都聽不見。喜久井大的選手超前一步了。這時，清瀨的腳底一碰到地面，小腿就一陣痠麻。儘管如此，他還是奮力不讓距離被拉開。

「灰二哥！」

阿走。不會有錯，是他的聲音。清瀨將僅存的力氣灌注到腳部肌肉上。抵達終點時，清瀨感覺自己幾欲腿軟，勉強移動到不會妨礙別人的位置，用手撫摩著小腿。摸起來熱熱的。

清瀨和喜久井大的選手並列第六名，時間是六十分整。

阿走抵達終點後，工作人員立刻遞上一瓶水，並催促他盡快退開，因為逗留在終點附近會妨礙到後面陸續抵達的選手。

大家不知道怎樣了。阿走掛念著，踱到終點一旁的樹林裡。又一陣歡呼聲傳來。阿走連忙往觀眾那頭望去，一眼瞥見寬政大的隊服出現在場上。是清瀨！

「灰二哥！」

阿走大喊了一聲，立即興奮地跑向選手衝過終點後、往綠地廣場移動時必經的小徑，卻在那裡看到清瀨蜷縮著身軀蹲在地上。阿走嚇壞了，趕忙上前。

「你還好嗎？」

清瀨的呼吸還算平穩。前幾名抵達終點的選手，實力都有一定程度。他們都是照著自己的節奏，游刃有餘地跑完全程，因此不會在跑完後出現喘不過氣的狀況。確認過清瀨的呼吸後，阿走馬上猜到問題所在：「是你的腳，對不對？」

為了稍微減輕清瀨小腿肌肉的負荷，阿走趕緊把手中那瓶水往它一淋，然後伸手扶清瀨。清瀨順勢起身，微微拖著右腳往前走。

「阿走，跑得好。」

清瀨開口說的第一句話，竟然是稱讚阿走。現在是說這個的時候嗎？阿走突然覺得想哭。

「嗯。」阿走低著頭悶聲回答。

清瀨笑了，伸手揉揉阿走的頭，弄亂了他的頭髮。

「我們去幫其他人加油吧。」

「還是先幫你冰敷再……」

「沒問題的啦，走吧。」

清瀨旋即鑽進觀眾群。阿走只好尾隨，嘴上說著「不好意思……」一起擠進人群中。

到了八十名左右，出現了多名選手幾乎同時搶進終點的狀況。由於最後是以十人時間總和來定勝負，大家無不拚老命往前衝。

「是雙胞胎！雙胞胎來了。」

阿走在這群選手中發現穿著寬政大隊服的身影。跑道對面的葉菜子，更是開心地跳了起來。

城太和城次咬著牙衝過終點。接著回來的是阿雪、姆薩、尼古和神童，名次都落在八十到九十名之間。ＫＩＮＧ拚盡全力，以第一百二十三名抵達終點。

「很好，跑得好。」清瀨喃喃道。

但是接下來，眾人怎麼等，就是等不到王子出現。那些經常參賽的學校中，有不少已經跑回十名選手了。

「再這樣下去很不妙……」

阿走焦急地踱步，恨不得自己能再下場跑一次。還沒回來嗎？還沒嗎？他拚命祈禱著，兩眼緊盯前方，然後終於看到王子的身影出現在綠蔭下。

「身體晃成這樣……」

清瀨皺起眉頭。來到這裡，確實已經超出王子體力的極限，兩眼都沒辦法聚焦了。

「王子，加油！終點快到了！」

阿走大吼著，希望至少能用聲音引領他到終點。

「知道啦！」

王子一邊跟想吐的感覺奮戰，一邊痛苦地掙扎往前跑。他已經跑到汗水狂流、手指冷冰冰。我的血都到哪裡去了？王子茫茫然想著。我現在一定臉都綠了吧？對了，一定是貧血。可是，我絕對不能在這裡倒下。

離終點還有二十公尺。王子如果在這裡棄賽，只有十名選手的寬政大學就會喪失資格。要是因為我而害大家不能參加箱根驛傳，我的寶貝漫畫一定會被他們燒了。我死都不能讓這種事發生！

王子擠出全身僅存的一點氣力往前跑，但在他使力的同時，胃也跟著翻攪，難以忍受的嘔吐感又向他襲來。

不管了！管他有幾百人、幾百對眼睛在看，顧不了那麼多了。王子心一橫，一邊跑一邊狂吐起來，惹得一旁圍觀的女性觀眾「啊～啊～啊～」地驚叫連連。

「現在是吐的時候嗎?!給我跑！」清瀨氣得大罵。

你這個魔鬼！所以我說我討厭運動社團嘛！王子用手抹去嘴角的嘔吐物，心裡不停幹譙著，卻沒有打算停下腳步。到底是何苦來哉啊我？明明是運動白痴，幹嘛跟人家湊這個熱鬧，像個傻瓜一樣每天拚命跑個不停？

全都為了參加箱根驛傳。

因為我想，跟滿腦子肌肉的你們，這輩子一起築夢一次也不錯，所以才……！

王子最後以第一百七十六名通過終點，然後當場倒地暈死過去。

綠地廣場的寬政大學加油團陣地上，竹青莊眾人倒的倒趴的趴。他們當中只有半數的人在通過終點後還有餘力看錶確認自己跑出多少時間，阿雪只好放棄先試算十人總成績的打算。

由於計算成績和積分需要一點時間，因此預計十一點左右才會公布結果。也就是說，所有參賽者跑完後，差不多還得等上一個小時左右。

「現在的局面還很難說。」

清瀨一邊冰敷小腿，一邊冷靜地分析。「我們的平均排名，大概會落在八十多名的中盤，應該有超過門檻。」

「但那些同樣超過門檻的大學，如果再加上大專院校盃積分……」尼古面帶難色地望著天空。

「我們有可能過不了預賽。」阿雪說。

不會吧！雙胞胎哀號起來。神童和姆薩只是分別靜靜地向祖先和非洲神明拚命祈禱。ＫＩＮＧ一個人悶頭拔著地上的草。王子沒有半點反應，只是整個人趴在那裡一動也不動。圍繞在他們身邊的葉菜子和商店街的人，也說不出什麼打氣的話，只能陪著等結果出來。

阿走突然看著清瀨手上的塑膠袋。裡頭那些從冰桶拿出來的冰塊已經融化得差不多了。

「我去找冰塊來吧。那邊有商店，說不定願意分一些給我們。」為了逃離這股凝重的氣氛，阿走站起身。

「我跟你一起去。」姆薩八成也有同樣的心情，語畢跟著阿走離開。

兩人一起穿過綠地廣場，朝有紅色屋頂的商店走去。那些很有把握通過預賽的大學，從選手的臉上就看得出來。至於瀰漫著緊張氣氛的，就是像寬政大學這種在門檻邊緣的隊伍。而那些看來明顯已經沒什麼希望的大學，則是平靜地等待成績揭曉。當中有些校隊的感情很好，一夥人開心吃著社團女助理親手做的、裝在多層方盒裡的豪華便當。

真是什麼樣的隊伍都有啊，阿走不禁感嘆。對這些人而言，參加預賽是他們的唯一目標。因為一開始就知道結果，所以比賽一結束，馬上辦起郊遊野餐的活動，大家樂在其中。這樣當然沒什麼不好，只是我們跟他們不一樣，阿走心想。

不好意思，對我來說，預賽不能是這一切的終點。我想往更高更遠的目標邁進。我們要變身為更強、更快的隊伍，前進箱根繼續奮戰。為了這個目標，我們才會那麼拚命地練跑到今天；因為有這個目標，我們接下來還要練得更多！

「不知道最終結果會如何，阿走。」姆薩憂心地說。

「我們一定能去箱根。」阿走信心滿滿地說，感覺體內有股熱血如岩漿一般湧出。今天的預賽，我們所有人都盡了十二萬分的全力。絕對不可能輸。

聽到阿走強鏗鏘有力的回答，姆薩不禁睜大眼。

「阿走，我覺得你變強了呢。」

「沒這回事。」阿走搖搖頭。「我這麼說，是因為大家真的很努力在跑，所以覺得我們一定沒問題。」

姆薩點了點頭。「說得對。我們一定可以去箱根，大家一起！」姆薩說。

姆薩的話，聽起來宛如童話故事的美好結局，也像出自什麼大師之口的有力預言。

阿走和姆薩走進店裡，問店員可否提供一些冰塊。店員很爽快就答應了。但他們兩人雙手空空，什麼容器也沒帶，店員只好把冰塊裝在紙杯裡。

「我們倆太粗心了。」姆薩說話的同時，背後經過一群來看預賽的觀眾。

「這次又有黑人選手參賽……那些學校實在太狡猾了，竟然讓留學生上場。」

「再多幾個這樣的人，日本選手根本沒搞頭啦。」

他們的音量大到想不聽到都難，姆薩立刻臉色大變。阿走轉身就想上前理論。

「算了，阿走。」姆薩阻止了他。「這種話，光是今天我已經聽到很多次了。」

「我不准他們這樣胡說八道！」

阿走仍想衝上去追那幾個已經走遠的觀眾，卻被姆薩的手拉住。

「不能跟人家吵架。他們指的，應該是那些有田徑才華而被延攬來日本的留學生。我很不好意思，覺得自己很羞愧。雖然我跟他們看起來很像，可是我的腳程不快，沒有能讓人嫉妒的才華。我只是一個普通的留學生而已。」

「這跟那個根本無關好不好！」

阿走氣炸了。「不管是你、還是我，或是今天跑第一、第二的選手，大家跑的是同一條路，沒有哪裡不一樣。他們竟然……」

阿走不知道該怎麼說才好，覺得很不甘心。這些人的言論，對和他生活在一起的姆薩也好，對阿走自己，或是那些他不認識的其他大學留學生也好，都是非常過分的侮辱。沒錯，他雖然不會形容，但他知道這對所有全心全意認真跑步的人來說都是一種侮辱。阿走氣到拱起肩膀來了。

「藏原說得一點都沒錯。」一個聲音從他們身後傳來。

阿走轉身一看，只見一個頭頂剃得光溜溜、身材瘦高的男子站在那裡。

「不用理他們。這些人只是不懂跑步的老百姓而已。」

男子在阿走和姆薩的注視下，進店裡買了一罐烏龍茶。好像在哪裡見過他。阿走保持戒心，連忙搜尋自己的記憶。這顆頭這麼光，我應該記得才對。

「六道大的藤岡！」

阿走想起來了。沒錯，六道大學是在箱根驛傳多次蟬連冠軍的名校，而這個人是他們的隊長藤岡一真。阿走在春天的東體大紀錄賽時見過他。不過，是什麼風把這個人吹來跟他不相干的預賽？

藤岡似乎看出阿走心中的疑惑。

「我是來探察敵情的。」藤岡這麼說。「寬政大真的變滿強的，應該有機會取得箱根驛傳參賽權喔。」

從藤岡身上，看得到王者的從容與氣度。

「託你的福。」天生不服輸的阿走，昂首自傲地答道。

藤岡和阿走四目相對，眼神也毫不退讓，然後轉向姆薩說道：

「那種人說什麼，根本不用放在心上，就當愚蠢的耳邊風就好。」

「怎麼個蠢法？」阿走叫住一邊喝茶一邊打算離去的藤岡。

剛才那些觀眾對姆薩說的話，讓阿走非常生氣，但自己為什麼生氣，又不能明白說出個所以然。從藤岡這麼篤定的態度和建言來看，他好像知道答案。

「請告訴我。」阿走老實地拜託藤岡。

藤岡停下腳步，似乎覺得阿走很有趣地看著他。

「好吧。」他轉身朝阿走和姆薩走來。「至少有兩點很蠢。首先是，他們覺得日本選手沒有競爭力、找留學生加入就是狡猾。這種歪理如果成立的話，那奧運比賽怎麼辦？日本人是不是不用比了？我們參與的是競技，不是大家手牽手、數個一、二、三就結束的幼稚園運動會。人類的身體素質和體能當然會有個別差異，但比這更重要的是，運動本身是公平、公正的。這些人根本不了解，在同一個競技場上挑戰同一項運動是怎麼一回事。」

姆薩靜靜聽著，阿走則深為藤岡冷靜有條理的分析而折服。

「他們犯的另外一個錯誤是，以為運動只要贏了就好。」藤岡繼續說。「日本選手只要得第一名、拿金牌就好了嗎？真是大錯特錯。這絕對不是運動的本質。如果今天我拿到第一、卻有種輸給自己的感覺，對我而言這根本就不算勝利。比賽的成績和排名，會讓人眼花撩亂，模糊了焦點。所謂世界第一，應該由誰決定？我們追求的，不是這種東西；心裡那個不變的理想和目標，才是支持我們繼續跑下去的動力，不是嗎？」

是啊，就是這樣。阿走心中的烏雲散去，頓時豁然開朗。這就是一直困擾我、讓我生氣的原因。藤岡真厲害。糾結在阿走心中的感覺、說不出的話，他輕輕鬆鬆幾句話就表達出來了。

「你還是老樣子呢，藤岡。」

清瀨的聲音突然從阿走和姆薩身後傳來。他不知道從什麼時候開始就站在那兒了。

「我這個局外人多管閒事了。」藤岡一板一眼地朝清瀨一欠身，準備離去。

「什麼話，你幫了一個大忙。」清瀨說。

藤岡聞言回頭看清瀨，嘴邊揚起笑意。「看來你找到很不錯的人才呢。」

「是啊。」

「我在箱根等你們。」

藤岡的身影消失在前方的林間。自始至終，他一直保持著如同王者般的氣勢，最後那句話簡直像在說「我在涅盤法會上等你們」一樣。不過，既然都等到這時候了，他幹嘛不等結果揭曉再走啊？阿走心裡這麼想著，同時連忙朝著藤岡背影低頭致意。姆薩也正式出聲表示「非常感謝你」，並給他一個九十度鞠躬。藤岡一席撥雲見日的話，為阿走和姆薩注入滿滿的活力。

「我看你們連袋子也沒拿就走，才追過來的。」

清瀨拿出塑膠袋，阿走接過手，說了聲「對不起」，把店員給的冰塊倒進塑膠袋裡。看來清瀨的傷已經好多了，走路沒再拖著腳。

「他叫藤岡是嗎？真是了不起的人。」姆薩感動地說。「要在箱根連勝，就是需要這樣的意志力和真正的智慧吧。」

清瀨笑了笑。「不過呢，那傢伙從以前就特別沉得住氣，高中時代就被人取了一個『苦行僧』的外號，應該不是很開心吧。」

阿走和姆薩相視一眼，不禁點頭。的確，藤岡的外型真的像極了苦行僧。

觀眾和各校選手，已經開始聚集在終點附近的大型看板前。

「差不多要公布成績了。」

「我們走吧。」

姆薩小跑步回寬政大學加油團所在，阿走則配合清瀨的腳步，慢步走在草地上。雖然很在意結果如何，但既然都走到這一步了，也沒辦法再改變任何事。現在盤據在阿走心裡的，不是預賽的成績，反而是藤岡的身影。

藤岡把心裡的想法轉換成語言的力量；他冷靜分析自己內心迷惘、憤怒和恐懼的眼光。

藤岡好強。他的跑步速度本來就無人可出其右，但背後那股支撐著他的意志力其實更厲害。在我只知道不顧一切往前跑時，藤岡一定在他腦子裡進行了無數的自我剖析，追求更高境界的跑法。

阿走雖然因此受到打擊，卻也同樣受到鼓舞，心中油然而生一種奇妙的興奮感。

這就是我欠缺的。每次遇到說不清楚、講不明白的地方，總是放任它過去，草草帶過。從現在起，不能再這樣了。我要像藤岡，不，我要跑得比藤岡更快。為了達到這個目標，我必須認清那個跑步中的我。

這一定就是清瀨之前所說的那種「強」。

「我覺得我好像懂了。」

阿走突然冒出這句話。

「是嗎。」清瀨滿足地說。

一名拿著麥克風、穿著學生制服的學生走上講台，鄭重地翻開預賽成績報告。他是負責主辦箱根驛傳的關東學生田徑聯盟營運委員。擔任助理的女學生，站在成績看板旁。擠在看板前方的群眾，帶著期待和不安豎起耳朵，等待結果揭曉。

「現在宣布通過箱根驛傳預賽學校名單。第一名，東京體育大學。」

東體大陣營爆出如雷的歡呼聲，阿走看到榊和學長開心擊掌享受這一刻。東體大的選手實力平均，跑者沒有太分散，全員通過終點的名次都很好，由此可見東體大選手實力雄厚，以優異的團隊成績勝出。

女助理抽掉覆蓋在成績看板上的紙板，第一名的欄位上寫著「東京體育大學」，以及十名選手的總成績。十小時〇九分十二秒，平均排名是四十九名。

「比賽果然從一開始的速度就相當快。」清瀨低聲說道。

從他的表情來看，寬政大想通過預賽的希望不高。阿走兩手緊緊握拳。

「第二名──」

負責宣讀結果的工作人員，口氣平淡地念出校名：「甲府學院大學。」

現場某個角落再度爆出狂喜的歡呼聲。KING用鼻子「哼」了一聲。

「那人在報名次和校名時，中間還故意停頓一下，滿會吊人胃口的嘛。」

「不要拖拖拉拉，乾脆一點念下去啦。」

好不容易恢復正常的王子，馬上發起牢騷。

「緊張啊～心臟都快停了！」

雙胞胎和葉菜子靠在一起，像不小心從巢裡掉下來的雛鳥一樣抖個不停。

終於宣布第五名了，但還是沒念到寬政大。到現在為止，出線的學校都是箱根驛傳的常客。如果沒有擠進第六名，從第七名到第九名都要加算大專院校盃積分，預賽十人總和時間的排名就會發生變動，極有可能影響最後結果。

「第六名——」

「求求你，拜託拜託拜託！」

「寬政、寬政！讓寬政上榜！」

寬政大學所有人拚命地祈禱，台上報出來的卻是「西京大學」。

「啊——！」

「不行了嗎？真的沒望了嗎？」

尼古和阿雪仰天長嘆。

第六名下面的欄位仍被白色紙板覆住。清瀨什麼也沒說，只是兩眼直視著看板。他的目光彷彿要穿透紙板一般，盯著第七名到第九名的欄位。

「根據規定，第七名起是以預賽時間總和扣除各大學積分後的成績，來決定排名的順序。第七名，城南文化大學。」

阿走幾乎兩腿無力，但仍勉強撐住。還沒結束。去箱根比賽的名額還有兩個。這時他的右肩突然痛起來，轉頭一看，只見神童的食指正緊緊攫住他的肩頭。姆薩則是半張臉埋在神童的臂彎，嘴裡用母語嘰哩咕嚕的不知道在說些什麼。

沒問題的。一定沒問題的。阿走伸手拍拍神童和姆薩的背部安撫他們。

「第八名，寬政大學！」

沒聽錯吧?!ＫＩＮＧ整個人猛撲過來。清瀨朝天空高舉起雙手，臉上出現難得的開懷大笑。姆薩和神童渾身無力地癱坐在草地上。尼古和阿雪開心地相互擊掌。雙胞胎和葉菜子則是一邊尖叫著，一邊忘情地猛打阿走。

一陣亂拳如雨中，阿走看到了。看板上「寬政大學」四個字，發出燦爛的光芒。王子站在外圍，靜靜地流下男兒淚。

成功了！我們辦到了！終於，去箱根不再是夢想，而是經過大腦認證的事實！我們可以在箱根驛傳出場了！

回過神來，阿走才發現自己剛才忍不住把心裡的話大吼出來了。

寬政大學十人的總成績是十小時十六分四十三秒，平均排名是第八十六名。第七名的城南文化大學，預賽成績是十小時十七分〇三秒，但加算積分後，排名超過寬政大學。以第九名驚險通過預賽的是新星大學，成績是十小時十七分十八秒。

阿走確認了看板上的成績後，這才放下心，高興得吐出一大口氣。寬政大學第一次挑戰，就順利拿到進軍箱根驛傳的門票，而且成績在十小時十六分左右，實際排名第七。

現場觀眾驚呼連連。

「寬政大出線了！」

「光靠那十個選手而已！」

「第三名和第六名抵達終點的選手，都是寬政大的吧？我已經記得他們家隊服了。」

「我也是。黑底鑲銀邊，還滿帥的！」

不論在綠地廣場上整理東西、面對貼身採訪的攝影機時，還是被一堆記者要求逐一發表感言時，阿走都只覺得頭暈腦脹，腦部陷入缺氧狀態。這簡直比跑步時還辛苦，兩腳都快站不穩了。

現在只是通過預賽而已，重頭戲在明年一月，大約七十五天之後的箱根驛傳。儘管阿走心裡這樣提醒自己，胸口仍滿溢著勝利的喜悅。

清瀨之前說過，「箱根不是海市蜃樓」。一點都沒錯！竹青莊的成員這一路走來，終於來到可以看見箱根山的地方了。

阿走動作俐落地折好塑膠墊，心情還是十分亢奮。城太和城次坐在草地上，盯著從成績看板上抄下來的成績。兩人不知為何，難得眉頭深鎖。

「你們倆幹嘛？」

阿走出聲問。雙胞胎一起抬頭看著他。

「灰二哥不是說要大家一起攻頂嗎？」城太咕噥說道。

「嗯？有嗎？」

阿走隨便應了聲。城太不接受這個答案。

「有啦，他說過。但是這個成績……」

阿走放下塑膠墊，在雙胞胎身旁蹲了下來。「快點收拾啦，該回去了。今天晚上一定會有慶功宴。」

「阿走，他說的攻頂，是指拿冠軍對吧？」

城太一臉悲壯地說。「我們的總成績是十小時十六分四十三秒，但是第一名的東體大是十小時○九分十二秒，我們跟人家差了七分半……而且這還只是預賽而已對吧？所以，那些在箱根驛傳拿冠軍的選手，到底是用多快的速度跑完二十公里？」

「如果我們拚命練習，到了一月可以達到那個水準嗎？」城太口氣非常認真地問。「阿走，到底可不可以啊？」

阿走無言以對。

第八章 冬天又來了

只有十名選手的隊伍，竟然通過預賽，取得箱根驛傳的參賽權。

竹青莊眾人達成的壯舉，不只在大學田徑隊間引爆討論，也成了一般民眾茶餘飯後的熱門話題。

自從一九八七年電視台開始實況轉播箱根驛傳後，這個專為關東學生跑者舉辦的比賽，就成了日本家喻戶曉的賽事，住在日本的人幾乎無人不知、無人不曉。不論比賽本身的高難度，還是新年期間透過鏡頭播出的熱鬧景象，都讓箱根驛傳成為眾所矚目的焦點。

不過，竹青莊只有區區十人，卻想挑戰這麼大型的知名賽事，許多人不解他們為什麼要做這種有勇無謀的事。如果比賽當天有人受傷，或臨時身體不舒服而不能上場，該怎麼辦？他們平時是怎麼進行訓練的？生活起居的情形又是如何？

附近充滿好奇心的民眾，以及有意加入田徑隊的學生，爭相跑來造訪竹青莊。那些想加入的學生中，大部分都沒有田徑的經驗，只是因為得知竹青莊成員通過預賽，一時興起跑來提出申請。

清瀨慎重地在紙上寫下婉拒各方來訪的理由，張貼在竹青莊的玄關。有人想加入，固然是值得開心的好事，但寬政大引起的熱潮相信很快就會退燒，而且這些人也沒有公認的紀錄，不符合參賽資格。更何況，竹青莊已經住滿了，沒有空間容納新成員。清瀨仔細思考過後決定，與其現在招募新社員，不如十個人專心練習、團結一致，朝箱根驛傳前進。

至於附近的居民，則由商店街的老闆出面以「會妨礙練習」為由，呼籲民眾不要打擾竹青莊的成員，於是大部分人只會在矮樹籬外偷看竹青莊的情形，並以此為滿足。如果有例外，也只有一些老人家偷偷送自家種的蔬果等農作物來。

早上阿走要出門慢跑時，常會發現玄關前放著白菜或水梨，不禁心想：「這是來報恩嗎？」看到無名老人送東西來卻叫也沒叫的尼拉，則只會對著阿走猛搖尾巴。結果是，往往還搞不清楚是誰這麼好心，這些蔬果就全進了竹青莊房客的五臟廟了。

當然，媒體的採訪也蜂擁而至，而且不光田徑專業雜誌，連周刊、報紙、電視台都來了。所有媒體都想來參一腳。經過清瀨和神童慎重考量後，最後幾乎都以「專心訓練中」為由，謝絕他們進入竹青莊採訪。

他們只答應接受《月刊田徑雜誌》的佐貫、《讀賣新聞》的布田採訪，因為這兩名記者從竹青莊夏天集訓起就一直在為寬政大加油打氣。他們倆都很了解跑者的心理，總是遠遠看著，不干擾大家練習，提問時也很俐落，都能切中要點。他們陸續發表的報導，都對竹青莊成員相當正面而友善。

雙胞胎和ＫＩＮＧ三人樂得快飛上天，覺得應該多接受一些採訪。

「好不容易可以去箱根出賽，被更多人注意到不是很好嗎？」城太說。

「而且這樣子畢業以後找工作也比較容易啊。」ＫＩＮＧ跟著敲邊鼓。

「比起找工作、引人注目，你們還是花多點力氣在練習上吧。電視轉播可是很無情的，到時候跑太差，不管願不願意，馬上就會成為全國注目的焦點。」

雖然清瀨一口回絕了，雙胞胎和ＫＩＮＧ還是不死心，大聲嚷嚷。

「不管啦～我們就是要上電視！上電視！上電視！」

晚飯桌上上演的這場攻防戰，讓在一旁看著的阿走不禁傻眼。

光是想到要參加箱根驛傳，就已經讓阿走緊張又激動不已了，雙胞胎居然還想在賽前接受電視台訪問，說要體會那種「非比尋常」的感覺。真不知道該說他們天真、貪心，還是不知道天高地厚？

話說回來，今年春天以前，雙胞胎一直過著跟長跑無關的生活。可能是因為這樣，他們才會對箱根驛傳這場賽事的分量沒什麼概念。

一九二〇年開始舉辦的箱根驛傳，除了二次大戰期間停辦過幾年，至今已經持續八十屆以上，是一項深具傳統的賽事。即使在戰後糧食短缺、生活艱苦的歲月裡，選手還是披著布條，一棒接一棒跑下去，朝箱根山奮力前進。對跑步這項運動來說，箱根驛傳就是這麼有意義的比賽。

箱根驛傳是學生跑者的憧憬和夢想。雙胞胎可能還搞不清楚參加這項賽事的價值和意義，卻能在似懂非懂的狀態下拚命練跑、憑實力拿下參賽權，證明他們倆果然有兩把刷子。想到這裡，阿走覺得既有趣又佩服。

被雙胞胎包夾在中間的清瀨，默默拿著筷子吃飯。兩兄弟還在糾纏不休。

「一次就好嘛！上一次電視又不會死！」

「要求這麼一點特殊待遇，應該不為過吧，灰二哥你自己還不是……」

「我怎樣。」清瀨驀地停下手中的筷子。

城次突然閉嘴，好像想說什麼似的動了一下嘴巴，然後搖了搖頭。

「沒事。」

最後，清瀨拗不過兩人，決定接受電視台的採訪。那是晚間新聞當中約五分鐘左右的熱門話題單元，內容是竹青莊房客的生活點滴。

攝影記者拍了漫畫多到滿出來的王子房間。榻榻米上永遠鋪著棉被、一旁還散落著戒菸鐵絲小人的尼古房間也入鏡了。最後還拍攝了大家在草地上練跑的情形，同時進行訪問。

雙胞胎和ＫＩＮＧ代表大家接受訪問。

——不知道是自然而然變成這樣，還是被灰二哥逼的，等我們回過神來，箱根驛傳已經變成大家的目標了。

——我們每天都要吃蜂蜜糖漬檸檬預防感冒。

——沒做什麼特別的練習，訓練內容應該跟其他大學的田徑隊差不多吧。

阿走跟之前一樣，呆呆站在拍攝鏡頭的邊角，幾乎就要出畫面了。

「幹嘛躲在這裡啊？」

「我哪有。」被阿雪這麼一問，阿走笑著隨口衍敷一句。本來在一旁目不轉睛看著採訪過程的尼古也回過頭看阿走。

「你該不會是跑路中的通緝犯吧？」

「怎麼可能！」

不是就好。尼古給阿走一個懷疑的眼神。

「這個改天再研究。」阿雪說。「我說，你們不覺得最近氣氛有點怪怪的嗎？」

是有一點。尼古點點頭。

阿走也有這種感覺。竹青莊裡，氣氛好像有點不太對勁。

一樓的房客，跟以前沒什麼不同。二樓大部分房客的練習態度也沒什麼改變，不過，雙胞胎的心情明顯變陰沉了。說白一點，是針對清瀨。

他們沒跟清瀨吵架，也沒做出什麼具體的表情或動作，但這三人之間就是有一種微妙的距離。清瀨對雙胞胎的態度還是跟以前一樣，城太、城次卻好像對清瀨有什麼芥蒂似的。不知道為什麼，他們倆對清瀨好像沒那麼信任了。

這種彆扭的感覺在竹青莊裡蔓延，讓人心裡很不舒服，而且是從預賽後開始，持續到現在。

「這對兄弟怎麼了？」尼古說。「阿走，你跟雙胞胎同年級，私下問一下吧。」

「問什麼？」

「問什麼?!當然是心裡話啊。」

「喔……好。」阿走雖然答應了，其實心裡覺得壓力很大。

練習的密度和分量都在逐步增加中。例如一萬二千公尺的練跑，最初的五千公尺可以慢慢跑，十七分鐘內跑完，接著開始加速，到最後的一千公尺，必須在三分〇五秒內跑完。達成這樣的練習目標後，下一次要調快到兩分五十五秒跑完一千公尺，而且每隔兩百公尺設一個跨欄，一共要跨越五個。

阿走的心思，幾乎全被跑步占去了，例如手腕擺動的幅度、雙腳著地時的角度，或是肌肉的緊張和弛緩度等問題。這樣比較好？還是那樣？他對全身上下的每個細胞都保持高度關注，確認著跑出去的每一步。

而且，練跑歸練跑，學校的課還是得上。這樣的他，根本沒那個力氣去管別人的事。

阿走有時候會在「鶴湯」遇到雙胞胎。有一天，雙胞胎進到淋浴區時，阿走和清瀨已經泡在牆上畫著富士山的大浴池裡，正在跟澡堂常客泥水匠老爹閒聊。

「灰二，你們竹青莊那些小夥子，狀況怎樣啊？」泥水匠隨口問。

泥水匠背對著淋浴區坐在浴池中間，沒注意到雙胞胎來了。一向都會出聲打招呼的雙胞胎，看到坐在浴池出水口旁的清瀨，什麼話都沒說，只點了點頭。

「很好啊。」清瀨回答。

「那幾個一年級生很不得了啊。」泥水匠雙手伸出水面，抹了抹臉。「阿走很厲害不用說，那對長得一模一樣的雙胞胎，也跑得也很快不是嗎？」

阿走不禁擔心起來，不確定清瀨會怎麼回答。泥水匠背後淋浴區裡的雙胞胎也豎起耳朵聽。城次可能太注意聽清瀨和泥水匠說話，失手倒了整頭的洗髮精。

「是啊。」清瀨笑了笑。「在他們本人面前講好像有點那個，不過他們確實跑得很好。」

「真的嗎?!」坐在淋浴區椅子上的城太突然站起來。

泥水匠嚇了一跳，轉過身去看。

「騙你幹嘛。」清瀨爬出浴池。「老爹，栽培有潛力的選手，需要商店街的支持，今後也要麻煩各位多多照顧喔。我先回去了。」

清瀨從雙胞胎後頭走過去，打開浴場的門，消失在更衣室裡。

城次自言自語起來。「因為我們在場，灰二哥才稱讚我們的吧。」儘管如此，他還是難掩內心的喜悅，非常來勁地抓起頭，不久後整顆頭都淹沒在泡泡中。

「喂！你們兩個真是的，來了幹嘛不打招呼啊？」看到清瀨和雙胞胎的互動，泥水匠小聲問仍在浴池裡的阿走。「他們吵架了喔？」

「不知道。」阿走讓身子下沉，肩膀沒入熱水中。「應該沒有吧。」

雙胞胎或許是對清瀨有些不滿，但應該沒辦法永遠藏在心裡吧。這兩人個性率直又天真爛漫，肯定很快就會爆發，直接槓上清瀨。等到事情發生後再來解決也不會太晚。

阿走決定暫時不管雙胞胎的事，順其自然。這就好比一座休火山好好的在那裡，沒事幹嘛故意去招惹它？等火山爆發，自然就會知道火山口在哪裡，仔細觀察風向和火山口位置後，再到安全的地方避難，再等噴出來的岩漿冷卻就沒事了。

除了例行的訓練之外，竹青莊的成員也開始試跑正式上場的路線。由於比賽行經的路段，大多是交通流量大的道路，所以明文禁止試跑，但也不能因為這樣就不到現場試試、直接上場比賽。

趁著車輛較少的清晨，竹青莊的成員會搭著廂型車去勘察，有時到大手町附近，有時到湘南海岸。他們把比賽路線切成一小段一小段，一點一點地用自己的雙腳實際跑跑看。他們必須把道路的起伏、幾公里處會出現什麼樣的目標物等細節，全烙印在身上和腦袋裡。

清瀨開始研究跑者的區間分配。誰跑哪個路段比較好，他的腦袋裡好像已經有大略的想法。

「阿走，你會想跑二區嗎？」在橫濱車站附近試跑時，清瀨問道。

從鶴見經橫濱到戶塚的路線，人稱「花之二區」，各大學大多讓隊中的王牌跑者負責這個路段。對那些有意網羅選手的企業來說，除了要求選手在箱根驛傳跑出好成績之外，還會看這個成績是在二區，還是其他路段跑出來的。

「不會。」阿走說。

他從來不覺得自己非跑二區不可。不論哪個區間，只要有路，他就全力去跑。

「這樣啊。」清瀨說，默默地繼續勘察路線。

十月下旬，大家移師到箱根試跑。箱根的山路，蜿蜒曲折又狹窄。雖然這時離賞楓季還有點遠，但一到周末仍然會大塞車。

清瀨把廂型車停在箱根湯本車站前的停車場。

「好，從這裡到蘆之湖，大家跑跑看吧。」

「才不要咧！」

雙胞胎馬上出聲抗議。

「這麼陡的上坡路，一般光用走的就很累了吧？現在居然要我們用跑的，跑二十公里？」

「不是讓負責這一區的人試跑就好了嗎？」

小田原中繼站起，到去程終點蘆之湖的路段，稱為五區，整段幾乎都是箱根山的上坡路段，而隔天回程的六區，則是完全相反的下坡路段。標高相差超過八百公尺，不論上坡或下坡，跑者都必須一氣呵成跑完。

各大學都會在五區和六區安排擅長上坡路和下坡路的好手。跑這個路段的選手，不只要有長跑的實力，更要具備向山路挑戰的心理和身體素質。這跟跑平坦道路完全不一樣。跑五區的選手面對彷彿沒有盡頭的上坡，必須有不怕苦的堅強韌性。至於負責六區的選手，面對陡急的下坡，則必須有不顧一切衝下山的膽識和勇氣。當然，山路對選手的雙腿是很大的負擔，因此最好由強壯、不易受傷的跑者來負責。

「五區一定是神童跑吧。」王子說。「他是坡上的神童。」

「難得大家都來了，只叫我一個人跑好嗎？」即便是神童，一想到那些綿延不絕的上坡，也不禁愁眉苦臉。

「所有人都要跑。」清瀨強硬地說。「大家不想在正式披上接力帶之前，先看一下目的地嗎？蘆之湖耶！東京近郊最大的風景名勝。」

「反正當天就能看到，今天算了吧。」KING說。

「比賽當天人很多，應該看不到喔。」阿走說。「而且我們人手不足，所以當天不是只要跑步而已，可能還得到中繼站照顧選手。」

「那就後年再從電視上看吧。」城次還在垂死掙扎。清瀨不想再聽下去了。

「大家趕快準備出發吧。」

結果，箱根山的難跑，超出大家的想像。曲折蜿蜒的上坡路，彷彿永無止境。

阿走、清瀨和神童，一起毅然決然地往山上跑。清瀨鉅細靡遺地提醒神童沿途可供辨識距離的地標，以及跑步時該注意的事項。其他人卻打算乘機搭箱根登山電車上山，到後來，速度慢得跟走路沒什麼兩樣。

「保持住你的速度。」

清瀨叮嚀神童、讓他先跑，跟著轉身回頭盯其他人。

「怎麼了你們？太慢囉。」

阿走停下腳步等後面的人追上來。這時路上正好大塞車，許多人好奇地從車窗往外看著穿著運動服的這一行人，一副很感興趣的樣子。

在清瀨一路催促之下，大家總算來到標示「最高點」的位置。

位於箱根山上，國道一號的最高點，標高海拔八百七十四公尺。來到這裡，路面變寬，視野也開闊起來。一大片芒草有如海浪般起伏，迎面吹來的風，感覺比東京冷多了。阿走拉上運動服的拉鍊。

神童站在最高點往下不遠的地方，等大家過去會合。

「咦？那是……」姆薩皺起眉頭。

站在那裡的不只神童而已，還有好幾個穿著東體大隊服的人。跟寬政大一樣，東體大的選手應該也是來試跑的。看到榊也在當中，阿走覺得很礙眼。

竹青莊成員全體集合後，榊故意靠了過來。清瀨裝作沒看見，阿走見狀馬上提高警覺。以雙胞胎為首的二樓房客，甚至平時舉止成熟的尼古和阿雪，全都擺出威嚇的架勢以待。

榊似乎完全沒意識到自己有多不受歡迎，來到阿走面前，熱絡地打招呼。

「唷，藏原，預賽時很厲害嘛。」

「嗯。」

很久沒看到不囂張挑釁的榊了，阿走嚇了一跳，一時不知道怎麼應對，只能含糊地回他一聲。

「你們今天也來試跑？寬政大學也練得很勤啊，大家正式比賽時一起加油吧。」榊竟然一臉笑咪咪的。

這傢伙是哪根筋不對？阿走覺得很詭異。每次見面都咄咄逼人的他，臉上竟露出令人猜不透的表情。難道，榊已經認同寬政大取得參賽資格的實力了？還是，他終於了解阿走到現在仍然很認真在跑步，高中時代的心結終於可以解開了？真是這樣的話，也滿讓人開心的。

「嗯。」阿走又應了一聲，點點頭。榊畢竟是以前並肩作戰的隊友，一直被對方以帶刺的態度對待，阿走心裡也很痛苦。

榊接著一副煞有其事的樣子打量站在阿走身後的其他成員。

「你們真的很認真練習呢。剛才我們還在討論，如果我們是寬政大的選手該怎麼辦……」

「怎麼辦？什麼意思？」

阿走不懂榊到底想說什麼。不管哪支隊伍，不是都這樣持續不斷練習嗎？

榊滿臉笑地繼續說下去。

「不管你們再怎麼練習，寬政大都只有十個人不是嗎？只要有一個人感冒，沒辦法上場，那就玩完啦。而且，就算你們真的跑進前十名、取得箱根驛傳的種子權，但是你們隊裡的大四生會畢業，隔年的比賽怎麼辦？」

阿走忽然腦子一片空白。他跟竹青莊的夥伴，全心全意以箱根驛傳為目標。他們只想用跑步證明自己、實現這個夢想，根本沒去想以後的事。

預賽後表示想加入他們的人，都被清瀨拒絕了，因為雖然這些人嘴上說想加入，也不知道他們能堅持多久。除此之外，也沒人能保證明年春天還會有人有興趣加入。不管阿走他們在箱根驛傳多拚命跑出好名次，不見得能指望會有新人來傳承。真是如此的話，只有十個人的寬政大田徑隊，僅僅一年就會壽終正寢了。

榊明白點出的事實，在竹青莊成員間掀起一陣無聲的風暴。雙胞胎的表情整個僵掉，神童、姆薩和ＫＩＮＧ三人不安地看看彼此，尼古和阿雪則是用「不用你多管閒事」的眼神盯著榊。只有累到蹲在路邊的王子，一副不關我事似的打著哈欠。

榊果然還沒原諒我。他笑咪咪地接近我們，竟然是為了動搖竹青莊成員的信心。

阿走覺得很受傷，但現在不是垂頭喪氣的時候，放著不管就糟了。因為一旦信心有所動搖，就絕對不可能在箱根驛傳跑出好成績。阿走看看清瀨，但清瀨就像戴著一副鐵面具一樣，面無表情看著阿走，眼神彷彿在說：「你想辦法解決。」

榊是因為我，才會對寬政大說這些充滿暗示的話。阿走想要反駁，卻想破頭也想不出什麼來。結果，他都還沒理出頭緒，榊就說了聲「掰」，回隊上跟隊友會合去了。

為什麼我就是一句屁話都擠不出來？光會跑有什麼用，獵豹和鴕鳥也很會跑。我這個樣子，跟動物有什麼兩樣？阿走先是沮喪，跟著覺得不甘心，氣自己讓榊目中無人放完話後，乾乾脆脆拍屁股走人。

「就某種意義上來說，這傢伙也算中肯。」阿雪語帶服氣，目送榊離開。

「阿走沒衝上去揍他一頓，算有進步。這樣就夠了。」清瀨依然板著撲克臉說。

真的耶，阿走心想。如果是以前，榊這樣亂講話，我才不會輕易放過他，這次因為一直在想要怎麼反駁他，結果忘了打人。

「應該直接賞他一拳才對。」阿走越想越懊惱的同時，也為自己的改變覺得不可思議。

我竟然選擇以非暴力的方法解決事情？

阿走現在的心情，雖然像被拔了牙的老虎一樣有點不知所措，另一方面卻又覺得自己好像離六道大隊長藤岡的境界又近了一些，不禁竊喜。

「剛才的事，大家別在意。」清瀨對眾人說。「好了，蘆之湖快到了，出發吧。」

矗立在面前的富士山，山頂覆蓋著純白的雪。竹青莊的成員一口氣衝下抵達蘆之湖前的最後一個下坡。

「雖然說不要在意，但還是很介意。」城太邊跑邊碎念，一旁的城次跟著猛點頭。阿走全都看在眼裡。

竹青莊成員之間的裂痕，似乎因為榊那番話而越來越深了。

在蘆之湖畔稍作休息後，準備繼續挑戰回程的下坡路段。清瀨這個這決定，連阿走也嚇一跳：

「不在這裡住一晚嗎？」

「我們哪有這個錢？」清瀨說。

王子聞言不禁倒彈，嚇得一步步往箱根湯本方向的巴士站牌後退。

清瀨見狀笑道：「安啦，王子，你不用跑下山。跑下坡路很容易受傷，所以只要有可能負責六區的人跑就行了，其他人搭巴士回箱根湯本。」

清瀨指定雙胞胎和阿雪跑下山。

阿雪簡直難以置信。「我的腳受傷就無所謂?!你是這個意思嗎？」

「從大平台到小涌谷這段路，你和雙胞胎剛才是搭箱根登山電車上來的吧？以為我沒看到？所以你們應該還有力氣下山。」清瀨說。「而且，阿雪你練過劍道，重心低，下盤也很穩，跑下坡很適合你。」

阿雪再無話可說，雙胞胎卻還在那裡小聲地碎唸。

「都快累死了，回程還要人家用跑的。」「有必要練成這樣嗎？」

「你們兩個，有什麼意見就說出來。」

雙胞胎同時搖頭。

最後，清瀨決定和雙胞胎、阿雪一起跑下山。但清瀨右腿有傷，讓阿走擔心起來。

「灰二哥，我來陪他們跑吧。你還是別太勉強比較好。」

「我會慢慢跑，沒問題的。巴士來了，快去吧。」

在清瀨的敦促下，阿走一行人上了車。

結果巴士遇到大塞車，被一路跑下山的阿雪和雙胞胎追上。剛才明明說會慢慢跑的清瀨，飛也似的衝下坡道，緊跟在阿雪他們後頭，一邊不斷耳提面命，提點跑步時該注意的地方。

阿走他們從車窗看出去。阿雪三人和巴士的速度不相上下，彼此互有超前。

「我們也下去用跑的說不定還比較快。」

尼古低聲說，被慢吞吞的巴士搞得很不耐煩。

「我絕對不下車喔。」搶到座位的王子宣示說。

薩姆和神童從車上觀察阿雪以大跨步跑急降坡的姿勢。

「原來如此……看來，一定要髖關節夠柔軟，才有辦法跑下坡路段呢。」

「為了減緩著地時的衝擊力，腿部肌肉也要夠柔軟，腰和膝蓋則要很強壯才行。」

KING很難得的沒出聲，一臉認真地看著跑步中的雙胞胎一行人。

「有道理。」阿走心想。

剛才榊那番話的意思是，既然你們後繼無人，何必跟人家參加箱根驛傳。但這麼想是不對的。跑步應該是一種更純粹、更自我的行為。

雖然，在驛傳這種長程接力賽中，我們確實可以把目標從「為了自己」擴大到「為了團隊」，但是也僅止於此。

跑步，頂多就是為了自己和隊友。在箱根驛傳這種競爭激烈的大型賽事中，哪有可能一邊跑一邊思考隊伍存亡這種問題。

那些最早想到要在東京和箱根間舉辦往返接力賽、進而付諸行動的人，一定非常喜歡跑步，才會興起這樣的念頭。參賽隊伍以後會怎樣、明年能否再舉辦一樣的賽事等問題，誰都不能保證。儘管如此，他們仍然懷抱著對跑步的夢想，從而寫下箱根驛傳的歷史。他們相信，一定會有對跑步抱持同樣熱情的人繼承這分信念，使賽事延續下去。

正是這個原因，箱根驛傳的大門永遠對關東地區的所有大學敞開，跟同樣具有歷史傳統的「六大學棒聯」[26]完全不同。箱根驛傳不會只允許特定的學校參加，即使是新成立的大學，他們的學生也享有同等的參賽機會。

「在田徑強校裡跟實力堅強的夥伴一起練習，才是真正的競爭，才值得努力去跑。」榊大概會這麼說吧。

榊每次說的話，其實都有他的道理。只不過，我跟他不一樣。我所追求的、想透過跑步發現的事物，應該都跟榊不同吧。

這樣也好，阿走心想。跟別人不同沒什麼不好，只是有點感傷而已。曾經在同一支隊伍裡奮鬥的隊友，即使到今天，兩人在田徑場上仍然朝著相同的方向前進，卻永遠沒辦法達成共識。幾年前的齟齬在這段時間內不斷擴大，而且衝突越來越明顯，實在讓他很難面對。

阿走一群人在箱根湯本的停車場，等清瀨他們跑完會合後，坐上廂型車往竹青莊出發時，已經是黃昏了。

在車裡，阿走開口說：「小時候，每年過年時，我都會看箱根驛傳的電視實況轉播。」

「啊，我也是。」

雖然覺得阿走突來的發言有點奇怪，神童還是不動聲色地接話。

「我都會心想，總有一天我也要像他們那樣跑步。我想參加箱根驛傳，一直、一直都很想。現在夢想實現了，真的很開心。」

阿走拚命在腦袋裡搜尋合適的字眼，好向隊友傳達自己的心情。

「所以，我覺得大家不用去煩惱明年以後寬政會變成怎樣。就算灰二哥他們畢業後，我們隊上湊不齊十個人，寬政大學田徑隊也不會就此結束。說不定，不知道什麼地方的某個小鬼，因為在電視上看到我們跑步的樣子，也會像我小時候那樣，因此對跑步產生興趣。我覺得這樣就夠了。」

「這該不會是，」王子說。「阿走你想說給剛才那個東體大一年級生聽的話？」

「嗯。」

「這種話你沒當場直接頂回去，就沒意義啦。」尼古搓著下巴上的鬍碴說。

26　「東京六大學棒球聯盟」，源起於一九〇三年的早稻田大學與慶應大學的棒球對抗賽，一九一四年至一九二五年，陸續有明治大學、法政大學、立教大學和東京大學的棒球社加入，正式成為「六大學棒球聯盟」。

「阿走除了跑步以外，別的事都反應慢半拍。要多多鍛鍊腦子才行。」阿雪板著臉訓起阿走。

「對不起。」阿走道歉。

「不過，阿走你啊，已經可以清楚表達自己的意見了喔。」

「是啊，很清楚呢。」

善良的神童和姆薩一搭一唱地說。

「你們是在誇獎幼稚園小朋友嗎？」城太挖苦道。

阿走很不好意思，整張臉熱了起來。他氣自己總是該說話的時候不說、錯失良機，為此覺得很丟臉。

「可是，」ＫＩＮＧ從後座探出臉來。「阿走你這話只是說爽的而已吧？」

「就是！」阿走身邊的城次雙手抱胸說。「不管有多少小朋友因為這樣對跑步產生興趣，也跟我們無關。結果都是空，沒什麼用啦。」

這麼說也沒錯。阿走先點了點頭，卻又馬上搖頭否認。「不是啦！」他在心裡吶喊。

「因為很美，所以才會一直跑到現在。」阿走努力解釋。「跑步的樣子，真的很美，所以看過箱根驛傳的人都會打從心裡發出讚嘆，一邊幫忙加油，一邊期許自己有一天能像他們一樣。」為了我們團隊，也為了電視機前面的小朋友，最後也是最重要的，為了我自己，我要跑得優美又有力。現在我滿腦子就只想著這件事。

「阿走，你真的很愛找自己麻煩耶。」城次一副服了阿走的樣子，無奈嘆口氣，不再跟他辯下去。

清瀨始終保持沉默，方向盤一轉，把車子開上小田原厚木快速道路。

電視新聞介紹了竹青莊後，阿走他們無論走在學校還是在商店街裡，都會有人來跟他們打招呼，而且形形色色的反應都有。有些人會聊一些無關痛癢的話，例如「上電視了唷！」、「加油喔！」之類的，有些人則熱心表示「需要人手的話，我可以幫忙」。

不過，想入社的人倒是一個都沒有了。大概跟學校裡盛傳清瀨拒絕招募新社員的流言有關吧。拜託你們不要放棄，明年春天一定要再來竹青莊！阿走忍不住在心中這樣祈禱。

比賽的準備工作則持續照計畫進行著，主要是由清瀨和神童決定所有大小事。

在箱根驛傳比賽中，各大學都會在沿途安排人手。除了每個區間的十五公里處要安排給水員之外，如果還能在適當的地點安排人員幫忙傳達情報給選手，例如前後的隊伍與自己隊伍的時間差、應該加速還是減速等重要資訊，對賽況會比較有利。

由於給水員必須跟著選手跑一小段，沒有經驗的外行人，會跟不上選手的速度，因此必須找有一定跑步實力的人擔當。寬政大田徑隊短跑部，非常爽快地接下這項任務。

清瀨和神童也討論了沿途配置人員的安排。從志願協助的學生中，挑選了那些老家在比賽路線附近的人，因為正月所有人都要回鄉過年，省去他們舟車勞頓的額外負擔。

至於商店街的人，反正叫他們不要來加油，他們還是會來，清瀨和神童乾脆不客氣地請他們支援。就這樣，沿途幫忙傳遞情報的人員配置很快就完成了。

參加箱根驛傳，不是只有選手到場跑步而已，還有一大堆瑣碎的前置作業。清瀨都精力十足地一手搞定，神童則負責幫忙跟校方交涉、與主辦的關東學生田徑聯盟聯絡等。至於商店街或寬政大的志工，則由葉菜子負責統籌。她熟練地召集所有志工、發放比賽當天的流程表，以及分配任務。

葉菜子超強的行政能力，讓阿走印象非常深刻。她居中聯絡、協調人數眾多的志工，以便所有事情順利進行，換成阿走的話絕對做不來。葉菜子還犧牲自己的睡眠時間，一手攬下大大小小雜事，全都為了讓阿走他們能心無旁騖跑完全程。

剛開始時，葉菜子或許是因為喜歡雙胞胎才投入的，但現在她已經對田徑賽深深著迷。對竹青莊而言，葉菜子是不可或缺的一員，常常來跟大家開會討論事情。

「一天到晚跟我們混在一起，葉菜妹該不會都沒有女性朋友吧。」有一次，葉菜子不在場的時候，KING好像突然想到似的這麼說。

「當然有啊。」阿走回答，而且不知為何壓低了聲音。

前一天，阿走才在學校餐廳遇見葉菜子。當時她正在跟女性朋友吃午飯，笑得很燦爛。

人家還不是為了我們，才犧牲跟其他朋友往來的時間。KING沒有惡意卻少根筋的話，讓阿走有點不悅，跟著又納悶起自己幹嘛生氣。他想了一下，做出「一定是練習得太累了」的結論。

十一月上旬的某天晚上，葉菜子到竹青莊吃晚飯，順便報告志工招募狀況與工作分配的情形。清瀨和神童針對她的報告提供了一些意見，她都一一記到筆記本上。

雙胞胎到底明不明白葉菜子的心意？阿走心想。當葉菜子熱心張羅著箱根驛傳的賽前準備，雙胞胎卻只顧著扒飯。

該開的會結束後，清瀨劈頭對大家宣布：

「下下個星期天，我們要去參加上尾的城市半程馬拉松賽。」

「上尾？那是在哪裡？」姆薩問。

「埼玉縣。很多當地一般民眾都會參加，算是規模滿大的比賽。大會免費讓箱根驛傳的參賽大學參加，我們可以藉這個機會在公路上實際練跑，也順便練習鳴槍起跑後怎麼卡位，同時吸取一些在群眾加油聲中跑步的經驗，正好符合我們的練習需求。」

除了阿走和清瀨，竹青莊其他成員都不曾在高中時代參加過路跑賽。事實上，上尾城市半馬賽的距離和比賽時間，非常適合拿來當作箱根驛傳的熱身賽，因此箱根驛傳的出賽學校，大多數都會參加上尾半馬賽。

這是大家頭一次有機會參加路跑二十公里以上的正式比賽，正好可以用來驗收平時的訓練成果。

阿走馬上躍躍欲試。自己一個人按步就班練習固然不錯，但他也喜歡跟其他選手一較高下。

雙胞胎馬上開始唱反調。

「下下個星期天？我們有事耶。」

「我們跟語言學班上的同學組了一支足球隊，好不容易找到對手，要在多摩川的河濱球場比賽。」

「馬上回絕他們。」清瀨說。

「我們不去的話，人數就不夠了。」

「你們不去，只差兩個人而已，現在還有時間找替補的人。而且，現在是緊要關頭，練習都來不及了，踢什麼足球？要是受傷了怎麼辦？你們倆最近也太鬆懈了。」

清瀨大概終於受夠最近這種詭異的氣氛了，用前所未見的嚴厲口氣訓斥雙胞胎。阿走不知道怎麼辦才好，開始無意義地上下揮動他拿著筷子的手。

「一天到晚練習練習練習！練這麼多有意義嗎？」

城次重重地把味噌湯碗放到桌上。「那個叫榊的傢伙說的一點都沒錯！跑完箱根驛傳又怎樣，反正春天一到，我們隊員人數就不夠了。」

「就是說啊。」城太也說。「我們全都被灰二哥騙了。每天練得那麼辛苦，跟傻瓜一樣。」

「騙？」清瀨「啪」地放下筷子。「我什麼時候騙過你們了？」

「你忘了你一開始說過，『集結我們十個人的力量，靠運動攻頂』！」城太大吼出來。「但這根本是不可能的事！我都調查過了，以我們的實力，再怎麼拚都贏不了六道大，絕對不可能在箱根驛傳拿第一！」

就是說啊，ＫＩＮＧ像應聲蟲一樣附和雙胞胎。

清瀨聞言，好像想起來了，點了點頭。

「我是說過要一起攻頂這種話。」

「看吧！灰二哥是大騙子！」城次痛罵清瀨。

餐桌旁引起一陣騷動。

「我們真的再怎麼努力，都不可能獲勝嗎？」姆薩小聲問阿走。

「這個……」阿走支支吾吾。

「講白了，就是不可能。大家跑出來的時間是最好的證明。」一向重理論的阿雪，毫不留情地說。

這下可好了。尼古坐在椅子上，大大伸了個懶腰。

「只要看選手的最佳成績，就能輕鬆推測出比賽的狀況，還有哪一隊獲勝機率最大。雖然還是有可能逆轉，但是可能性微乎其微。這大概可以說是長跑無聊的地方吧。」

王子「嗯哼」了一聲，把筷子伸向沙拉。「像棒球、足球、籃球這些團體運動，除非兩隊實力差很大，否則不看到最後，不知道哪一隊會贏……我們跟六道大，真的有差那麼多喔？」

「差得可多了。」阿雪以乎早就分析過所有資料，又一次斬釘截鐵斷言。「六道大的每個正規選手，隨便到哪一所大學去，馬上都能成為主將，這就是他們的實力。而且他們兵多將廣，今天上場跟我們比的，就算是他們沒被選上參加箱根驛傳的跑者，就是所謂的二軍，也很有可能跑出比我們更好的名次。」

「也就是說，六道大集結了所有長跑菁英，而當中的佼佼者，就是我們的對手嗎？」神童問，肩頭氣餒地一垮。

「可是，反過來想，不就表示我們很幸運嗎？」王子嘴裡嚼著生菜說。「六道大的二軍跑那麼快，還不能在箱根驛傳上場咧。反倒是像我們這麼弱的隊，通過預賽的考驗，取得上場的資格。我覺得啦，就算沒辦法拿冠軍，只要能參加箱根驛傳就很值得了。」

「沒拿冠軍，就沒有意義。」城次說。

「這種已經知道結果的比賽，有需要繼續努力下去嗎？」城太抬頭看著天花板。

「這麼想贏，就更不應該去踢足球吧。」阿走一把火上來，緊咬雙胞胎不放。「應該更賣力練習，到上尾參加比賽才對。」

雙胞胎同時展開反擊。

「就算想練，也沒那個心情了。」

「阿走的理想主義又發作了。」

「沒辦法拿冠軍，就不跑是嗎？那我看，你們兩個遲早都會死，乾脆現在就不要活了。」

「話不能這樣講。」

「這是同一件事，一樣的道理。」

「根本天差地遠好不好！你少在那裡講道理，你連什麼是道理都不懂啦。」

「我懂！」

「你懂個屁！你根本是只會跑步的動物。」

「到外面去！」

「去就去！沒在怕的啦！」

「不要鬧了。」清瀨說。

但阿走和雙胞胎都聽不進去，隔著餐桌互瞪，一腳踢開椅子站起身。姆薩拉了拉阿走的襯衫下襬，卻被阿走甩開。這根本就像小孩子吵架，到後來已經忘了為什麼而吵，胡鬧成一團。

阿雪和尼可在一旁偷笑，等著看好戲。

「阿走竟然可以反應這麼快，拿生死來比喻，實在難得。」王子在一旁感嘆。

ＫＩＮＧ的心情雖然是站在雙胞胎這邊，但打架助陣就免了，決定袖手旁觀。

「等一下！你們不要這樣啦！」

葉菜子抬高嗓門，張開手臂死命阻擋眼看就要衝出廚房幹架的阿走和雙胞胎。「大家冷靜一點！比賽當天，搞不好六道大的選手會全體食物中毒也說不定啊，對不對？」

竹青莊的房客們瞪著葉菜子，差點沒昏倒。

「那個機率應該很小……」姆薩婉轉地說。

葉菜子的話沒有任何正面的幫助。

「說到底，我們就是沒辦法憑實力贏過六道大。」神童也嘆了口氣說。

但也幸好有葉菜子，在阿走和雙胞胎的衝突擴大之際跳出來，場面才沒有失控。

「我吃飽了。」

雙胞胎把碗筷放到流理台的水槽裡，轉身就要回房時，清瀨對著他們的背影說：

「我是說過要『一起攻頂』這種話，但我的意思不是要拿冠軍，只是你們一定會覺得我在狡辯……」

「夠了，不用再說了。」城次說，說完兩兄弟逕自上樓去。

那句話聽起來，既像「我們不想再聽清瀨解釋了」，也像「我們不想再吵了，以後也還會跟以前一樣繼續練習」，口氣裡透著一種拒絕和心冷。阿走想拚輸贏的戰鬥心無疾而終，一聲不吭地坐下來。

「那，我也該回去了。」可能是受不了竹青莊裡的凝重氣氛，葉菜子匆忙離席。「謝謝你們的招待。」

「阿走。」清瀨出聲，阻止了準備幫忙收拾餐具的葉菜子。「你送勝田小姐回家吧。」

過去一直都是雙胞胎送菜子回「八百勝」，但今晚看樣子他們兩個是不可能再下樓了。

「你順便去吹吹風，讓腦袋冷靜一下。」

「我自己回去就可以了。」葉菜子婉拒清瀨的好心提議，但阿走應了聲「好」，走到玄關去穿球鞋。

廚房裡，尼古和阿雪交頭接耳八卦起來。

「就阿走和葉菜妹兩個人耶，夜路耶。」

「阿走沒腦充血就不錯了。」

「就是說啊，萬一阿走和雙胞胎又為了搶葉菜子小姐吵起來怎麼辦？」姆薩也怪清瀨。

「不會啦。」清瀨輕描淡寫說。「別看阿走這樣，他可是很重友情的男子漢。」

阿走當然不知道自己成了眾人八卦的男主角，乖乖配合著葉菜子的腳步，往商店街走去。

阿走很少走路。只要是可以走的距離，他都寧願用跑的。不論是到大學上課，還是去商店街買東西，對阿走來說都是跑步的一部分。平時，沿途景物都是從他眼前一閃而過，他很少有機會慢慢欣賞。

跟葉菜子一起走，速度實在太慢了，慢到阿走不知道怎麼消磨時間才好。他開始東張西望起來，一下看看燈光映照下的門牌，一下看看樹枝伸出到馬路上、結實累累的橘子樹。葉菜子披著一件薄外套，圍著顏色有如紫花野木瓜一般的淡紫色圍巾。阿走以前在山裡跑來跑去玩耍時，常常採來吃。它淡淡的糖水味，在舌尖上復甦。

「我有點驚訝呢。」葉菜子說，嘴邊吐出白色的霧氣。

「驚訝什麼？」阿走移開視線，轉頭看她。

「沒想到你們也會吵架囉。」

「當然會吵啊。在這種小公寓裡共同生活，又老是一起跑步。有人洗完澡後沒把小木盆裡的水倒掉、跑完後把脫下來的臭襪子拿起來聞，一堆有的沒的，我們常常為這種事吵架。」

「聞臭襪子？」葉菜子微微笑出來。「誰這麼變態呀？」

城次。可是雙胞胎是葉菜子愛慕的人，阿走實在不想潑她冷水。

「我不能說。」

但這樣一來，葉菜子會不會以為那個變態的人是我？阿走越想越覺得不妥，又沒別的辦法。

「不知道為什麼，我一直以為長跑選手都比較沉默，而且沉得住氣。」

「是嗎？可是像我就很容易發飆，雙胞胎和ＫＩＮＧ也都很毛躁。」

「藏原你已經算成熟了吧。我覺得竹青莊的大家都很穩重，脾氣也好。看來，要每天跑這麼長的距離，果然還是個性上比較能忍的人才行。」

葉菜子踢了一下在路面白線上滾動的小石子。「所以呢，雖然今晚你們吵成那樣讓我有點嚇到，可是我一點也不擔心。反倒是，你們可以那麼快跑完二十公里，還要去參加箱根驛傳，讓我覺得大家好像離我越來越遠了。」

唉，阿走心想，這個女生真的很喜歡雙胞胎。

阿走偷偷伸手摸摸自己的胸口。怎麼回事啊？心臟竟然一陣陣隱隱作痛。就像喝冰的飲料時滲進牙齒那種感覺，讓牙齦發腫、熱熱的、刺刺的那種痛。

他們在公園轉角轉彎，進入商店街。掛在街道兩邊路燈上的假楓葉，迎風搖曳著。大半的店家已經結束一天的營業拉下鐵門。阿走和葉菜子兩人靜靜走在已經沒什麼人的商店街上。

突然，三個看來像高中生的人，從一間鐵門拉下一半的小書店衝出來，肩膀上都斜揹著大運動背包，往祖師谷大藏車站的方向跑去。看店的老婆婆也跟著衝出來。

「小偷！別跑！給我站住。」

老婆婆大叫著追出來，但是她腳上穿著拖鞋，應該跑不過年輕男孩子的腳程吧。她注意到嚇得呆在一旁的阿走和葉菜子後，用期待的眼神看著兩人。

葉菜子突然回過神來。

「藏原，快去抓人！」

「什麼?!我嗎？」

「快點啦！快點！」

三個高中生雖然已經跑到五十多公尺外，但商店街的路很直，還看得到他們的背影。阿走飛也似的追上去。這些高中生大概認定老婆婆不可能追得上，本來已經鬆懈下來、放慢速度，不一會兒後又察覺到阿走的腳步聲在逼近，心想「糟了」，再次拔腿狂奔。

但他們畢竟只是普通人，又揹著很重的包包，三兩下就被阿走追上，成了他的囊中物。阿走一邊跑在他們後頭觀察，一邊心想：「我隨時都可以抓到你們，就看我要不要動手而已。」

不過，他們有三個人，阿走單槍匹馬，就算他直接撲上去逮人，怕會有人趁機落跑，搞不好自己還會挨揍。況且，在這個節骨眼上，牽扯上暴力事件也不太妙。

最好的辦法，是讓他們自己放棄逃跑。阿走做出這個判斷後，竄上前緊跟在他們身後。

「喂，你們三個。」阿走邊跑邊說。

三個高中生驚訝地轉頭一看，趕忙加快腳下的速度。但他們就算跑得再快，對阿走來說也只是比烏龜稍快一點而已。

「按照這樣的速度，我可以輕輕鬆鬆地再追著你們跑上三十公里喔。」

阿走說得臉不紅氣不喘。

其中一個高中生害怕起來。「你到底想怎樣！」

阿走沒有回答他的問題，反而試圖說服這幾個高中生。「所以，我看你們還是放棄吧，去跟書店的老婆婆道歉，請她原諒你們。」

快到車站了。阿走看到站前派出所兩名穿著制服的警察朝他們跑過來。

「站住！」兩名警察大喊，然後用正面環抱的手法，抓住兩名高中生。

阿走見狀，只好伸手抓住剩下的那個高中生的手腕。

「把包包打開。」

三名高中生似乎已經認栽，乖乖照警察的指示去做。運動背包裡是一大堆偷來的漫畫，顯然不是偷來要自己看，而是要偷來賣的。阿走心想，王子看到的話一定會氣到冒煙。

「同學你立功了，跟我們一起來派出所吧。」年輕警察從帽緣下露出笑容說。

「不用了我。」雖然阿走這麼說，但看到警察只有兩個，小偷卻有三個，沒辦法，只好幫忙抓住高中生的手，跟著一起去派出所。

「藏原！」

阿走順著聲音的方向轉頭，看到葉菜子拚命踩著腳踏車追上來，後面還載著書店的老婆婆。看來應該是葉菜子打手機報警，警局再通報派出所來逮人。不過，阿走心想，兩人共乘腳踏車可是要吃罰單的耶。幸好警察都裝作沒看到。

老婆婆走過來向阿走道謝。「聽說你是要去參加箱根驛傳的選手。真是多虧你幫忙了。」

到了派出所後，三名高中生坐上警車，被送到當地分局。因為還要做筆錄，老婆婆也跟著上車。

「你不一起去分局嗎？說不定會頒感謝狀給你喔。」

阿走一聽，嚇得拚命推辭。警察看起來一副覺得很可惜的樣子。最後，阿走連名字也沒留就離開了，葉菜子牽著腳踏車跟了上來。

「藏原，你好帥喔。書店的老婆婆說她因為店裡小偷太多，一直很煩惱。你這樣幫他追小偷，她真的很感謝你。」

阿走低著頭往前走。我根本不是想做什麼好事，只不過跑步剛好是我拿手的而已。今天是因為葉菜子說「快去抓人」，我才去追的。那只是反射動作，跟追飛盤的狗沒什麼兩樣。

葉菜子因為阿走的表現覺得與有榮焉，開心的不得了。他卻開始覺得喘不過氣來。

「是這樣嗎？」阿走終於開口，低聲對葉菜子說。「我也幹過順手牽羊，不覺得那有哪裡好或是哪裡不好。我真的搞不懂。」

阿走感覺得到，葉菜子正驚訝地抬頭看著自己的側臉。

「除了跑步以外，別的事我全都無所謂。肚子餓了就去偷東西吃，火大時就動出手打人。妳剛才說灰二哥他們都很好脾氣又穩重，我跟他們不一樣。雙胞胎說得沒錯，我是只會跑步的……」

「你如果是動物，怎麼會煩惱自己沒辦法分辨善惡呢？」

葉菜子冷靜地說。「藏原，你對自己要求太嚴格了。書店的老婆婆很感謝你，竹青莊的每個人也都很信任你，對你的表現有很高的期待。你應該更相信他們不是嗎？」

這時，「八百勝」蔬果行到了。

「謝謝你送我回來，掰掰。」葉菜子滿臉笑容地揮手道別。阿走看著葉菜子的身影消失在「八百勝」出入用的小門，發現自己像是被她吸引了似的不由自主舉著手，耳朵頓時熱起來。

勝田同學說我應該更相信身邊的人才對。對了，灰二哥以前也跟我說過，「要更相信自己」。到頭來，他們兩人想說的其實是同一件事。

今天又跟雙胞胎吵架了。就像跟東體大的榊，還有高中時的田徑教練一樣，只要跟人家意見不合，他就會感覺全身血液直衝腦門，然後爆發衝突。對阿走來說，跑步是最重要的事，幾乎把自己所有時間都花在跑步上。也因為這樣，在跑步這件事上，只要有人跟他意見相左，阿走就會覺得別人是在否定自己的存在價值，然後就會過度反應。

不能再這樣下去了，阿走心想。憤怒，是他內心怯懦和缺乏自信的寫照。清瀨和葉菜子叫他要「相信」，其實是想叫他「勇敢面對」吧。勇敢面對自己、面對對手。

光只是跑步，不會讓自己變強。我一定要學會控制自己的情緒，要像灰二哥和勝田同學一樣，用言語表達自己內心的想法。阿走下定決心要改變自己。

阿走邁步跑回竹青莊。

隔天下午，《讀賣新聞》社會組記者上門來了。好像是書店的老婆婆為了感謝阿走見義勇為，打電話去報社爆料。《讀賣新聞》認為有利於宣傳箱根驛傳，因此決定報導這則「好人好事」。

「也太厲害了，阿走！」雙胞胎忘了前一天才吵過架，開心地說。

「在書店順手牽羊是一定要斬草除根的重罪！」王子也大大稱讚了阿走的義行。

「虧你難得跟勝田小姐在一起，除了抓小偷之外，就沒別的事好做嗎？」阿雪猛虧阿走。

阿走沒辦法拒絕，只好接受記者的採訪。報導的標題是「箱根驛傳參賽隊伍寬政大學選手奮勇抓賊」，一旁還放了阿走的大頭照。

十一月中旬，當人們開始穿上厚外套，上尾城市半程馬拉松賽也開跑了。

獲邀參賽的大學選手搭乘小型巴士，一一抵達上尾運動公園田徑場。竹青莊的成員還是搭那輛白色廂型車到上尾市參賽，因為胃潰瘍而一直在家療養的房東也一起去了。但他還是一樣不想搭清瀨開的車，葉菜子只好出動「八百勝」的小貨車。

田徑場的外形有如羅馬競技場一樣壯觀，走道上則鋪有塑膠墊，供各大學選手休息和更衣用。運動公園裡搭建了小吃攤，洋溢著祭典一般的歡樂氣氛。觀眾和參賽者聚在公園周圍，現場一片熱鬧滾滾。

房東嘴裡塞滿了剛買來的章魚燒，鼓著臉對竹青莊的成員訓話。

「今天是為了讓大家熟悉路跑的氣氛，才來參加這個比賽，所以大家別太在意速度，不要跑得太辛苦。」

說到這裡，房東瞥了清瀨一眼。清瀨點點頭，好像在說「就是這樣」。

看到房東和清瀨的互動後，阿走恍然大悟，心想：「原來如此。」

房東只是把清瀨的指示轉告阿走他們而已。因為竹青莊房客間的心結未解，清瀨不得不退一步行事。

雙胞胎乖乖跟著大家來到上尾，足球隊那邊好像找到替代他們的人了。即使對清瀨有所不滿，雙胞胎也沒有擺爛丟下大家。就這點來看，他們確實是一對爽朗又忠實的雙胞胎。

上午九點，比賽在田徑場裡正式展開。獲邀參賽的選手就有三百五十人，再加上還有一般市民參加，所以在起跑的槍聲響後，光是等所有跑者越過起跑線，就花了不少時間。

起跑點附近，擠著一大群身上別著號碼布的選手。僅管只穿著運動背心和短褲，這群人也不覺寒意。東體大一行人就站在前面。阿走不時看著榊的後腦杓，但從他的位置看不到他頭上那兩個髮旋。

清瀨提醒王子起跑時該注意的事，以及卡位的技巧。

「首先，要小心別被後面的人推倒了。你不用急著超前，因為跑在跟自己速度差不多的選手後面，可以避開風阻。你也不用考慮衝刺的事，只要死命跟著大家跑、不要單獨落後就好。」

王子乖乖點了點頭。

「難道灰二哥打算讓王子跑一區路段？」阿走猜想。箱根驛傳二十支參賽隊伍的第一棒，會從一區的起點大手町同時起跑，一開始會形成一個集團，最適合不會怯場、懂得邊跑邊觀察周圍其他選手速度的人。

跟箱根驛傳參賽選手的成績水準比起來，王子的速度絕對說不上快。讓他跑一區的這個奇招，真的能奏效嗎？

阿走想著想著，整群人終於開始向前推進。眾人先跑半圈操場，再跑出田徑場到一般的道路上，本來擠成一團的跑者開始散開，變得好跑多了。

沿途經過舊中山道[27]上靜謐的商店街，還點綴著充滿綠意的高爾夫球場與潺潺的河流。天空晴朗無雲，即使體溫逐漸上升，但皮膚還是能感覺到冬天冷風吹來的涼意。

跑在交通管制的道路上，感覺真舒服。阿走很快就找到自己的節奏。沿途住宅區的民眾，都出來替選手加油。在小公園裡玩耍的小朋友，也拚命追著選手跑。

全程共有三個給水站。長桌上排著盛著水的紙杯，由志工遞給選手。但由於不太習慣，取用不是很順手。選手們奔跑的速度，比騎自行車還要快，因此阿走雖然緊貼著路邊跑，但取杯子時的衝擊力，還是讓杯裡的水幾乎灑光了。

即使如此，杯子裡所剩無幾的水，還是讓人覺得透心涼，好喝極了。

就在折返點前，阿走和榊擦身而過。榊看向他，他假裝沒看到。身兼房東的教練（和清瀨），要大家今天別跑得太勉強，慢慢跑就好。既然怎樣都不可能跟榊變成好朋友，就不要理他了，阿走心想。

阿走很仔細地觀察了六道大的選手。他們跑步的姿勢真的很漂亮，但聽說今天來的都是二軍。阿走問了一個差不多同時折返、看來像大一生的六道大學選手。「怎麼沒看到藤岡？」

這個一年級選手雖然被阿走突如其來這一問嚇了一跳，但好像知道阿走的長相和名字。

「一軍選手到昆明進行高地集訓了。」他告訴阿走。

「昆明？」

「在中國啊。」

「哇。」

阿走很驚訝。真不愧是六道大，訓練的規模就是不一樣。不過，去中國不會拉肚子嗎？這實在不像力行養生和自我鍛鍊的藤岡會做的事。

六道大的大一選手先往前跑走了。阿走繼續用想哼歌的好心情跑著，保持一公里三分〇三秒的速度。到中國集訓，藤岡的實力應該會越來越強吧。真想趕快在箱根驛傳跟他碰頭。到底誰跑得比較快，就在那個大舞台上一較高下吧。

回到田徑場抵達終點。由於寬政大故意保留實力，放慢速度，排名不是很好，但已經充分掌握了路跑的氣氛。連速度在十個人裡吊車尾的王子，跑完時也是一臉心滿意足的表情。箱根驛傳的一區路段長度和上尾半馬賽差不多，能夠輕鬆跑完，王子的自信心應該提升了不少。清瀨讓經驗不足的隊員參加半馬賽的策略似乎奏效了。

午餐時間，主辦單位為每所獲邀參賽的學校準備了便當和香蕉。神童和姆薩負責到大會的帳篷去領取，搬了滿滿一箱的香蕉回來。

「這麼多！」城太和城次往箱子裡猛瞧。

「這是很高級的香蕉喔。」葉菜子看到香蕉上貼的標籤。果然是蔬果店的女兒才說得出的評論。

香蕉能讓人迅速補充熱量，可以說是運動後的聖品。正當大家迫不及待地剝皮、一口氣吞下兩三根香蕉時，忽然出現了一名訪客。

男子的年紀大概三十五歲上下，穿著很休閒，看起來跟普通觀眾沒什麼兩樣。

「你們是寬政大學田徑隊嗎？」男子問。城次正在把第三根香蕉送進嘴裡。

「素啊。」城次抬起頭問。「有事嗎？」

「請問藏原同學在嗎？」

話才剛說完，他的視線就落在阿走身上。他應該本來就認得阿走的長相吧。

---

27 中山道是日本江戶時代五條陸上交通路線之一，從現在東京的日本橋出發，經過本州中部內陸的埼玉、群馬、長野、岐阜等縣，到滋賀縣草津市，全長約兩百公里。

「我有點事想請教你。」

阿走站起身，收下男子遞上的名片。上面寫著「真實周刊　望月周二」。

在場所有人，大概都以為這個記者是為了抓小偷事件來採訪阿走。但阿走自己心裡很清楚，這個男人應該是嗅到我的過去才來的。

「你是仙台城西高中畢業的吧。」

望月劈頭就問。清瀨立即臉色大變站起身，但對方眼裡根本沒有他。

「是。」阿走回答。

「前陣子你不是抓到小偷嗎？我看到報紙了。」

望月露出一副相當佩服的樣子，還誇張地挑了挑眉毛。「大家都說你正義感十足，是運動員中的運動員。你好像成了老家的話題人物呢，尤其是在仙台城西高中的田徑隊裡。」

清瀨站到阿走身旁，跟望月對視。「請不要擅自採訪我們的選手。」

「很快就會結束了。」

望月雖然嘿嘿以對傻笑著，眼神卻閃動著銳利的光芒。

「藏原同學，聽說你高二時參加高中校際田徑賽，拿到很好的成績，為什麼一升上高三就退出田徑隊呢？」

「喂你！」清瀨氣極了，但阿走出聲阻止他。

「沒關係的，灰二哥。」沒辦法再逃避了。只要繼續走田徑這條路，這件事就會陰魂不散纏著阿走。當阿走下定決心跟竹青莊的成員一起挑戰箱根驛傳時，就已經對此做好心理準備。

「你不是都調查過了嗎？」阿走說。「因為我揍了教練。」

「教練的鼻梁斷了對吧？而且，你不但拒絕靠田徑成績保送上大學，甚至還退出田徑隊。雖然教練害怕家醜外揚、想關起門來私了，但結果還是紙包不住火。」望月打量著阿走的神情。「你到底有什麼不滿？跟教練之間到底有什麼過節？」

阿走沉默以對。他高中時代的教練，素以絕對的威權管理和斯巴達式的訓練聞名，帶領的田徑隊當然成績顯著提升。因此，他絕對稱得上一個有能力的教練。

但阿走打從入學起，就跟這個教練不對盤，更討厭他開口閉口都只有「速度」這件事。所以，當阿走親眼看到教練在田徑隊辦公室大罵一個因為受傷而很難再上場跑步的一年級生時，簡直氣瘋了。那個一年級生是拿體育獎學金入學的，被迫退出田徑隊的話，就很難在學校待下去了。阿走想不通，為什麼教練明知道那個高一學弟的處境，卻還一直為難他。

不過，他和教練的衝突，或許不全然是因為這件事。事後回想起來，阿走有這種感覺。高一學弟的事可能只是個導火線，引爆他滿腔的憤怒不滿。否則為什麼在揍了教練的那一瞬間，阿走滿腦子裡只有「一切終於可以結束了」這個念頭？

阿走的心裡，沒有半點想替學弟討公道的英雄主義。他也沒想過，這個一年級的學弟，有可能會因為學長替他出頭、動手打教練，而難以在田徑隊上立足。阿走既不是為了伸張正義，也不是為別人著想，訴諸暴力只是為了自我的滿足和一時的快感，為了一掃對教練日積月累的不滿和憤怒。當拳頭感覺到教練鼻梁軟骨斷裂的一剎那，阿走覺得真是痛快極了。

「高中社團活動發生暴力事件，而且還是發生在田徑名校。消息曝光後，因為你沒有否認，仙台城西高中田徑隊只好暫停一切活動。當時的關係人中，不少人對你頗有微詞，包括被打傷的教練，以及因此沒辦法出賽的隊友。」

「你到底想問藏原什麼？」

清瀨插了進來。「就算你說的都是事實，你應該追究的是校方息事寧人的敷衍態度，還有用過度約束與干涉的管理方式、扼殺年輕選手的潛力與才華，還有部分高中田徑隊被成果至上主義把持的問題，不是嗎？」

「你是寬政大的隊長?」

望月品頭論足似地看著清瀨。

「你知道藏原同學曾經發生過暴力事件?那請問你又是怎麼看待他的?」

「他是很有才華的選手,而且那是過去的事了。更重要的是,他對我們所有人來說,是值得信賴的朋友。」

「朋友」這兩個字,撼動了阿走的心。就好像幸福的美夢做了一半,突然被人搖肩膀叫醒一般,他不禁心生一種半夢半醒的浮游感,一種回到現實世界的惋惜感,然後張開眼看到親人臉孔時那種安心感。複雜的情緒湧上阿走的心頭,五味雜陳,讓他不知道該如何承受。阿走覺得不知所措。

清瀨沒注意阿走的心情變化,面對著望月,一點也不肯讓步。

「請回吧。要採訪寬政大,請透過我們的公關人員。」

公關?在後頭靜觀事情發展的竹青莊眾人間出現一陣騷動。

「這裡。」神童和葉菜子舉手說。「我們就是公關。」

「我們拒絕你的採訪。」神童說。

「就這樣。決定了。」KING跟著點頭。

房東悶聲不吭地吃他的便當。完全看不出他是否覺得事態嚴重,還是覺得有趣。他這種滿不在乎的個性實在讓人摸不透。

「都是你,害香蕉變難吃了。」

尼古眼神充滿責備。望月露出苦笑。

「那,我再問最後一個問題就好。藏原同學,你這次參加箱根驛傳,有沒有什麼話要對你高中的田徑教練說?像是『你活該』之類的,什麼都可以。」

「沒有。」

阿走搖搖頭。他無意道歉，當然更沒有「就算沒你的庇蔭，只要有實力，我還是可以在田徑場上出人頭地」這種自大的想法。

「我很後悔。我氣自己那個時候除了打人，想不到其他的解決方法。只有這樣而已。」

隔周出刊的《真實周刊》裡，刊登了一篇標題為「高中運動界質變?!」的報導，用「一再發生的不幸事件內幕……」這種聳動字眼，把經常出賽甲子園的學校、足球名校，以及仙台城西高中田徑隊的紛紛擾擾一併寫了進去。

報導裡寫著：「日前因為抓到小偷而引發話題的K先生，明年一月將在箱根驛傳中登場，可謂田徑界的明日之星，最近卻出現了K先生過去曾涉及暴力事件的傳聞。仙台J高中的田徑隊教練以『這件事已經是過去式……』為由，不願發表意見。」

就算不是田徑界的人，也能輕易猜到K先生就是寬政大的藏原走。

「這分明就是那個教練自己放的消息嘛。」城次怒摔雜誌。

「別放在心上。」姆薩安慰阿走說。

清瀨和神童忙著向學校和後援會解釋並商討對應方法。而且，好像連房東都忙著到處低頭道歉：

「抱歉驚動大家了。」

阿走知道以後很過意不去，教練卻大剌剌地對阿走說：

「跟我道什麼歉？我這個教練可不是當好玩的！」

因為清瀨堅持貫徹保護阿走的態度，竹青莊附近還算平靜。儘管這個報導引起的效應終究會慢慢平息，但它畢竟還是給大家造成困擾了。

竹青莊眾人對阿走的態度跟以前沒什麼不同。為了報答大家的好意，我一定要在箱根跑出好成績。抱著這樣的心情，阿走默默地加強練習。

那天晚上，清瀨要跟大家說明箱根驛傳的比賽規則，順便大家一起喝兩杯。練習和慢跑結束後，眾人陸陸續續到雙胞胎的房間集合。

清瀨練習完後就不見人影，不知道去哪裡了。負責煮飯的尼古和城太，大概正在廚房裡準備小山一樣的下酒菜。阿走步出雙胞胎的房間，打算下樓幫忙，這時手機突然響起。他看了來電顯示的號碼。是仙台家裡打來的。

阿走到東京後，父母還沒跟他聯絡過，他也只寄了明信片，告訴他們竹青莊的地址。阿走的父母會把學費和最低限度的生活費，匯到他的銀行戶頭裡。對他來說，這樣就很好了。阿走的父母一直希望他以田徑成績保送大學。對這個品行端正的田徑選手兒子，他們曾經有很深的期待。

阿走按下通話鍵，耳邊傳來母親令人懷念的聲音。「阿走？」

「嗯。」

「你啊，怎麼上了雜誌呢？我們不是告訴過你，凡事要低調一點，不要再惹事了嗎？你爸爸很生氣喔。你有在聽嗎？」

「有。對不起。」

「我們還住在這裡，你也要替我們想一想，知道嗎？」

「好。」

「過年時要回來嗎？」

「我要去箱根比賽，應該沒空回去。」

「這樣啊。」

母親的聲音，聽起來明顯鬆了口氣。「那好吧，好好照顧自己。」

掛掉電話後，阿走還拿著電話，恍神似的呆呆在樓梯上站了一會兒，過了很久才發現阿雪正站在玄關。

「啊，不好意思。」阿雪說。「我不是有意在這裡偷聽。」

阿雪手上提著下北澤一家唱片行的袋子。無論有多忙，阿雪的生活裡還是不能沒有音樂。

「沒關係。」阿走說，走下樓梯，跟阿雪一起站在走廊上。

「家裡打來的？」

「是啊，我太招搖了，惹他們生氣了。」

「誰教你是當紅炸子雞。」阿雪笑道。

所有人當中，只有阿雪學長沒把那些採訪放在眼裡。如果是他，跟他說應該沒關係。很想找個人吐吐心中苦水的阿走，故作輕鬆地打開話匣子。

「我跟父母處得不是很好。」

阿雪沉默了一下。

「是嗎……其實我也是。」阿雪說。「我家的情況是所謂的保護過度。我老媽再婚，對方人不錯。我還有個小我很多的妹妹，她也不是不可愛……但總之要我多替現在這個家著想，對我來說是件很煩人的事。老實說，其實是我不想跟他們太親近吧。」

「你妹幾歲？」

「五歲。」

「那不就比阿雪學長你小十五歲?!」

「就是啊。我老媽還滿拚的。」

阿雪一副有點無奈的樣子，用手指推了一下眼鏡。

「家家有本難念的經。總之，家人之間，最好不要對彼此有太多期待，就算關心也要保持適當的距離。」

阿雪似乎是在給阿走忠告，跟著就往自己房間走去。阿走應了聲「好」，繼續往水聲嘩啦嘩啦又不時加入鍋子落地噹啷聲的廚房走去。這時，阿雪忽然折回走廊。

「對了，阿走。」他在走廊的角落招手，示意阿走過去一下。「我剛才回來的時候，在成城的車站看到灰二。」

應該是去買東西吧。成城是快車停靠的大站，阿走他們不常去，平常比較常去東西五花八門、也比較平價的祖師谷大藏車站。

「那傢伙，走進車站前的一家整形外科診所。」

阿走心頭一驚，想到清瀨右小腿上的那道舊傷疤。預賽結束後，他看起來是那麼不舒服……但繁重的練習和這次採訪引起的騷動，讓阿走完全忘了這件事。

「田徑選手運動傷害的問題，我不是很懂……」阿雪皺著眉頭。「該不會，灰二的傷還沒有痊癒？」

不論哪一種運動，頂尖選手的身上難免都有一些傷，田徑也不例外。嚴格的訓練經常伴隨著受傷的風險，而身體它越是鍛鍊，就會變得越敏銳、敏感。

「他去看醫生也好，因為醫生一定會叫他不要亂來，我反而比較安心……」

「但是他會聽醫生的話嗎？尤其在這個節骨眼上。」

說的也是。清瀨去看醫生這件事情，真的不太對勁。難道那時候的不舒服已經痛得讓他受不了？他去看醫生大概只是為了拿止痛藥，至於醫生的忠告，八成會當成耳邊風。

「知道了。我會找機會問問灰二哥。」阿走跟阿雪保證。

清瀨不知道什麼時候回到了竹青莊。阿走在他身邊繞來繞去聞來聞去，想確認有沒有藥用貼布的味道，卻沒找到半點蛛絲馬跡。

「怪人。」阿走的舉止只換來清瀨這麼一句。

清瀨到雙胞胎的房間裡和大家碰頭。「最近這段時間，發生了很多事，但是大家別放在心上，讓我們用跑步來回答外界所有的疑慮。」

「灰二哥，叫你男子漢啦！」

「『你找我們家藏原做什麼？』」

兩杯酒下肚，雙胞胎就開始鬧場。《真實周刊》記者找上門的事，似乎讓清瀨又重新取得雙胞胎的信任。

「十一月快結束了，箱根驛傳就在眼前，我們沒剩多少時間了。」清瀨無視雙胞胎的胡鬧繼續說下去。「從現在開始，健康管理變得越來越重要，一定要小心，千萬不要在最後的緊要關頭出現運動傷害。」

一聽到運動傷害，阿走不禁和阿雪交換一下眼神。

「阿走，你跟大家說明一下箱根驛傳的比賽規則。」

被清瀨徵召，阿走只能把擔心清瀨傷勢一事先拋到腦後。圍坐成一圈的竹青莊成員把視線集中在阿走身上。

「首先，十二月十日前，每一隊要向主辦單位提出最多十六人的參賽選手名單。」阿走開始說明。「這個時候還不用決定誰負責跑哪個區間。接下來，十二月二十九日前，各校必須登錄區間選手名單，十六人也要減為十四人，而且要從其中選出十個人，確定他們各自負責哪個區間，把名單交給大會，多出來的四人就是替補選手。比賽當天，大會也接受變更區間名單，在去程和回程起跑前一小時公布最後的跑者名單。但是，選手一旦從某個區間的名單上剔除後，就不能再登錄跑其他區間。」

「什麼意思啊，我聽得霧煞煞。」城太問。

阿走想了一下，用比較淺顯的方式再解釋一次。

「比如說，六道大的藤岡，在十二月二十九日交出的名單，登錄為跑二區的選手。比賽當天如果要變更名單，藤岡就不能換去跑五區。萬一藤岡在箱根驛傳的第一天身體不舒服，只能從替補的四個人當中，選一個遞補上來跑二區，即使第二天藤岡康復了，也不能上場。」

「原來如此。」姆薩點點頭。「相反的，如果二十九日時，藤岡先排到候補名單上的話，想也知道六道大學在比賽當天一定會更改名單。」

「沒錯。」清瀨說。「把實力堅強的選手列到候補名單中，如果不是考量身體狀況，就是要在比賽當天拿來當作祕密武器，改放在重要區間。通常二十九日的名單公布後，各大學多半都還會調整戰略，一邊猜想對手葫蘆裡賣什麼藥，一邊擬定比賽策略。」

「意思是，一直到比賽之前都不能大意囉。」ＫＩＮＧ似乎有點洩氣。「不過，我們只有十個人，這些規定跟我們一點關係都沒有吧？根本不用在那裡爾虞我詐。」

「的確。我們二十九日提交區間選手名單後，等於提前亮出底牌。」

阿走看著清瀨，覺得很不安。寬政大學沒有替補選手，名單一旦交出去，就不能再更改了。關於這一點，不知道清瀨心裡是怎麼打算的。

「選手不足的問題，也不只我們才有。」清瀨沉著以對。「當天變更名單其實有利有弊。畢竟，跑者突然被叫上場，也不見得就能跑好。現在也有很多學校，非到緊要關頭，不輕易變更名單。反正，既然知道大家都會針對初次名單調整戰略，不如盡早決定自己跑那一區比較好，這樣心裡也有個底。」

「所以你已經決定每個人跑哪個區間了？」阿雪問。

「嗯。」清瀨回答，坐直身子。「當然，如果大家有不同的想法，還可以討論。但是現階段來說，我覺得這是最好的安排。」

清瀨從運動褲口袋中掏出一張紙，在大家的面前攤開。所有人把身體往前一探，然後驚呼聲四起。

箱根去程（第一天）

一區	大手町～鶴見	王子
二區	鶴見～戸塚	姆薩
三區	戸塚～平塚	城太
四區	平塚～小田原	城次
五區	小田原～箱根	神童

箱根回程（第二天）

六區	箱根～小田原	阿雪
七區	小田原～平塚	尼古
八區	平塚～戸塚	KING
九區	戸塚～鶴見	阿走
十區	鶴見～大手町	清瀨

「我跑二區？不可能啦。」姆薩開始渾身發抖。「二區是強棒跑的吧？為什麼不是阿走？」

「王子跑一區？還真是大膽……」城次不解地歪著頭，語帶保留地說。

「一開始就跑輸怎麼辦？」連當事人王子也喃喃說道。

阿走看著這分區間陣容表，馬上了解清瀨的意圖。灰二哥是要把勝負都賭在後半段。很顯然，他是認真想要取得種子學校的資格。不，如果比賽照著灰二哥的計畫進行，這不只是想拿到種子權而已。從這個配置來看，拿到好名次才是灰二哥真正的企圖……！

明明是一個明年就會面臨存亡危機的小社團。明明是一堆門外漢在硬撐，好不容易才走到今天。

但是清瀨不知道什麼是放棄，永遠向前看，給大家帶來夢想和目標，堅定地領導竹青莊的每個人，追求跑步的最高境界，朝著結合個人競技與團體競技的終極目標——箱根驛傳的頂點前進。

阿走從這份名單中感受到清瀨的真心，不禁握緊了拳頭，因為如果不這麼做，他可能會興奮地跳起來、像隻野獸一樣大吼大叫。

「一區一定要王子來跑。」清瀨溫柔地說明。「可能是你對三度空間的事沒興趣，紀錄賽和預賽都不知道怕。所以，你最適合跑眾所矚目的一區。雖然你跑得非常慢，但是不管多辛苦的練習，你都撐下來了。所以，就算賽況再激烈，你也一定可以堅持到底。」

沒禮貌，怎麼又不小心說真話了呢？阿走心想。但是，清瀨對王子的期待，絕無半點虛假。王子一定也感受到清瀨的真誠了，雙眼閃閃發光。

「可是，最近這幾年，一區的選手一開始都跑很快。」蒐集許多資料的阿雪提出他的質疑。「這次的比賽，速度應該也是各大學挑選一區選手的重要考量吧？」

「但他們也有可能採取相反的策略，一開始先慢慢跑。我就是要在這裡賭一把。」清瀨很爽快地承認。「就算王子落後很多，畢竟也只是一區而已，我們還是可以追回來。所以，從二區到四區，我都安排了實力堅強的隊員。上坡的五區，除了神童，應該沒有其他人能勝任吧？姆薩和雙胞胎三個人，一定可以順利把接力帶傳下去。」

「要我跑強棒如雲的二區，這個擔子實在太重了。」姆薩似乎還是不能接受。

「阿走，你覺得呢？」清瀨突然問起阿走的意見。「姆薩好像希望你來跑二區。」

「我覺得姆薩很適合跑二區。」阿走肯定地回答。「練習時，不管壓力多大，姆薩都頂得住。雖然沒有長跑的經驗，但是現在他十公里都能跑出二十九分鐘出頭的好成績。而且，我自己也經常受到姆薩的鼓勵。」

姆薩的拚勁、人品，跟所有選手比起來，一點也不遜色。他是強將中的強將。

「阿走，你太過獎了啦。」

姆薩覺得很不好意思，但全體一致通過，由姆薩來跑二區。

雙胞胎負責三區和四區，沒人提出異議，當事人自己也興致高昂。

「三區的路段，是沿著海邊跑對吧？風景美的咧。」城太說。

「我可以在小田原買魚糕嗎？」城次又玩起來了。

五區的神童當然也沒問題。麻煩的是跑六區下坡路段的阿雪。

「為什麼我跑六區？」阿雪要清瀨解釋清楚。

「之前試跑的時候，你的姿勢很穩。一般人跑那麼陡的下坡路，身體一定會前傾，屁股一定會翹起來。」清瀨看一眼盤腿而坐的阿雪。「而且你……腿很粗。」

「你說什麼?!」

「不要誤會，我這是在稱讚你。總之就是，腿部和腰部不夠力的人沒辦法跑六區。」

「反正我除了粗壯以外，沒別的長處就是了。照你這麼說，要是我受傷了怎麼辦？」

「那也沒什麼大不了吧。你都已經通過司法考試了，而且畢業以後，你應該也沒什麼機會跑田徑了。」

「喂喂喂，這麼說太不負責任、也太殘忍了吧……」尼古脫口而出，替阿雪抱不平，當事人卻出人意料的平靜。

「這麼說也沒錯啦。」阿雪接受了清瀨的說法。

只要有理，不管多冷酷無情的意見，阿雪都能聽進去。清瀨充分掌握了阿雪的個性，才會使出這一招。清瀨如此高明的的人性操縱術，再次讓阿走心生敬畏

「七區是尼古學長，八區是ＫＩＮＧ。」清瀨繼續說。「回程來到這裡，選手間的差距會拉大，我覺得應該大半時間都是一個人獨跑的狀況，往前往後都看不到其他隊伍的選手。也就是說，尼古學

長和KING你們兩人，既不能急躁，也不能大意，要確實掌握自己的速度和節奏。種子權的競爭，到這裡只會越來越激烈。這兩個區間是雖然比較單調，卻很重要的路段。」

「我們要爭取種子權？」城次戰戰兢兢地問。

「當然。」清瀨斬釘截鐵回答。

「接下來，回程的二區，就是九區，也是你們口中『回程的強棒路段』，由阿走來跑。至於最後一棒的十區，就由我來跑。是我提議參加箱根驛傳、把你們大家都拖下水的，就讓我來畫下句點吧。」

清瀨輕描淡寫地說明阿走和他自己的任務，但阿走可以充分感受到清瀨對箱根驛傳投注的情感與執著。九區和十區，無論如何都一定要好好跑。

阿走看著清瀨，清瀨只點了點頭，什麼話也沒說。

「以上。有什麼問題或意見嗎？」

沒有人舉手。在清瀨堅定的信念影響下，箱根驛傳逐漸在大家的腦海中變得具體，每個人心中都充滿了鬥志。

「很好。記住，在二十九日的區段名單公布前，剛剛說的這些都不能講出去。希望大家各自進行模擬訓練，好好研究自己負責的路段該怎麼跑。」

語畢，清瀨拿起他的酒杯邀大家舉杯。

「我們絕對沒問題的，雙胞胎。」

被清瀨點到名，城太和城次兩人抬起頭來。

「我會讓你們看到頂點的，不對，應該說，我們一起來享受站上頂點那種滋味。大家拭目以待。」

清瀨露出毫無所懼、王者一般的微笑。

趁大家喝得酒酣耳熱時，阿走悄悄湊到清瀨身邊。

「灰二哥，你的腳怎麼了嗎？」

「為什麼這麼問？」

清瀨一邊不動聲色地反問，一邊幫自己倒酒。阿走聞言一時語塞。清瀨雖然一副沒事的樣子，但阿走心裡的疑惑還是揮之不去。

灰二哥跟阿雪學長說「畢業以後，你應該也沒什麼機會跑田徑了」，這句話會不會其實是在說他自己？你是不是早就下定決心要在箱根驛傳放手一搏，就算以後再也無法跑步也不足惜？

阿走光是想像，就覺得害怕。不能再跑步，對阿走來說，跟死了沒兩樣。對清瀨來說，一定也是這樣。即使如此，清瀨還是對他說：「你什麼都不用擔心。我沒事。」

清瀨一笑。「來，阿走你也一起喝吧。」

阿走不發一語，不安地一口氣乾掉清瀨替他倒的酒。清瀨身上披著一件袖口綻線的棉襖。再過不久，竹青莊的十名房客就一起度過這一整年的春夏秋冬了。

阿走想起遇到清瀨的那個晚上。一切都是從那天晚上開始的。

他的心中突然萌生一種既像懷念又像期待已久的奇妙感受。

時序進入十二月，竹青莊的成員繼續專心地練習。所有人都留在破爛公寓裡，迎接一個安靜的新年。

除夕那天晚上，所有人一起到附近的神社敲鐘祈福。初一那天，一起吃了清瀨煮的年糕湯。

儘管緊張的氣氛在節節高漲，大家的心情卻很好。因為他們知道自己不是一個人。大家都有一種感覺，只要待在竹青莊，就能夠永遠一起練習，一起生活。

在跨步跑出第一步之前，自己都不是孤單的。

不論是起跑的時候，還是跑完之後，永遠永遠都有夥伴在那裡等著我。

驛傳，就是這樣的一個比賽。

終於，一月二日到來。

箱根驛傳正式展開。

那是十個人奮戰一整年後的終點，同時也是這十個將在箱根驛傳留名的人，最初也是最後一場激戰的起點。

第九章 奔向彼方

一月二日，上午七點四十五分。

東京往返箱根大學驛傳賽事，將於十五分鐘後登場。

開始前二十分鐘點完名後，王子再度朝地鐵出入口走去。這天上午如果時間再早一點，還可以在地面的人行道上慢跑來放鬆一下身體，但現在已經不可能這麼做了。因為大批民眾為了目睹箱根驛傳鳴槍起跑的瞬間，已經將位於東京大手町[28]的《讀賣新聞》東京總公司大樓前方擠得水洩不通。

從《讀賣新聞》總公司大樓開始，沿著皇居內的護城河，一直到和田倉門[29]附近的所有人行道，都被各大學的啦啦隊、工作人員，以及歡欣迎接新年的驛傳迷占據了，形成一道又一道人牆。加油太鼓聲和各大學校歌響徹雲霄，大樓間的冷風吹揚起色彩豐富的旗幟。現場氣氛高昂，人聲鼎沸。

「你要去哪裡？」

負責陪伴一區選手的清瀨叫住王子。「你應該已經暖過身了吧？不要在比賽前把自己搞得太累。」

「話是沒錯，但是我現在不跑跑總覺得心裡不安。」王子原地踏步說。「還有，我也沒想到觀眾竟然這麼多。」

沒想到竟然會有這麼一天，從王子口中聽到「不跑跑心裡會不安」這種話。

28 位於東京都千代田區東部，從前為江戶城大手門的門前，故名之。連接丸之內北方，構成日本國內最大商店街。

29 面向江戶城東側外濠的城門。元和六年建造，位於馬場先門北方。

「你已經做好充分的練習準備，沒問題的。有沒有先去上廁所？」清瀨露出笑容安慰他。

「去過好幾次啦。」

《讀賣新聞》為選手和工作人員開放大樓側門，讓他們借用廁所，或是在休息室裡更衣。「每次去，裡面永遠擠滿了跑一區的選手。」

「這表示不是只有你會緊張，所以別太擔心了。」

為了不讓身體被大樓間隙的寒風吹冷，清瀨帶著王子來到報社大樓後方。那裡人比較少，兩人並肩輕鬆地慢跑。

大樓的牆上，貼著上午七點公布的最後出賽名單。

「六道大沒有派藤岡跑二區耶。」

王子歪著頭，露出不可思議的表情說道。在這之前，六道大把藤岡放入區間參賽候補名單。藤岡身為主將，是六道大最具實力的跑者，賽前也沒有他受傷的傳聞，不知道是不是臨時身體不舒服。今天上午最受各大學矚目的去程最終出賽名單上，竟然也沒看到藤岡的名字。

「可能是想把他放在九區或十區吧。」清瀨這麼說。

看來六道大對賽況做了非常謹慎的評估。要說有機會在本次大會中阻止六道大連霸的對手，就屬房總大呼聲最高。從房總大提出的區間選手名單配置來看，他們打算在去程就決定勝負的企圖可謂一目瞭然。

面對房總大精銳盡出的戰術，就算是實力堅強的六道大，恐怕在去程也將面臨一場嚴厲的苦戰。或許六道大的戰術就是把去程優勝拱手讓給房總大，致力於取得回程優勝，以及往返時間合計的總優勝。六道大一定會依照抵達蘆之湖的名次，以及和房總大的時間差，來決定回程在哪個區間派藤岡應戰。

「你現在先別管六道大了。」

清瀨伸手輕輕按住王子的雙肩。「我們差不多該回起跑點了。我跟你說過的話，你還記得吧？」

「嗯。」

王子用力點點頭，脫下長度及膝的防寒大衣，露出寬政大黑銀相間的隊服，一旁的觀眾紛紛自動為他讓出一條路。

現在已經顧不得天氣有多冷了。王子身為第一棒，左肩斜掛著一條黑底、繡有銀色「寬政大學」字樣的接力帶。那是泥水匠的老婆在大家通過預賽後，為他們一針一線繡出來的。

王子的手指輕拂著這條珍貴的接力帶。在他們十人的齊心協力下，明天這條接力帶將再次回到這裡。絕對不能讓傳遞接力帶的工作在半途中斷。

為了不影響跑步，清瀨著手調整接力帶長度，將過長的部分塞進王子的短褲裡，夾在腰間鬆緊帶下。

「王子，到今天為止，一直勉強你陪著我們拚這一場，不好意思吶。」清瀨說。

這時各校啦啦隊吹奏出更響亮的樂聲。主辦單位的工作人員大聲喚著：「請參賽選手到起跑線就位。」

「灰二哥，我不想聽到這種話喔。」王子笑著說。「在鶴見等我吧。」

王子將防寒大衣交給灰二，與其他十九名負責跑一區的選手，一齊站到起跑線上。

東京大手町，上午八點。天氣晴。氣溫一・三度，濕度八十八％。西北風，風速一・一公尺。

這一刻，現在一片鴉雀無聲。起跑槍聲響起。

王子邁開步伐。不用回頭。因為這是寬政大學第一次參加箱根驛傳，只有沿著這條路向前跑，才能寫下屬於他們的故事。

賽況正如清瀨所預料，以較慢的步調展開。眾選手望著左手邊的東京車站，一邊跑過和田倉門。

觀眾發出的歡聲雷動與大樓間隙吹出的風，都被拋向後方。選手群維持著一橫列，踏著微濕的路面前進。每公里三分〇七秒，這樣的速度王子也跟得上。

或許是路面過於寬廣，讓人產生不管再怎麼跑、好像都沒怎麼前進的錯覺。每個人都在默默留意，看誰會率先衝出。現場瀰漫著一股相互觀察、牽制的氛圍。王子在心中默默祈求：「保持這種速度慢慢跑吧！」

從大樓間吹出的風，讓選手的體感溫度低於實際氣溫。王子想起清瀨對他說過的話，緊跟在帝東大那名體格較壯碩的選手後面。完全別想取得領先，以免浪費體力。因為他的速度原本就不夠快，這麼做只會使他更處於劣勢。王子只需要確保自己跑在風壓較低的好位置、一心一意跟上選手群的腳步就好。

從芝五丁目[30]的十字路口進入第一京濱[31]時，選手群的速度依舊幾乎沒有改變。跑完五公里費時十五分三十秒。

各大學的教練坐在教練車裡，跟隨在選手後方。主辦單位規定在開始與最後一公里，以及每五公里處，允許教練用擴音器向選手喊話。不過，一直到通過第一個五公里時，都不見任何教練向選手下達指示，而他們越是不輕易出聲，選手群就越充滿緊張感。

雖然六道大與房總大的選手在爭奪主導權，但他們只要一稍微加速，整個集團就會再次跟上。一區的總長為二十一・三公里，而且箱根驛傳才剛開始，要是在這裡出任何差錯，勢必會對後續區間的跑者造成困擾。這種沒辦法放手去跑的心態，在選手群中形成一道無形的旋渦。

王子完全忘了前導車與電視台攝影機的存在，只是一股腦兒地奔跑，臉上裝出輕鬆自若的神情，拚命向前進。

這時清瀨從東京車站搭上ＪＲ[32]到達品川，正要轉乘京濱特快車。他抱著王子的防寒大衣，塞上耳機聽轉播。電視台的播報聲傳入耳中，當他得知跑者集團尚未拆解時，忍不住輕喊了聲：「太好了！」周遭乘客的目光紛紛投向他，但他一點都不在意。
電視台的播報員與解說員，語帶不解地討論起進展緩慢的賽況。
「比賽進行到現在，選手們好像沒什麼變化呢。」
「我覺得有實力的選手，應該更積極地以刷新紀錄為目標來跑比較好。」
「少在那邊說風涼話！」
清瀨不禁咒罵出聲。他就是希望每個人都放慢速度來跑，不要有人加快腳步。最好整個跑者集團就這麼維持著現狀。
這時清瀨的手機響起。一看來電顯示，發現是教練車上的房東打來的，清瀨急忙按下通話鍵。
「灰二，怎麼辦啊？」
房東不疾不徐地問。
「什麼怎麼辦？」
「再過不久就十公里了，我該跟王子說什麼好呢？」
「他看起來很難受嗎？」
清瀨緊緊握住手機。
「沒有吧。剛才經過八山橋，他還是黏著緊緊的，而且整個集團還保持著一橫線。」
「這樣的話，什麼都不用說吧。」
八山橋再過去一點就是八公里處，選手們要跑過一座高架鐵路，所以會有一段不算陡的上下坡。
他們如果是成一橫列的隊形通過這裡，接下來一直到這區的最大難關六鄉橋前，應該都還是會維持原

30 「芝」為東京者港區的都市名，「五丁目」為日本地方行政區域畫分名稱。
31 全名為國道十五號第一京濱道路，指國道十五號線新橋之後的路線，過去為國道一號，故稱之。
32 日本國有鐵路於一九八七年民營化後，切割為六家旅客鐵道公司及一家貨運鐵道公司的統一略稱。

狀。

王子，撐下去啊！清瀨在心裡對他喊話。

「可是我坐在這車裡卻什麼話都不說，哪像個教練？」

房東似乎覺得無聊了。「好像我只是一路坐車到箱根去兜風喔。」

「你只要擺出教練的樣子跟著他就好。要是他一副很痛苦的樣子，就鼓勵他一下。」

「怎麼鼓勵？不要叫我唱校歌喔，我可是五音不全。」

「什麼時代了，哪還有教練會唱校歌來鼓勵選手！」

清瀨嘆口氣繼續說：「不然，麻煩你幫我傳話給他，就說『清瀨有話跟你說，所以你就算用爬的也要爬到鶴見』！」

這段話傳到王子耳中時，賽程已經進行到十五公里處。教練車上的房東手握擴音器，用嘶啞的聲音吼出來。

有話跟我說？我倒要聽聽他想說什麼！

雖然呼吸越來越痛苦，但王子因此再度燃起鬥志。他不但在給水站成功接到水，還從田徑社短跑部隊員那裡取得「這一公里，正好三分鐘整」的情報。這代表選手們開始加速了。決勝負的關鍵，果然是十七・八公里處的六鄉橋。

其實，在經過十二公里處時，賽況曾經差點出現變化。歐亞大選手率先衝出，跑者集團差點就要拉長成一縱隊。但六道大與房總大的選手立刻跟上，其他人也像受到牽引般地追上前。結果在那裡沒有任何人被甩落。

這麼一來，六鄉橋成了決戰點。眾選手間有著相同的默契，都知道對方心裡在想什麼。

六鄉橋橫跨多摩川[33]，是一座全長四百四十六・三八公尺的大橋。上橋前有一段銜接橋面的上坡，下橋後也有一段下坡路。對於已經跑了將近二十公里的選手來說，這樣的上下坡路面是對體力的一大考驗。

一進入六鄉橋的上坡道，王子立刻感覺腳步變得更沉重了。跑在斜傾的路面上，竟然可以這麼痛苦。王子氣喘吁吁地揮動雙臂，使盡吃奶的力氣把身體向前推。

這時，集團的節奏開始發生變化。實力堅強的選手，突然屏住呼吸。那一瞬間，王子有種「風雨欲來」的預感。果然，橫濱大的選手隨即往前衝出，房總大、六道大的選手也緊追而上。

原本一直跑在一起的選手群轉眼間散落，形成一列縱隊。這些人，怎麼還這麼有精神啊？王子神情茫然地想著，眼睜睜看著前方領先的選手，與落後的集團逐漸拉開距離。就算他想跟上去，也心有餘而力不足。來到六鄉橋的下坡時，前頭領先的選手更趁勢加快速度。

「不要慌。只要到六鄉橋為止都沒落後，最後的時間就不會差太多。接下來，你只要想著照自己的節奏跑到最後就好。」

王子這時想起清瀨在開跑前給他的指示。

對啊，我才剛開始練田徑，根本就不用管別人跑多快。我現在能做的，只有盡全力去跑。

從領先選手的背影推算，他已經跟他們差了有一百公尺左右。但王子沒有放棄，也沒有因此而悲觀，只是咬緊牙關繼續跑著。

慢著，才剛開始練練田徑……？我是怎麼了？難不成我還想繼續練下去?!明明是硬被拖下水的，而且還吃了那麼多苦頭。

王子張大口以吸入更多氧氣，吐氣時臉上帶著微笑。

輕柔溫暖的朝陽，從前方照耀著他。

33　全長一三八公里，源頭在山梨縣東北部秩父山地的笠取山，往東南流經東京都及神奈川縣後注入東京灣。下游稱為六鄉川，上游為東京都上水道的水源，在奧多摩以美景著稱。

場景轉到鶴見中繼站。阿走和姆薩擠在一起，屏氣凝神地看著攜帶型小電視的液晶畫面。那是商店街電器行免費借他們用的。

「不妙！王子被甩到後面去了。」

姆薩難過地說。他緊盯著阿走手中的電視，希望盡可能多看一眼逐漸消失在畫面中的王子。

「但是他跟領先的選手應該差距不會很大。」

「姆薩，在二區把落後的差距追回來。」阿走抬起頭來，眼中彷彿還烙印著王子的英姿。

「好！我會努力的。」

一區的跑者不久後會開始陸續抵達鶴見中繼站。姆薩脫去頭上的毛線帽、取下圍巾。這時的氣溫是三・三度，幾乎沒有風，而且天氣晴朗，對姆薩來說卻是酷寒。問過阿走的意見後，姆薩決定戴上保護手腕到上臂的臂套來保暖。等一下覺得熱的時候可以把它脫掉，只穿隊服繼續比賽。

「有沒有攝取足夠的水分？天氣雖然冷，但如果跑到一半出現脫水症狀就麻煩了。」

「再喝下去，我可能會跑到半途忍不住放尿喔。」姆薩笑著說。

相處這麼久了，這還是阿走頭一次聽到姆薩用到「放尿」這種俗語。

「講這種話很不像你耶。」阿走笑道。

這時，阿走手上那台小電視，傳出播報員與解說員的聲音。

「各大學都在二區投入王牌或王牌級選手。這二十個選手中，竟然有十一人可以用二十八分多跑完一萬公尺。而且，有四個留學生在這裡登場。」

「他們分別是房總大的馬納斯選手、甲府學院大的伊旺奇選手、西京大的傑摩選手，以及寬政大的姆薩選手。」

聽到姆薩的名字，兩人趕緊看向電視。看到自己的身影出現在畫面中，姆薩嚇了一跳、四處張望。電視台的工作人員，不知什麼時候來到他們身後。姆薩對著攝影機，露出尷尬的微笑。

「寬政大的姆薩選手，跟其他人有點不一樣。他是理工學系的公費留學生，聽說到去年春天為止，從來沒有長跑經驗。寬政大只有十名選手就來挑戰箱根驛傳，而且大部分選手沒有田徑經驗。」

「他們竟然能過關斬將闖到這裡，令人不敢置信。真的非常厲害。」

電視畫面切換到攝影棚內，解說員不停點頭讚許。「我想他們應該經過一番辛苦的練習。」

「寬政大是很有自己風格的一支隊伍。首度參加箱根驛傳，他們會有什麼樣的表現呢？讓我們拭目以待。」

進入廣告，電視台工作人員也離開了。姆薩看到轉播節目介紹到自己，開始越來越緊張。不行！得想辦法別讓他受影響！阿走心想。

這時阿走的手機響起。是神童從五區的小田原中繼站打來的。阿走按下通話鍵後，立即把手機交給姆薩。

「姆薩，你上電視了耶。」

神童這麼說，聲音非常濃濁不清。

「你感冒有沒有好一點？」

姆薩擔心地問。阿走也把耳朵湊近手機。神童從除夕那天起就開始發燒，直到今天早上，身體都還不太舒服。

「我沒事啦，倒是你怎麼樣？現在一定很緊張對吧？」

「是的，有一點。」姆薩回答。

神童看到鶴見中繼站的轉播，竟然一眼看穿姆薩的狀態？他和姆薩間的情誼如此深厚，讓阿走驚訝。

「我說姆薩，你就想一些快樂的事吧。」神童帶著鼻音說。「等比賽結束，我們終於可以好好過新年了。我打算趁寒假回老家一趟，你要不要跟我一起回去？」
「可以嗎？那是家族聚會的場合呢。」
「我爸媽都很期待姆薩你來我家玩喔。不過，那種什麼都沒有的鄉下地方，你來大概也只能堆堆雪人而已。」
「雪人是什麼？」
「原來你沒玩過？那就這麼決定囉，跟我回老家。」
「是！」姆薩邊點頭邊說。「謝謝你，神童。」
掛斷電話後，姆薩的眼神不再迷惘，也不再膽怯。道路旁的加油聲越來越響亮，可能是因為開始看得見一區跑者的身影吧。阿走和姆薩走向賽道。
清瀨抱著防寒大衣，從京急鶴見市場站往這邊跑來。
「趕上了。」看到阿走和姆薩後，清瀨大大吐了口氣。「姆薩，身體狀況如何？」
「很好。」
姆薩自信滿滿地回答。清瀨打量姆薩的表情、檢查他的鞋帶，確認他沒有慌亂的跡象。
「很好，王子跑到這裡時應該是最後一名。你不要被這個影響，照平常練習那樣去跑就好。」
「都已經最後一名了，也不可能更糟了，這樣我反而覺得比較輕鬆。」姆薩玩笑道。「而且，比起被別人追著跑，我的個性比較適合去追別人。」
「就是要有這個氣魄！」阿走說，同時從姆薩手上接過防寒大衣。
六道大的選手以第一名成績抵達鶴見中繼站。它就設在國道第一京濱沿線上的一個派出所前，筆直的道路兩旁種著行道樹，跟一般馬路沒什麼兩樣，可以清楚望見選手前仆後繼地朝這裡跑來。
工作人員收到賽況消息後，會趕緊以一區跑者的抵達順序大聲喊出校名，要二區跑者在中繼線就位準備接棒。

六道大的接力帶已由一區跑者交給二區跑者。從大手町出發到現在，已經過了一小時四分三十六秒。緊接著依序是橫濱大、房總大、歐亞大，幾乎同時將接力帶交給下一位選手。一區選手直到最後都仍跑成一團，導致交棒時形成一場大混戰。

姆薩做著伸展操，阿走心急地從路旁探出身子。一區跑者相繼交出接力帶，二區跑者也一一從鶴見中繼站飛奔離去。王子還沒出現。從六道大選手抵達後，已經過了三十秒。

「王子來了！」

只見在大會的隨行車輛旁，王子正咬牙拚命跑著。這時廣播工作人員喊出尚未離開中繼站的所有校名。姆薩說了聲「我去了」，站到馬路的中繼線上。

姆薩朝王子舉起手。王子本來只顧著努力揮動雙臂跑，看到姆薩的瞬間，才大夢初醒似的想到應該先脫下接力帶。當他抽出接力帶時，短褲腰間的鬆緊帶輕輕彈打了他的側腹一下，彷彿在鞭策他一樣。

快到了。還差一點點而已。

「王子！王子！」

姆薩和阿走大喊。站在阿走身旁的清瀨，一動不動地等著王子到來。

王子跨越中繼線，把緊握手中的接力帶交給先起跑的姆薩。那一瞬間，接力帶連繫起王子與姆薩，下一秒鐘又隨即從王子的指尖滑落。

心臟好痛。眼睛也睜不開了。這麼紊亂的呼吸聲，真的出自我的口中嗎？

停下腳步後，王子幾乎站不穩，整個人向前倒，卻只發現自己被人一把抱到懷裡。

「我收回在大手町對你說的話。」

清瀨的聲音在王子耳邊響起。「我其實是想說，謝謝你，跟著大家一起努力到現在。」

「這還差不多。」

王子喃喃道。

阿走和清瀨搭上京濱特快車來到橫濱，換搭JR前往小田原。由於人手不足，他們必須先趕到蘆之湖，在神童跑完第五區時迎接他。

雖然不放心把筋疲力竭的王子留在鶴見中繼站，但他本人自己說：

「你們兩個不用管我，快去箱根吧。反正我已經跑完，等到能走路時，我會自己去飯店。」

王子接下來的任務是，在橫濱車站附近的飯店裡看電視掌握賽況。清瀨和阿走為了準備隔天出賽，今晚會從箱根回來，投宿同一家飯店。

補充過水分後，王子總算能夠勉強起身。阿走和清瀨這才放心離開鶴見中繼站。

清瀨從大手町帶來防寒衣，再度穿回王子身上。現在阿走手上拿著姆薩身上脫下的防寒衣，因為等神童跑到山上後，會需要它來禦寒。寬政大不只人手短缺，連需要的衣物也拮据不足。

適逢正月二日，追著箱根驛傳跑的觀眾，以及看起來像要去廟裡新春參拜的家族，幾乎擠滿了東海道線[34]電車。

阿走在四人座找到空位讓清瀨坐下。清瀨立刻從防寒大衣口袋裡，掏出記事本和原子筆。

「王子的時間是多少？」

「一小時〇五分三十七秒。」

阿走確認了手錶內的馬錶紀錄後回答。清瀨將數字寫到記事本上。

「跟前面的動地堂大選手相差十一秒，和第一名的六道大差了一分〇一秒。我們還是很有希望。王子真的很拚。」

寬政大的接力帶在鶴見中繼站從王子手上交給姆薩時，是出賽二十支隊伍裡的最後一名。由預賽選手編制而成的關東學聯選拔隊，選手個人成績會留下正式紀錄，但團體成績並不記入排名。所以，寬政大目前雖然名次是第十九，但跑完一區的這個階段，毫無疑問是名符其實的吊車尾。

但正如清瀨所言，從目前的時間差來看，他們仍然有可能逆轉局面。整場賽事以緩慢的步調開場，對王子與寬政大都是極其幸運的事。而且，比賽才剛開始而已。

阿走雖然帶著攜帶型小電視，但車廂內訊號很差。「試試看這個。」聽到清瀨這麼說，阿走從他手上接過收音機。正當他轉動旋鈕尋找頻道時，清瀨的手機響了起來。在戶塚中繼站陪伴三區跑者城太的ＫＩＮＧ打電話來。

「灰二，超展開了！快點看電視！」

「現在沒得看呀！」清瀨說。

「花之二區」波瀾大起。

跑在最前方的是六道大與房總大，但在鶴見中繼站以第九名交棒的真中大，猛地急起直追、緊跟在這兩校之後。反觀在鶴見取得第二名的橫濱大，竟然大幅落後。

領先的三校選手展開一場混戰，一場毅力與氣魄的激烈對決。但就在同時，落後集團的行動也讓人目不轉睛。

在鶴見中繼站排名第十八的城南文化大，以逼近區間紀錄的速度疾奔。跑在城南文化大前後的各校當然也不想落於人後，更不想被追過，於是整體賽況維持著高速的節奏。

從鶴見吊車尾出發的姆薩，也在動地堂大、城南文化大的選手後緊追不捨，眼看著就快要與他們並肩而馳。在路旁擔任工作人員的學生，舉起寫著「一公里」的標示牌。姆薩看了看手錶。開頭這一

34 由東京出發行經橫濱、名古屋、京都、大阪至神戶的JR重要幹線。全長含支線為六五二·八公里，包含東海道新幹線。

公里花了兩分四十八秒。

以這種步調，不可能跑完全長二十三公里的二區，後半段很顯然會陷入苦戰，但是如果在這裡退縮，就不可能提升排名。繼動地堂大、城南文化大的選手之後，姆薩也超越了帝東大，將在鶴見落後的七十公尺差距一口氣追回來。

這一路上，無處不人聲鼎沸。姆薩心想，原來這就是所謂「人山人海」。放眼望去，人們拿著協辦報社發送的小旗子，占滿了兩旁的道路。每個人臉上都洋溢著笑容，在選手通過眼前的瞬間送上加油打氣。眼前的盛況，完全不是預賽和上尾城市半程馬拉松所能比擬的。

這就是箱根驛傳，而我正跑在各校王牌選手齊聚的區間。

姆薩真的非常開心。雖然我不是出生在這個國家，這裡也有許多人不歡迎我。這些事情我都知道。但此時此刻我參與的，是一個多麼自由、平等的場合。不論是並肩齊跑的選手們，還是跑在前頭、幾乎看不見背影的領先選手，我正在跟他們分享同樣的時間和空間。

日復一日的練習，造就為跑步而存在的體魄，在這一刻享受同一陣風的吹拂。

藤岡說的很對。如果姆薩單純只是一個理工學系的留學生，絕對不可能體會到這種興奮，以及跟他人合而為一的感覺。只有用真摯的心情面對跑步，才能感受到血液翻騰的激動。

直到觀眾的歡呼聲突然變大，姆薩才驚覺自己已經通過橫濱車站前方。到這裡是八・三公里。不知不覺竟然跑這麼遠了！本來在頭頂上的高架快速道路，如今在右手邊畫出一道巨大圓弧後遠去。天空明朗寬闊，陽光微微灑下。姆薩踏著漸漸乾燥的路面，繼續與城南文化、動地堂的選手並肩跑著。

跑得正起勁的姆薩，完全忘了房東在五公里處下達的「放慢腳步」指示，也把二區最大難關權太坂[35]正等在前方這件事忘得一乾二淨。

「速度太快了。」

清瀨拔出耳中收音機的耳機，打電話給房東。

「這裡是教練車，請講。」

「你在五公里時，有沒有確實把話帶給姆薩？」

「別用這麼嚇人的口氣說話啦，灰二。我有說啊，照你的話跟他說了，他聽不進去也不能怪我吧。」

「等一下到十公里那裡，請再一次提醒他跑慢一點。」

清瀨掛上電話，把後腦勺靠到硬邦邦的坐椅靠背，蹙起眉頭，雙眼緊閉，深深嘆了口氣。「完全被比賽的氣氛沖昏頭了。」

阿走把手放到椅背上，微向前傾身，打量著窗外流逝的景色。

「還好今天沒什麼風。現在還看不到海啊。」

清瀨睜開眼。阿走可以感覺清瀨抬眼看了看自己，像在說：「你還有這種閒情逸致啊。」

「姆薩一定會及時發現問題的。我們要相信他。」

阿走望著窗外，頭也不回地說。清瀨再次將耳機塞入一邊耳中，喃喃地說：

「也只能相信他了。」

箱根驛傳的十個區間中，二區起自鶴見，終於戶塚，長達二十三公里，以「全區間最長距離」著稱。

除此之外，十四公里處之後會出現一道綿延一．五公里的上坡路段：權太坂。過了權太坂後，仍有一些斷斷續續的上下坡。而過了二十公里處，最後的三公里又是上坡路。

35 位於神奈川縣橫濱市保土谷區的舊東海道坡道。但箱根驛傳並未真正經過此處，而是將附近國道一號的坡道稱為權太坂。

不論就距離或終盤前大量的坡道來看，用「像花一般華麗」來形容二區絕非誇飾。這個賽道的確兼具難度與變化。這一區跑者的基本條件是全面的長跑能力，此外更需具備強韌的意志力和鍥而不捨的耐力，才足以對抗沿途的壓力與痛苦。其他如洞悉賽況發展的犀利思慮，以及掌握路線起伏、靈活變換跑法的能力，也是必要條件。

姆薩順利地跟上眾人節奏，跑完橫濱車站之後這段較平坦的路線，以相同步調邁入上坡，四秒鐘後他立即意識到：「啊！這裡是權太坂！」因為他的雙腳突然有如被綁上鉛塊一樣，無法順利向前邁步。

原本跟他並肩齊跑的城南文化與動地堂的選手，也逐漸向前拉開距離。姆薩連忙想跟上，卻只領悟到：這是不可能的事。

我到底在幹什麼？一陣冷風迎面吹來，姆薩終於有感覺了。緊裹住上臂的臂套，在他不知不覺之下已經吸飽汗水、完全濕透了。

姆薩意識到自己剛才簡直就像腦充血一樣腦子一片渾沌。周遭的一切，這時驀地躍入他的眼中與耳裡，宛如一陣幽幽穿過敞開的落地窗、吹動窗簾輕輕搖擺起來的清風。沿著國道一號，稀稀落落地坐落著幾家小型個人商店；觀戰者圍成一道無邊無際的人牆，發出高昂的歡呼聲，勾勒出一幅祥和正月下的郊外風光。

之前在鶴見中繼站，跟阿走一起看電視時不是就知道了嗎？二區選手中有十一個人擁有一萬公尺跑二十八分左右的紀錄，城南文化與動地堂的選手也名列其中。想跟他們倆硬碰硬，對姆薩來說根本就是自取滅亡。

雙胞胎曾經說過，這種從選手紀錄就可以輕鬆推測出結果的比賽，「有需要繼續努力下去嗎？」這樣的話，但姆薩不能苟同。雖然透過單純的數字紀錄，可以明確看出選手的實力差距，但他們現在比的不是個人賽，而是接力賽。接力帶已經交到我手上，而我是為了把它傳下去而跑。這個目標的意義，跟所有選手在平坦的田徑跑道上同時開跑的一萬公尺比賽完全不同。這段充滿高低起伏的二十三公里，在東京與箱根往返的路程中只占了十分之一。它只是一場需要十個人共同完成的長程賽事之一小部分而已。

二區只是一篇序章，功能是揭開接下來未知的發展。我不需要逞強，只要跑出序章應有的成績就好。總之，就是冷靜、踏實地慢慢提高名次。就算速度比不上別人也沒關係。我所能做的，就是仔細觀察賽況，尋找反擊的好機會。

首先是，應該在十五公里處確實補充水分。姆薩心裡盤算著。雖然他覺得冷而不是熱，但是他已經狂奔了一路，流了不少汗。還有……對了。姆薩想起之前清瀨交代的注意事項。

「到權太坂下坡時，要格外慎重以對。如果順利跑完上坡，應該可以照著節奏跑下去。但是，下坡時千萬別太得意忘形，否則到最後一定會精疲力盡。跑權太坂的下坡道時要稍微放慢速度，保存一些體力。二區真正分勝負的地方，是最後三公里的上坡，忍耐到那裡再一鼓作氣追上去。」

我知道了，灰二兄。姆薩兀自點點頭，默默跑上權太坂。權太坂的最高點是海拔五十六公尺，而橫濱車站前的海拔是二・五公尺，等於一口氣爬升五十公尺以上。

十五公里給水站位於離最高點不遠處。胸前別著給水員標章、身穿寬政大運動外套的短跑部隊員，幫姆薩扭開大會提供的瓶裝水瓶蓋後遞給他。

「目前是第十八名，前面有個七人集團剛走，有希望喔！」

他和姆薩並肩跑一小段，成功轉達了賽況情報。姆薩點頭示意，把水含在嘴裡一點一滴補充水分，並在水分造成肚子的負擔之前，把保特瓶往路邊丟去。

現在是第十八，也就是說，在渾然忘我狂奔的那段時間，他還超越了帝東大之外的另一位選手。給水員說前面有個七人集團，當中應該有城南文化和動地堂的選手。他們絕對還會跑得更前面。那，剩下的五人到底是哪些學校？

來到權太坂較平緩的下坡地段後，姆薩可以約略看到前方的情況。一台轉播車為了拍攝動地堂大選手一口氣超越多所學校的英姿，緊跟在他身邊。從十五公里處開始，為了向選手下達指令，各校教練車也紛紛出動。車子擋到姆薩的視線，讓他看不清楚是哪幾個人在競逐。

姆薩稍微往中線跑，尋找更寬廣的視角，最後從車輛的縫隙間，看到歐亞大白綠直條相間的隊服。

歐亞大？從鶴見中繼站出發時，他不是第四名嗎？

姆薩現在終於明白，原來選手名次的變化就像地殼變動一樣劇烈。

落後了這麼多，表示他已經沒什麼體力了。不知道是身體不舒服，還是壓力太大，總之他沒抓到自己該有的節奏。

轉播車逐漸遠去。動地堂與城南文化應該已經甩脫其他人了。姆薩研判自己應該可以趕上剩下那五人，甚至超越他們。

不要急，一點一點慢慢拉近距離就好。

這時，身後的教練車傳來房東的嘶吼聲。

「姆薩！不要像興奮過頭的賽馬、喘個不停夾著蛋蛋猛追啦！」

擴音器傳來的聲音突然中斷。房東八成是被車裡的監察員警告了一番。過了一會兒，房東乾咳幾聲清清喉嚨，再次開口喊話：

「灰二交代的事，你還記得嗎？姆薩！記得的話，現在前滾翻三次給我看！」

為什麼我們的教練是這樣的天兵呢？姆薩笑了，卻因為這麼一笑，肩膀跟著放鬆了，感覺腦袋也跟著更加冷靜清晰。

姆薩微微舉起右手，朝教練車做出ＯＫ手勢。

在戶塚中繼站，城太和ＫＩＮＧ坐在塑膠墊上，邊看攜帶型小電視邊聊天。

「後段隊伍都沒什麼鏡頭，不知道姆薩現在怎麼樣了。」

「沒辦法，因為領先集團的競爭比較精彩啊。」

電視上正在播出真中大開始加快速度、甩開六道大與房總大的鏡頭。

「不過，姆薩一定沒問題的啦。」

這時畫面上剛好打出選手們通過十五公里時的名次。寬政大排名第十八，扣掉選拔隊的話就是第十七。然後鏡頭切換為轉播後段隊伍選手間的攻防，只見姆薩正漸漸追上跑在前頭那五名選手。

「看吧！」

「帥啦！」

城太與ＫＩＮＧ高興地緊緊握住彼此的雙手。

「城太，現在不是坐著看電視的時候。照這情勢看來，說不定姆薩很快就會跑到這裡。」

「但我好像比較適合開跑前乖乖待著啊。」

老早就練跑完的城太，繼續坐在地上拉筋。「我說ＫＩＮＧ學長，你工作找得怎樣了？」

「幹嘛現在講這些？」

「不轉移話題，我會緊張啊。」

「你這個話題才會讓我冒冷汗！」

雖然這問題讓ＫＩＮＧ覺得很嘔，但眼前他的任務是讓跑三區的城太保持平穩的心情，所以只好心不甘情不願地回答：

「根本沒在找好嗎。現在這種生活，是要怎麼找工作。」

「是喔，那怎麼辦？畢業就失業……」

「我看只能延畢了吧。」

ＫＩＮＧ抱著雙膝，嘆口氣抬頭望向天空。冬日的晴空中，掛著朵朵淡淡的白雲。

「不知道我爸媽會不會諒解？」

ＫＩＮＧ口中吐出的氣息，就像雲朵一樣，飄浮了一陣子後，消融無形。

「延畢吧！延畢吧！」

城太保持抱膝的姿勢，以臀部為支點前後搖晃著。「然後我們明年再一起參加箱根驛傳。」

「白痴啊你，現在才剛過新年，就在講明年的事！我才不要參加，到時候又沒時間找工作。」

ＫＩＮＧ一口回絕城太的提議，但過了一會兒，又抿著嘴問：「你……明年也打算參加？」

「當然啊！」城太站起身。「一定要再參加！」

城太露出前所未有的認真眼神。這小子，幹勁十足啊。出場前一刻，城太展現出有如火焰般的高昂鬥志，讓ＫＩＮＧ也跟著受到鼓舞。

「好！」

ＫＩＮＧ也從塑膠墊上起身，伸了伸雙腿。「最後再來流點汗吧，城太。」

城太與ＫＩＮＧ在人潮擁擠的戶塚中繼站，來來回回地跑著。

姆薩全憑著一股意志力，跑完最後有如地獄一般的三公里上坡。

他在開始爬坡前就超越了歐亞大，目前正與東京學院大學、曙光大學、北關東大學，以及學聯選拔隊的選手並肩而馳。他沒辦法看到跑在前頭的選手，不知道是因為距離太遠，或只是被主辦單位的車輛和地形阻擋住視線才看不到。

不管怎樣，現在除了觀察這四個選手的動向，他也沒有餘力去管其他事了。絕對不能在這裡落後，甚至，有辦法的話就應該衝刺，成為這群人當中第一個將接力帶交給三區跑者的人。不過，大家的想法都一致，每個人都在找打破僵局的時機。

跑到這裡，誰也不想當集團中最先被甩開的人。

儘管所有選手的體力與意志力都已經來到極限，但憑著這股堅持，他們仍撐著不讓速度慢下來，繼續奮力前進。

戶塚中繼站位於上坡途中，姆薩再五百公尺就到了。聳立的隔音牆，擋住了左手邊的景色，但人行道上滿滿的觀眾，讓他知道中繼站不遠了。眼前學聯選拔隊的選手流的汗比姆薩還多，其他選手個個呼吸粗重。當然，姆薩自己也是。

就是這裡，行動吧！姆薩超越學聯選拔隊的選手，率先衝出。這是他使出渾身解數的最後衝刺。

只要把接力帶交給在戶塚中繼站等待的城太，然後就算倒地不起也無所謂。就算成績遠不及區間紀錄，但這是我竭盡全力跑出的成績。我絕對不能在距離中繼站數百公尺的地方功虧一簣，一定要留下正式紀錄，讓所有人看見我跑得有多好。

姆薩抬起下巴往前跑。這麼難看的姿勢，完全不像長跑選手該有的樣子，但他已經管不了那麼多。中繼站就在眼前，他已經看到城太緩緩地舉起手。姆薩使勁地把身體向前傾、加速奔跑。他忘了自己是什麼時候摘下接力帶的，但是當他把手伸向城太時，拳頭裡確實握著寬政大的接力帶。

「不愧是王牌的跑法喔。」

接過接力帶的同時，城太邊說邊拍了拍姆薩的手臂。姆薩昏倒在柏油路上，路面傳來城太離去時的輕快腳步聲。

姆薩醒來時，發現自己已經躺在塑膠墊上，恍惚中意識模糊地想著，戶塚中繼站還真是個荒涼，好像什麼拉麵店或中古車行的停車場。四周非常吵雜，到處是大會工作人員，以及跑完二區的選手和陪同人員。看來自己沒有失去意識太久。

「你醒啦？」

ＫＩＮＧ出現在姆薩面前，一副快哭出來的樣子。「幹得好，姆薩。」

在ＫＩＮＧ的說明下，姆薩弄清楚了整個狀況。原來他在最後跑贏了身邊所有選手，以第十三名之姿抵達戶塚中繼站。二十三公里賽程中，他超越了七個學校，成績是一小時十分十四秒，在二區二十人當中排名第十二。

雖然超前到第十三名，但是與第十二名的新星大差了二十七秒，與第十四名東京學院大也才間隔六秒而已。儘管現在還不能鬆懈，但因為姆薩的努力，讓寬政大離希望更近一步。

「城太那小子，看到你最後衝刺的樣子，整個人燃燒起來了。」

ＫＩＮＧ搓了搓凍得紅紅的鼻頭。

太好了，我真的辦到了。

姆薩雙唇顫抖著，不發一語點點頭。因為現在他要是開口說話，只怕淚水會忍不住跟著落下。

阿走與清瀨從ＪＲ小田原站下車後，趕著去轉乘從同一車站發車的箱根登山電車。

「這樣嗎？我知道了，辛苦你了。」

清瀨結束跟ＫＩＮＧ的對話，啪地一聲闔上手機。「他說姆薩很快就醒了，等一下兩人會去藤澤的飯店。」

「那就好。」

阿走總算放下心中那塊大石頭。自從在電視上看到姆薩在戶塚中繼站昏倒後，他心裡就一直掛念著。當時ＫＩＮＧ大概也嚇得不知所措，打手機給他都沒接。直到ＫＩＮＧ剛才自己打來電話來，他們終於得知姆薩已經沒事了。

「城太出發前沒打電話給他沒關係嗎？」

買完票、通過驗票口，清瀨抬頭望著電子看板，確認電車發車時刻。開往箱根湯本的小田急線，再十分鐘左右就會進站。

「那對雙胞胎就算放著不管也無所謂。他們那種性格，要是有不安的感覺，一定會自己主動打電話來。」

這樣講也沒錯啦。兩人並肩走下樓梯，月台上不時可以看到盛裝打扮過新年的乘客。

「比起雙胞胎，我比較擔心神童的身體狀況。」

趁著電車還沒來，清瀨又開始撥電話。

「打給阿雪學長嗎？」阿走問，清瀨點點頭，這時電話好像接通了。

「是我。」

清瀨說，阿走從一旁伸出手，直接將清瀨的手機切換到免持聽筒模式。月台上這麼吵，這麼做應該不會影響到其他人。清瀨歪著頭，露出不解的神情。阿走抓住他的手，把手機捧在兩人面前。

「神童的狀況怎麼樣？」

「不知道。」

手機傳來阿雪的聲音。「我看不到他的臉色，他也不讓我量體溫，我想應該是不太好吧。」

「你看不到他的臉色？什麼意思？」

清瀨揚起眉毛。「你有好好跟在神童身邊照顧他吧？」

阿雪應該和負責跑五區的神童待在小田原中繼站。明明跟他在一起，卻說看不到他的狀況，這讓清瀨大為緊張。

「神童就在我旁邊啊。」阿雪說，「不過，他整張臉鼻子以下用毛巾包了起來，上面又再戴上口罩，而且是兩個喔，一個是感冒用的那種，另一個是防花粉症用的那種鴉天狗[36]口罩。不要說他的臉

36 又稱小天狗、青天狗或烏天狗。裝扮與大天狗一樣，穿著修行道袍，臉上長著像烏鴉一樣的嘴，背上一對黑羽翅，可以在天上自由飛翔的傳說生物。

色，就連他的臉我都看不到。你這樣能呼吸嗎？神童。」

神童似乎是怕把感冒傳染給陪他的阿雪，才會主動做出這麼嚴密的防疫措施。這時，手機好像轉交到他的手上了。

「喂。」

神童的聲音傳來，聽起來活像打電話來勒索贖金的綁架犯，非常含糊不清。

「你燒到幾度了？」清瀨單刀直入地問。

「沒有啊，非常正常。」神童隨口回答。「阿走在那裡嗎？」

「我在。」在神童的指名下，阿走趕緊湊向手機。

「可以的話，請你幫我買口罩來？我現在戴的口罩，等一下就會寄放在阿雪學長這裡。」

「體溫正常的話，你有必要這麼緊張、防範到這種地步嗎？」清瀨說道。

「為什麼灰二哥聽得到我說的話？」

神童的聲音聽起來有點緊張。阿走在心裡默默說，因為現在是免持模式！

「知道了。我會買好口罩。你不用擔心。」阿走答應他。

「神童，你要盡量攝取水分。」清瀨下達指示。「就算邊跑邊漏尿，也總比脫水來得好。」

「兩種我都不要。」

神童笑著說，切斷通話。

「原來有這麼方便的功能。」

清瀨看著自己的手機。阿走解除免持功能後，問道：

「你不知道嗎？」

「完全沒發現。」

那你以為這個按鍵是做什麼用的啊？阿走一邊想，一邊跑去月台的商店買口罩，然後回到清瀨身邊。開往箱根湯本的電車正好進站。

清瀨低著頭走進電車內。

「我很難過，不能跟神童說『真的不行的話，不要勉強參加』。」

阿走將口罩收進口袋，默默跟在清瀨身後走進車廂。

對城太來說，雙胞胎弟弟城次，是他靈魂的一部分。

城太與城次的雙親，絕對不會搞混他們兄弟倆。雙胞胎從小開始就愛玩交換身分的遊戲，城太扮成城次，城次扮成城太，藉此捉弄大人。但是他們的雙親，從來不會弄錯城太與城次。

城太覺得很不可思議，因為有時就連他自己照鏡子時，也分不清鏡中的到底是自己還是城次。

雙胞胎的父母，也絕對不會拿他們兩人來比較，想都沒想過。父母完全把他們當成不同的個體，同時也對兩兄弟毫不偏心，一視同仁地疼愛。

城太長大後才知道，雖然這是為人父母應有的態度，卻不是所有人都能做到的。有些父母喜歡拿自己的孩子來比較，還把孩子當成自己的所有物。還好我爸媽不是那種人。城太感到非常慶幸。

雖然自己跟城次長得很像，但他們的身體裡住著不同的靈魂。

因為父母平時就是這樣看待他們的，讓城太自然而然地接受這個事實。城太把雙胞胎弟弟當作世上最接近自己、但又跟自己完全不同的個體。他就是用這麼自然的態度在愛著他。

城太與城次總是形影不離。他們睡同一間房、上同一所學校、一起踢足球。他們倆吵架跟和好的次數一樣多，總是和共同的朋友玩在一起。

城次的事，城太幾乎無所不知。他喜歡吃什麼東西、右腳腳踝上有顆小小的黑痣，甚至初吻的對象是誰、什麼時候發生的，他都一清二楚。但同時，他也知道，城次的個性和自己截然不同。

城太與城次交遊廣闊，周遭的朋友應該覺得他們倆都開朗又樂觀。這樣想是沒錯，而且城太也不討厭別人這樣看他。不過，城太覺得真正的自己，有一點可能跟大家想的略有出入。

城次比我單純多了。

不管什麼場合，只要有城次在，氣氛總是特別融洽。因為他不管生氣或大笑，都是真情流露，沒有一絲算計。

城太就沒有這麼天真爛漫了。做任何事之前，他都會先評估、確認「這樣做，才會討人喜歡」。認真說起來，像城次這麼沒心眼的人根本就是稀有動物。也是因為這樣，城太才會這麼喜歡這個雙胞胎弟弟。

城次應該還沒發現，我們兄弟差不多要分道揚鑣了，城太心想。從出生到現在，我們總是在一起、做一樣的事，但這種狀況不可能持續到永遠。

跑到橫須賀的十字路口後，開始南下進入湘南海岸道路。沿海的道路上，海風從正面吹來。

城太與城次不管在學業成績或運動能力上，幾乎都不相上下。所以他們唸同一所高中，在足球隊裡也都是表現亮眼的正式選手。

但跑步這項運動，城次硬是比他厲害。

雖然目前兩人的時間紀錄還沒有多大差別，但城太比任何人都了解城次，所以才會發現這件事。我的紀錄頂多就是現在這樣了，但城次一定可以跑得更快。他一定可以前往我到不了的那個世界。因為他擁有這種素質，因為他已經不可救藥地愛上跑步了。

城次受到許多人喜愛，他也一視同仁地喜歡每一個人。這個「人人都好、什麼都好」的城次，對跑步表現出如此的熱情與執著，讓城太很驚訝。

本來以為他很快就會厭倦了，沒想到他竟然日復一日、熱中地投入練習。

可能連清瀨都沒發現，城次偶爾會悄悄在深夜裡進行自主練習。他會躡手躡腳地離開被窩，以免吵醒城太，一個人到外面跑一個小時左右才回來。

當兄弟倆自己在房裡時，城次總會聊到阿走的事，例如：今天阿走跑步的樣子好帥、要怎樣才能跑得像他一樣好呢？為了更接近阿走的速度，他還會在榻榻米上擺出跑步的樣子：「老哥，幫我看一下這個姿勢對不對！」這種時候的城次，雙眼總是閃閃發亮。

由於城太、城次和阿走同年，所以講話比較不客氣，偶爾還會吵架。在城太眼裡，阿走這個人簡直單純到跟人格格不入的地步了，才會有時候忍不住說話激他。

但城次不一樣。他其實很仰慕、認同阿走，又不好意思表現出來，因此反過來跟阿走鬥嘴。

你長大了呢，城次。想到這裡，城太不禁有點寂寞，同時又為城次開心。對雙胞胎弟弟來說，城太一直是最大的競爭對手。他們彼此是對方的目標，一路上相互影響。遇到阿走後，城次終於找到新的競爭對手，也就是新的目標。

如果沒有接觸跑步，我們也不會走到這一步，兩個人還會繼續一起過著相同的生活。

不過，到此為止了，城次。

受到城次的熱情牽引，城太也跟著一起跑步，最後竟然和竹青莊的夥伴們一起參加了箱根驛傳。但城次的目標應該在更前方，那是城太怎麼也追不上、一個遙遠的地方。

這樣也好，城太想。城次是我最重要的弟弟，這件事永遠不會改變。我應該為他的獨立覺得開心，而現在我唯一能做的，就是盡全力去跑。這是最好的餞別禮，祝福他在往後的歲月裡，邁向更遠大的目標。

有朝一日，城次一定能夠奪得勝利。不管要花多少年時間，他會變得跟阿走一樣，甚至超越阿走，成為一個又快又強、不輸給任何人的跑者。到了那個時候，我在做什麼呢？城太自己現在也不知道。唯一能確定的，就是他絕對會一直衷心地為弟弟加油，永遠不會改變。

城太跑著跑著，防砂林遮蔽了視線，看不見大海。只有海風夾帶著海潮的香氣，吹到交通管制的道路上。

大家都說這一區的路線很平常，但實際跑起來還是很辛苦啊，城太心想。

三區的賽道起於戶塚、止於平塚，很容易被人當成一個過渡性區間。從東俁野的國道一號南下，在七公里處經過藤澤車站附近，然後進入樸素的鄉間道路。在濱須賀的十字路口右轉，接上通稱湘南海岸道路的國道一三四號之後，沿途又是連續的單調景色。周圍沒什麼民房，離車站又有點遠，沿途加油的人牆也因此而中斷。

城太的個性是越受期待、就越有幹勁的那種，所以，跑在這種鳥不生蛋、不見人煙的地方，對他來說是很痛苦的事。相較於進入湘南海岸道路之前那些起伏路段，賽道在進入沿海公路後，幾乎變成平坦的一直線，這也是讓他覺得討厭的原因。

氣溫五．七度。左手邊是防砂林，少見的冬日烈陽從頭頂上方射向城太。海風依舊不斷從前方吹來，天氣十分晴朗，正前方應該可以看到富士山，但城太沒那個心情欣賞。

箱根驛傳果然還是在電視上看看就好，他心想，可以無所事事地一邊吃年菜一邊觀賞。自己本來可以從電視上看直昇機的空拍畫面，欣賞三區這附近的海面、富士山和延綿不絕的道路。這麼祥和壯闊的風景，最有過年的氣氛了。

但是實際上跑起來，怎麼會這麼痛苦？

在戶塚中繼站從姆薩手上接過接力帶後，城太的箱根驛傳賽程就直接從一段上坡路開始。在戶塚以第十七順位取得接力帶的北關東大選手，急起直追超過城太，不過他沒放心上。比城太晚六秒出發的東京學院大也追過他，他也一點都不著急。因為我本來就不擅長跑坡路啊，城太心想。

北關東大的選手，在所有出賽者中擁有數一數二的紀錄。阿雪早就把跟城太跑同一區間的選手資料給他看過，所以他知道，意氣用事跟那個選手拚高下，只是白費力氣而已。不過，東京學院大那個傢伙，在追過我的時候已經氣喘吁吁了。我遲早會追上去，再把它贏回來。

湘南海岸道路的視野良好，城太可以清楚看見在他的前方，有東京學院大和新星大，還有排名似乎一直往下掉的前橋工科大、城南文化大的選手。

在十五公里給水站，給水員告訴城太：「你跟前面的差距縮短了喔！」太好了，有機會！城太突然感覺雙腳好像湧入更多的力量。到目前為止都保持沈默的教練車，也傳來房東的聲音。

「城太！你到底有沒有專心跑？該不會滿腦子想些有的沒的吧？」

對啊，我想了城次的事，還有其他亂七八糟的事。嗯，奇怪，你怎麼會知道？城太納悶。難道我的姿勢跑掉了？

「灰二要我告訴你，最後一公里要堅持下去。不管看見什麼，心裡都不能產生動搖。完畢！」

原來是灰二哥，城太這下明白了。我就說嘛，房東怎麼可能看得出來！清瀨一定是從小電視上看到城太的樣子，判斷應該在這時候給他一點鼓勵。

不過，是什麼事可能讓我產生動搖？前方到底有什麼在等著？現在還不得而知。

城太不禁興奮起來。看來清瀨已經摸透城太的個性，知道只要給他一點暗示，他就會迫不及待親自一探究竟。不管自己怎麼反抗清瀨，到頭來還是被他玩弄在股掌間，這種感覺雖然讓城太覺得有點嘔，卻又很愉快。

城太先把東京學院大與新星大甩到後頭。

到了十八•一公里處，出現了橫越相模川的湘南大橋。這裡沒有防砂林，城太總算可以從眼角看見廣闊的大海。河水與海水相互衝撞、融合，在河口附近激起白色大浪。

快追上城南文化大與前橋工科大的選手了。過了這座橋，就加速跟他們一決勝負吧。城太做下決定，目光往更前方望去。

東體大。

到目前為止連背影都看不到的東體大選手，那件深藍色底鑲水藍色線條的隊服，就在眼前。

雖然還追不上，但是可以拉近距離。至少盡可能減少差距，剩下的就交給城次。東體大的榊，那傢伙，一直在折磨阿走，跟竹青莊眾人結下梁子。城太一想到榊就氣；看阿走任他糟蹋、沉默以對，城太心裡就覺得不忍。我承認自己是個刁鑽又彆扭的人，但至少不是榊那種陰險卑鄙小人！

雖然我們和東體大其他成員沒有半點恩怨，但榊在他們隊裡，光是這理由，就讓他們全隊成為我們的敵人，一定要把他們打得落花流水。當然啦，我們跟榊不一樣，一定會正正當當用跑步來一決勝負。

城太急喘著向前衝刺，趕上了城南文化大與前橋科大。對方當然不會讓他輕易超前，但是城太現在已經沒把他們放在眼裡了。他的眼中，只看得見前方喜久井大和東體大選手的身影。

二十公里標示出現在路邊。三區全長二十一・三公里，這表示城太即將迎向終點。會讓我心情動搖的事，到底是什麼？城太突然想起清瀨那句話，然後在進入最後一公里時，終於了解清瀨的意思。

最後這段路是直線賽道，所以在一公里前就能看到平塚中繼站。然而，一旦有了目標物，反而會讓人心生一種再怎麼跑都到不了的錯覺。不可以心急。總之，一定要堅持下去，甩開這幾個選手，盡可能爭取好成績，再把接力帶交給城次。

但就在這時候，發生了一件讓城太大吃一驚的事。在中繼站前兩百公尺處，他發現葉菜子正騎著腳踏車馳騁在路旁的人行道上。

葉菜子在人牆後方努力踩著腳踏車。

「城太，快到了喔！」

在吵鬧的歡呼聲中，城太清楚聽到了葉菜子的聲音。

葉菜妹，妳從來沒有對我們說過「加油」。因為妳很清楚，我們已經努力到沒辦法再更努力了。為什麼妳要這麼支持我們、為我們做這麼多呢？

城太的腦海中突然浮現葉菜子仰著頭、盈盈笑看著自己的神情，差點大喊出一聲「啊！」突然一個念頭閃過，就像上帝跟他開示一樣。

葉菜妹她……該不會喜歡我吧?!

每次葉菜子來竹青莊，阿雪和尼古老是背著我偷笑，姆薩也老愛敲邊鼓叫我送葉菜子回去。現在回想起來，一切都有合理的解釋了。

咦？慢著！每次都是我跟城次一起送葉菜妹回去的，而且葉菜妹也沒有不開心的樣子。

她到底喜歡我們兄弟哪一個？

城太又開心又困惑，腦子被搞得一團亂，結果連他本人都沒發現自己已經把城南文化大與前橋工科大完全甩到後頭了。

時間回到不久前，在平塚中繼站待命的城次與尼古，愣愣地目送葉菜子騎著腳踏車離開。

「走掉了耶。」

「走掉了啊。」

葉菜子本來在平塚中繼站跟尼古一起陪城次，但當她一聽到城太在接近中，竟然轉身就跑，還半強迫地對一名牽著腳踏車的觀眾說：「借一下，馬上還你。」然後一把將腳踏車搶走。

「真是個好女孩齁？」尼古說道。

這一天，葉菜子跟往常一樣細心地打理一切。為了讓城次在開跑前放鬆心情，她特地到平塚中繼站陪他，也幫忙尼古搬運毛毯和飲料，並且在城次拉筋時，陪他聊天消除緊張感。

尼古非常欣賞葉菜子爽朗又善解人意的個性，簡直就像丈母娘看女婿、越看越滿意的感覺。

可是，問題又來了。尼古搓了搓著鬍渣。她喜歡的，到底是雙胞胎的哥哥還是弟弟啊？

本來從她決定陪伴城次這點來看，以為她喜歡的應該可以確定是弟弟了，沒想到現在她又興沖沖跑去幫城太加油。而且最後她簡直可以說是坐立難安，竟然還搶了人家的腳踏車。

她看上的到底是誰？該不會兩個都喜歡吧？

尼古百思不得其解，順口對城次說了句「真是個好女孩齁？」沒想到城次竟然回答：

「嗯啊。」城次臉上掛著燦爛的笑。

這小子，果然還是什麼都不知道。

尼古嘆了口氣，把注意力拉回比賽，確認領先集團裡正陸續來到平塚中繼站的選手，依序分別是真中大、六道大、房總大。本來以為去程會是六道大、房總大兩校的廝殺，沒想到意外出現一匹黑馬，觀眾的情緒無不為之沸騰。

隨後，其他大學的選手身影也越來越清晰地逼近中。

「是老哥！老哥跑到前面了！」

城次興奮地大吼大叫，尼古連忙也探出馬路一窺究竟：「在哪裡？」正好目睹身穿黑銀相間隊服的城太超越城南文化、前橋工科的選手。連在人行道上騎腳踏車的葉菜子，也很難追得上他的速度。

在此同時，相繼抵達中繼站的領先選手也開始傳遞接力帶了。

「喔！跑得好、跑得好！」尼古拍拍城次的背。「快到你了。準備好了嗎？」

「OK的啦！我才不會讓老哥一個人出盡風頭。等著看我的厲害！」

城次輕快地說，一邊轉動腳踝，放鬆筋骨。寬政大這時候，跟前頭的喜久井大、東體大之間還有一段相當遠的距離。

「你可別看城太把名次超前了，就逞強喔。實力和時間差，不是一朝一日就能超越的。只要能夠縮短跟前頭選手之間的距離，就阿彌陀佛了。照這個想法下去跑，知道嗎？」

「知道啦。」

城次點點頭，並在工作人員唱名後，站到中繼線上。尼古也站在他身邊等著城太到來，以及送城次出發。

東體大以第九名之姿抵達平塚中繼站。這時候，從大手町出發以來，已經過了三小時十九分五十八秒。喜久井大比東體大晚十秒交接了接力帶，名列第十。然後再過十五秒，城太將寬政大學的接力帶交到城次手中。

到這裡為止，時間是三小時二十分二十三秒，寬政大終於把排名拉到第十一順位。城太跑完三區二十一．三公里，取得一小時〇四分三十二秒、區間排名第十的好成績。

但是尼古還沒來得及開心，城太就一臉嚇人的表情跑來，把接力帶交給城次的同時說了一句：

「葉菜妹，好像喜歡我們兄弟倆耶！」

「什麼！不會吧?!」

城次大叫這麼一句，頭也不回地衝出去，留下中繼站所有人一臉目瞪口呆。

「你們兩個，到底有沒有認真在比賽！」

尼古拖住城太的肩頭，好像恨不得把他藏起來一樣，硬把他拖到中繼站後面。

「有啦！」

城太雙手撐住膝蓋，大口大口喘氣，調整呼吸。「為什麼你們都沒說？」

「你是指葉菜妹喜歡你們倆的事？」

「嗯，還是說，是我誤會了？」

「我可沒這麼說。只是，為什麼你偏偏這個時候才發現？萬一害城次受到影響怎麼辦？」

「怎麼了嗎？發生什麼事了？」宛如銀鈴般的聲音傳來。

兩人回過頭，發現葉菜子就站在身後。她似乎已經把腳踏車還給車主了，一邊擦著額頭上的汗水，一邊笑著對城太說：「你好厲害喔。」

蹲在地上的城太，羞得連脖子都紅了。只見他笨拙地站起身，看都不敢看葉菜子。「嗯，謝謝。」

喂喂喂，城太變成這副德性，那城次不就也……尼古搔搔頭。

「真是敗給你們了……我打個電話給灰二吧。」

聽到尼古這麼說，葉菜子不解地看著他。

箱根湯本車站前，阿走和清瀨正在等開往蘆之湖的公車。他們必須趕在交通管制前抵達箱根山上，但有相同想法的人似乎不少，因為上山的道路已經開始塞車了。

「第十一名喔，灰二哥！」

為了驅走身上的寒冷，阿走原地踏步著，同時把小電視的音量調大聲。電視中傳來平塚中繼站的賽況，播報員的聲音聽起來也十分興奮。

「在平塚中繼站第一位交出接力帶的選手，是真中大！以箱根四連霸為目標的六道大，在二十九秒後取得第二名。第三名是房總大，和第一名相差不到五十秒。沒想到三區結束時的局面，竟然出現這麼出人意料之外的發展。谷中先生，您怎麼看？」

解說員谷中接著分析道：

「是的，雖然本次大賽前，大家都預測會是六道大和房總大的雙雄對決，結果真中大也加入這場激戰。在這之後的四區，還有上山的五區，還會出現什麼樣的變化？真是讓人非常期待。」

「第四名到第十名，分別是動地堂大、大和大、甲府學院大、西京大、北關東大、東體大、喜久井大，都是經常參加箱根驛傳的學校。這場比賽共分為去程優勝、明天的回程優勝，以及依時間總合評定的總優勝，到底會由哪幾所大學取得，現階段完全無法預測。」

「第十一名的寬政大也值得關注。」

谷中完全一副感動不已的口吻。「雖然在一區排名敬陪末座，之後卻以穩健的步調力爭上游。這雖然是一支只有十個人的隊伍，但每個隊員都很有實力，區間選手的安排也針對每個選手的特性來分配，真的非常高明。說不定他們真的能取得種子隊資格，不，最後甚至可能拿下更好的名次呢。」

「要說最令人意外的，就是寬政大讓大家見識到他們的奮鬥精神。不過話說回來，谷中先生，寬政大的選手中有三個大四生喔。就算他們真的取得種子隊資格，明年該怎麼辦？照這樣看來，參賽人數會不足呢。」

「這倒也是。」谷中笑著說。「只有十個人出賽的隊伍，可以說是破天荒。至少，從電視台開始轉播箱根驛傳以來，還不曾有過前例。他們要是跑進前十名，恐怕只能讓那幾位大四生留級參賽了。」

「唉呀，這樣好嗎？」播報員打趣地說。

谷中接下來的口氣變得較嚴肅：

「留級只是玩笑話。我想，這對他們來說，應該不會是問題。看到寬政大這次的精彩表現，一定會有新生想加入的。比賽有強校參加固然很好，不過，能有這種願意為沒跑步經驗的年輕人敞開大門的學校參與，也是一件好事。畢竟，舉辦箱根驛傳的目的，除了培育世界級跑者之外，也是為了拓展日本長跑界根基的版圖。」

「說得好，谷中先生。」清瀨喃喃說道。

「這人是誰啊？」

「你對田徑選手的事，還真的很不熟耶。他在大約三十年前是大和大的王牌，而且曾經代表日本，參加過奧運的馬拉松大賽。現在的話，應該是在某個企業集團當顧問吧。」

「是喔。」

在世界級舞台上跑過的人，說起話來果然不一樣，阿走心想。

這時候，出現在電視畫面上的，正好是跑四區的城次。

「城次在搞什麼？怎麼跑得這麼三八？」

「真的耶，嬉皮笑臉的。」

「說到這個，剛才城太在平塚，也是一張臉紅通通。」

「他又不是會緊張的人，搞什麼啊？」

正當阿走納悶著，清瀨的手機響了。這一次他毫不猶豫地按下免持功能鍵。

「喲！灰二，事情有點不妙。」

是尼古打來的。

「發生什麼事了？」

阿走不自覺地提高聲音問。尼古好像被搞糊塗了。

「咦？我撥成阿走的號碼了嗎？」

「你沒撥錯，這是我的手機。」

清瀨似乎懶得說明免持模式這個功能。「到底怎麼了？」

「嗯……阿走也聽得到嗎？這樣的話，不知道該不該說耶。」

「你就說吧。」

尼古可能感覺到清瀨口氣中透露的不耐，開始說明情況。

「雙胞胎啊，好像發現葉菜妹的心意了，所以城太跑完後整個人都酥了，開跑的城次也跟著酥了。」

清瀨看阿走一眼。阿走心想，幹嘛看我？

「現在才發現？」清瀨對著手機說，語帶無奈的歎息。

「對啊，現在才發現。怎麼辦？」

「都這樣了，還能怎麼辦？我會注意城次的狀況，必要時會想辦法處理。」

「了解，那我就和城太去小田原的旅館了。不過，讓葉菜妹住橫濱沒關係嗎？」

葉菜子原定要去王子所在的橫濱的飯店投宿。等城次跑完四區，應該也會到橫濱跟他們會合。

「沒必要變更計畫。」

「你有話要跟城太說嗎？」

「沒有，因為他跑得很完美。」

「那我就這樣跟他說。」

「我說阿走。」結束通話後，清瀨扭了扭僵硬的脖子。「今晚你別在橫濱的飯店吵架喔，我和王子可沒有把握能排解你們之間的糾紛。」

「吵架？你在說什麼？」

阿走一臉正經地反問。清瀨盯著阿走。

「搞到最後，全世界就剩你還不知道。」清瀨笑著說。「公車終於來了，上車吧。」

「你到底在說什麼，灰二哥？喂，等一下！」

阿走與清瀨搭上經舊道開往蘆之湖的公車，兩人並肩坐在雙人座上。這條路線的道路比較窄，而且繞得比較遠，但至少沒有國道一號那麼多車，或許反而比較快。

受到山壁的屏障，電視或廣播的訊號都無法順利接收。

「看來在抵達蘆之湖前，都別想收到賽況的情報了。」

清瀨抓著收音機的天線尋找接收訊號的角度，一下子轉過來、一下子扭過去，活像在用探測棒找水源一樣。好一會兒後，他終於死心、摘下耳機，肩膀往車窗一靠。

「希望城次可以摒除邪念，把精神集中在比賽上。」

「邪念？有這麼嚴重嗎？」

阿走苦笑說。雙胞胎終於明白葉菜子的心意了，這不是件好事嗎？沒錯，這是好事，但是為什麼我高興不起來？這感覺跟因為跑不好而心慌意亂時一樣，胸口好難受。感覺就像細胞燃燒不完全，身體因此囤積了一堆多餘、沒有用的熱量。

阿走沉默不語，清楚感覺到清瀨正定定看著自己。算了，要笑要幹嘛的隨便你啦。阿走做好被繼續挖苦的心理準備。真想趕快上場跑步，這樣就能早點從這種無法言喻的曖昧感情中徹底解放，感受風的吹拂。

公車內暖烘烘的暖氣，讓人腦子昏昏沉沉，感覺很不舒服，跟那種明明想睡、卻遲遲無法睡著時的感覺很像。阿走像是要迴避清瀨的視線，挪動一下腰部，讓身體深深埋入座椅中。

「得想辦法把城次的注意力轉回比賽上才行。」清瀨說。

沒想到清瀨就這樣放過他，話題回到正事上。阿走不禁抬眼看他。

「如果是你，會怎麼跟城次說？」清瀨看著窗外。杉木的枝葉近到要擦到車窗了。

「我會……」阿走思考一下，說出他的回答。

到底是怎樣？葉菜妹真的喜歡我？

城次滿腦子都是葉菜子的事。

啊，不對！老哥他好像是說「我們兄弟倆」，這什麼意思？是指我們兩個其中一個，還是，其實他是要說「葉菜妹喜歡跟我們做朋友」？這我也知道好不好！如果是這樣，老哥還真是大驚小怪。我也很喜歡跟葉菜妹做朋友，甚至希望還能跟她更要好咧。

咦！慢著！等等！如果老哥的意思是，葉菜妹有「那個」意思，那不就表示她喜歡……？雖然或許是老哥也說不定，不過，如果她喜歡的是我呢？怎麼辦怎麼辦？我會高興死……所以，我是不是該下定決心、跟她告白看看？

邊跑邊胡思亂想的城次，臉上洋溢著無限春光。

由於心有旁騖，城次跑得非常散漫。從大磯[37]回到國道一號，就連自己已經通過東海道[38]的松樹林道，他也渾然不覺。現在的他只是任憑景色流逝，機械化地擺動身體向前進。

四區是從平塚到小田原，全長二十・九公里。在箱根驛傳各區間當中，屬於短距離賽道，但為了在交棒時讓五區爬坡選手取得優勢，四區選手還是不能大意。

沿著國道一號經過二宮[39]、國府津[40]，到進入小田原城下町[41]為止，一路上有許多細小的河川注入相模灣[42]，跑者必須渡過幾座小橋，而每座橋都是一段上下坡。

城次不擅長平坦的賽道，因為他在稍有起伏的路面上更能掌握節奏，也多虧了這樣，儘管這一路他跑得魂不守舍，還是能保持一定的步調向前推進。

現在的城次沒有半點企圖心，完全無意追趕前方的喜久井大與東體大。打從在平塚中繼站接過接力帶起，他與這兩校的時間差既沒有拉長也沒有縮短，一心一意都在揣測葉菜子的心意。

四區是前半段與後半段地貌落差很大的區間。在進入小田原市街之前，都是氣候比較溫暖、跑起來比較不費力的沿海道路；一旦穿過市街、來到臨近箱根登山口地帶，氣溫便急遽下降，跑步時還得正面承受從山上吹襲而下的冷風。最後三公里則是一段漫長爬升的坡道，尤其是最後一公里，簡直已經可以說是登山道，完全就是陡峭的上坡。

不論事先進行過的地形調查，或是之前的試跑經驗，全被城次拋在腦後。這時的他根本無心於比賽，三魂七魄都被葉菜子勾走了。

說到城次的感情史，他是屬於被愛的一方。從以前到現在，他跟幾個女孩子交往過，也都是真心

37 位於神奈川縣南部中郡的都市，為東海道五十三次驛站之一。
38 江戶時代由日本橋經西方沿海諸國至京都的街道，幕府時代在沿道各大名領地上設置五十三次驛站。
39 神奈川縣中南部中郡的都市，面對相模灣，北有大磯丘陵，平安時代相模國二宮川勾神社所在地為名。
40 神奈川縣小田原市東方地名，面對相模灣，平安時代為相模國府外港。
41 位於小田原市的城池，原為大森氏的據點，後為北条早雲所奪，做為北条後世五代的主城，北条氏滅亡後，由大久保、稻葉氏進駐。
42 位於神奈川縣南方的海灣，由真鶴岬至城島朝北連成一線的海域，漁獲豐富。

喜歡她們，只是每段戀情都不順，最後總是自然而然分手了。

原因是，他有個長得一模一樣的哥哥。

舉例來說，當他的女朋友到家裡玩、城次到玄關迎接時，對方一定會問：「……你是城次吧？」高中時，當他和城太穿著相同的制服、走在學校走廊上，他的女朋友一定不會從背後叫他，而是先繞到雙胞胎前面，比對出誰是城太、誰是城次後，才開口跟城次講話。

因為兄弟倆長得很像是不可抹滅的事實，所以城次倒不是在氣她們總得先頓一下的微妙反應。他討厭的，是那些女生老是想找出他與城太的不同。

城次也知道自己這樣的要求，是有點過分而且傲慢。對於有個和自己長得很像的哥哥，他其實沒有任何不滿；相反的，小時候他還會故意模仿城太的動作來捉弄朋友，而且樂在其中。

不過，如果是在很喜歡的女孩子面前，他就會拚命地想要強調「城次」的身分。每當女友的反應出現瞬間的空白、努力想找出他和城太之間的差異時，城次總會覺得有點受傷，甚至很想問女朋友：妳覺得我會騙妳嗎？

城次當然知道這些女孩子沒有惡意，是他自己對這種事太敏感，所以他也從沒因此指責過她們的不是。

城次只是不希望最親愛的哥哥和自己，被別人拿來比較。他只是一個「跟哥哥長得很像的人」，希望別人很自然地接受他這個人。他想要的就這麼簡單。

葉菜子在這方面，跟別人有點不一樣。

她絕對不會把城太和城次搞混，就算兄弟倆穿著一樣的外套或是背對她，葉菜子總是能毫不猶豫、正確地叫出雙胞胎的名字，就像呼吸一樣自然。更難得的是，她從不曾嘗試找出城太和城次個性上的差異，就好像沒人會刻意指出清瀨和阿走有什麼不同。

「葉菜妹，為什麼妳分得出我們兄弟啊？」

城次因為覺得不可思議，所以問過她本人。不過，葉菜子好像不太懂他的問題。

「為什麼？什麼意思？」

「我和老哥，算是長得很像的雙胞胎，連大學的朋友也常把我們兩個搞混、叫錯名字。」

「住在竹青莊的人，應該也不會搞錯吧？」

「那是因為，嗯，我們相處的時間很長啊。」

葉菜子陷入一陣沉思。

這是發生在兩兄弟送葉菜子回「八百勝」的途中。葉菜子走在雙胞胎的中間。城次感覺另一邊的城太也在默默等待她的回答。

「因為我從來沒想要分辨你們兩個，所以不知道怎麼回答耶。」葉菜子說。「第一眼見到你們，我就覺得城次和城太是一對感情很好的兄弟。對我來說，你們兩個同時出現是理所當然的事，而且你們倆又都很……那個……很帥。」

啊！城次差一點邊跑邊叫出聲來。

我想起來了！葉菜妹說過我們兩個人「很帥」！她果然喜歡我們，只是後來也沒說到底是喜歡誰。

不管葉菜妹喜歡的是老哥還是我，都無所謂。不管我和老哥有哪裡相像、哪裡不一樣，葉菜子都能全盤接受。她對我來說，永遠都會是一個特別的存在。

可是……城次又再次淪陷在思緒的汪洋。我一直以為葉菜子喜歡的是阿走呢。

這就是為什麼，雖然城次對葉菜子有好感，卻不敢積極表態的原因。

不管是夏天集訓時，還是她來竹青莊玩的時候，葉菜子經常跟阿走講話。阿走跑步的姿勢，真的很漂亮。雖然城次覺得把「漂亮」兩個字用在同性身上，感覺有點彆扭，但他是在看了阿走跑步的樣子後，才頭一次體會到認真投入一項運動時的力與美。

阿走是個只懂田徑的傻瓜，社會適應能力似乎也不太高明，但是他擁有非常純真的一面。阿走不像我可以馬上跟別人稱兄道弟，但是他會一邊發出「嗯、嗯」、一邊想著該怎麼回應，努力去了解對方與自己。

阿走的生存之道，跟他跑步的樣子很像：強而有力、直視前方，永遠對眼中看到的一切抱著希望與期待。

正因為如此，雖然城次常跟阿走吵架，卻還是很喜歡他。城次總是想像著，如果自己能像阿走那樣跑，眼前看到的會是什麼樣的世界。他一直以為，葉菜子既然對田徑比賽那麼著迷，一定也會喜歡阿走。

而且，阿走應該也不排斥葉菜妹才對。

「喂！城次！有沒有聽到我在叫你？喂！」

房東的怒吼聲，終於讓城次回過神。

咦？這裡是哪裡？城次環顧四周，前方的選手穿著東體大和喜久井大的隊服，而他現在正跑在橫跨酒匂川[43]的大橋上。這裡是十五公里處，快要進入小田原市街。

怎麼已經跑到這裡了？觀眾的加油歡呼聲彷彿這一刻才傳入他耳裡。城次嚇了一大跳。

「城次！」

教練車上的房東再次大吼，城次揮了揮右手表示「我有在聽」。我得把心思放在比賽上才行。城次接過瓶裝水，把水往自己頭上一淋，舔了舔流到嘴角的冰涼水滴。

「什麼意思我不懂，阿走要我轉達這句話給你。」房東說。「『喜歡就好好跑下去』！完畢。」

你在跩什麼啊！城次忍著不笑出來。連自己的心意都沒發現，你還好意思說別人！

但是你說得對，阿走。我會好好跑下去，因為我是真心喜歡跑步。我要為了在這有苦有樂的一年間認識的所有人而跑。不管是衷心的打氣，還是無心的中傷，我全都收下，把它們轉化為飛躍而出的強勁步伐。現在，我要盡情享受我們最喜歡的「跑步」這件事。

其他的事，就等跑完再說吧。

城次全力奔馳在恬靜又古老的小田原街道上。這一帶的居民傾巢而出，沿著街道為選手送上聲援。每年過年時，這鎮上的人大概都會來幫箱根驛傳的選手加油吧。城次有這種感覺。他們平常雖然和跑步扯不上任何關係，這個時候也會把它當成自己的事，全神貫注看著飛馳過街上的選手。

能參加箱根驛傳，真好；能體會什麼叫做認真的跑步，真好。

當城次在小田原本町[44]的十字路口右轉時，終於追上喜久井大的選手。雖然濕漉漉的髮絲受到箱根來的冷風吹拂，卻讓人覺得通體舒暢。東體大選手的身影，已經完全進入他的視野中。

穿過箱根登山電車的高架鐵橋，左手邊是早川[45]潺潺的溪水，城次終於來到最後一公里的上坡道。好吃力喔。前半段跑得太心不在焉，導致他現在跑得很不順。

一輛開往箱根湯本的小田急浪漫特快車，從他的右手邊駛過。

城次突然想起清瀨的話：

「只有速度才是衡量一切的基準嗎？那我們幹嘛跑步？去坐新幹線啊！去坐飛機啊！那樣不是更快！」

那個時候，他還不懂清瀨對阿走說這話的意義。現在他懂了。想去箱根，搭浪漫特快就到得了，還能在車廂裡翹腳吃著冷凍橘子，輕鬆又快速。

但是，這不是我要的。我，我們想去的地方，不是箱根。我們的目的地，一定得靠著跑步才能到

---

43 位於神奈川縣西部的河川，源自富士山東麓，由小田原市東方流入相模灣。
44 神奈川縣西南部的都市，自古即為箱根山岳東麓要地，以北条氏主城為著稱。
45 全長二十一公里，位於神奈川縣西南部，發源於蘆之湖北端，向北流經仙石原由湯本改為東南流向，於小田原市注入相模灣。

達，那是個更遠、更深、更美麗的地方。雖然我現在沒辦法馬上去到那裡，但總有一天，我一定要親眼目睹那裡的風景。在那之前，我會一直跑下去。看著吧，熬過這痛苦的一公里，我會離那個世界更近一點。

城次的速度毫不遜於喜久井大的選手。他不顧一切地緊跟著，在嚴峻的爬坡路上，抬頭挺胸向前奔馳。

小田原中繼站所在的箱根登山電車風祭車站，傳來一陣奇妙的樂聲。

「你那邊怎麼那麼吵？」清瀨說。

阿雪單手摀著耳朵，朝手機扯開嗓子大喊：

「是竹輪[46]和半片[47]在跳舞啦。別管這個了，你那裡的天氣怎麼樣？」

位於風祭車站前的中繼站，就設在小田原魚糕工廠的門市停車場上。中繼站裡聚集了許多觀光客，穿著魚糕工廠吉祥物人偶裝的工作人員正配合著音樂跳舞。太鼓陣頭響徹雲霄，讓現場就像祭典的最高潮一般熱鬧滾滾。

四區的各校選手正陸續接近中繼站。阿雪陪在神童身邊等待城次到來，預計再過不久他就會抵達小田原中繼站。

被箱根登山電車鐵道和早川包夾的國道一號，一路通往箱根湯本，並繼續往更遠的山區延伸。

「這裡滿冷的。」

清瀨透過電話傳遞情報。「現在大概四度左右，不過山上有雲，氣溫有可能再下降。」

一般來說，風祭這一帶與蘆之湖之間的氣溫大約相差兩度。阿雪研判，還是讓神童穿上長袖運動衫比較好。

「神童身體狀況怎麼樣？」

「他現在去廁所。啊，回來了，我叫他聽電話。」

「神童！灰二打電話來。」阿雪揮了揮手上的行動電話。

神童剛踏出魚糕門市的廁所，往停車場走來，現場的觀眾見狀，紛紛讓出一條路給他，原因不完全因為他是即將出賽的寬政大選手，而是他的樣子實在太怪異了。

神童還是那副打扮：毛巾包住了大半張臉，上頭又戴著兩層口罩。而且，因為他在發燒，走起路來有些不穩。

「這個模樣，如果再加上一頂安全帽，肯定上得了《安田講堂[48]寫真集》。」阿雪心裡一邊這麼想，一邊把手機遞給神童。

「我沒事。」神童一接過電話就劈頭這麼說。他因發燒而沙啞的聲音，一點都不像沒事的樣子。

神童和清瀨講了一下後，掛掉電話。

「灰二怎麼說？」

「叫我一定要多補充水分。」

這種時候，灰二也沒別的話可說了。阿雪和神童都了解他的心情。神童一旦棄權，寬政大學的箱根驛傳就到此為止，所以，神童無論如何都得撐到蘆之湖。

「神童！阿雪！」

人聲嘈雜中傳來一陣呼喚，原來是「八百勝」老闆牽著尼拉來了。這兩天因為竹青莊的人都不

46 圓筒狀魚糕。

47 魚肉山芋餅。

48 一九六八年，東京大學學生（醫學部的全體鬥爭委員會）發動學生運動時曾佔領安田講堂，後來機動隊才強行解除學生的封鎖，這次事件後來被稱為東大安田講堂事件。東大安田講堂事件發生後，安田講堂長期荒廢，直到一九八八年至一九九四年修復完成後才再度啟用。（摘自維基百科）

在，所以請「八百勝」老闆幫忙照顧尼拉。尼拉看到神童和阿雪後，興奮地拚命搖尾巴示好。

「城次現在好像正在跟喜久井大爭第十名。」

「八百勝」老闆說。這天一早，他就帶著尼拉守在小田原中繼站附近。神童將決心藏在心底，不發一語點點頭。由於他身體不適的情況實在太明顯，「八百勝」老闆知道問他「你還好嗎？」這種話等於白問，於是只默默在一旁守護他，看著他撫摸尼拉的頭。

這時候，鼓聲突然狂飆起來。房總大的選手以第一名順位，率先交出了接力帶。緊接著到場的是大和大。它在平塚時還排名第五，卻在這一區提升了名次。至於「箱根王者」六道大選手的身影，則到現在都還沒出現。這出乎意料的發展，在觀眾群中引起一陣騷動。

大和大抵達後二十秒，真中大也進入小田原中繼站。再七秒之後，終於輪到落後到第四名的「王者」六道大把接力帶交給五區選手。

神童脫下防寒外套、交給阿雪。他在隊服底下多穿了一件接近銀色的灰色長袖T恤。登上箱根山後，氣溫會隨之下降。其他大學的選手中，也有不少人穿上長袖T恤。

「走吧。」

阿雪接過防寒外套，和神童一起走向中繼線。甲府學院大、動地堂大、北關東大，依序交遞出接力帶。到這裡為止，這一批選手跟第一名房總大的時間差約為四分半。由於各校的時間差不大，比賽在五區的登山路線上極有可能發生逆轉，最後究竟是哪所學校取得去程優勝，現階段仍很難預測。

神童摘下口罩和毛巾。

「請把這些東西裝袋後密封，交給八百勝老闆。上面有感冒病毒，阿雪學長你千萬不能把這些東西留在身邊。」

有必要這樣神經質嗎？阿雪心想，但神童一臉認真地看著他。可能是因為就要上場了，才會讓他緊張成這樣吧。

「知道了。」阿雪很乾脆地答應了。因為如果讓跑者有任何一點牽掛，都有可能影響到跑者的專注力。

西京大和東體大的選手也抵達中繼站了。工作人員的廣播聲響起：「接著抵達的是，喜久井大、寬政大。」阿雪猶豫著到底要不要開口，最後還是叫住正準備踏上中繼線的神童。

「真的很痛苦的話，中途棄權也沒關係。」

神童驚訝地轉頭，兩眼直盯著阿雪。這句話，或許會對神經緊繃、戰戰兢兢的神童，在身心上都造成不良影響，但就算這樣，阿雪還是沒辦法不說。

神童那對因發燒而有點渾濁的雙眼，這一瞬間竟閃過一抹清澈的光芒。阿雪與神童四目相望，再次開口說：

「就算你這麼做，也不會有人會怪你的。所以，真的撐不下去時，拜託你一定要立刻棄權。」

「我知道。」神童帶著微笑，站上中繼線。

城次和喜久井大的選手使出渾身解數，並列著往前奔，雙方互不相讓。最後那幾步，兩人屏住了呼吸往前衝，同時越過中繼線。

「神童！」

繡著「寬政大學」銀色字樣的接力帶在風中飄揚。神童沒答腔，接過接力帶的瞬間握到了城次的手，接著就從小田原中繼站出發了。

「神童的手好燙！」

他怎麼會比剛跑完二十公里的我還燙？城次愕然望著神童的背影漸漸消失在山裡。我簡直就是渾球！為什麼不能集中精神好好跑？神童就算感冒了，還是那麼相信我、等著我。這些我明明都知道，為什麼沒跑出更好的成績，再把接力帶交給他？

寬政大從大手町出發，經過四小時二十四分四十七秒，在小田原中繼站交出接力帶，與喜久井大並列第十。

城次的區間紀錄是一小時〇四分二十四秒，在同樣跑完四區二十・九公里的選手中排名第十一。而在三區跑了二十一・三公里的城太，區間紀錄是一小時〇四分三十二秒，名列第十。不論從距離或城次與城太的實力來看，城次確實應該可以拿到更好的成績才對。

雖然寬政大學終於擠進前十名，城次心裡卻只留下滿滿的懊悔。

「辛苦了。」

面對這樣的城次，阿雪只說了這麼一句。他知道城次對自己的成績不滿意，但這種情況下，旁人實在很難給他安慰或鼓勵。就外人看來，城次為寬政大學帶來了希望，表現可說可圈可點。就算城次心裡覺得不服氣，也只能靠他自己排解了。

「阿雪學長，我實在很不甘心。」城次說完，緊抿著嘴。

「我也是。」

城次垂頭喪氣，阿雪抓著他的頭輕輕地搖晃，接著說：「我沒辦法阻止神童。我知道應該阻止他上場，最後還是做不到。」

阿雪帶著城次離開喧鬧的人群中，來到「八百勝」老闆和尼拉等待的地方。

「把頭抬起來，你已經跑得夠好了。」阿雪輕聲告訴依舊垂著頭的城次。「有的時候，就算再怎麼努力，也不見得能達成目標。可是，正因為這樣，也未嘗不是一件好事，不是嗎。」

一切還沒結束。不會就此結束。不論是寬政大的箱根驛傳，還是城次的懊悔或喜悅。正因為覺得自己還沒達到目標，才會有無數個「下一次」的努力。

「嗯。」城次揉了揉眼角，挺起胸膛。

接下來，阿雪為了隔天的出賽而前往蘆之湖，城次則是出發到橫濱的飯店集合。「八百勝」老闆開著小貨車帶尼拉回商店街，為明天晚上的慶功宴做準備。每個人都有自己該做的事，也有自己該去的地方。

比賽還在進行，他們還有許多機會。城次跟「八百勝」老闆和尼拉揮手道別後，和阿雪一起走向風祭車站。

體內一股寒意直竄，皮膚上卻不斷冒汗。濕透的T恤被風吹得冰涼，卻不能降低身體表面發燙的溫度。每踏出一步，腳底的衝擊就引發頭痛，鼻塞也嚴重到讓人無法正常呼吸。

神童在意識模糊的狀態下，挑戰箱根登山賽道。他感覺自己頭上好像套著一層透明泡膜，周遭的聲音和身體的感覺都離自己好遠。

好痛苦、好難過。好痛苦、好難過。這兩個詞彙，在腦髓形成一道漩渦，順著背脊而下，充斥他的體內。不可思議的是，他想都沒想過要放棄。

跑完最初的一公里，神童花了三分三十秒。雖然是上坡路，但這樣的速度還是偏慢。在小田原中繼站同時出發的喜久井大，現在已經跑到前頭，連個背影都看不到了。

通過位於三・四公里處的箱根湯本溫泉街後，四周的景色開始轉換成峽谷的面貌。

神童跑到函嶺洞門[49]隧道時，本來在小田原中繼站比寬政大晚出發的橫濱大選手追過了他。隧道的左面臨河，右面則是格子狀水泥牆柱。射入隧道內的光線與牆柱形成一幅黑白相間的畫面，橫濱大的選手若隱若現地向前跑去，看起來就像一部等秒間隔的幻燈片。神童只能目送他離去。

離開還保留著古老民房的塔之澤溫泉鄉[50]後，有好幾處連續彎道。蜿蜒的賽道緩緩地向上爬升。神童在視線模糊的狀態下，勉強摸索著路線。跑彎道時必須由內側切向內側，因為沿著路邊跑會增加許

49　一九三一年竣工，位於神奈川縣足柄下郡相根町，為防止國道一號線路段落石所建造的隧道。

50　江戶時代起即「箱根七湯」之一，廣受騷人墨客與政要喜愛的溫泉地，由早川溪谷中湧出。東鄰箱根湯本溫泉，結合成獨具風格的溫泉旅館區。

多不必要的距離。

兩腳又痠又痛。可能是因為發燒，開始引發關節炎。但是，真正的上坡，接下來才要開始。穿過箱根登山電車的出山鐵橋[51]下方，神童踏著搖搖擺擺的步伐，上坡卻無止無盡。這時他的平均速度已經降到一公里三分三十五秒。

沿著早川爬到七・一公里處，是大平台[52]的髮夾彎。一旁的陪跑車，引擎也發出低沉的呻吟。原來不是只有我覺得痛苦，連機器也在受這條山路折磨。神童恍惚地想著。

進入宮之下溫泉鄉[53]，通過富士屋旅館前方時，許多前來這家老字號溫泉旅館過新年的遊客，擠滿狹窄的道路兩旁。神童的名次漸漸落後，到這裡已經被三所學校超越了。但這些素未謀面的遊客還是大聲地為他打氣：「寬政加油！」或許他們在電視上看到了寬政大的介紹，期待這支弱小田徑隊能有活躍的表現吧。

神童像是被這陣加油聲推著跑，一路撐到宮之下十字路口左轉，抬頭望去。看了就討厭的上坡道，又在前頭嚴陣以待迎接跑者。

位於十公里處的小涌園[54]，標高六百一十公尺，而小田原市內的標高是四十公尺。也就是說，選手們一口氣必須爬升五百公尺以上的高度。

難關還不只如此。十五公里過後是國道一號的最高點，標高八百七十四公尺。在五區全長二十・七公里之間，標高的差距就有東京都廳的三倍之多。

在五公里處保持沉默的教練車，首次傳來房東的喊話。

「神童，圍棋這玩意兒啊……」

這是什麼天外飛來一筆？還是說，我在不知不覺間，連耳朵都燒壞了，開始出現幻聽嗎？房東的破鑼嗓音透過擴音器傳來，神童努力集中精神聽他說。

「什麼時候該認輸，是最困難的決定。實力越堅強的棋手，在發現自己贏不了的時候，就會努力思考該怎麼承認失敗。如果他已經盡了所有努力想逆轉，甚至抱著必死的決心去分勝負，卻還是被對手圍剿，這就是該認輸的時候了，就算當時棋盤還沒整個下滿。沒有人會因為這樣去責怪棋手，說他怎麼下到一半就認輸。相反的，棋手在適當的時機投降，就算輸了比賽，也會被稱讚『識時務者為俊傑』，因為他一直都抱著必勝的決心，也確實堅守到最後一刻。」

房東還沒說完，神童就聽出他想說什麼。

「很難受嗎?神童。如果真的很難受，就舉起雙手，我會馬上下車阻止你再跑下去。」

神童雙手握拳，搖了搖頭。這是驛傳，如果不能十個選手跑完每一個區間就不算完成。我絕對不會認輸。就算結果會很難看，就算錯失光榮退場的時機，我還是要跑下去。只要我的雙腳還能動，不，就算倒下了，我用爬的也要爬到蘆之湖。

或許是看到了神童的決心，接下來房東什麼都沒再多說，直接關掉麥克風。

多虧了到小涌園為止的這段彎道，讓神童勉強抓到了跑步的節奏。每過一個彎，就確實感覺到自己又往上爬了一點。但是接下來的路段上，彎道數量減少，沿途也幾乎沒有遊客了，路邊只剩下溶化的殘雪。神童只能在這淒涼的景色中，一個人默默埋首以國道一號最高點為目標跑上去。

通過惠明學園正門前的時候，因為海拔高度上升，嘴裡呼出的氣息也開始變白。這時的氣溫是三度，吹東南風，風速三・〇公尺，天空一片湛藍晴朗。

故鄉的雙親，應該正守在電視機前，擔心著自己的賽況吧。不用擔心，等比賽結束我就會回去，帶著姆薩一起回家，告訴你們箱根驛傳是多麼好玩、多麼精彩的比賽。

51　原名為早川橋樑，位於神奈川縣足柄下郡箱根町，是箱根登山電車路線其中一段，跨越早川之上。
52　神奈川縣足柄下郡箱根町的地名。
53　「箱根七湯」之一，標高四二〇公尺，位處箱根溫泉鄉中心處。
54　位於神奈川縣足柄下郡箱根町二之平小涌谷的溫泉觀光地，腹地中有許多有形文化財。

神童在十五公里處補充水分時，從給水員口中得知「目前是第十七，和第一名相差大約十分鐘。」不知道什麼時候，似乎又被兩所學校超越。神童把水倒入因發炎腫脹而變窄的喉嚨，本來以為冰涼的水應該可以稍微減輕身體的痛苦，結果水在進入胃部之前就已經變溫。

和第一名的時間差超過十分鐘的隊伍，回程將被安排在同一組同時出發。神童無論如何都想避免這樣的結果，因為明天怎麼開跑，會對阿雪跑第一棒的心情，以及回程所有隊友的士氣造成影響。

由這裡開始先是一段下坡，之後就是往最高點挺進的爬坡路段。神童奮力向前，體力已經幾乎要耗盡。他伸出拳頭捶打感覺開始抽筋的大腿，也像在鞭策自己一般。

蘆之湖閃耀的波光映入眼簾。

這是到達蘆之湖之前的最後一個下坡道。這時的神童，甚至不確定自己的身體是否真的在向前移動。身旁傳來一陣腳步聲。又有一所學校超過他了。

由於無法順利切換上下坡的跑法，速度拉不起來，一股懊惱的情緒湧上神童的心頭。我不想輸！不管再怎麼難看，不管被幾所學校超越，我才不要在這種地方輸給自己。這分意志，正是讓神童繼續奔跑的動力。

到了元箱根[55]，耳邊傳來遊客的歡呼聲。穿過十九．一公里的大鳥居之後，神童的意識開始恍惚。

蘆之湖畔恩賜公園[56]內的新芽、聳立在湖面對岸的富士山、最後直線賽道上啦啦隊敲打太鼓的聲音，這些神童全都看不到、聽不到，就連痛苦的感覺也不復存在。

只有「向前跑、向前跑」這句話，有如咒文一般，在神童蒙上霧靄的腦袋裡迴盪著。

阿走和清瀨在稍過正午時抵達蘆之湖，小電視又再度接收得到訊號，畫面上出現的是城次跑在四區後半段的身影。

清瀨分別打電話給教練車上的房東，以及在小田原中繼站的阿雪，對他們各自說明傳話內容與指示。這段時間，阿走晃到不遠處眺望湖面。

眼前的景色讓阿走難以想像，幾小時之前，他還在大樓與柏油路的世界裡。圍繞在平緩群山當中的湖面映照著天空，閃耀著銀色光芒，宛如覆著一層薄冰。海盜船造型的遊湖船悠揚地橫切過湖面，劃出一道道漣漪。富士山彷彿披著純白的雪裳，鳥瞰著這幅美景，清晰動人的身影映入眼簾，有若近在咫尺。

這恬靜優美的景致，看來有如經過加工雕琢般的不真實。

然而，做為箱根驛傳去程終點兼回程起點的蘆之湖停車場，卻與這壯麗的大自然形成強烈對比，場內人聲沓雜。等待五區跑者到達的觀眾與工作人員，早就將停車場擠得水洩不通。雖然從湖面吹來刺骨寒風，但聚集在停車場的群眾，手上都拿著協辦企業販賣的啤酒，或當地居民熬煮的豬肉蔬菜湯，熱切盯著特別搭建的巨型電視牆。

選手們奔跑在山路上的身影，出現在螢幕上。好幾台轉播車相互支援，從第一名到最後一名跑者的鏡頭都沒有遺漏，由此可見他們的用心。入山之後，所有選手總算分散成一列縱隊。

跑在首位的學校，是在小田原中繼站以第一名之姿交遞接力帶的房總大，緊接著是進入山區後急起直追、扳回劣勢的六道大。雖然途中順序有所變動，但去程的比賽結果仍如賽前眾人所預測，目前第一是房總大，六道大以些微差距排在第二。

在小田原中繼站以第二順位交出接力帶的大和大，以堅強的實力排在第三。而本來第三名的真中大，目前名次大幅落後。

這時最受矚目的隊伍就是喜久井大，在小田原與寬政大並列第十名，進入山區後卻一再超前，在

55 神奈川縣箱根町的一部分，由蘆之湖發跡的村落，內有箱根神社與關所遺址。
56 第二次世界大戰前由宮內省將天皇所有領土改建為公園，存在日本各地。

蘆之湖前方的下坡路段，終於擠進第五名。儘管才剛跑完艱難的上坡路段，選手的速度卻沒有因此降低。看來喜久井大幾乎已經篤定能創下五區的新區間紀錄。如果照現在的氣勢跑到最後，極有可能跑進史無前例的一小時十一分三十秒內。

阿走不自覺地緊握拳頭。螢幕上出現喜久井大跑五區的稻桓選手，今年才大學二年級。

他輕盈的步伐，讓人感受不到體重和地心引力，而且每一步都強而有力。他跑步的模樣，讓人幾乎看不出他正在爬坡，臉上也一副游刃有餘的神情，彷彿可以這樣一路直接跑上富士山。

厲害的對手不只有六道大的藤岡，箱根驛傳裡原來還有這樣的選手！之前默默無聞，卻如彗星一般乍現，讓人見識到什麼才叫真正的跑步。

阿走心中既懊惱又開心。好想跑！快點讓我上場吧！讓我體驗那個連藤岡和這名選手都尚未見過的至高境界吧！

畫面切換，神童出現在巨幅螢幕上。他和稻垣一樣都是倍受矚目的五區選手，原因卻完全相反。寬政大名次大幅落後，目前是第十八名。因為感冒而身體不適，神童等於是在近乎昏厥的狀態下步履蹣跚地蛇行，死命地移動身體向前。

「神童……」

看到神童雙眼渙散卻仍死盯著前方的模樣，剎那間讓阿走不知道該說什麼。神童現在面臨的戰鬥，誰都無法伸出援手。他是為了自己而戰，同時也是為了竹青莊夥伴而跑。

阿走一直認為跑步是一種埋頭苦幹的個人行為。現在的他還是這麼想，也堅信這個想法絕對沒有錯。

但神童在比賽中這樣的表現，已經完全超越結果與紀錄，是另一個次元的境界。

好強，阿走突然想起。清瀨曾經說過的「強」，或許就是這個意思。不論個人賽或驛傳，跑步需要具備的強韌，在本質上是永遠不會改變的。

那是再怎麼痛苦也要向前進的一種力量，以及持續與自己戰鬥的勇氣，也是不只著眼於眼睛看得到的紀錄、更要一次又一次超越自我極限的毅力。

阿走不得不承認，神童真的很強。今天如果讓阿走來跑五區，或許寬政會取得更好的名次，但這不代表阿走贏過神童。

神童非常強，而且還向阿走親自示範了跑步應該是什麼樣子。

我，我們這群人，到底為了什麼而跑？

阿走目不轉睛看著巨幅螢幕。

明明這麼痛苦、這麼難過，為什麼就是不能放棄跑步？因為全身細胞都在蠢蠢欲動，想要感受強風迎面吹拂的滋味。

「阿走。」

不知何時，清瀨已經來到他身後。「聯絡旅館，請他們鋪好棉被。如果他們有認識的醫生，也請醫生來一趟。」

「好。」

神童已經出現脫水症狀了，連能不能抵達終點都是個未知數。阿走急忙拿出手機，撥出湖畔旅館的號碼。清瀨也去找主辦單位的工作人員，請他們協助準備擔架。

現場歡呼聲與啦啦隊歌聲，變得更響亮了。

從大手町開賽至今，已經過了五小時三十一分〇六秒。房總大的選手終於穿過終點線，完成東京往返箱根大學驛傳的去程比賽。一分三十九秒後，六道大摘下第二名。

阿走和清瀨一起站在終點線旁。這時還看不到寬政大的隊服。

「聽說雖然房東勸神童棄權，但神童沒有答應。」清瀨低聲說。「希望他沒事。只要他能平安到達這裡，不論時間還是名次，都、都……」

跑完山路的選手，一個接一個抵達終點。在現場等待的隊友群起而上，照料並慰勞他們，簇擁著離開停車場。

喜久井大在跑完五區時排名第五，稻垣選手以一小時十一分二十九秒的成績，刷新了五區的區間紀錄。區間排名第二的六道大選手，成績是一小時十二分十五秒。從這樣的時間差距來看，不難想見，明年之後恐怕很難有選手打破稻垣的紀錄，因為他的成績已經構成一個高門檻。

對於正在為棄權問題而忐忑不安、引頸期待神童到來的清瀨和阿走，喜久井大一行人的歡喜若狂，更顯得遙遠而不真實。

東體大抵達終點時排名第十一，成績是五小時三十八分五十三秒，和第一名差了七分四十七秒。這樣的成績，回程仍然很有希望再把名次往前推進。

電視牆傳來播報員的聲音。

「從房總大摘下去程優勝後，時間即將來到八分鐘。只要超過十分鐘，之後到達的學校，明天回程就必須同時間一起出發。到底，今年會有幾所學校被擋在這道十分鐘的高牆之外呢？終點蘆之湖的賽況真是讓人看得目不轉睛！」

在這段轉播當中，真中大、帝東大、曙大也相繼越過終點。又過了一會兒，城南文化大也以第十五名的成績抵達終點，時間是五小時四十分五十六秒。

「到此為止。」清瀨望著螢幕，神情嚴峻。「十分鐘了。」

學聯選拔隊的選手這時出現在螢幕上，看他奮力奔跑的樣子，顯然很想跨過十分鐘這道關卡。畫面跟著選手經過兩側擠滿觀眾的湖畔道路，在紅綠燈處右轉後，只差一小段直線距離就能到達停車場。

然而，殘酷的是，這時離房總大抵達終點的時間，已經超過十分鐘。觀眾紛紛發出扼腕的嘆息聲。只見選拔隊選手失望地仰天嘆息，然後隨即立刻打起精神，向前全力奔向終點，取得五小時四十一分三十三秒的成績。只差二十七秒。選拔隊回程必須與同樣未能跑進十分鐘限制的選手一起出發。

「是神童！」

阿走指著電視牆。神童跟在歐亞大選手後方，腳步踉蹌地跑著。阿走和清瀨從人牆間往終點線急奔而去。

第十七名是歐亞大，成績是五小時四十二分三十四秒。接著，身穿寬政大隊服的神童，終於轉過紅綠燈，進入終點前的直線道。

神童的身體狀況十分虛弱，甚至只能靠四周的呼喊聲來判斷前進方向。他每踉蹌一步，現場的觀眾就為他倒抽一口氣。

阿走好想衝上去攙住神童。離終點不到四十公尺了。好想告訴他「別再撐了」，抱著他直接去找醫生。但是，他不能這麼做，因為只要任何人碰觸到賽道上的選手，該校就會馬上喪失比賽資格。這一刻，除了在一旁守護掙扎著跑到這裡的神童，除了叫他的名字，什麼事都不能做。

「神童！」

「神童！這邊！只差一點點了！」

在周遭的嘈雜人聲下，清瀨和阿走扯開嗓子拚命喊。他們很清楚，神童來到這裡已經耗盡全副精神與體力。

最後五步，神童每一步都結結實實地踩在地面上，筆直地向前跑，終於越過終點線。眼看他就要癱軟倒地，阿走和清瀨衝上前合力抱住他，發現他的身體就像著了火一樣滾燙。

「擔架，拜託！」

聽到清瀨大喊，原本愣在一旁的工作人員，連忙取來簡易式的布擔架。

阿走拿著保特瓶把水往神童頭上淋，並輕輕拍打他的臉頰。

「神童，喝水！你能喝嗎？拜託你喝一點！」

神童雙唇微啟，阿走急忙把瓶口湊到他的嘴邊。

神童搖搖頭。他不是想要喝水，而是想說話。阿走和清瀨低著頭，緊盯著神童。在兩人的注視下，神童掙扎著想對他們擠出一句話。

他想要道歉。

把神童放上擔架後，阿走才察覺他的心思。

「為什麼我……」

阿走伸手抱住神童的頭。絕對不讓他說出口。

「神童你已經跑到最後了，這樣就很夠了不是嗎？對我們來說……」

跑下去就代表一切了。

寬政大這條黑銀相間的接力帶，穿越了去程一〇七・二公里，現在，終於抵達蘆之湖。這就是大家的願望。這樣就夠了。我們已經別無所求。

出場的二十支隊伍中，寬政大以第十八名的成績跑完去程。從大手町出發後，歷經五小時四十二分五十九秒，和第一名相差十一分五十三秒。

「麻煩到蘆原旅館。也請醫生馬上過來。」

清瀨對工作人員提出請求。神童躺在擔架上，慢慢地被抬上來。

住在旅館附近的醫生到旅館幫神童看診。

「他這個樣子，竟然還能跑完。」

醫生驚訝地搖搖頭繼續說：「他的感冒症狀本來就很嚴重，再加上疲勞和脫水的雙重打擊，當然會倒下。幸好他還年輕，體力也不錯，應該不至於引發肺炎。今晚就讓他好好休息吧。」

點滴注射完後，醫生離開了。阿走和清瀨，一直待在神童身邊照顧他。搭教練車趕來的房東，以及等到交通管制解除、好不容易才抵達蘆之湖的阿雪，也來到神童枕邊集合。

神童睡得很沉，直到下午三點多，才終於醒來，開口的第一句話竟然是：「口罩。」

阿走從口袋裡拿出事先買好的口罩，神童立刻接過來戴上，然後慢慢從被窩裡坐起身。

「對不起，都怪我，給大家添麻……」

「不，該道歉的是我。」清瀨打斷神童的話。「是我判斷能力不足，把所有對外交涉的事都丟給你，明明知道你已經很累了還……勉強你。」

再不阻止清瀨和神童，這兩人恐怕會一來一往道歉下去，沒完沒了。這件事不能怪任何人，但是該怎麼說服他們才好？阿走覺得很困擾。

「好了、好了。」房東對拚命低頭道歉的清瀨與神童說。

對喔，房東是長輩，應該有辦法化解這種僵局。阿走心裡期待著，沒想到，房東卻是用鄭重其事的口吻說：

「總之，明天會很辛苦。」

這種話，別說化解僵局，簡直跟在傷口上灑鹽沒兩樣！

「才不會！」阿走氣死了，瞪房東一眼。

「『因為明天我會上場』，你想這麼說對吧？阿走。」房東揶揄阿走一句，然後坐直身子繼續說：「無法預測的考驗，本來就是比賽的家常便飯。我現在要討論的，是開跑前照料選手的工作分配問題。在比賽前穩定選手的身心狀況，是很重要的任務。但是看神童這個樣子，誰來照顧明天跑六區的阿雪？我又必須坐鎮教練車……」

「不用擔心我。」一直保持沉默的阿雪開口了。「我不需要有人陪著我到開賽前也能正常出賽。我沒那麼脆弱，神童只要安心休養就好。」

「不。」神童搖搖頭。

看神童沒有躺下的打算，阿走將姆薩之前穿的防寒外套披到他的肩上。神童拉住外套胸口的位置，用堅定的口氣說：

「只要好好睡一晚，我就會好了。明天早上，我一定會負起照顧阿雪學長的責任。」

「好吧。」房東端詳神童的表情好一會兒後，點點頭。「那就照原來的計畫，由神童來照料阿雪。這樣好嗎？灰二。」

「……嗯。」

清瀨低著頭回答。阿走見狀，趕緊刻意用開朗的聲音說：

「既然決定了，趕快來打電話給其他人吧。大家很擔心神童，都在等我們聯絡呢。」

接下來，阿走打給人在橫濱的王子和城次，阿雪打給在藤澤的姆薩和KING，清瀨則打給在小田原的城太和尼古。全部接通後，每個人都把臉湊近手機，這樣就可以十個人同時對話了。

「神童兄你沒事吧？」

「也太久了吧！我帶來的漫畫全都看完了。」

「城太那傢伙一直吵著說肚子餓，可以讓他去買魚糕嗎？」

「啊！不公平！也要買我的分喔，老哥。」

「不要所有人同時講話！」清瀨對著手機斥眾人。「我先跟姆薩說，神童他沒事。」

阿雪將手機交給神童。神童和姆薩互相稱讚起對方奮戰的結果。

「王子。」清瀨拿起阿走的手機問他。「勝田小姐到你那裡了嗎？」

「剛才CHECK IN了，說等一下會來找我和城次聊天。」

「雙胞胎已經察覺她的心意了。」

「是喔。」

「在我和阿走到之前，你盡量別讓城次和她獨處。」

「為什麼？」王子的口氣擺明了一副想看好戲的樣子。

「要是城次沉不住氣跟她告白了，我擔心會影響到明天的比賽。」

清瀨一邊說，同時瞥了阿走一眼。幹嘛又看我啊？阿走心想。

「了解。」王子竊笑著回答。

「好，現在，所有人到手機旁邊集合。」

清瀨一聲令下，阿走將三支手機都切到免持模式，擺在神童前方的棉被上。阿走可以感覺到，這些身在不同地點的夥伴全都圍到了手機前。

「大家今天都非常努力。」清瀨開始說。「寬政大在去程結束時排名第十八，雖然不是很理想，但是回程，我們絕對還有機會。」

「喔～～」手機另一頭突然沉默了一下，然後才傳來一陣有點壓抑的加油聲。

阿走不禁覺得好笑，因為大家聽起來好像硬擠出聲音來一樣。大概是因為這群人本來就比較內向害羞吧。

「明天要上場的人，睡覺時不要著涼，也要注意別吃太多東西。我要說的，就這些。」

「就這些？」手機傳來ＫＩＮＧ的聲音。「沒別的更有用的建議嗎？」

「沒有。」清瀨微笑著說。「都已經來到這裡了，接下來只能靠自己集中精神拿出實力了。」

「明天，一切就結束了呢。」一個感慨良多的聲音說道。

是城次。城太聽到他這麼說，也出聲了。

「笨蛋，幹嘛把氣氛搞得這麼感傷啊？」但城太一說完，也抽了一下鼻子。

阿走對著並排的手機，說出自己的心裡話。

「明天，我們大手町見。」

「大手町見！」

明天，當竹青莊眾夥伴在那裡會合時，大家臉上會是什麼樣的表情呢？真教人期待，阿走心想。這樣的心情，他從來沒有過。從來不曾為了跟某個人見面而這麼期待過；從來不曾想要飛奔到某個地方，只因為有人在那裡等著自己。

從來不曾體驗過的，還有跑步的喜悅，以及那個超越痛苦、讓胸膛燃起熊熊烈火的理由。為了再度聚首。見到面後，大家一起分享跑步的喜悅。

明天也要奮戰到底，全力以赴。

東京往返箱根大學驛傳，現在還只進行到折返點而已。

阿走和清瀨離開蘆之湖的旅館，接下來必須回橫濱的飯店。房東給了他們一點錢，要他們保存體力，所以兩人搭計程車下山，直奔小田原車站。

在計程車裡，清瀨始終保持沉默。大概在思考回程比賽可能的發展狀況吧。為了不打擾他的思緒，阿走也不發一語。

彎道綿延不絕的山路，已經披上一層夜色。樹木間隙中，偶爾透出山下街道的燈火。

「天氣變冷囉。明天說不定會下雪。」

計程車司機喃喃說道。

只要下一點點雪，路面也會結冰。要是積雪的話，箱根的山路就會變得跟蜿蜒的滑雪坡道沒兩樣。明天得一口氣衝下山的阿雪學長，會不會有問題呢？

阿走把臉湊近玻璃窗，幾乎能感覺到外頭冰涼的氣溫。抬頭一看，片片厚實的白雲覆蓋著夜空。

接著他們從小田原搭上東海道線。少了通勤族的電車車廂，在橘色燈光下靜靜搖晃著。阿走和清瀨在一個四人座上比肩而坐。

「今天都沒怎麼跑到呢。」

「嗯，等一下到飯店後，在附近稍微跑一下吧。」

或許是心情興奮又緊繃了一整天，兩人這時只是有一句沒一句地說著。阿走感覺一陣睡意襲來，隨著電車節奏，頭也跟著不知不覺晃起來。

但在他幾乎就要這麼被帶入沉睡的世界時，旁邊傳來清瀨叫他名字的微弱聲音。

「嗯？」

阿走抬頭看向身邊，只見清瀨雙手支在膝蓋上，有如祈禱一樣的姿勢，兩眼則定定看著十指交握的拳頭。

「你的名字，真的很適合你。」

阿走不禁納悶，不懂清瀨為何突然講起這個話題。

「我的父親以前也練過田徑，不過他高中畢業開始工作後，就沒有再跑步了。」

「是他鼓勵你跑步的？」

「不是，他沒有特別鼓勵過我。」

阿走是在進入中學、正式投入田徑後，才感覺到父親對他這方面的期待。但自從以體育生推甄上高中卻又退出田徑隊以來，阿走就幾乎沒再跟父親說過話。就連確定參加箱根驛傳後，他也沒有和父親聯絡。

灰二哥到底想說什麼？

「怎麼了？突然說這個。」阿走問。

「只有十個人就來挑戰箱根，果然還是太勉強了。」

清瀨巧妙地將話題岔開。「人家都說箱根山上棲息著魔物，我卻……因為我的一意孤行，害得神童……不，是硬把這種重擔強加在你們每個人身上。」

清瀨深深嘆了一口氣，讓阿走覺得很不安。

不知道為什麼，感覺灰二哥變得有些怯弱。

怎麼辦？怎麼辦？阿走拚命思考，好不容易擠出一句「事到如今才說這種話喔」，結果話一出口，又覺得好像有些言不及意，心裡更手足無措了。

「不是啦，所以說，也就是說，我的意思是，我們只有十個人，這不是從一開始就知道的嗎？」

阿走開始語無倫次，卻還是努力地說下去：「大家都知道這一點，而且，也一路打拚來到這裡了不是嗎？更何況，我們不是只有十個人而已。商店街的人，還有學校的朋友們，也都一直在幫助我們，替我們加油。」

「是沒錯，你說得對……」

清瀨又嘆了口氣，但這次看起來像是為了將新鮮空氣吸入體內的深呼吸。

「我父親，在我老家那裡，是高中田徑隊的教練。」

「誒？——是喔。」

平常清瀨講話總是條理分明又合邏輯，唯獨今晚的話題沒有脈絡可循。阿走雖然覺得莫名其妙，但仍配合著答腔。

「對我來說，『跑步』這件事，好像從我出生起，就是理所當然注定的事。」

清瀨微低著頭，映在漆黑車窗上的側臉顯得有些蒼白。見他似乎又要開口，阿走集中精神聆聽。

「我父母是相親結婚，而我父親之所以會娶我母親，主要原因好像是他覺得，我母親就算上了年紀應該也不會發胖。」

「什麼?!」

清瀨只牽動一下嘴角，繼續說：

「因為，肥胖基因對跑步的人來說是最大的敵人。我父親甚至去見了我母親的家人，確認他們家族是屬於不太會發胖的體質。他做的這一切，都是為了生出一個適合跑步的孩子，有點誇張吧？」

「……應該說很誇張吧。」

其實，阿走平常看路上的女生，或電視節目上的偶像時，最關注的也是體型。對跑步來說，肥胖是一種罪惡。因為這也是他自己很在意的部分，所以在看女孩子時，首先都會確認對方身上有沒有贅肉。阿走甚至認為，這個世界上，真正因為體重而患得患失的人，不是口口聲聲說要減肥的女生，而是長跑選手才對。

不過，就連阿走這樣的人，也從來沒想過要為將來自己孩子的體型未雨綢繆。就算自己喜歡的女孩子變胖了，也不會因為這種理由而跟她分手。因為對方看起來不太會發胖而結婚，這種想法簡直匪夷所思。

「託父親的福，我確實擁有怎麼吃也吃不胖的體質。」

清瀨用雙手搓了搓臉。「我父親雖然人不壞，但是從這件事就可以看出他的個性。他真的就只是個田徑狂。」

因為沒有立場說什麼，阿走也只能沉默以對。清瀨再次把雙手放回膝上，望著上頭空無一物的置物網架。

「後來我進了父親指導的高中就讀，在他的指導下練跑。他就是阿走你最討厭的那種教練，獨裁管理作風。每天每天，我被逼著一直跑，但是我不敢有半句話，就算覺得腳不舒服也一樣。我跟你不一樣，沒有勇氣對父親說：『這樣的訓練方式太不合理了』。」

電車停靠在一個小車站。車門開了又關，沒有任何人上下車。電車再度開始行駛。

「我高中時跟教練吵架……」阿走努力擠出聲音。「跟有沒有勇氣無關，只是我沒辦法控制自己的情緒而已。」

「我以前從來沒有真心喜歡過跑步，」清瀨說，再次低下頭。「只是照著大人說的去做，相信在適當的距離裡反覆練習，就能越跑越快，什麼都沒多想。我沒有像你這樣，是打從靈魂深處在探索跑步這件事。我唯一能做的渺小反抗，就是從沒有強大田徑隊的大學中，選擇一所自己想唸的來讀。」

清瀨用手掌撫摩著右膝，慢慢揉著，彷彿他過去所有的痛苦都埋藏在那裡。

「直到我沒辦法繼續跑步了，我才第一次打從心底想跑。這一次，沒有任何人強迫我，是我自己發自內心想和一群認真面對跑步的夥伴一起追逐夢想。」

「灰二哥……」

「竹青莊的每個人，都是有實力的人才。我想證明這一點。弱小的社團也好、外行人也好，只要有實力和熱情，一樣也能跑。不用對任何人唯命是從，只要憑著兩隻腳，就能跑到任何想去的地方。我想在箱根驛傳裡證明這件事。這是我長久以來的心願。」

阿走閉上眼。清瀨的決心，以及他進大學以來獨自懷抱了四年之久的心情，就像冰冷強勁的潮水般一波又一波打在他身上。

「那天晚上，當你在街上狂奔、經過我身邊的時候，」清瀨平靜地說。「我心想，終於讓我找到了。當時我很想大喊，『我的夢想，現在正奔馳在我眼前！』我騎著腳踏車追你，很快就發現你是仙台城西高的藏原走。明知道你是誰，卻還是把無處可去的你拖下水。」

為什麼偏偏要在這時候說這些？清瀨性格上的潔癖，在阿走眼裡既好笑又殘酷。

之前他說，是因為看到我跑得那麼自由又開心，所以才叫住我，還說完全沒發現我就是仙台城西高的藏原走……這些謊言，他根本沒必要說破的。

「灰二哥。」

阿走睜開眼，看著清瀨。「是你給了我一個屬於我的地方，還指引我該走的方向。灰二哥，是你教會我去思考這些的。」

電車開始減速。橫濱車站快到了。阿走站起身，抓住清瀨的手腕，將他從座位上拉起來。

「我要你知道，我很感謝你為我所做的一切。」

阿走和清瀨在橫濱車站下車，從擠滿人潮的地下道朝東口走去。

「灰二哥。」阿走壓低聲音，一副要說什麼天大祕密的樣子。「明天，我們好好跑吧。跑出以前沒有過的最高水準。」

不管過去曾有什麼樣的誤解，也不管真相如何，他們倆之間一點一滴建立起來的信賴與感情，事到如今已經不可能被任何事物傷害或抹滅。

不管前方有什麼樣的惡魔在等著，他們絕對不會再逃避，也絕不畏怯。

夢想化為現實的日子已經到來。接下來，只需要全心全意去跑。

「說得對，阿走，就這樣。」

兩人四目相對，輕輕一笑，然後不知道是誰起的頭，一起邁開步伐往飯店跑去。

第十章　流星

一月三日，上午五點。

阿雪在蘆原旅館昏暗的客房裡，換上寬政大學的隊服，再套上長袖運動服，手裡拿著防寒長外套。

其實阿雪已經起床兩個小時。旅館非常貼心，讓他可以在相當於深夜的時間吃早餐和梳洗沐浴。等到肚子裡的食物消化得差不多時，阿雪又回到前晚入住的客房。

這一夜，阿雪分不清自己到底有沒有睡著，只知道自己現在頭腦十分清醒，興奮與緊張像利刃一般刨削他的身軀，讓他感覺身子輕盈起來。

今天狀況絕佳，阿雪心想。司法考試合格的時候，也是這種感覺。當時，他看了論文的考題，題目的意思彷彿直接滲入大腦一般，在他思考怎麼作答之前，答題紙上已經寫滿文字。簡直就像起乩一樣，在他不知不覺的情況下，所有到目前為止輸入腦內的東西，完全流暢無礙地輸出到試卷上。那時他不只意識變得異常清晰，連第六感也活躍起來，感覺痛快極了。

阿雪知道，當時那種亢奮與專注力，在這一瞬間又回來了。

箱根驛傳的回程比賽，是上午八點起跑。接下來的三小時，阿雪打算用來做他自己發明的「精神暖身操」，在比賽前慢慢提升精神狀態：先用兩小時放鬆緊張的心情，剩下一小時用來持續集中精神。有過參加司法考試的經驗後，他就喜歡用這樣的步調來提升專注力。

六張榻榻米大小的客房裡，剛好夠鋪三床棉被。神童戴著口罩，微微吐息著。阿雪把手放到他的額頭上，覺得他還有點發燒。旁邊的房東睡得很熟，還發出磨牙聲。

為免吵醒睡夢中的兩人，阿雪輕手輕腳地折好自己的棉被，推到房間角落。他走到窗邊，輕輕掀起窗簾。窗外是一片小巧典雅的庭院，覆蓋在一片輕薄的白雪下。黑濛濛的天空不斷落下如灰燼般的雪花。

阿雪沒滑過雪。他無法理解為什麼會有人在冷得要命的季節裡，刻意跑到冷得要命的地方玩，還在腳底下黏兩片讓自己很難走路的板子。對他來說，有時間做這些事，不如拿來唸書還比較有意義。更何況，和母親相依為命的他，根本沒有閒錢花在這種娛樂上。

從積雪的陡峭坡道往下跑，我真的行嗎？但事到如今，他也不能說自己沒辦法跑六區了。早知道有這一天，以前真該體驗一下滑雪的感覺才對。

玻璃窗接觸到阿雪的嘆息，馬上結成一片灰白的霧氣。阿雪、神童和房東三人散發的體溫，讓房裡變得比較溫暖。

不是只有我會緊張，阿雪在心裡這麼對自己說。這幾年的新年期間，箱根的道路都沒有積雪。大部分選手……不，應該說所有選手，大概都沒有過在積雪時從箱根山路往下跑的經驗。所以我也不用擔心，因為所有人都一樣經驗不足。我一定能跑的。一定能跑。

像在自我暗示一樣，阿雪心裡不斷複誦這句話。然後，他拿起放在壁龕[57]的寬政大接力帶。它吸足了去程五個人的汗水，現在彷彿仍帶著濕氣。

阿雪恭恭敬敬地折好接力帶、放入外套口袋，安靜地離開客房。

穿過走廊來到玄關時，阿雪碰到旅館老闆娘正好拿著報紙站在那裡。

「唉呀，你已經換好衣服了？」

57 傳統日式建築房間內，有一處凹陷的地方，可供吊掛書畫或放置花瓶等擺飾。

「是的，我想開始暖身了。」

「到外面嗎？」

旅館的女老闆望著仍漆黑一片的外頭，不禁蹙眉露出擔心的神情。

「外面現在是零下五度喔。」

本來打算到外頭去的阿雪，立即改變心意。得等氣溫高一點再出去，否則肌肉會凍僵。

「我可以借用那裡嗎？」阿雪指了指空無一人的大廳。

「請用。」老闆娘也馬上回答。「要看報紙嗎？我請送報員今天提早送來了。」

阿雪一邊看著報紙，一邊開始在地板上拉筋。他深深吐氣，慢慢放鬆全身的筋骨和關節。

報紙上大篇幅刊載了箱根驛傳去程的報導。房總大以些微差距奪得去程冠軍，六道大能否在回程逆轉？最後到底會是哪所學校贏得總優勝？目前仍是無法斷定的混戰狀態。

報社以「只有十人參賽的挑戰」為題，也做了一篇寬政大的報導。上面放著神童腳步蹣跚、拚命跑在山路上的照片。阿雪張開雙腿、壓低上身，一邊讀著報導。

「只有十名隊員的寬政大，竟然在五區踢到鐵板，名次大幅落後，去程結束時僅取得第十八名。然而，這支隊伍回程有一年級藏原、四年級清瀨這兩位王牌級選手，目前仍然有十二萬分的機會挽回劣勢。這支小田徑隊會如何面對這項偉大的挑戰，值得矚目。」

這則報導的最後，署名是：記者（布）。一定是布田先生，阿雪心想。夏天集訓時去白樺湖採訪的記者布田政樹，一直持續關注寬政大。

還有十二萬分的機會。雖然他們自己也這麼深信，現在看到第三者也這樣說，阿雪的心情更受到鼓舞了。他把報紙收進大廳的書報架上，一個人默默努力繼續拉筋。

到了六點左右，神童出現在大廳，身上披著姆薩的防寒外套，臉上還是戴著口罩。

「早。」神童用沙啞的聲音說，伸出雙手壓住阿雪背部，幫忙他拉筋。

「你應該繼續睡的。」

「我就知道學長你會這麼客氣，所以昨天拜託姆薩打電話叫我起床。」神童在阿雪身邊坐下。

「下雪了。」

「是啊。」

兩人並肩坐在地上，透過大廳窗戶望著外頭片片飄落的雪花。

「今天狀況怎麼樣？」

「好得很，你呢？」

「差不多快全好了。」

阿雪開始做仰臥起坐，神童幫忙輕輕固定住他的腳踝。

「老實說，」阿雪低聲道。「我現在根本緊張得要命。可以的話，還真想開溜。」

「我昨天也一樣啊。」神童戴著口罩，兩眼露出笑意說道。「要不要聽聽音樂？我擅自從學長你的行李裡拿來的。」

阿雪從神童手上接過iPod，把耳機塞入耳裡，靜靜聽了一會兒自己喜歡的曲子，但唯獨今天，音樂的世界也沒辦法帶給阿雪任何安慰。

「沒用。」

阿雪取下耳機。「再聽下去，總覺得等一下跑步時，那些我沒興趣的曲子會莫名奇妙在腦袋裡反覆唱個沒完沒了，而且偏偏是那種要死不活的歌，例如《古老的大鐘》！」

「你不喜歡這首？」

「我討厭風格鬱悶的曲子。」

「我倒覺得這歌不錯哩。」神童這麼說。

阿雪不以為然，「哼」的一聲站起來。神童抬頭，看著正在轉動腳踝的阿雪，提出一個建議。

「不管腦袋裡響起什麼樣的曲子，你只要自己重新編曲，把它變成快板的曲風不就好了？」

「神童你真的很神耶。」阿雪露出一臉佩服的樣子。「我現在很不安，滿腦子想的都是，我會不會在坡道上跌倒？鞋帶會不會斷掉？反正不管怎麼想，都是些壞事。」

「我倒覺得學長你可以拿到區間優勝喔。」

「怎麼說？」

「因為學長從以前到現在，說過的話都一定會達成。司法考試也好，箱根驛傳也好，學長不是都說要做、然後都做到了？」神童又雙眼含笑地說。「所以，這次請你也一定要說出來，說你要拿下區間優勝。」

在神童這股沉靜卻有力的壓力之下，阿雪說了聲：「好，我拿。」

「好啦，那就沒問題了！學長你一定會跑出好成績的。」

神童看起來心滿意足地點點頭。阿雪低頭看著他，不禁笑出來。

「現在我終於知道昨天我有多沒用了。」阿雪說。「你昨天在比賽前，壓力應該跟我現在一樣大，我卻沒辦法做到像你現在一樣，說這樣的話來鼓勵你。」

「不管人家怎麼鼓勵，想克服壓力，最後還是只能靠自己啦。」

神童語畢站起身，催促阿雪。

「差不多該去跑跑了。」

兩人在玄關穿好鞋子後出門去。外頭絲毫沒看到陽光露臉，只有山上的鳥類鳴叫聲。細小的雪花拂過臉龐，感覺乾乾的。

「不過，昨天一直到我出發的那一刻，學長陪著我到最後的最後，真的給了我很大的力量。」

神童摘下口罩，讓胸腔吸入滿滿的寒冷空氣。

「所以，今天我也會在你身邊，直到學長出發為止，一直陪著你。」

阿雪說不出話來，只是開心地看著神童再次把口罩戴上。

「一直站著不動會冷，來跑吧。」

「話說回來，房東先生呢？」

「他說早上起來要去泡個澡。」

「這傢伙是來觀光的吧。」

「而且睡覺時一直磨牙，好吵喔。」

兩人一邊慢跑，一邊有一句沒一句地聊。在下著雪的昏暗湖畔道路上，只見阿雪和神童吐出的白色氣息裊裊飄散在空中。

阿走心裡一點都靜不下來。

因為清瀨的樣子真的很奇怪。吃完早餐後，阿走找他一起去慢跑，卻被拒絕了。

「你自己先去，我還有很多事情要聯絡。」清瀨說。

他今天早上竟然不慢跑？絕對有問題。昨晚他好像也睡得不太好。難道是腳在痛？

阿走一邊想東想西，一邊在橫濱車站附近跑步。大約三十分鐘後，他決定了。

「還是回飯店看看吧。」

要暖身的話，到中繼站再做也還來得及。阿走從來不曾在練跑時半途中斷，不論身體再怎麼不舒服也沒有過，但他現在實在太擔心清瀨了。灰二哥該不會打算做什麼逞強的事吧？阿走心裡突然湧現一股不祥的預感，趕緊往飯店跑去。

小小的商務飯店大廳裡，城次正在看電視上的天氣預報，面前攤著一分體育報紙。阿走穿過大廳，按下電梯的上樓按鈕。

「怎麼這麼快就回來了？」城次發現他，走了過來。「真難得，你今天好像只跑一下子而已。」

「灰二哥呢？」

「在房間裡吧。王子跟葉菜妹一起在整理行李，我被他趕出來。總覺得，他好像故意不讓葉菜妹靠近我耶。」

城次不滿地噘起嘴，但阿走現在根本沒心情聽這些，踏入電梯直奔五樓。

「你幹嘛？怎麼了嗎？」城次問，跟在他身邊。

寬政大在這間飯店共訂了三間房，阿走和清瀨的房間是走廊的最邊間，隔壁是城次和王子的房間，再過去是葉菜子的房間，最靠近電梯。

阿走出電梯，在走廊上和一個男人擦肩而過。那人年紀大約接近四十歲，手裡提著一個寬底的黑色公事包。跟醫生出診時用的包包好像，阿走心想，隨即心頭一驚猛回頭。男子已經進了電梯，門正好關上。

阿走直覺認為他不是住在這裡的房客。一定是來幫灰二哥看腳的醫生！

阿走在走廊上跑起來，用卡片鎖打開走廊最後一間房。

「灰二哥！」

房內並排著兩張床，清瀨坐在靠窗的那張床上，驚訝地抬頭看著來勢洶洶的阿走。

「給我看你的腳！腳！」阿走大步衝到清瀨身邊。

被他這樣一吼，清瀨驚愕地往床上一倒。阿走不管三七二十一，伸手就要掀清瀨的運動褲褲管。

「阿走，冷靜一點！我會跟你解釋啦！」

城次在房門口看著糾纏成一團的阿走和清瀨。隔壁房的王子和葉菜子也聽到騷動，把頭探出走廊張望。

「出了什麼事？」葉菜子問城次。

「我也看不太懂。」城次歪著頭，不解地說。

清瀨好不容易推開阿走，對站在門口的幾人招了招手。

「都進來吧。」

寬政大入住橫濱的所有成員全都集合在此，房裡包括床上、椅子上，能坐的地方都坐了人。

「灰二哥，剛才有醫生來過，對不對？」阿走坐在床上質問清瀨。

「對。」清瀨也只能承認了。「我一直都是找他看診。這次拜託他過來一趟，幫我打止痛針。」

「你的腳傷還沒治好？」王子詫異問。

這是葉菜子頭一次聽說清瀨的腳受過傷。只見她露出難以置信的表情，和城次面面相覷。

「今天的比賽怎麼辦？」阿走努力克制自己，才沒讓聲音發抖。

「當然要跑。」

「你怎麼可以這麼冷靜做出這麼亂來的決定？」

「現在不亂來，要等什麼時候才亂來？」

「萬一……」

阿走猶豫著該不該說下去，害怕自己一語成讖。

「萬一你因為今天逞強，結果以後都不能再跑步了，那怎麼辦？」

阿走雖然沒轉頭，但知道城次聞言倒抽一口氣，也知道王子一直低著頭，葉菜子則是一動也不動，看著阿走和清瀨。

阿走目不轉睛看著清瀨，等待他回答。

「應該會很痛苦吧。」清瀨的聲音非常冷靜，由此可知他一定早就想過這個問題無數次了。「但是我不會後悔。」

已經阻止不了他了，阿走心想。但如果是他自己站在清瀨的立場，一定也會選擇上場比賽。

阿走心中已經有覺悟。既然這樣，那我唯一能做的，就是盡量減輕灰二哥的負擔。我一定要在九區，盡可能縮短時間。

清瀨的手機鈴聲響起，打破瀰漫在房裡的這陣沉默。他簡短說幾句話後掛斷電話。

「神童打來的。蘆之湖最後的選手名單已經公布了，六道大果然在九區派藤岡出賽。」

城次看看阿走，眼神既期待又有點擔心的樣子。阿走低聲說了句：「太好了！」

他感覺血液在體內狂奔，欣喜和鬥志讓他心跳加速。在同一個戰場上跟藤岡一較高下的日子終於到來。春天時在東體大的紀錄賽中，他只能跟在藤岡的後面跑。那天之後，自己到底變得多快多強了，今天總算能夠一探究竟。

「阿走，不要跑輸他喔。」清瀨說。

阿走用力點點頭，表示自己必勝的決心。

時間來到上午七點鐘。

寬政大一行人離開飯店，之後就是個別行動。阿走和城次前往戶塚中繼站，清瀨和王子到鶴見中繼站，葉菜子則到終點大手町待命。

「讓城次陪你沒問題嗎？要不要我跟他換？」王子問阿走。

阿走完全不懂王子為什麼這麼問。

「幹嘛？照之前安排的就好啦。」

一片好意卻碰壁，但王子也沒有因此覺得不快，只是笑著輕輕搖頭，彷彿在說：「真拿你沒辦法。」

「關於剛才那件事……」當眾人進到橫濱車站裡，清瀨告訴阿走。「事情沒有你想的那麼嚴重，止痛針已經發揮作用了。我想應該不會造成無法挽回的後果。」

「真的？」

「我有騙過你嗎？」

「常常好不好。」

清瀨頓了一下，彷彿在回想自己從以前到現在的種種作為。

「沒問題，這次是真的。」他保證，跟著又一笑。「我很期待在鶴見看到你的表現。」

阿走心裡有千言萬語想對清瀨說，諸如感謝、不安，還有決心，但這些都是無法用言語表達的心情，結果他只能說：

「我一定會用最快的速度把接力帶交到你手上。」

過了剪票口，一行人揮手道別，在此暫時分道揚鑣，各自踏上通往月台的階梯，前往自己現在該去的地方。

上午八點。

蘆之湖發出一聲信號槍響，房總大的選手率先向前跑去。一分三十九秒後，六道大的選手緊隨其後出發。

根據去程抵達蘆之湖的時間差，各大學選手再度披上接力帶，相繼從蘆之湖出發。箱根驛傳回程比賽正式展開。今天，選手的目的地是東京大手町。

跟去程冠軍房總大的時間相差十分鐘以上的大學，在房總大回程開跑後十分鐘將同時出發。這次的大賽中，共有學聯選拔隊、歐亞大、寬政大、東京學院大、新星大這五隊，依規定必須在回程同時出發。

寬政大與房總大的時間差距是十一分五十三秒。雖然十分鐘後是和其他學校同時出發，但這多出來的一分五十三秒不會就這麼算了，而是會自動加到最後的合計時間裡。而由於這些學校統一在十分鐘後出發，所以回程時選手跑出的名次，有可能與時間紀錄上的名次不同。

跑回程的選手，尤其是後段的隊伍，不只要注意眼前的賽況，腦袋裡也得計算有點複雜的時間順位，才能盡可能提升實際名次，因此選手們必須更冷靜應戰。

這種比賽太適合我了，阿雪心想。因為跟人拚高下不是他的強項，反倒是針對情報研擬方向與對策，從中找出發揮自己實力的方法，進而達成目標，才是他擅長的。箱根驛傳六區的下坡路段，正好符合阿雪的個性，因為他不會被眼前的排名所惑，而是直接把時間設定為他的敵人，運用技巧從彎彎曲曲的坡道往下衝。

神童也信守自己所說的話，到出發前都一直待在阿雪身邊，幫他拉筋，或幫他按摩小腿，避免它因為寒冷而僵硬，有意無意地陪他聊天等。總之，各方面照顧得無微不至。託神童的福，阿雪才能平心靜氣地將全副心力集中在比賽上。

出發的時刻終於要到了，阿雪脫下防寒外套交給神童。蘆之湖的氣溫只有零下三度，空中還飄著細雪。路面上積雪被車輪壓過的地方，凍出兩道冰痕。就算在隊服底下穿著長袖T恤，也無法完全阻擋像壓力一般滲入的寒氣。沒有風已經算是不幸中的大幸。

最後一隊能以與房總大時間差距出發的學校是城南文化大，然後在工作人員唱名下，同時出發的各隊立刻到起跑線前集合。

阿雪望向擁擠的圍觀人牆。神童的身形幾乎要被觀眾淹沒了，但仍目不轉睛注視著他。

「大手町見。」阿雪說。

在觀眾吵雜歡呼聲的包圍下，阿雪這句話或許無法傳到神童耳中，但神童仍點了點頭。

城南文化大出發後十秒，最後五隊的選手配合著信號同時起跑。阿雪的眼鏡因為急速上升的體溫而蒙上一層霧氣，但迎面而來的寒風一吹後，視野又馬上恢復清晰。

路面積了一片薄雪，就連跑在平坦的地方，也得繃緊神經以對。但這些在賽道上奔馳的選手，根本沒時間確認腳下的情況。每踏下一步，有如冰沙的積雪就會彈跳到腳上。即使穿著最先進的輕型跑鞋，每當腳底踏上路面，也沒辦法完全止滑。

從湖畔道路到國道一號最高點為止，最初四公里大多是上坡。同時出發的五所學校當中，歐亞大選手搶在前頭，阿雪也毫不猶豫跟了上去。他確認一下手錶上的時間。速度大約是一公里三分二十秒。

在上坡路段，考量到惡劣的路面狀態，這樣的速度有些太快。但是，如果在這裡不跟上，寬政大就無法在回程提升名次……阿雪思考著。各校派出的六區跑者中，只有六道大的選手擁有一萬公尺二十八分鐘左右的紀錄。換句話說，各校在挑選六區跑者時，速度不是最關鍵的考量。

從最高點開始，到箱根湯本的街道為止，整個六區幾乎都是下坡路。即使跑平地時成績不是那麼好，只要善用下坡地形，輕輕鬆鬆就能帶出速度。最重要的，是必須根據地形起伏，仰賴身體的平衡感來切換跑法，同時還要有不畏恐懼在下坡路上往前衝的氣勢。

雖然剛開始上坡時速度有點太快，但他的體力還很充沛。阿雪如此判斷，心中也不再有任何畏懼。

這時，阿雪已經離開湖畔，開始往山上跑。到達最高點之前，有個小小的起伏路段。進入最初的下坡時，阿雪再度看了一次手錶。雖然清瀨給他的指示是「上坡保持在一公里三分二十秒」，但現在他的速度已經達到一公里三分十五秒。

阿雪確定自己一定辦得到。他覺得身子很輕，配合著地形的高低起伏，腳步在下意識間自然而然切換著跑法。

稍早一點出發的城南文化大被他們追上了，形成六校並行的局面，但這個集團中的東京學院大、新星大眼看著就要被甩脫。

阿雪滿腦子只想著往前跑，能夠甩掉一隊是一隊。現在他已經感覺不到寒冷，一口氣就衝到最高點。

接下來有將近連續十五公里的下坡。放眼望去，飄散的雪花點綴著綿延不絕的彎道。

「速度會不會太快了？」

到達戶塚中繼站的阿走，和城次一起看著攜帶型小電視關注賽況。畫面上，阿雪與其他選手的身影，正通過五公里處的花卉中心[58]正門前。

「可是，在六區，五公里跑十三分鐘左右不是很正常嗎？」

城次一如往常的樂天，卻無法消除阿走心中的不安，況且，這個速度是指真正進入下坡以後的節奏。在全是下坡路的賽道上，連選手本身都很難放慢速度。只要身體隨著下坡的重力加速度去跑，要達到一百公尺十五秒的速度也不是不可能。即便是長達二十・七公里的距離，隨著路段不同，也有可能跑出不輸給短跑選手的速度。這就是六區的特性。

但是，最初的五公里不只有上坡，路面狀況又那麼惡劣，竟然只花十六分鐘就跑完。從阿雪的實力來看，很顯然是衝太快的結果。這一點阿走看得很清楚。

「我打給灰二哥看他怎麼說。」阿走從城次口袋裡拿出手機。

「你就是愛操煩啊。」城次對阿走聳聳肩說道。

「是我，清瀨。」

電話一接通，清瀨的聲音就伴隨著戶外的喧譁聲一起傳來。看來他也已經抵達鶴見中繼站了。

「你有在聽廣播嗎？」

「王子的手機有電視功能，他自己也是剛剛才發現，所以我們正在看。現在的手機功能真的很強大呢。」

「對啊，誒，不是啦，我不是要說這個……」

我行我素的王子，加上機械大白痴清瀨，阿走不禁頭暈起來。

「阿雪學長的速度，會不會有點太快了？」

「喔喔，對啊，我正想打電話給房東先生呢，不過我看應該也沒用，因為在箱根的山路上，教練車沒辦法緊跟著選手。」

「那怎麼辦？」

「不能怎麼辦。接下來是下坡，都已經跑到這裡了，笨蛋才會減速。我們也只能祈禱阿雪千萬不要腳滑摔倒了。」

清瀨刻意發出輕快的笑聲，像是要拋開所有掛念一樣。

「倒是阿走你自己，要確實慢跑跟暖身喔。我現在還要跟尼古學長和ＫＩＮＧ聯絡，有話等下再說吧。」

結束通話後，阿走嘆了口氣。

「就叫你安啦。」城次從阿走手上拿回手機。「阿走你要更相信我們才行。」

「相信……嗎？」阿走轉動腳踝，開始為練跑做準備。「喔，勝田小姐好像也跟我說過同樣的話。」

「ㄏㄚ？葉菜妹嗎？」城次突然滿臉通紅。「為什麼會突然講到葉菜妹？」

「什麼為什麼？」

「我說，你到底是裝傻，還是天然呆啊？」面對阿走的答非所問，城次再也按捺不住，直視著阿走。「告訴你吧，我喜歡葉菜妹。」

「我知道啊。」

「你知道?!為什麼你知道？」

「昨天，尼古學長在電話裡說過。」

58　位於神奈川縣足柄下郡箱根町蘆之湯的花卉中心。

怎麼就算不在竹青莊，卻還是地板破個洞、什麼都守不住啊，城次忍不住一個人嘀咕。

「那阿走你呢？」城次接著問了他最想問的事。「我可以跟葉菜妹告白嗎？」

這種事，幹嘛徵求我的同意？為什麼竹青莊的人，都隨便認定我喜歡勝田小姐啦？想到這裡，阿走感覺有如突然被人推了一把，就像那種剛睡著不久卻猛地向下墜落而驚醒過來的感覺。

我喜歡勝田小姐。

原來我根本沒資格笑雙胞胎遲鈍。只不過，這分感情是如此安靜，又好像很理所當然似的存在心裡，難怪我一直沒有發覺。

葉菜子的每個身影，阿走都珍藏在記憶裡。不管是並肩走過的那個夜晚，還是葉菜子曾經圍過的圍巾顏色；在夏天雲海翻湧的天空下，葉菜子望著我們練習時的側顏；第一次見到葉菜子那時候，她踩著腳踏車朝商店街遠去的背影。

阿走一直看著葉菜子，卻也看到葉菜子的視線和心情，總是投向雙胞胎。

「原來是這樣。」阿走總算明白自己的心意，也為此驚訝不已。

「怎麼了你？」城次怯怯地問。

城次看阿走突然發起愣來，一個人在那裡又是自言自語又點頭的，不禁覺得毛毛的。

「沒事。」阿走搖搖頭。「我覺得你跟她告白看看也好。」

他不是在逞強，反而覺得心中一塊石頭落了地。葉菜子如果知道城次的心意，一定會很開心。說不定如果是城太跟她告白，她也一樣開心。這個問題可能會有點傷腦筋，但這就輪不到阿走操心了。

感情的事，不是比賽，沒有輸贏。葉菜子的心，只屬於葉菜子。城次的心只屬於城次。而阿走的心，同樣的，也只屬於阿走，任誰也無法奪走、無法改變。這是一個不受任何框架束縛的領域。

無關速度或勝負，一分穩定卻強烈的情感存在自己心裡，這已經讓阿走覺得非常滿足了。因為葉菜子的關係，才能體會到這樣的感情，也讓她在阿走心中更形重要了。葉菜子的戀情如果可以一帆風順，阿走也會為她開心。

況且，我本來就適合長跑，耐心等待機會是我的長處。就算葉菜子現在喜歡的是雙胞胎，但未來的事情誰也說不準。

「所以我果然應該跟她告白齁？哇——怎麼辦怎麼辦，超緊張的啦。」

越是緊要關頭反而越有耐性的阿走，就連初次發覺自己喜歡上一個女孩子時，也像牛在反芻食物一樣慢條斯理地咀嚼品味。城次完全沒察覺他的反應，開心地下定決心要跟葉菜子告白。

阿雪順利地奔下箱根的山路。

一開始，他為了不在凍結的雪地上滑倒，刻意跑在車胎軌跡上，但這麼一來，轉彎時反而綁手綁腳，無法順利取得較佳的動線。而且，太過害怕滑倒，身體會使出過多的力氣，肌肉也會因此無法負荷。最後阿雪決定還是照平常的方式去跑，一邊留意怎麼跑才不會多跑冤枉路。

下坡道跑起來很輕鬆，阿雪心想，全身都感覺到加速的快感。在這樣的速度下，迎面而來的輕柔雪花打在身上，感覺就像小石頭砸來一樣微疼。阿雪努力保持全身平衡，順著斜傾的路面踏出腳步。速度帶來的快感，讓他完全忘了對跌倒的恐懼。

到了小涌園，正好是六區十公里處，也是電視台的轉播站。在天候惡劣的情況下，即使天色尚早，道路兩旁依然擠滿了來幫選手加油的觀眾。阿雪跟著歐亞大的選手，切入往右的彎道。新星大選手踏在地面上發出的濺水聲，從後方傳來。

這時，電視台播報員與解說員谷中正針對直播影像，對各校選手賽況進行評論。阿雪當然無從得知內容。

「後段隊伍在十公里處的影像傳過來了。您覺得怎麼樣?谷中先生。」

「唉呀，速度相當快呢。本來我覺得六區的區間優勝應該是現在從第十二名穩穩提升名次的真中大，但現在看起來，也很有可能由後段隊伍跑出來。」

「從手邊的資料來看，除了六道大的田村同學以外，六區選手一萬公尺的正式紀錄都在二十九分鐘左右。」

「這一區是下坡路段，所以平地的時間紀錄不是很可靠的參考依據。擁有一萬公尺二十九分的實力，之後就看每個人的膽識了。」

「您是說……膽識？」

「是的。選手們切身感受到的速度和坡道傾斜度，絕對超出電視畫面呈現出來的。那種感覺，就好像放開雙手騎腳踏車，從陡峭的坡道往下衝一樣。再加上今天路況很差，所以對選手來說，最重要的是必須有冷靜保持平衡的能力，還有不減速的膽量。」

「您認為後段的隊伍當中，誰最有可能得到區間優勝？」

「目前還看不出來，不過寬政大的岩倉同學表現不錯。你看，他的下半身非常穩，上半身也沒有多餘的擺動，而且，不管路況多差，他的腰桿也依然挺直。這樣的姿勢，簡直可以拿來當成下坡跑法的範本。」

「原來如此。接下來，就要看從箱根湯本開始進入平坦的賽道，誰能堅持到最後了。以上是十公里轉播站的分析報導。」

隨著海拔高度下降，雪開始夾雜著雨水落下，路面覆上一層冰沙狀的泥濘。這時，阿雪發現自己跨兩步就穿越一個行人穿越道。

剛才的斑馬線寬度大約有四公尺。兩步就跨過，這不是等於一步兩公尺？阿雪再度為自己的速度之快而驚訝。藉著下坡加速度，跑步時彷彿真的在飛躍一樣，步幅也跟著加大。阿雪瞥一眼手錶，確認這五公里的距離，他每公里差不多費時兩分四十秒。

一公里跑兩分四十秒。如果是在平地，阿雪一定跑不出這種成績。平地上能夠保持這種速度跑五公里，在阿雪認識的人裡，也只有阿走一個人而已。

路旁的杉樹樹枝，因為純白積雪的重量而下垂。樹幹因為受潮而變黑。整座山竟然過了一晚，就化成黑白色調的美麗世界。而這些美景才映入眼角，就立刻往後方流逝，比電影膠卷的捲動還要快速、還要平順。

啊，這大概就是阿走跑步時所體驗的世界吧。阿雪心裡突然湧現一連串思緒。

阿走，沒想到你都一個人待在這麼寂寞的世界裡。吵雜的風聲從耳邊呼嘯而過，眼中的景色瞬間稍縱即逝。雖然這感覺舒服到讓人不想停下腳步，但這畢竟是你只能一個人獨享的世界。

阿雪感覺自己好像終於可以體會，為什麼有時候阿走會那麼沉迷在跑步中了。一旦跑出這種速度，確實就像中毒一樣教人沉溺其中，想跑得更快，想看見更美麗的瞬間世界。那感覺，或許就是所謂瞬間的永恆吧。但是，這實在太危險了。得用這副肉身不斷去挑戰才能到達，這是何等的嚴苛，又過度淒美。

現在藉著箱根山路之力，我也只能遠遠遙望通往那個世界的大門，阿雪心想。同時，他也不敢想像自己還能更接近那個境界。

在清瀨那股熱情的牽動下，這一年裡阿雪的生活重心只有跑步。這樣的生活，到今天就會結束。因為阿雪知道他有自己的生存之道。他追求的目標並不是日復一日鍛鍊身心，只為瞬間的美麗與悸動。就算會沾滿一身污濁，他也寧可選擇在人群中度日。正因為如此，他才會突破萬難通過司法考試，一心成為律師。

過了今天，一切就結束了。但在人生中，能體驗一次這種速度帶來的快感，夫復何求啊。想到這裡，阿雪臉上不由自主浮現淺淺的笑意。阿走，你可別跑得太遠。雖然我知道你追求的世界有多美，但那裡未免太寂寞太寂寥了，不是我們活生生之人歸屬的境地。

要是能有某樣事物牽絆住阿走的靈魂就好了，阿雪心想。只要能讓他在人的生活裡、在人的喜悅與悲苦中駐足，阿走一定可以變得更強。怎麼在這當中取得平衡是非常重要的，就跟在積雪的山路上奔馳是一樣的。

進入宮之下溫泉鄉、通過富士屋旅館前方時，阿雪被眼前意料之外的畫面嚇了一跳，忍不住叫出聲。

「哇！」

許多投宿的旅客擠在旅館前，揮舞著箱根驛傳的旗幟。還有人輕裝打扮只穿著浴衣、披著棉襖，縮著身體忍受風寒，聲嘶力竭地叫喊著。這時，阿雪發現他的母親、只有一半血緣關係的妹妹，以及母親再婚的對象也在那個人群中。

「雪彥！」

母親大聲喊著他的名字。

「哥哥！加油！」

年幼的妹妹探出身子。抱著妹妹的繼父也對他頻頻點頭示意。

「真是太丟臉了……」

阿雪雖然一眨眼就跑過旅館前，卻仍繼續低著頭跑了一陣子。這一家子，竟然跑來富士屋旅館開心優雅地過新年，日子過得不錯嘛。

為了掩飾害羞的心情，阿雪故意冷言毒舌幾句。他們一定是知道就算找我，我也不會回去，所以才瞞著我，籌了一筆旅費自己跑來，想給我一個驚喜。還真的呢，嚇得我差點心臟病發。現在只希望他們的樣子和聲音，沒被電視台拍到或廣播電台錄到。否則要是被尼古學長知道，一定會拿出來取笑我。不過，反正他身邊應該只有收音機，不可能看到。

阿雪的心情突然愉快起來。剛才老媽臉上的表情，就好像是她自己上場比賽一樣緊張，而且一副泫然欲泣的樣子。

阿雪對親生父親完全沒有印象。他在阿雪出生後沒多久就出事故身亡，所以有關父親的記憶，他只能從母親的轉述和照片得知。父親死後，阿雪就一直和母親兩人相依為命。他非常珍惜母親，高中時的女朋友甚至問他：「阿雪你是不是有戀母情結？」但他覺得戀母情結是理所當然的事，甚至認為這世上不珍惜母親的孩子，根本就是禽獸不如。

或許因為總是看著母親工作到深夜、辛苦將他拉拔長大，所以阿雪很早就立下自己的目標：找一分穩定的工作，讓母親過好日子。幸運的是，他早早就在求學階段發現自己頭腦還不錯。既然如此，他認為最快的捷徑就是參加司法考試，取得人人稱羨的國家考試最高資格。本來，他就覺得律師這項工作，總是在人情與法理之間鑽研，還滿適合自己的個性，而它豐厚的收入也符合他的目標。於是阿雪打從進高中後，就開始自修準備考試。而且他在唸書的同時，也不忘增強體力，甚至為了理解男女間的微妙關係，也交往過幾個女生。

這時，發生了一件事，幾乎讓阿雪的努力成了泡影，那就是母親決定再婚。對方是個有穩定收入的上班族，可以讓母親不必再辛苦工作。母親也愛著新任丈夫，看起來非常幸福。阿雪一心想為母親做的事，繼父輕而易舉就做得比他好。

雖然阿雪因為此事受到嚴重的打擊，但由於他自尊心極強，還有一旦決定做某件事、不完成絕不死心的個性，所以沒有放棄司法考試。結果，母親再婚的隔年，就生了一個妹妹。對十幾歲的阿雪來說，這是讓他覺得非常難為情的事，也很難接受，於是在考上大學後就藉機搬出家裡，之後就連過年期間也幾乎都沒有回家。

今天，看到家裡人來幫自己加油，阿雪突然覺得，自己一直放在心上那些微不足道的芥蒂開始慢慢融化。而天空的雪花就像他的心境轉變一樣，這時也完全化為雨水。

繼父和妹妹一直把阿雪當成那個家的一分子。最重要的是，母親現在過得很幸福。這樣不就夠了嗎？這就是我一直盼望的結果。就算母親得到幸福的形式，跟我心裡描繪的藍圖有些不同，我也不能永遠像個小孩子一樣鬧脾氣。

阿雪吐出的氣息化成白色霧氣，掩蓋了他嘴角的笑。不知不覺中，阿雪發現前方轉角處，出現了帝東大選手的背影，而他的背後也感覺不到有人跟上來。同時出發的後段隊伍，似乎已經被他拉開距離了。

阿雪看了看手錶，確認自己的步調完全沒變慢，身體和心理都處於輕盈的狀態。照這氣勢繼續下去，下坡道絕對不成問題。關鍵在於過了箱根湯本之後的最後三公里平地，是不是能維持現狀跑到最後。

清瀨昨天說過：「跑完下坡路段後，平坦的賽道也會感覺像在上坡一樣。從那裡開始，才是比賽的勝負關鍵。」這是他給阿雪的建議。

放心吧，阿雪在心裡這麼回答。今天我不打算輸。這場跟自己心身對決的戰役，我不會輸的。

小田原中繼站裡，太鼓陣頭依舊響徹雲霄。風祭車站前魚糕廠商門市的停車場上，湧進大批人潮等待六區選手到達。

「城太！你有沒有看到阿雪剛才臉上的表情？」

尼古透過手機的電視功能，完完整整目擊了富士屋旅館前的影像。不久前，灰二打電話來時有提到，他們這才發現原來城太的手機也能看電視。尼古雖然對電腦很在行，平時卻也只把手機當通話的工具，城太則最多拿來收發電子郵件。或許，這群人就是對電子產品的日新月異興致缺缺，才會甘於窩在竹青莊這種破爛公寓裡。

「阿雪學長的母親，真是年輕又漂亮。」城太把一片魚肉雞蛋糕塞進嘴裡。「不過，看這樣子，阿雪學長應該會拿到區間優勝吧？」

「但是阿雪自己好像沒感覺的樣子。而且真中大派出的傢伙，跟阿雪差不多快，所以結果還很難講。」

「啊——急死人了啦！真想告訴阿雪學長他現在的成績。」

「怎麼做？」

「用念力之類的啊。」

城太把吃到一半的魚肉雞蛋糕收進背包裡，開始一臉正經地猛盯著手機。

「再過不到二十分鐘，就要輪到尼古學長你上場了耶。」

電視畫面正在播放領先的房總大選手的畫面，後方跟著大約只差一分半的六道大選手。他們終於跑完下坡路段，朝著箱根湯本車站前進。真中大的選手以區間優勝為目標，名次也提升到第八名，整體步調依舊沒有減慢。

「阿雪現在情況怎樣？」

「電視上沒播，後段集團還沒跑到箱根湯本車站，所以畫面很少帶到他們。」

尼古交代城太注意真中大的時間紀錄後，開始進行最後的調整，在停車場內慢跑來放鬆身體。

上午九點，房總大選手首先抵達中繼站，時間是六十分四十六秒。緊接著，六道大、大和大也依序交遞出接力帶。尼古焦急地回到中繼線附近的城太身邊。

「阿雪學長好厲害！」城太興奮地大叫。「就算進入平地，速度還是沒有減慢！加油啊！」

手機畫面上這時正在播放箱根新道叉路附近，阿雪從帝東大選手一旁超前的情況。目前第十四名的寬政大，目標鎖定了前方的東體大。

「漂亮！幹得好！」

尼古脫下運動外套，等著看阿雪是否能夠奪得區間優勝。

「真中大在哪裡？」

「很快就會跑到看得見的地方了。」城太抬頭，視線離開手機的同時大叫出聲：「來了！」

沿著賽道移動的真中大紅色隊服特別醒目，眼看就要離開馬路進入中繼站。觀眾似乎知道他很有希望得到區間優勝，歡呼聲也格外大聲。真中大終於交出了接力帶。

「紀錄多少？」

「六十分二十四秒。」

手機上的電視螢幕打出時間，城太照著唸出來。

在積雪的賽道上，這樣的成績算很不錯了。連十公里紀錄二十八分上下的六道大選手，也都花了六十分四十八秒才跑完。

中繼站裡各校陸陸續續交棒。手機螢幕上，出現了即將到來的阿雪身影。

阿雪，再一下就到了喔。聽到工作人員唱名後，尼古站到中繼線上。阿雪正在跟時間對決。身邊的東體大選手接過接力帶，往前跑去。這時尼古聽到城太讀秒的聲音。他正看著手錶計算阿雪的時間。

「六十分十七秒、十八、十九！」

阿雪跑進中繼站。他咬緊牙關，右手握著從身上摘下的接力帶。或許沿途的觀眾告訴了阿雪真中大的選手成績，因此他在最後直線距離上竭盡全力奔跑著。

「阿雪！」尼古放聲大吼。

「六十分二十四秒！」城太哀嚎似地喊出。

觀眾群騷動起來。接力帶還沒傳到尼古手上。阿雪和區間優勝只有一步之差。

突然，時間成績被尼古完全拋到腦後，因為阿雪的兩眼正直直注視著他。阿雪心裡根本沒有什麼區間優勝，一心只想早一步把接力帶交給尼古。在最後三公里這段平坦的賽道上，他滿腦子只有這件事。當尼古接過接力帶、輕觸到阿雪指尖的那一瞬間，他完全明白了。即使受盡寒風吹襲，濕透的指尖仍然灼熱，阿雪真正的心意藉此傳給了尼古。

說。」

「跑得好。」尼古輕聲說。

「累死我了。接下來看你的了。」

阿雪拍了一下尼古的背，努力穩住顫抖的雙腳，以免摔倒。

「阿雪學長！」

城太從工作人員手上搶過大毛巾，跑到阿雪身邊撐住他的身體。

「雖然很可惜，不過你真的太棒了！」

「可惜？可惜什麼？」

阿雪喝著保特瓶中的水，好不容易發出聲音。

「區間優勝啊。阿雪學長，你的成績是六十分二十六秒，再快個兩秒，就跟區間優勝平手了

「是嗎？」

兩秒……阿雪不禁笑了出來。區區兩秒，只是呼吸一次就逝去的短暫時間。這麼些微的差距，讓我沒辦法取得這個區間的優勝啊。

「算了。」阿雪說。「這兩秒，對我而言大概就跟一個鐘頭一樣長。」

阿雪脫下鞋子。城太看著他的腳底，差點哭出來。只見阿雪腳拇指根部的水泡已經整個爆開、滲出血水來。這一年來的訓練，讓每個人腳底都長出一層厚厚的繭，結果還能跑成這樣。這個事實讓城太明白衝下箱根山路是多麼艱辛的挑戰。

「嗯，阿雪學長跑得太好了！你真的太屌了！」城太嗚咽著說。

阿雪摸摸他的頭安慰他，同時抬眼望向通往小田原的那條道路。

交給你囉，尼古學長。

尼古一邊跑，腦海中一邊想著剛才在小田原中繼站時，清瀨打電話來所說的話。當時清瀨的口吻，一如往常一樣淡定。

「你的狀況怎樣？尼古學長。」

「跟平常一樣啊。」

「真是太好了，那今天也請像平常那樣跑吧。」

「意思是對我不抱任何期待嗎？」

「怎麼會呢，只是阿雪跑得比我預期的還好，我希望你不要受到影響。只是這樣而已。」

尼古不以為然「哼」了一聲。阿雪跑得這麼賣力，當然會讓人很激動，但他才不會因此一頭熱而高估自己的實力。

「那好，我就慢慢跑吧。」

「尼古學長，」清瀨換個口氣繼續說。「請你保持一公里三分鐘左右的節奏去跑吧。不能讓學長輕鬆地跑，真不好意思。」

「灰二啊……」尼古搔了搔頭。「真的要輕鬆的話，不跑最輕鬆，我也不用減肥、戒菸了。不管用什麼速度，只要決定要跑就不可能輕鬆。打從一開始，我就只是跑身體健康的，所以呢，不管最後我跑幾名，你可都不准抱怨喔。」

「是。」清瀨似乎笑了。「那，我們大手町見了。」

尼古不是在跟清瀨說笑。不跑，最輕鬆。但是尼古一點都不後悔，在經過一大段空白後，又再次開始練田徑。跑步的痛苦，跟一群親密夥伴朝同一個目標邁進的快樂，交混成一種甘美的成果。對於一向自己賺學費、一直獨力生活的尼古來說，這是他遺忘許久的體驗。

尼古一邊跑著，一邊感受背後從箱根山吹下來的風。七區從小田原中繼站到平塚中繼站，全程二十一・二公里，整體來說是最平坦又好跑的區間。它和去程四區的路線相同，只是反過來改成朝東京方向，但因為得在大磯車站多繞一段路，所以距離比四區稍長一些。

最初的三公里到進入小田原市街之前，是一段和緩的下坡，如果在這裡因為大意而跑得太快，後半段會很辛苦。尼古努力壓下心裡的興奮與緊張，配合著自己的身高專心調整速度。

灰二那傢伙，真的很會看人，尼古心想。他知道尼古從阿雪手中接過接力帶後，一定會發奮圖強，有可能會意氣用事。為了避免他被氣氛沖昏頭、在前半段就一頭栽進去，所以要求他要自制。清瀨應該是看準了尼古的性格，加上長年觀察他與阿雪的微妙關係，才會在七區派他上場。當然，清瀨的另一個考量應該是七區的地形起伏較少，對尼古的腳比較不會造成負擔，能夠讓他發揮最大的實力。

天空持續飄著細雨，尼古的頭髮已經完全濕透。比起乾燥的日子，在雨天裡跑步呼吸會比較順暢。幸好今天沒什麼風，否則在淋得一身溼的情況下，再加上箱根的寒風吹襲，跑起來會死人的。現在氣溫大概只有一度。據說，七區是很容易因為寒暖溫差而消耗最多體力的區間，多虧了今天有雨，所以可能不必太擔心這一點。接下來是沿著海岸線的賽道，隨著時間接近中午，氣溫或許還會再稍微上升。

現在比較大的問題，應該是這身溼答答黏在皮膚上的隊服，尼古皺著眉頭想道。溼黏的隊服讓他的身材原形畢露，使他覺得像在裸奔一樣不自在，雖然這種衣服本來有穿就跟沒穿差不多。

尼古很討厭這種輕薄材質做的運動衫和短褲。長跑選手不論男女，身形大多都很瘦削，而且全身都是線條優美又強韌的肌肉，讓他們的身材看起來宛如羚羊或羚羊一般。這樣的選手，確實很適合穿上用少少布料做成的服裝。但是，尼古天生就是大骨架的體型。雖然他靠著減肥消除了身上的贅肉，卻減不去厚實的肩膀、寬廣的腰骨和壯碩的大腿骨。

身材壯碩的尼古穿上布料單薄短少的隊服，外露的地方看起來就是會顯得特別多，尤其現在它正濕漉漉地緊貼在身上。

尼古覺得自己就像一條被海浪捲上岸的胖人魚，尷尬得不得了。早知道至少也先把小腿毛刮一刮。真是失策，完全沒想到自己毛茸茸的小腿會這樣放送到全日本所有家庭客廳裡的電視上。

尼古瞥一眼身旁那名選手的腿。這傢伙的腿毛還真少，至少從這裡看過去不會很明顯。不知道他是天生就少毛，還是事先修過了？就在這個問題閃過腦海的瞬間，尼古這才驚覺：我的身邊有人！不知不覺間，後面的選手竟然追上來了！他會超過我嗎？尼古連忙確認身邊選手的身分，再把臉轉回前方。

是東體大。他記得東體大在小田原中繼站，比尼古還要早十秒交接接力帶。原來不是我被追上，而是我追上別人了。尼古看了看手錶，確認自己保持著正確的速度。很好，尼古在心裡點點頭，判斷自己應該可以甩開這個選手。

不過，前方看不到其他大學選手的身影。自己現在到底是跑在第幾名？扣除同時起跑那部分的時間後，寬政大現在實際排名又是第幾？尼古毫無頭緒。

管他運動服溼不溼，現在我們打的可是一場沒把握的仗啊，尼古一邊想著，一邊跑進小田原市街。沿途加油的人潮互相推擠、搖旗吶喊著。當中也有寬政大的旗幟，還有一群人看起來像是商店街的居民在大喊著，但聲音被周圍的喧鬧聲淹沒了，聽不懂他們在叫什麼。看來只能等跑到五公里處，從教練車取得情報了。

總之，現在尼古只能集中精神保持自己的速度，同時想辦法甩開宿敵東體大。他很懷疑教練車上的房東有能力取得正確的情報，但寬政大還有個地下隊長，也就是清瀨。雖然他自己上場的時間也越來越逼近，但就算在這個時候，他一定也在努力蒐集情報，準備向房東提供最好的建議，下達能讓尼古安心的指示。

尼古很信任清瀨擔任隊長的能力。他在寬政大的選手中，時間紀錄僅次於阿走，但他最優秀的能力還是看人的眼光，還有安排人事的手腕。如果沒有清瀨，大家絕對不可能會想到要以箱根為目標，也不可能真的走到今天這一步。

雖然清瀨也會採取強勢的手段來對付他們，但他從來不曾苛責那些沒有跑步經驗的人，也絕不會傷害他們的情感，或看不起別人引以為傲的事物。他總是配合每個人的性格，不厭其煩地引導著大家、讓他們願意主動面對跑步。

正因為清瀨以前在田徑場上受過挫折，所以才能循循善誘竹青莊這群幾乎全是田徑初學者的夥伴。在他身上，溫柔和堅強兼具，還有滿腔對跑步的信念和熱情。這些事尼古全都感同身受，因為他自己在上大學前也曾醉心於田徑。

但是尼古一進大學，就斷然捨棄那段田徑生涯，因為他已經無法從這件事當中看到希望。高中時代，他曾經那麼認真地投入，訂定目標、日復一日練跑，雖然感覺很辛苦，有時也覺得很麻煩，但他是真的很喜歡跑步。

不過，尼古的體格開始越長越壯，骨格也越來越粗。不管他再怎麼喜歡跑步，也必須承認，在這個以時間長短為勝負條件的運動項目上，身材的適性也不能忽視。比起同年齡的大多數人，尼古當然跑得更快更遠，但如果要以一名長跑選手的身分繼續比賽，恐怕很難再上層樓。到了高三時，尼古知道自己不可能再進步了。天生壯碩的骨骼，以及容易囤積脂肪的體質，確實不適合練長跑，任憑他再怎麼努力也無法克服這個限制。

大學時期加入田徑隊，畢業後被企業贊助的運動社團延攬，接著挑戰世界的舞台——到底有幾人能成為這樣的選手？當目標越遠大，越能看出天賦才能的光芒有多耀眼。尼古在自己的實力範圍內盡可能累積經驗與練習，卻也因此越明白，有一種境界是他窮極一生也無法達到的。面對自己持續的壯碩中的體格，尼古只能無奈感嘆自己的無力。

尼古的不幸是，沒有任何指導者曾經告訴他，就算他不能當田徑選手，也還是可以繼續跑步；沒有人告訴他，如果真的喜歡跑步，盡情享受跑步的美好就好。尼古從年輕時就義無反顧投入田徑運動，當時的他以為如果不能當上選手、在場上發光發熱，一切就完全沒有意義。尼古因此對自己徹底失望，從此遠離田徑運動。

在漫長的大學生活中，尼古學會了獨立生活之道，也累積了許多田徑以外的經驗。過程中他終於明白了一個道理：沒有意義也不是什麼壞事。這不是在說什麼漂亮話。跑步的目的，當然是要取得勝利，但勝利其實有許多種形式。所謂的勝利，不單是指在所有參賽者中跑出最好的成績。就像人活在這世上，怎樣才算「人生勝利組」，也沒有明確的定義。

清瀨也抱著相同的想法，這對尼古來說是極大的鼓舞。高中時代的尼古，一股腦兒地認為通往勝利的道路只有一條，現在回想起來，自己都覺得幼稚又可笑。尼古在遠離跑步後，心態也變得更成熟，然後在對清瀨的認同與信賴下，終於再次一頭栽進日復一日練跑的生活。

清瀨是很優秀的指揮官。他明白人心的痛楚，也了解競技場上的冷酷。面對個人的價值觀差異，他全盤接受，並且以強韌的意志力與熱情，帶領追隨他的隊員。

能讓灰二抱持著這股熱情而不減的人，一定是阿走，尼古心想。清瀨就是沒辦法不管阿走，因為他與生俱來的可貴才能，讓他就算傷痕累累，也仍然閃耀奪目。

最難能可貴的是，這兩個人簡直有如天作之合。尼古一邊想，一邊擦去從鼻樑流下的雨滴。把清瀨與阿走連結在一起的，不單只有跑步；他們在其他地方好像也很契合，對彼此的存在產生相互影響。至少在尼古眼裡看起來是這樣。因為對方的優點而被吸引，又為彼此的缺點而激動，尼古覺得這就是人與人之間情感的證據。像友情或愛情這樣美麗又珍貴的情愫，確實存在清瀨和阿走之間。同時都喜歡跑步，又這麼心有靈犀的兩個人，這麼巧合的邂逅，讓尼古感覺有如奇蹟。

清瀨和阿走間的心心相繫和爭吵衝突，總是讓尼古再三玩味。原來跑步這件事，能夠將人與人之間的交流，昇華到這麼高貴的形式。

所以這一年間，尼古才會跟著這群夥伴一起努力練跑，而現在的他也正盡全力跑著。在即將離開小田原市街時，東體大選手已經一步步被他拉開差距。越過酒勾川後，就是沿海的直線賽道。不知道能不能在那裡看到前面幾所大學選手的身影？

來到五公里處時，尼古身後的教練車傳來房東的聲音：

「尼古，你現在是第十三名，跟前面的甲府學院大大概有三十秒的差距。」

甲府學院大的七區選手，一萬公尺成績好像是二十九分十秒左右，實力比尼古高出許多。他只能盡最大努力去跑，不讓差距繼續擴大。他豎起耳朵仔細聽，同時分析獲得的情報。

「另外，如果加上同時出發的時間後，寬政大真正的名次……」

房東透過麥克風扯開嗓門大聲喊出：「六區結束時，第十六名！」

阿雪的成績是六區第二名，結果也才推進到第十六名嗎？尼古不禁感覺前途多難，甚至有點頭昏眼花。不過，想到昨天去程結束時是第十八名，這代表寬政大的名次確實在提升中。我絕對不會就此放棄。至少，要盡可能在最短時間內把接力帶交出去。

「灰二要我跟你說：『還有希望，千萬不要自亂陣腳』。完畢！」

尼古輕輕舉起右手，表示已確實收到訊息。是啊，還有希望。或許寬政大在這次的箱根驛傳沒辦法得到優勝，去程掉到第十八名，回程直到七區為止，名次也沒有突飛猛進的躍升。但是，如果以跑進前十名、取得種子隊資格為目標，就目前情況來看，還是大有可為。

以十名內為目標，不是為了明年可以無條件參加箱根驛傳，而是我們只憑十個人就來挑戰，最後還是希望能夠取得一個具體的成果。因為尼古不想再聽到有人說，一支連選手能不能湊齊都是未知數的隊伍，就算取得種子隊資格也沒有意義。

不管有沒有意義，為了證明我們到今天為止所做的一切是值得自豪的，現在唯一能做的就是盡全力去跑。

尼古的雙臂冒出熱氣，毫不畏懼冬天降下的冰雨。

負責八區的ＫＩＮＧ和陪伴他的姆薩，正在平塚中繼站等待。結束暖身的ＫＩＮＧ，不是在中繼站周邊慢跑，就是去廁所，總之就是沒辦法待在一個地方。從這裡也能看到沿途的賽道已經擠滿觀眾，讓ＫＩＮＧ開始緊張起來。

看到ＫＩＮＧ無法保持冷靜，姆薩決定隨他去，因為不管跟他說什麼，ＫＩＮＧ就像在轉輪裡咕嚕咕嚕跑的倉鼠一樣，根本停不下來。

算了，反正等他累了就會靜下來吧。雖然在比賽前把自己搞太累不是好事，但照這情況看來，只能等ＫＩＮＧ自己恢復平靜了，姆薩如此判斷。ＫＩＮＧ這個人的神經出人意料之外的纖細，要是硬逼他別動，可能反而會讓緊張感積壓在體內，之後一口氣爆發。

因為上述的理由，姆薩一個人坐在中繼站角落的塑膠墊上，看著小電視追蹤比賽實況。阿雪稍早精彩跑完全程時，姆薩曾經情不自禁放聲歡呼，現在則是凝視著尼古奔跑的身影，默默守護著他。電視畫面上偶爾會出現尼古在七區奮鬥的影像，現在他正跑到剛過十公里的二宮附近。這裡有座跨河大橋，形成幾個上下起伏，但尼古未受影響，視線緊盯著前方，以穩健的步伐向前邁進。

ＫＩＮＧ好像總算暫時恢復平靜了，來到姆薩身旁坐下。

「尼古學長的情況怎樣？」

ＫＩＮＧ探頭望向螢幕。姆薩遞給他一條大毛毯。

「他的節奏沒有變慢，但是和甲府學院大的差距越來越大，因為對方跑得很快。」

ＫＩＮＧ用大毛毯把身體包起來，坐在地上開始拉筋。

「排名呢？」

「沒有變，還是在甲府學院大後面、東體大前面的位置，看起來是第十三名，但時間加總後還是第十六名。」

「啊……」

ＫＩＮＧ發出不知是附和或歎息的聲音，接著傾身把額頭貼到膝蓋上。保持一個動作靜止不動的他，身體自然而然因為不安而顫抖。

「阿雪那傢伙，跑得也太好了。」

ＫＩＮＧ像是要擺脫不安一樣，刻意用開朗的口氣說。

「對呀，神童一定也很開心。」

姆薩微笑道，之後兩人暫時陷入沉默。坐在地上的他們，各自從低矮的角度愣愣望著眼前的風景。選手、工作人員或來加油的觀眾，來往穿梭在中繼站裡，現場有如廟會一樣熱鬧。只有ＫＩＮＧ和姆薩的周遭，彷彿被聲音和時間遺忘了一般的安靜，感覺像被隔絕在蓄滿緊張感的水槽裡。

這時，兩人的視野中，出現一雙穿著運動褲的腳，並停在他們面前。姆薩和ＫＩＮＧ同時抬起頭，看到東體大的榊正朝下俯視兩人。

「寬政大學田徑隊的箱根之旅，看來到這裡已經差不多了。不用擔心明年社員不足的問題，或許也可以說是一件好事呢。」

榊的口氣平靜而有禮，讓人更覺得聽不下去。ＫＩＮＧ憤慨地要起身，卻被姆薩硬揪住毛毯擋了下來。榊被分派到負責八區，就快輪到他上場了，才會刻意過來挑釁跑同一區的ＫＩＮＧ。姆薩從榊這個舉動中，察覺到他心裡的緊張和壓力。

「現在還很難說呢。」姆薩神態自若地回答。「你們東體大能否取得種子隊的資格，現在也在關鍵時刻不是嗎？」

「而且現在還跑在我們後面耶。」ＫＩＮＧ用挖苦的口氣反擊。

「那只是表面上看起來這樣而已，況且我在八區就會追過你們了。」榊的言詞中充滿堅強的意志。「不只要超過你，連你前面那幾所學校我也會超前。」

好啦好啦，那你加油吧。ＫＩＮＧ在心裡吐槽他。

「聽起來你很拚喔？」ＫＩＮＧ嘴上故意這麼說。

榊的眉毛就像壞掉的雨刷一樣，猛地往上一挑。

「當然要拚，這可是箱根驛傳耶。我就是為了參加這個比賽，才一直跑到今天，而且是從中學就開始了！像你們這種吊兒郎當、把跑步當兒戲的人，不可能了解我下的苦工。」

「我們沒有把跑步當成兒戲。」姆薩倏地站起身，態度堅定地說。

ＫＩＮＧ被他嚇了一大跳。姆薩與榊對峙，繼續說：

「世界上哪有這麼痛苦的遊戲？榊同學你應該也很明白才對，為什麼要故意說這種話來跟我們吵架？ＫＩＮＧ馬上就要上場比賽，請你別再說這種會擾亂他心情的話。」

帥啊，姆薩。ＫＩＮＧ身上裹著大毛毯仰望姆薩，覺得他很靠得住。

這時，榊的身後來了幾名協助掌控現場的東體大高年級生。夏天集訓時，這些高年級生壓根沒把寬政大放在眼裡，現在態度已經大不同。

「榊，你在幹什麼？」高年級生喊著，似乎在擔心和ＫＩＮＧ他們對峙的榊，但榊連頭都沒回。

ＫＩＮＧ突然有點同情起榊。原來不只阿走和寬政大的選手，就連東體大的隊友，對榊來說都是競爭對手。死心塌地、把一切奉獻給跑步，讓榊處於四面環敵的狀態。他沒辦法向任何人訴苦，也跟任何人都處不來。對於其他跑者，他在乎的只有他們的名次和成績。

榊只能用這種方式來看待跑步，讓ＫＩＮＧ覺得很悲哀。他把毛毯夾到腋下，站起身來。

「我問你，你快樂嗎？箱根驛傳一直是你的夢想，等一下終於可以上場了，可是你看起來卻一點也不快樂。為什麼？」

「因為我根本不需要。」榊絲毫不為所動地說。「因為這是比賽。」

「是沒錯啦，不過……」

ＫＩＮＧ思考著該怎麼跟他說才好。

「我們家隊長清瀨常說，跑步不是光快就好了。長跑選手一定要『強』才行。我是這麼想啦，他這話的意思應該是要我們享受跑步，才能跑下去。」

「好天真啊。」榊的眉毛又豎了起來，像在教訓一個玩泥巴的小孩子說：真拿你沒辦法。「如果只想在學生時代留下美好的回憶，你們就儘管去玩吧，這麼做也滿適合你們的。我可不一樣。不停奮戰，贏得比賽，這才是我跑步的目的。叫我跟藏原一樣，墮落到跟你們這群弱雞一起跑步，那就免了吧。」

「你說什麼！」

ＫＩＮＧ聞言暴怒大吼，剛才心中的感傷頓時拋到九霄雲外。但榊好像已經說完想說的話了，一臉滿足的樣子揚長而去。

「真的是氣死人不償命。」

ＫＩＮＧ氣得咬牙切齒，姆薩也只能在一旁盡力安撫。

「其實他的話也有部分是事實啦。」

「是沒錯，可是我就是不爽啦！我要打電話給阿走！」

ＫＩＮＧ從運動外套口袋掏出手機。

阿走稍微跑一下後，回到戶塚中繼站。他感覺身體已經放鬆了，等一下做完拉筋運動後，再去跑一下應該就準備得差不多了。想到這裡，負責幫忙看管行李的城次對他招了招手。

「阿走，你的手機響了。」

阿走拿回寄放在城次那裡的手機，看一眼來電顯示。本來以為應該是清瀨，沒想到是ＫＩＮＧ。

「喂。」

阿走還來不及問什麼事，就傳來ＫＩＮＧ大呼小叫的聲音，差點震破他的鼓膜。

「阿走！你絕對要跑第一！一定要讓那個臭小子痛哭流涕，被他自己的眼淚淹死！聽到沒！」

ＫＩＮＧ一口氣說完一大串，然後就掛斷電話。劍拔弩張的氣氛，從手機通話口流瀉而出。

「什麼啊？」

「這……」

阿走和城次面面相覷。

「難得看到ＫＩＮＧ這麼激動。」

「跟他看猜謎搶答節目時差不多激動吧。」

「啊我知道了。」城次模仿按鈴搶答的動作猛拍一下。「東體大的榊不是也跑八區嗎？一定是他在中繼站跟ＫＩＮＧ說了什麼。」

阿走也認為大概八九不離十。結果，ＫＩＮＧ好像因為太過生氣而忘了緊張。這或許也算好事一件，但阿走一想到榊對自己的怨念竟然這麼深，心裡不免仍有點難過。

雖然他努力掩飾傷感的表情，但城次還是敏銳地察覺到了。

「這種事，放水流就好啦。」他輕輕拍了拍阿走的背。「不過，我真的也很希望你可以跑第一。」

「那當然，我也有這個打算……」

城次這番話好像不光單純只是在幫阿走加油，話裡似乎還有其他涵義的樣子。阿走看著他。

「我打算在灰二哥衝過終點線時，跟葉菜妹告白啦。啊啊啊～真是等不及了。」城次害羞地笑著說。

原來如此啊，阿走點點頭。城次一直希望八區比賽趕快開始，就是這個原因。

「可是，不管你再怎麼急著從這裡趕過去，也不見得趕得上灰二哥抵達大手町那時候耶。」

「不會吧！真的嗎?!」

「嗯，我每年都看轉播，跑完八區的選手，通常在轉播結束前都趕不回大手町。」

「那怎麼辦！我可以現在就出發去大手町嗎？」

看來城次為了愛情，不惜放棄陪伴選手的工作。

「我是無所謂啦，不過要是讓灰二哥知道了，我想你應該會血流成河。」

「我想也是……」

城次身子扭來扭去，一副苦惱不已的樣子。「看來我最好還是等接力帶交到你手上之後再走……不知道葉菜妹會不會等我？」

這還用說。葉菜子無論如何，一定都會在大手町等雙胞胎到來。就算要等到半夜、等到被大雪掩埋了，她也不會離開。

雖然心裡這麼想，阿走嘴裡卻故意說：「很難說喔……」

阿走已經算很鈍的人了，但是跟城次的鈍比起來，就像看著一隻犰狳在地上慢慢爬一樣，讓人忍不住在一旁乾著急。這樣稍微逗他一下，應該無害吧。

想到自己竟然這麼壞心眼，阿走心裡不禁覺得好笑。這時候，一個聲音傳來。

「寬政大好像永遠都這麼歡樂耶。」

一回頭，六道大的藤岡就站在他們身後。阿走和城次的談話，他好像都聽到了，嘴角掛著一抹笑，讓人聯想到涅盤中的釋迦牟尼微笑。他那顆光溜溜的頭，在今天這種微陰的天氣裡依然閃閃發亮。

「喂喂喂，這個人是……」城次拉拉阿走的運動外套衣袖。

「新年快樂。」阿走開口向對方打招呼。

「下一句是：『今年也請多多指教』嗎？」藤岡揶揄道。「終於等到這一天了。」藤岡的臉立即換上嚴肅的神情。

「藏原，今天我會刷新九區的紀錄。」

藤岡威風凜凜的宣言，讓阿走為之震懾。藤岡的目標不只是區間優勝。他這話的意思是，他不只要站在本次大賽所有九區選手之上，更要凌駕歷年參加箱根驛傳九區的選手，站上這個區間的頂點。

區間新紀錄，代表改寫在箱根驛傳歷史中長年累積下來的偉大紀錄，從歷史紀錄挑戰者的身分，轉而成為令人景仰、緊追不捨的超越者。況且，九區的區間新紀錄已經五年沒被人刷新了。對出賽箱根的選手來說，創下區間新紀錄，等於造就自身莫大的榮耀。

「那我會再刷新你的那個紀錄。」阿走昂首挺胸，斬釘截鐵說道。「你頂多當個區間新紀錄的保持者，大概十分鐘左右吧，我想。」

聽到阿走如此大膽宣戰，連一向不知天高地厚的城次也不禁傻眼，嚇得不由自主顫抖。六道大的藤岡一定會先接到接力帶開跑，所以就算藤岡跑出區間新紀錄，這項「新紀錄」最多也只能維持到後出發的阿走抵達鶴見中繼站為止。這就是阿走的意思。

城次看著毫不相讓的兩人。阿走和藤岡的眼底都燃燒著鬥志，以及對彼此表現的期待。這是一場誰也無法觸及或介入、自尊與自尊的對決。

「王者」六道大的藤岡一真，對決「雜牌軍」寬政大的王牌藏原走。戶塚中繼站裡在場所有人，都在這兩人散發出如火焰般氣勢的影響下而激動期待起來。

這一天終於到來。受到「田徑之神」眷顧的這兩個人即將正面對決，箱根驛傳進入終章前的最後一戰。

尼古一個人沿著海岸線的國道一號不停跑著，前方看不到可以追趕的身影，後方也聽不到讓人焦急的腳步聲。

沿途道路兩旁擠滿了觀眾，房東坐在教練車裡尾隨在後。到了十五公里處，穿著寬政大運動服的給水員，告知尼古他與前後選手的時間差。但往前跑下去的尼古，始終還是一個人而已。海風將群眾的歡呼聲切割成絲。

「守住一公里三分鐘左右的速度。」清瀨的指示像回聲一般在腦海中迴盪，尼古默默跑下去。

是了，長跑就是這麼寂寞，尼古心想。像在沒有星星的夜空下，踏上旅途一般的孤獨與自由。跳動到極限的心臟，涔涔的汗水冷卻後又馬上讓肌膚發熱、血液流竄奔騰的肌肉，這一切的感受除了尼古自己，都沒有任何人知道。到跑完既定的道路、抵達既定的地點為止，都不會跟任何人有接觸，尼古必須獨自面對這場旁人無法理解的戰鬥。

我都忘了，或是假裝自己忘了，跑步是這麼苦悶又令人歡喜的事。是一起住在竹青莊的這群人，讓我再次想起這些事，把我帶到能夠再次品味這種體驗的地方。從放棄田徑那一刻起，我就一直在等待。等待有人再給我一次機會。等待有人就算知道我的身體不適合田徑賽，但能看到我打從靈魂深處熱愛跑步、追求跑步、渴望跑步。等待著有人能對我說：儘管去跑吧！

尼古也知道，這是他最後一次以選手身分上場比賽。田徑選手的大門，並沒有為尼古而敞開。就算他再努力練習，想再提升一點成績，對尼古而言都是不可能的事。

尼古沒有受到青睞與祝福——如果真的有「田徑之神」，祂一定也會這麼說。和阿走相處這麼久以來，就算不想承認，尼古自己也知道，不管他再怎麼誠心祈求，他也無法成為像阿走一樣的跑者。

不過，無所謂了啦，尼古心想。就算不受神的眷顧，還是可以熱愛跑步。心裡那分無法壓抑的熱情，就像跑步孕育的孤獨與自由一樣，都在尼古心中發出燦爛的光芒。只要曾經擁有，讓它長存心中，這樣就夠了。現在的尼古，只能把一切奉獻給最後的這場比賽，長年以來對田徑抱持的牽掛，將在今天畫下休止符。

賽道從大磯車站前會離開國道一號，朝北延伸進入一段迂迴路段。因為彎道的關係，總算可以稍微看到前橋工科大的選手。在此同時，尼古感覺好像有人逼近他背後。不用回頭也知道，是東體大選手追上來了。

雖然有點心急，但尼古還是忍了下來。跑了二十多公里，到這裡體力已經大幅滑落。這時候不能躁進，得繼續保持每公里三分鐘左右的速度，保留足夠的體力。真正該衝刺的地方，是最後那三百公尺。

尼古相信自己身體的感覺，就像沒有星象指引也能遠渡重洋的候鳥，以穩定的節奏朝目的地平塚中繼站前進。從中繼站湧出的人潮，讓道路兩旁的人牆變得更厚實了。前橋工科大的選手抬起下巴全力奔跑。尼古直覺這是衝刺的時機。

尼古擺動起肌肉灼熱的四肢，展開猛烈的衝刺急起直追。東體大的選手也抓住這個時機，像彈射而出的箭矢一般加速。喉頭湧上一絲淡淡的血腥味，但尼古還是強忍著有如全身要被壓扁的痛楚，全力向前。在中繼站觀眾的搖旗吶喊中，尼古看到ＫＩＮＧ衝到中繼線上，他身旁還有前橋工科大的八區選手，以及東體大的榊，也都已經站上中繼線。三個人並排著，呼喚著長驅逕入的隊友。

尼古摘下接力帶，緊緊握在手中，彷彿那是一條吸飽汗水的救生繩。這時他的眼裡只看得到ＫＩＮＧ，視野中只有那件黑銀相間的隊服。尼古向前跑去。

我終於跑回這個既定的地點了。

「看我的囉，尼古學長。」

ＫＩＮＧ接到接力帶後冒出這句話，之後頭也不回地往前跑。尼古沉默地點點頭，推了ＫＩＮＧ的背一下。往大手町的方向。

姆薩把防寒長外套鋪到地上。尼古在倒下的同時，動手把手錶上的馬錶按停。他已經橫渡了與時間競賽的世界，沒有必要繼續計時了。

尼古的戰績是，一小時〇六分二十一秒跑完全程二十一‧二公里，區間排名第十二。

寬政大在平塚中繼站以第十二名的成績交出接力帶。前橋工科大慢了四秒鐘，跟東體大同時交出接力帶。

多虧了尼古的拚鬥，寬政大在加總同時起跑的時間後，實際排名上升到第十五。東體大看起來雖然比寬政大還慢，但實際排名仍然保持在第十三。六道大和房總大互爭首位的結果，房總大毫無退讓之意，目前時間領先六道大一分半以上。第三名的大和大，跟六道大的差距是三分鐘。

領先的各校排名是否會有變動？第十名附近的大學，形成一場拉鋸戰，到底是哪幾所學校能夠取得種子隊資格？膠著的時間差，看似平靜、實則暗潮洶湧。這場戰役的走向，沒有任何人能夠斷言。

尼古躺在中繼站的角落，仰望著東方的天空。希望還沒破滅。KING、阿走、灰二，你們盡情去跑吧，以大手町的終點線為目標。我們一定要證明給世人看，讓大家明白我們這一路來在追尋什麼。

雖然身體已經達到疲憊的極限，但為了親眼見證結果決定的瞬間，尼古還是站起身來。默默在一旁照料他的姆薩，也輕輕扶住他的肩膀。收拾好行囊後，在平塚中繼站觀眾意猶未盡的興奮之情下，姆薩和尼古動身起程，往大手町出發。

在KING出發前一刻，灰二打過電話來。

「你會緊張嗎？」

「拜託不要問，害我想起緊張這件事。」

「那真是不好意思了。」

清瀨口氣很認真地道歉。

「不過，你本來就很愛緊張不是嗎？比如快要大考了、交報告的期限快到了、明天要去面試打工、絕對要看的猜謎節目不知道會不會沒錄到……不管什麼事，你都可以當成緊張的理由，讓我一直都很佩服。」

「你是打來找我吵架的嗎？」

「不是不是，我只是想跟你說，反正緊張是你的常態，所以就算你現在會緊張，其實也沒什麼大不了。」

這不是擺明來找我吵架嗎？ＫＩＮＧ本來想這樣吐槽清瀨，卻不知為何反而笑了出來。雖然看不到也聽不到清瀨在鶴見中繼站的情況，但隨著電波傳來的感覺，ＫＩＮＧ知道現在電話那一頭的他應該也在笑著。

「我說，灰二，你有沒有在找工作啊？」

「我看起來像有在找嗎？」

「那你打算怎麼辦？以你的實力，應該會被企業贊助的運動社團網羅吧？還是你要延畢一年，明年再來參加箱根驛傳？」

說著說著，ＫＩＮＧ自己開始覺得奇怪。怎麼我一副很肯定寬政大明年還會來參加箱根驛傳的樣子？他甚至忍不住想說：「我準備延畢一年，你也陪我吧。這樣我們又可以一起跑步了。」

「將來的事，我都還沒想過，也沒辦法想像。」清瀨冷靜地說。「這四年來，我一心只想著參加箱根驛傳這件事而已。就連現在，我都懷疑自己是不是在做夢。」

ＫＩＮＧ覺得有些失望。他心裡其實是期待清瀨跟他說：「明年當然也要跑，你也一起來吧，ＫＩＮＧ。」但ＫＩＮＧ不想表明自己的心情。

「都練成這樣了，如果現在只是在做夢，那我真的會抓狂。」

「說的也是。」

「ＫＩＮＧ，」清瀨輕輕一笑，馬上又恢復平常的淡然口吻。「八區原本就很難跑，就算你被超前了也不要在意。重點是十六公里以後那個遊行寺[59]的上坡。跑到那裡之前，盡可能保留體力。」

「知道了。」

「等箱根的比賽結束，我會幫忙你找工作。」

「怎麼幫？」

「幫你把面試穿的西裝壓在床墊下睡平，或是幫你燙襯衫啊。」

「不必了，再見。」

ＫＩＮＧ把手機交給姆薩後，脫下運動外套。清瀨他沒有說：「我們一起找工作吧。」這一點讓ＫＩＮＧ隱約有種不祥的預感。

清瀨說話的感覺，彷彿他覺得自己過了今天以後就沒有未來似的。

穿著隊服的ＫＩＮＧ用力甩了甩頭，仰望天空。雲朵順著賽道的方向朝西飄去，灰濛濛地覆蓋了整片天空。好像又要下雨了。ＫＩＮＧ綁緊鞋帶，跟姆薩擊掌之後，跑向中繼線。

從尼古手中接過接力帶的ＫＩＮＧ，才起跑沒多久，就被東體大的榊和前橋工科大的選手追上。這兩所學校，瞬間就追平了在平塚中繼站落後寬政大的四秒。

ＫＩＮＧ轉頭確認緊跟在後的兩校選手，只見前橋工科大的選手額上冒出豆大的汗珠。這時的氣溫是兩度，右手邊微微有海風吹拂而來。這種天候不是太難跑的酷熱，也不是在奔跑間會凍僵的酷寒。ＫＩＮＧ心中暗忖，這傢伙大概身體不舒服吧。

眼前的敵人，果然還是榊。榊為了避免海風的影響，拿前橋工科大的選手當掩護，跑在ＫＩＮＧ左後方的位置。當ＫＩＮＧ回頭看的時候，榊的臉上明顯露出輕蔑的眼神，好像在說：我隨時都可以超越你。怎樣？你能拿我怎麼辦？榊用眼神發出無形的威脅，逼迫ＫＩＮＧ把路讓出來。

---

59 位於藤澤市的清淨光寺俗稱。

ＫＩＮＧ當然不會這麼簡單就屈服於榊的脅迫。當ＫＩＮＧ跑在車道正中央，榊從他的左側超前而去，完全沒有並排齊跑，瞬間就跑到他前方，而且還拉開距離。ＫＩＮＧ啐了一聲：「臭小子！」也不認輸地加快速度，然後在三公里處的湘南大橋追上了榊。前橋工科大的選手跟不上ＫＩＮＧ與榊，雜亂的呼吸聲在背後漸行漸遠。

ＫＩＮＧ完全忘了灰二交代他要保存體力一事。跑在寬廣漫長的橋上，他根本沒有心情眺望右手邊的汪洋大海。籠罩在陰天下的海面，彷彿拒絕相模川流入一般地拍打出波浪。ＫＩＮＧ完全無視這片景色。被榊激起的好勝心，讓他忘了自己與榊之間的實力差距。

不管ＫＩＮＧ再怎麼追趕，榊還是把距離拉開了。拚命追趕的結果，令ＫＩＮＧ的呼吸開始紊亂。沿路上，觀眾投射而來的視線與歡呼聲，在他腦子裡只是一陣陣曚曨的聲響和不規則的反射，感覺一點也不真實。ＫＩＮＧ只能盯住榊的背影，不顧一切跑著。

ＫＩＮＧ已經陷入失控的狀態。比賽中的各種突發狀況，包括榊先向ＫＩＮＧ做出挑釁的宣示，之後更以實際行動證明自己的實力。這一切都給ＫＩＮＧ帶來壓力，擾亂他的注意力，最後奪去他應該有的判斷能力。

ＫＩＮＧ的表現，當然全被清瀨看在眼裡。到了五公里處，教練車傳來房東的聲音。

「ＫＩＮＧ，給我深呼吸！你在急什麼啊？喂，ＫＩＮＧ！」

ＫＩＮＧ終於回過神，深深地吐了口氣，原本繃緊的肩部也不再出力。他轉了轉兩臂，向房東示意他已經放鬆了。

「你最好每五公里都深呼吸一次比較好。」房東的聲音聽起來放心了不少。「看你的節奏整個亂掉，灰二很緊張，打電話給我。」

安排在沿途的寬政大學生，都會打手機向清瀨報告情況。聽他們說ＫＩＮＧ兩眼直盯著榊，而且比設定時間跑得還快許多，清瀨就知道事態不妙，絕對不能再讓ＫＩＮＧ受到榊的挑釁影響。為了防止ＫＩＮＧ自取滅亡，必須盡快讓他恢復冷靜。

由於教練只能在每五公里處跟選手喊話一次，而且只有一分鐘，所以房東用飛快的速度說：「灰二說，『在大手町會合的時候，記得告訴我遊行寺的由來。』聽到沒？」

對了，遊行寺的坡路。灰二提醒過要我注意。

ＫＩＮＧ再次轉動手臂，讓房東知道他已經沒問題了。他必須放慢速度，慎重地推敲自己現在的疲勞程度。由於大會工作人員的車輛擋在中間，ＫＩＮＧ已經看不到榊的背影。沒多久後，就連那輛車也變得越來越小。但ＫＩＮＧ還是守住自己的節奏，穩定且努力地向前跑。因為他已經想起，自己真正要面對的對手是誰。

我不能輸的，不是榊。我不能輸的，是自己那顆受到一點挑釁就昏頭、忘卻自己實力的心。

ＫＩＮＧ做事向來膽小謹慎，所以自尊心也特別強。他很怕受到傷害，所以無法跟人深交。而他不想讓人知道自己生性膽小，所以表面上總是裝出開朗、很好相處的樣子。

因為他裝得還不錯，所以身邊也有許多一起玩耍打鬧的朋友，跟竹青莊眾房客的感情也很好。但是，真要問他有沒有可以訴說煩惱的朋友，他卻想不出任何人。要是再問他遇到困難時，哪個朋友會跳出來幫助他，他更沒自信能答得上來。

清瀨從來不會傷害ＫＩＮＧ的自尊心。如果跑八區的人是雙胞胎或阿雪，清瀨一定會直接問他們：「現在就跑這麼快，到時候可以順利跑完遊行寺那段上坡嗎？」

以前，ＫＩＮＧ曾經因為清瀨的善解人意而不安，難以忍受自己膽小鬼的自尊心被人看穿，卻又因為有人這麼了解自己而暗自雀躍。當這兩種情感同時向他襲來，ＫＩＮＧ就會更討厭自己。或許清瀨可以全盤接受這樣的自己，ＫＩＮＧ心裡這麼期待著，卻又怕會受傷害，因為他知道清瀨沒有把自己當成「最重要的朋友」。

進寬政大就讀的那一年春天，ＫＩＮＧ在學生事務課的公布欄角落，看到一張褪色的房屋平面圖。超低廉的租金吸引ＫＩＮＧ到竹青莊一探究竟，一聽到還有另外兩個一年級生也住在這裡，馬上心想「住在這種破爛公寓裡說不定會滿有趣的」，所以決定入住。這兩個同年級的房客，不用說也知道，就是清瀨和阿雪。

由於一樓的房間都租出去了，所以ＫＩＮＧ住進二〇二號房。好像是因為怕二樓地板破掉，所以都讓房客先從一樓開始入住。當時二樓只有神童現在住的二〇五號房住著一個四年級生。

住在竹青莊的四年級生都是很親切的學長，包括現在還住在一〇四號房的尼古，還有另一位住在阿走那間一〇三號房。清瀨和阿雪經常會跟ＫＩＮＧ聊天，讓他覺得竹青莊是個很舒服的地方，就安心住了下來。但就算這樣，他心裡的疏離感依然如影隨形。

ＫＩＮＧ怎麼也學不會跟人保持一種若即若離、自然而然的絕佳距離。不管身在何處，不論和誰相處，他都覺得自己像漂浮在半空中。雖然他可以八面玲瓏、避免與人爭執，卻沒辦法向任何人敞開心胸，只會為了掩飾軟弱而虛張聲勢。面對這樣的ＫＩＮＧ，當然沒有人會想踏入他的內心世界。再加上ＫＩＮＧ自己認為，覺得寂寞是很丟臉的事，結果他的表面功夫也越做越好。

竹青莊的房客，每個人都有意氣相投的對象，例如清瀨和阿走、阿雪和尼古、雙胞胎和王子、姆薩和神童。他們就算沒有約好、沒有問過對方的意思，卻總是不約而同地聚在一起；就算不講話，他們也不會覺得有什麼不對勁；就算待在同一個房間裡，各自做自己的事情也很自然。在竹青莊裡，ＫＩＮＧ經常看到這樣的光景。

但ＫＩＮＧ從來沒有交過這麼心靈相通的朋友。他可以和所有人一起開心過日子，卻也僅只於此。

ＫＩＮＧ很討厭自己。他知道這樣的自己很討厭，卻不知道怎麼改變自己的生存方式。

但是，跑步的時候就不一樣了。

驛傳是少一個人就沒辦法參加的比賽，所以他可以感受到自己被需要，所有顧慮和自尊心都可以完全拋開，還能和隊友相互扶持。而且，每個人跑步時都只有自己一個人，可以從他人的想法和人際關係的糾葛中解脫，真誠地面對自己的心。

只有在跑步的時候，ＫＩＮＧ不用強顏歡笑，不必汲汲營營找尋自己的歸屬，不必在意別人對自己的看法，只要集中精神去跑就可以。

ＫＩＮＧ在濱順賀的十字路口左轉，離開濱海道路，開始往藤澤的方向北上。左轉後就是十公里處，身後的房東再次透過麥克風喊話：

「現在的速度剛好！灰二也說，『ＫＩＮＧ已經順利找回他的節奏了。』現在你和東體大的差距大約三十秒。但是你別再管那傢伙了，反倒要注意後面的帝東大，他好像快追上來了。你只要保持注意力，照現在的節奏去跑就好。完畢。」

ＫＩＮＧ轉動一下雙臂，示意他聽到了。每五公里，房東都很規律地向他喊話，看來應該是收到清瀨的指示。透過房東的聲音，清瀨要傳達的另一個訊息是：「我有在看著你。」所以，ＫＩＮＧ你就安心地跑下去吧。

瞞不過他，ＫＩＮＧ心想。真的什麼事情都瞞不了灰二。

通過藤澤警察署後，天空開始下起雨來。沿途的觀眾卻沒人打算撐傘，只是揮舞著箱根驛傳的小旗子為選手加油。相對於靜靜落下的濛濛細雨，紙做的旗子搖動時，發出啪嗒啪嗒的聲響。陣陣聲響交疊，配合著ＫＩＮＧ的前進方向，有如波濤一般起起落落。

道路兩旁滿滿都是觀眾。ＫＩＮＧ看著一張張陌生的臉孔。這道人牆應該會不中斷地一直延伸到大手町，加油聲也會鼓勵著選手，催促他們向前。

接下來的賽道避開藤澤車站前方，朝東北前進，又接上通往內陸的國道一號。ＫＩＮＧ在十五公里處，從穿著雨衣的給水員手中接過瓶裝水。初春的雨水，淋在皮膚上也滲入體內。即使不需要補充水分，但是為了讓心情冷靜下來，ＫＩＮＧ還是含了一口水。

「『接下來要一決勝負了，準備好按鈴搶答了嗎？』以上是灰二要我轉告你的話。完畢。」房東說。

ＫＩＮＧ把保特瓶丟到路邊，轉動一下雙臂放鬆身體。過了十六公里處，終於看到遊行寺的坡道。

喜歡猜謎的ＫＩＮＧ，當然也知道跟遊行寺相關的知識。

遊行寺是時宗[60]本寺，正式名稱是藤澤山無量光院清淨光寺，從鎌倉時代呑海上人建立遊行寺以來，寺院門前的藤澤市街就十分繁榮。

確實記得寺院的由來，讓ＫＩＮＧ覺得相當滿足。能夠想起正確解答，代表他在精神面還游刃有餘。灰二，等著吧，我會在大手町好好給你上一課。

江戶時代的人，為了祭拜江之島的弁才天女神，都會在藤澤停宿，之後登上這條坡道到遊行寺參拜，當時的景色和遺跡，至今仍殘留在街道上。巨大的常綠樹張開枝葉阻擋雨水落下，彷彿也在保佑奮力奔跑的ＫＩＮＧ一樣。

就算我很了解這個地方，但這條坡道也太難跑了吧。從書本上得到的知識，跟實際跑一趟的感受完全不同。江戶時代的人真的都爬上這條坡路了嗎？

ＫＩＮＧ的下巴越抬越高。坡道本身長度不到一公里，坡度看起來也不是太陡。如果是坐車，大概一眨眼就可以開上去，甚至可能會懷疑：「這裡真的有上坡嗎？」不過，對於已經跑完十六公里的ＫＩＮＧ來說，遊行寺的坡道就像箱根山一樣高聳。

腳步的沉重感，讓ＫＩＮＧ不禁懷疑，難道柏油變成泥巴了？他忍不住低頭看了一眼地面。剛才中了榊挑釁留下的後遺症，讓ＫＩＮＧ無法順利隨著路面起伏切換跑法。這時，背後傳來觀眾搖旗吶喊的聲音。應該是帝東大的選手追上來了。

我才不會認輸，ＫＩＮＧ心想，有如痙攣了一樣加快呼吸頻率，不顧形象地用力揮動手腳前進。

灰二，剛才你跟我說，你怕這一切是在做夢。但對我來說，這如果是一場夢就好了。剛開始，大家是在你的強迫下才開始練跑。當時我隨口附和說：「箱根驛傳？我不是很熟啦，不過，參加就參加囉。」一副沒什麼大不了的樣子。其實，那是因為我不想一個人被排除在外，不想再在竹青莊裡當個可有可無的人。

但是，現在不一樣了。箱根驛傳不再是灰二你一個人的夢想，而是我們所有人的夢想。跑步讓我覺得很有趣、很痛苦又很快樂。跟你們朝著相同的目標前進，就像猜謎搶答一樣讓我覺得興奮……所以我才會一直跑下去。

我從來沒有和別人這麼親密過，也不曾和別人一起打從心底歡笑或生氣。將來我想應該也沒有這樣的機會了。很久以後，再回想起這一年，我一定會懷念又感傷。

灰二，我真的很希望這一切是一場夢。

一場讓我不想醒來的夢，一場我希望能夠永遠徜徉其中的夢。

「六道大學一定會拿到今年箱根驛傳的總優勝。」藤岡冷靜地說。

KING跑完八區之前二十分鐘，戶塚中繼站的某個角落裡，阿走和藤岡並肩坐在塑膠墊上。

「為了網羅有潛力的跑者，我們學校早就在全國中學和高中都部署了人脈。而且除了選手的實力之外，我們還擁有能夠達到有效成果的訓練設施、優秀的指導員，以及維持這一切需要的龐大資金。綜合以上種種條件，就是讓六道大獲勝、成為王者的基礎。」藤岡斷斷續續說著。

他這番話沒有半點誇大，阿走很清楚。他現在正坐在六道大的陣營裡。藤岡一個人，身邊有五個

60　日本淨土教其中一個法門，於一二七四年開宗，特別崇尚淨土三部經當中的《阿彌陀經》。開宗祖師一遍智真上人，生平以臨終與體悟為宗旨。

學弟陪伴，負責在開跑之前照料他所有需求。就像每年賞花季節搶位置那樣，在擁擠的中繼站裡占位置的人，也是這群學弟。阿走是在藤岡的邀請下，才來六道大的陣營叨擾。

藤岡這五個學弟，好像很怕打擾到他，全都站在離塑膠墊一段距離之外。城次好像也震懾於藤岡的威嚴，選擇跟那些學弟待在一起。他不時擔心地看看阿走，卻不敢靠近。

在箱根的「王者」六道大學，藤岡是王中之王。就連湧進中繼站的觀眾，也對他十分敬畏，只敢從遠遠的地方看著他。這塊塑膠墊，宛如在狂風暴雨的夜裡航行在汪洋大海上的航空母艦，坐在上頭有種與世隔絕、遠離塵囂的感覺。

「像這樣非得拿冠軍不可，不覺得很辛苦嗎？」阿走問道。

「不辛苦，因為再怎麼辛苦也總會習慣。」藤岡閉上眼，好像在冥想一樣。「不過……感覺很沉重。這四年來，我承受著這分重擔，把它當成跑步的精神食糧，只為了讓自己變得更強。」

藏原你待過仙台城西高中，應該也很清楚吧？被他這麼一問，阿走連忙搖頭。就算那所高中在全國大賽中得過冠軍，但還是不能跟箱根的常勝學校相提並論。不論跑步的實力，還是來自周遭的壓力，都不是阿走所能體會的。而藤岡就肩負這樣的重擔，投身跑步的世界裡。

「我必須帶領六道大邁向勝利之路。」

藤岡從塑膠墊上站起身，脫下運動外套。身後的學弟立刻跑上前來，畢恭畢敬地伸出雙手，接下運動外套。

房總大在八區二十公里處，仍舊維持領先的局面。六道大雖然在後方追趕，但兩校仍有一分鐘的差距。

「我會超越自己，同時也贏過你，藏原。」

「我也是。我一定會戰勝我自己，還有藤岡你。」

阿走也站起身，與藤岡正面相視。藤岡吁了口氣，臉上似乎綻出笑意，微微點個頭後，走向中繼線。突然，藤岡好像想起什麼，轉頭又叫住阿走。

「我之前提過，清瀨和我在高中時是隊友吧？」

「有，你提過。」

「其實六道大也曾經邀請清瀨入學，我也很期待上大學以後，還可以跟清瀨一起跑步。但是他拒絕了，參加一般入學考試進了寬政大。」

原來還有這一段故事啊。靠田徑推甄進六道大，應該是所有高中生跑者憧憬的夢想。阿走想起昨晚在東海道線列車上，清瀨對他說過的話。

灰二哥，你說我「是打從靈魂深處在探索跑步這件事」。這句話，說的應該是你吧。是灰二哥你自己的寫照。

一股暖意湧上阿走的心頭。他不禁咬住下唇。

「藏原，到底清瀨他選擇的是什麼，你就跑給我看吧。」藤岡說。

「我一定會的！」阿走這麼回答。

上午十一點十三分四十五秒，六道大的藤岡選手接過接力帶，以第二名的順位從戶塚中繼站出發。六道大想在回程逆轉勝，以及他們所有人對全程總優勝的期待，全由他一肩扛起。這時他們和暫居冠軍的房總大，時間相差有五十八秒。

箱根驛傳，已經進入回程九區。

阿走目送藤岡離開後，才意識到自己很緊張。雖然他想把這分緊張感轉化為賽前的亢奮情緒，指尖卻仍不停顫抖。

城次拿著小電視，終於敢走到阿走身邊。

「ＫＩＮＧ他好像追不上東體大的榊，而且還有可能被帝東大超前。」

沒關係，我會追回來。阿走本來打算這麼說，話卻卡在喉頭。他怕被城次發現，徐徐吐了一口長長的氣來掩飾。

「我打個電話給灰二哥。」阿走說。

城次似乎以為他在擔心清瀨的腳傷，所以回答一聲「嗯」後，轉頭繼續看小電視。阿走若無其事地離開城次，按下清瀨的手機號碼。

「喂，我是清瀨。」鈴聲還沒響滿一聲，清瀨就接起電話。

「灰二哥。」冒出來的聲音竟然有點沙啞，阿走趕緊清清喉嚨。

「難得你也會怯場呀。」清瀨半開玩笑地說，阿走也因此稍微恢復平常心。

「不是，我是想問你腳傷的情況……」

「止痛針很有效，狀況很好。」清瀨的口氣很肯定，讓阿走放心不少。「你在中繼站遇到藤岡了吧？」

「對，我們聊了一下，然後我好像因為這樣，變得有點怯場。」

「傻瓜。」清瀨笑著說。「我太了解藤岡這個人，所以我可以肯定告訴你，你是很厲害的跑者，以後也一定還會跑得更快、變得更強。」

「你的意思是說，現在的我還贏不了藤岡嗎？」

畏怯的心情還沒完全消除，讓阿走不禁不安地問。

「當初你說不想參加紀錄賽和大專院校盃時，我跟你說的話，你還記得嗎？」

「灰二哥跟我說：『你要變得更強。』」

「然後呢？」

「然後……」

那之後灰二哥說了什麼？阿走還在努力回想，清瀨先一步揭曉謎底。

「我說，『我對你有信心。』想起來了嗎？」

對了，在東體大紀錄賽之前，我確實退怯了。我怕自己會輸給進入田徑強校的榊，說不定還會被人在背後指指點點，說我是引發暴力事件的選手。我也怕萬一我的本性曝光了，可能會被趕出這個我好不容易才找到、真心喜歡的地方。我怕同居共寢、每天一起練習、感情日漸深厚的竹青莊夥伴們會討厭我。這一切，都讓我害怕。

但是灰二哥當時卻這麼對我說，說他對我有信心。因為這句話，讓我決定參加紀錄賽，也開始思考所謂「強」的真正意義。

「想起來了。」阿走說。

「其實……」清瀨突然嚴肅地說。「我是騙你的。」

「ㄏㄚ！」阿走發出幾近怪叫的聲音，令城次好奇地抬起頭。

手機的另一頭，清瀨刻意重複再說一次：

「我說我對你有信心，其實是騙你的。」

阿走突然覺得很想哭。

「竟然到這時候才跟我說……」

「我也是不得已的啊。」

清瀨嘆了一口氣繼續說：「那時候我們才認識一個多月，我怎麼知道信不信得過你？可是，如果不那樣說，你又不想參加紀錄賽或任何比賽……這算人家說的苦肉計嗎？」

聽到清瀨這麼說，阿走開始理解他這番話的意思。

「那，現在呢？」

期待與不安，讓阿走費了好大的勁才讓語氣保持平靜。說吧，說你相信我，這次一定要是真心的。

跟我說，藏原走是比誰都強的跑者，絕對不會輸給藤岡。

「這一年來，我看著你跑步的樣子，跟你一起生活到現在……」

清瀨的聲音有如一潭深邃的湖泊，靜靜地浸潤阿走的內心。「我對你的感覺，已經不是『有沒有信心』這句話可以表達的了。相不相信不重要，重要的只有你。阿走，我心目中最棒的跑者，只有你而已。」

喜悅之情盈滿阿走的心。這個人，給了我世間無可取代的東西。就在現在，給我一個永恆閃耀、最珍貴的寶物。

「灰二哥……」

謝謝你，在那個春天的夜裡跑來追我，引導我追求跑步的真正意義，全心全意信賴我、認可我這個人的一切。

阿走想要這麼說，卻說不出口。因為這時他心裡的感受，已經無法用言語傳達。片刻沉默後，清瀨似乎敏銳地察覺到阿走內心的想法。

「要向我道謝還太早吧。」

「我馬上就去找你，等我。」

「不要跌倒囉。」

清瀨這麼說，聽起來很開心的樣子。

上午十一點二十分，阿走結束通話後，把手機交給城次，脫下運動外套，身上穿著寬政大隊服，開始做簡單的拉筋運動。毛毛細雨落下後被風吹散，讓周圍蒙上一層霧氣，讓阿走隊服上的銀色線條因濕潤而閃亮。這段期間，八區選手也陸陸續續抵達中繼站，接過接力帶的九區選手也相繼出發。

上午十一點二十三分，在工作人員唱名下，阿走往中繼線走去。城次抱著大小行頭緊跟一旁，一臉緊張。

「城次，我也喜歡勝田同學。」

阿走終於親口說出自己對葉菜子的心意，但這個世界也不會因此而改變。

「可是城次跟她如果可以順利發展下去，我覺得也很好。我說真的。」

阿走突如其來的發言，似乎讓城次很錯愕。只見他睜大雙眼，跟著很快露出笑容說：

「你可別在大手町搶先我告白喔，阿走。」

「不會啦。」

阿走笑著說，接著向揮手道別的城次點點頭，走向中繼線。東體大的榊正好跑完八區，交遞出接力帶，往路邊靠過來，正好和阿走錯身而過。

「沒用的，藏原，寬政大已經玩完了。」

榊在阿走耳邊咕噥。他在八區超越了包括寬政大在內四所學校，讓東體大的名次提升到第十，所以才會自信滿滿這麼說吧。榊的成績是一小時〇六分三十八秒，排名區間第五。

阿走朝藤澤的方向望去。甲府學院大、曙大的選手正往中繼站跑來，ＫＩＮＧ就跟在後方。ＫＩＮＧ遭到帝東大追擊，在快到中繼站之前被超前。即使如此，ＫＩＮＧ還是沒有放慢速度，還是竭盡全力奔向中繼站，跑向阿走。

「我們不會這樣就結束。」阿走看著榊的雙眼，堅定地說。

榊，因為我的任性，曾經毀了一切。高中時代的我完全不顧比賽和隊友，我知道你一定不會原諒我。事到如今，向你道歉也沒有意義，更何況，我也不想道歉，因為我直到現在還是覺得我沒錯。

只是，當時我應該用其他方法來表達我的想法、我的意志，而不是訴諸暴力。

我希望你能看到，我已經不一樣了。阿走想這麼告訴榊，但他也知道，不用指望榊會接受自己一廂情願的想法。於是他只是把自己的決心告訴榊，便轉身離開。

「我絕對不會讓它在這裡結束。」

阿走站到中繼線上。帝東大選身在他身邊完成接力帶的傳遞。

「ＫＩＮＧ。」

阿走高舉右手，就像霧裡的一盞明燈。KING伸長握住接力帶的手說：

「對不起，阿走。」

KING上氣不接下氣地說，把接力帶用力塞進阿走的右手。那一瞬間，阿走的左手順勢輕輕一握KING的拳頭，上頭滿是汗水和雨水。KING，你完全不需要道歉啊。

KING跑完八區二十一・三公里，整整比東體大的榊慢了一分鐘。總計時間是一小時〇七分四十二秒，排名區間第十。

寬政大目前是第十四名，實際排名第十六。跟目前跑進種子隊名額第十名的東體大，時間差距總計兩分五十三秒。想取得種子隊資格，就必須使這個差距歸零，而且還要超前，一秒鐘也好。

上午十一點二十四分二十九秒，阿走披上了滿載著眾夥伴熱切希望的接力帶，從戶塚中繼站出發。

沿途加油的人們，在電視上看轉播的觀眾，以及在現場實況轉播的播報員與解說員谷中，全都目不轉睛盯著九區的優勝之爭。

首先是跑在最前方的房總大，緊接著是相差五十八秒的六道大。房總大企圖保持現狀領先到底，六道大則希望奪回冠軍展現王者的實力。九區素有「回程的王牌區間」、「下半場的二區」之稱，因此這兩所學校都投入了主將。比賽進行到這裡，可以說是意志力的對決。

房總大的主將是四年級的澤地，雖然目前取得領先，卻絲毫不敢大意，最初一公里只花了兩分四十六秒，速度相當快。六道大藤岡目前的位置，還看不到領先的澤地。藤岡面無表情，無從得知他的心情如何，只是默默地跨步向前，而他最初一公里花費的時間是兩分四十八秒。到底哪一邊會先耗盡體力、放慢速度呢？還是，兩人都會保持這樣的快節奏，一直到比賽結束？兩校隊長之間的對決，是眾所矚目的焦點。

「雖然彼此都看不到對方，但是在最初的一公里，雙方都展現出不甘示弱的步調。」播報員難掩興奮地說。「看來這會是一場激烈的戰鬥。谷中先生，您怎麼看？」

「澤地和藤岡同學的表現，都不辱他們背負的隊長之名。不過，單從畫面上來看，藤岡同學似乎顯得比較游刃有餘。或許到了橫濱車站附近，名次會有變動也不一定。」

這時，畫面切換成二號轉播車傳來的影像。

「哇！這是？第四名是西京大，但後面緊跟著喜久井、真中、北關東大！」

「是的，這幾所學校已經形成一個集團，在爭奪第四名！」

畫面傳來二號車上的轉播員聲音。

「真中、北關東兩校選手，最初一公里只花了兩分四十秒。追趕的腳步非常驚人，眼看就要追上西京、喜久井。」

「也就是說……」跟谷中一起坐鎮攝影棚內的主播，開始整理賽況。「目前情況大致如下。房總大與六道大在爭奪領先位置。大和大落後六道大五分鐘左右，位居第三。而晚大和大一分鐘交遞接力帶的學校是第四名西京大，但是後面的喜久井大、真中大、北關東大的集團已經要追上來了。」

「回程比賽來到後半段，戰況又開始變激烈了。」

谷中傾身盯著螢幕看，畫面這時切換成三號車傳來的影像。它正在跟拍第八名的動地堂大。

「這裡是三號車。動地堂大後面，第九名的橫濱大選手，很快就跟上來了！橫濱大最初的一公里跑了兩分四十三秒。在戶塚慢橫濱大兩秒交遞接力帶的第十名東體大，在這裡似乎被拉開距離了。」

「太刺激了！每個選手都使出了渾身解數！」主播佩服不已，語帶驚訝的感覺。

九區長達二十三公里，屬於賽道較長的區間，最初一公里竟然有選手只用了兩分四十秒，簡直可以說是毫不考慮配速、有勇無謀的跑法。

「怎麼會這樣？谷中先生，您怎麼看？」

「因為橫濱大、東體大的排名剛好落在取得種子隊資格的邊緣，當然會這麼拚囉。而且九區剛開始三公里是下坡，也比較容易加速。不過，一開始步調就這麼快，有些選手之後可能會亂了節奏。」

「也就是說，就算一開始名次有變化，最後還是有可能再被追回，您是這個意思嗎？」主播緊盯著螢幕。「咦？那是雪嗎？好像又開始飄起雪了。」

從轉播摩托車傳來的影像中可見，天空正降下紛紛細雪。由於電視台派出的三輛轉播車無法顧及後段學校的選手，因此由機動性較高的摩托車負責跟拍。

「這裡是轉播摩托車，現在正跟著第十三名的寬政大。速度相當驚人，通過一公里竟然只花了兩分四十二秒！」

下雪了。如灰燼般的細小雪花落下，在視線中欣然狂舞，阿走這才發現下雪了。剛才還只是像霧一樣的細雨，什麼時候下起雪來的？難怪感覺變冷了。

剛才在箱根下雪還說得過去，但過了戶塚、進入平原地帶，竟然又出乎意料地下起雪來。阿走沒有穿長袖也沒有戴臂套。早知道穿暖和一點就好了，阿走心裡閃過這個念頭，但瞬間又拋到腦後，因為他的體內開始燃燒，連迎面襲來的寒風也敗退。

比阿走還早七秒出發的帝東大選手，離開戶塚中繼站不到四百公尺就被他超前。這一刻，寬政大排名第十三。現在和東體大的時間差多少？實際名次又是多少？阿走想知道，又苦無情報。他只能往前跑，以最快的速度趕到鶴見中繼站。快一秒鐘也好。這是他唯一能做的事。

阿走乘著和緩的下坡道，飛速跑過最初的一公里。他覺得沒必要看馬錶確認時間，因為就算不看時間，他也知道自己現在正處於前所未有的極佳狀態。關節的活動非常滑順，血流也毫無阻礙地把氧分帶到全身。儘管不覺得自己很出力，雙腳踏在地上的每一步，卻清楚感受到路面傳來的觸感。

阿走的狀況十分良好，內心卻像無風的水面，宛如一面可以映照未來的魔法之水，清澄透澈、靜謐無聲，沒有一絲漣漪。

怎麼回事？難道我失去鬥志了嗎？阿走突然覺得不安起來。現在感覺跑得很順，會不會只是一種錯覺，其實自己跑得超慢？

阿走開跑後首次看了看手錶，發現自己兩公里跑了五分三十秒。成績果然不錯。不過，會不會是手錶壞了？如果是這樣的話，怎麼辦？

心裡的不安讓阿走呼吸有些紊亂。突然，道路兩旁的加油聲鑽入他耳裡。沿著兩旁的車道護欄，長長的人牆一直延伸到遠方。對向車道因為有駕駛停下來觀看比賽而造成塞車。阿走感覺到車輛行列中投來的視線，甚至有人搖下車窗幫他加油打氣。

阿走發現，斜前方一台轉播摩托車的攝影機正朝著自己拍攝。會刻意拍我，表示我跑得不錯才對。阿走這時終於相信自己的實力，再次定下心。

快到三公里的地方，是九區的第一個坡道。分支道路緩緩畫出一道曲線，繞上拱門狀的山坡後又與主幹道匯合。阿走的身體很自然地配合短暫的上坡路，感覺就像受到跑步節奏支配，不由自主地向前移動。

周圍的景色與喧囂，再一次逐漸脫離意識的認知。映入眼簾的景色，已經見山不是山，就像焦距對得太準的照片一樣變得平面而失真。至於聲音，就像置身室內游泳池一樣，宛如回音一般從遠方傳來。灼熱的皮膚，好像被一層無形的薄膜包覆著，就算碰觸到飛舞而下的雪花，溫度的感受也如夢似幻一般，沒有真實感。

高度集中的注意力，讓阿走的身心處於一種不可思議的平穩與零感的狀態，但他自己對此還沒有半點自覺。

最早注意到阿走這種狀態的人，果然還是清瀨。在鶴見中繼站的他，正和王子盯著手機的螢幕收看著。

轉播摩托車送來的影像，雖然有些雜訊，但還是能看到阿走全力奔跑的模樣。完全沒有多餘的動作，完美的姿勢展現出無比的強度與速度，彷彿在向世人宣告：「這才是跑步！」

「太美了。」

清瀨喃喃說道，臉上露出有如著魔的陶醉神情。王子瞥他一眼。

「這種跑法，有點彆扭耶。」王子笑道，但有點悶。「也太夢幻了。」

清瀨完全了解王子的心情。任何人看到這種力與美的極致表現，只會心生一種望塵莫及的感覺。而這樣的體悟，其實讓人頗難堪。可是，心裡儘管難受，卻又忍不住想凝視它，忍不住想追求相同的境界。除了用「夢幻」這個字眼，實在想不到其他形容詞來表達心裡這種糾葛的心情。

「只要努力就一定能成功，其實是一種傲慢。」

清瀨說，藉此鼓勵並安慰王子。事實上，這些話也是說給他自己聽的。

「田徑的世界沒有那麼天真，但是，目標也不是只有一個。」

就物理觀點來看，大家都跑在同一條賽道上。然而，每個人到達的境界卻各有不同，藉由跑步找到屬於自己的終點。跑者們總是不斷在思考、迷惘、犯錯，然後再重新來過。

如果每個跑者的答案與終點都相同，長跑就不會這麼令人著迷了。如果跑步只是這麼表面化的行為，看到像阿走這麼夢幻的跑法後，恐怕不會還有人想繼續跑下去。

所以，不管是親身演出完美跑法的阿走，還是為此眼中綻放喜悅與鬥志的清瀨，以及實力完全比不上這兩人、卻仍舊跑到最後的王子，在長跑的世界裡，他們的價值完全相同，全都立於平等的地位。

「說得也是。」

王子點點頭，像是看開了，一股滿足的踏實感油然而生，和清瀨繼續一起靜靜凝視畫面中的阿走。這時，一陣手機鈴聲忽然劃破這片寧靜，讓人不禁感覺房東刻意挑這時機打來。

「灰二你怎麼都不跟我聯絡？」房東急驚風地說。「已經快到五公里了，我應該給阿走什麼指示啊？」

「什麼都不用。千萬別跟他說話。」

「可是阿走對路邊的加油聲沒半點反應耶，眼神也有點恍惚，說不定是被比賽的壓力壓垮了？」

「不對，剛好相反。」清瀨信心十足地回答。「阿走現在的精神非常集中，千萬別去干擾他。」

就像道行高深的僧侶，透過坐禪達到開悟的境地；又或者像薩滿巫師，跳著節奏單調的舞步，進入神靈出竅的狀態——阿走透過「跑步」這個再熟悉不過的行為，進入了一個不同次元的境界。他的專注力，有如一根緊繃的絲線，來到瀕臨斷裂前的張力極限；他緊張又高昂的情緒，就像水盛滿土缽，再多加一滴就會溢出缽緣。阿走就是保持著這樣的精神狀態，心無旁騖地向前跑。這種時候，任何人都不能打擾他。誰都不能與阿走有任何接觸。

阿走已經跑過八公里處。灰色的天空下，落地即融的雪花，寂靜無聲、紛紛不絕飄過眼前。這段雙向都是一線道的馬路，畫出一條綿延的曲線。郊區的沿途街道，並排著兩層樓高的樸素商店。阿走很喜歡眼前的景色，以蕭條來形容也不為過，是個平凡且隨處可見的小鎮。但是，這裡確實散發著人們生活的氣味。路上零零星星的起伏未經修整，正是人們往來此處留下的歷史印記。

阿走以一公里不到三分鐘的速度，不費吹灰之力爬上權太坡。路旁的常綠樹上，茂盛的樹葉有如幢幢的黑影。

正前方出現一座天橋，掛著一條箱根驛傳的橫幅布幕，隨風飄揚舞動。兩旁道路擠滿了觀眾，天橋上卻一個人都沒有。宛如一頂沒人要的王冠，被丟在路上形成一幅奇妙的景象。

從權太坡的頂點可以一眼望穿坡道。阿走認出下坡路段上有曙大、甲府學院大、東體大的選手身影。他感覺腦子開始發燙，就像一頭看見獵物的肉食性動物，伸展曲線優美的肌肉，一眨眼便敏捷地逼近獵物。

乘著下坡的衝力，阿走追上了前方集團並超越他們。他沒有並排齊跑觀察狀況，絲毫無意在他們身邊多做停留。這樣子一口氣拉開距離，更能抹煞對手反擊的幹勁。

但即使阿走超前許多選手，也只是改變賽道上的排列順序，實際上寬政大的合計時間仍然落後東體大。然而，眼前沒有必要在意這些事。就算只是虛張聲勢，也要讓對手心生「那種速度，自己怎麼可能跑得過」的感覺。在對手腦海中留下深刻的印象，就達到效果了。

阿走在權太坡下坡路段，速度提升到一公里兩分四十秒，來到平地後再調整回一公里兩分五十五秒的節奏。過程中，他的身體很自然地配合著地形，無需經過計算就自動切換速度。

超越三所學校後，表面名次提升到第十。阿走稍微盤算一下。但目前的實際名次，還沒挺進足以取得種子隊資格的範圍內。九區還剩不到十五公里，就算再加上十區的二十三公里，寬政大可以力拚的距離已經不到四十公里。在這段賽道上，我們還可以縮短多少時間差？

距離不夠！阿走不禁焦急與悔恨，咬緊牙根。如果距離能再長一點；如果我能繼續再跑下去，絕對可以超前更多人。我一定可以超越前面的所有隊伍；一定可以跑出比任何人都快的成績。

想到這裡，阿走不禁笑出來。

真是死性不改啊我，怎麼老是希望能夠永遠一直跑下去？

雪花紛飛。以前他也在雪中獨自奔跑過。無論是在高中的操場上，還是在經常慢跑的河岸邊，阿走總是一個人跑著。當然學校裡有其他隊友，但是除了田徑這個交集之外，阿走和他們一點都不熟。

教練只在乎速度和團隊規矩，讓阿走對他很不滿。他只是喜歡在跑步時和自己對話，照著自己的節奏、默默地沉浸在跑步中。但即使如此，阿走還是不斷跑出優秀的成績，隊友們也因此躲得更遠，對他指指點點：因為藏原是怪胎、因為藏原是天才。等等。

不是這樣的！還是高中生的阿走，當時很想這麼大聲吶喊。我沒有什麼特殊才能，我只是比任何人都勤於練習，然後就跑出好成績。就是這樣！我只是想要跑步而已！

為什麼大家都要對教練唯命是從，只想著怎麼維持社團紀律？為什麼已經練到精疲力盡了，還要拖拖拉拉地再慢跑一個小時？阿走覺得這種做法根本毫無意義。靠這種不合理的訓練和拚一口氣的論調，真的就能跑得比較快嗎？阿走完全不能認同，因為就算隊友們接受這樣的訓練，還是沒人跑得比他還快。

阿走無法理解，為什麼隊友們會因為怕惹教練和學長生氣，一直乖乖服從「社團」的安排。他只想忠於自己的身心，全心投入跑步這項運動中。

高中時代的阿走很寂寞。他不認為自己跑步的樣子和態度有什麼不對。不管周遭的人怎麼說，他還是堅持自己的做法。只是，越跑，他變得越孤單。優秀的成績讓他得到讚賞，卻也從他身上奪走與人相處的喜悅。

阿走不想被禁錮在永無止境的橢圓形跑道中，卻又無法從中逃脫。他是靠田徑專長推甄進高中，學雜費全額減免。他的父母也對兒子的田徑才能，抱持很大的期待。所以，就算阿走想逃，也不知道該逃到哪裡。

但是說到底，是阿走自己深愛著跑步，無法自拔。對他來說，任何讚賞都只是過眼雲煙。只是他越投入跑步，就越陷入孤立的深淵。這些雖然他自己也很清楚，卻還是無法放棄跑步。

阿走哪裡也去不了，只能反抗隊友的妒嫉和扯後腿的行為，以及強制的練習與紀律。就這樣，一個人孤單地跑下去吧。可是，他又看不到終點。無路可走的封閉感，讓阿走感覺快要窒息。

但是現在不同了。阿走伸手輕碰一下斜掛在胸前的寬政大接力帶。這一年來，阿走改變了，也明白了。

跑步不是自己一個人的事。原來，透過跑步，還可以跟人交流往來。雖然它本身是必須自己一個人孤單向前的行為，但它真正的意義是隱藏在其中、那一股將你與夥伴連結起來的力量。

在遇見清瀨之前，阿走不曾意識到自己擁有什麼力量，也不知道長跑競技的意義是什麼，就這樣不求甚解地跑著。

跑步是力量，而不是速度；是雖然孤獨，卻也跟他人有所連結的一種韌性。

這些事，是灰二哥教我的。面對竹青莊的成員，他循循善誘，還以身作則，讓這群嗜好、生長環境、跑步速度都各不相同的夥伴，透過跑步這個孤獨的行為，在一瞬間心靈相交，感受到相知相惜的喜悅。

灰二哥，你說「信心」這個字眼不足以表達你心裡的感受。我也這麼想。因為任何說出口的話都有可能變成謊言，而百分之百的信任只會自然湧現在心裡。這是我頭一次明白，信任自己以外的某個人，是多麼崇高的一件事。

跑步跟信任很像，不需要理由和動機；它也跟呼吸一樣，是我活下去的必要手段。

跑步已經不能再傷害阿走，也不會再讓阿走被排除、孤立在人群之外。阿走付出一切追求跑步，它也沒有背叛阿走——不只回應他的期待，也讓他更堅強。跑步永遠陪著阿走，像個喊一聲就會回頭、立即來到身邊的摯友。它不再是阿走要去征服、打敗的敵人，而是永遠陪伴在他身邊、支持他的一股力量。

「灰二哥，快看！」

王子的手機螢幕上，正在播放橫濱車站前方的賽況。六道大的藤岡總算追上房總大的澤地。兩人並排沒多久後，藤岡就超前而去。播報員這時大叫起來：

「藤岡超前了！王者六道大在九區終於站上頂點！」

開跑後已近十五公里，藤岡卻仍保持一公里三分鐘的速度，並超越澤地取得領先。他的速度非但沒有降低，反而還在逐漸加快腳步。

之後藤岡應該能夠維持優勢跑完九區，率先抵達鶴見中繼站。打從公布區間選手名單那一天起，六道大應該就已經算到這個局面。

六道大一直在預測房總大到底會把主力選手放在去程或回程，因此把藤岡放入區間選手名單的候補位置，靜待房總大出招。當他們發現房總大的布局是以去程為勝負關鍵後，便在回程比賽當日變更選手名單，將藤岡排入九區。這個戰術的重點，是在去程時以緊跟著房總大為優先，回程時再一舉逆轉。

這是只有實力好手如雲的六道大，才有辦法實行的戰略。而扛起逆轉大任的人，正是主將藤岡。旁人很難想像他心裡到底承受多大的壓力，但藤岡果然不負眾望，盡力達成自己的使命。他透過跑步，告訴大家王者應有的風範。

「澤地好像跟不上了。」

這時候清瀨察覺到，藤岡的企圖不只是幫六道大取得勝利。

「藤岡想要締造區間新紀錄。」

「是喔?!」

王子不由得睜大眼看著電視畫面。九區的區間紀錄是五年前由六道大的選手創下的，時間是一小時〇九分〇二秒。螢幕畫面的角落，正以馬錶形式顯示藤岡目前的時間，一旁並列著區間時間紀錄。如清瀨所言，他確實正以足以匹敵區間紀錄的速度在跑著。

藤岡臉上表情看起來滿不在乎，內心卻抱著如此強烈的爭鬥心，讓王子很驚訝。沒想到，藤岡不滿足於奪得總優勝的寶座，還想讓自己的名字留在區間紀錄上。好大的野心。這個人就這麼坦蕩蕩地，把自己對跑步的慾望徹底表現出來。

「能夠跟藤岡抗衡的選手，只有阿走了。我們得提供情報，好讓阿走在後半段衝刺。王子，你密切注意藤岡的時間。」

清瀨脫下防寒外套交給王子。

「我去暖身一下再回來。」

阿走距離橫濱車站還有四公里。道路已經變成雙線道，沿途的人牆也多了好幾層，甚至還有人被擠到車道上。

「為了避免危險，請後退！請注意別讓旗子擋到選手！」

負責維持秩序的工作人員與警察，拚命阻止人牆向前推擠，喊叫的聲音近似悲鳴。對跑步中的阿走而言，路旁的景色總是稍縱即逝，但類似的攻防戰已經綿延好幾公里，讓他不禁覺得有點不可思議。

對我來說，箱根驛傳是一場嚴肅認真的比賽，但是對這些觀眾來說，就像新年的一場祭典。還真是什麼樣的觀眾都有呢，阿走強忍著笑意。有些人打從心底向選手送上聲援，也有人大喊選手名字「藏原！」表示支持。明明是素昧平生的人，卻事先調查過上場比賽的選手，真心為選手打氣。相對的，在選手們拚命跑步時，有些觀眾只關心轉播的攝影機有沒有拍到自己。

有一名男子手上拿著旗子跨到車道上，害阿走差一點迎面撞上。由於選手們跑步的速度比騎自行車還要快，要是真的撞上的話，雙方一定都會受傷。阿走輕輕抬起手，撥開防礙他跑步的小旗子。而為了避免動作顯得粗暴，他刻意輕輕撥開，沒想到薄紙做成的旗面劃開了他的手掌，在皮膚上留下一道細細的傷痕。

阿走舔了舔手上滲出的血滴。他不覺得痛，也沒有生氣，反而是因此察覺自己的手因為太冷而凍僵了，腦中閃過「對了，我怎麼忘了戴手套」的念頭。

既然是祭典，所以，大家開心就好囉，阿走豁達地想。我不奢求有人理解自己到底是用什麼樣的心情在跑步、在這項運動中投注了多少體力與精神。這種痛苦和興奮，只有跑者自己明白，但跑者可以和現場所有人分享參與比賽的喜悅。不論跑者或觀眾，都能夠一起感受、一起玩味這一路連綿不絕直到大手町的熱情歡呼聲。

雖然只有一個人，卻又不是一個人。跑者和觀眾將道路化成一條流動的河川。

到了十三公里處，阿走終於看見西京大與喜久井大的選手跑在前方。追上去。超前。一定可以的。阿走不慌不忙地，一點一點拉近距離。

通過十三・七公里的戶部警察署前方時，沿途的人潮不只沒有中斷，反而越來越多。越過十四公里處的高島町十字路口，穿過高架鐵橋底下後，道路終於變成四線道。快速道路的巨大高架橋，在頭頂上方複雜交錯著。

到了橫濱車站前，現場擠滿大批人潮。人行道上滿滿都是觀眾，不論街道旁的植栽花台上，還是建築物大門的階梯上，全被觀眾占據了。歡呼聲在高架橋下迴盪形成回音，發出怒號一般的轟隆聲響，令寬敞的馬路都為之震動。

沒想到竟然有這麼多人來為跑者加油。他們發出的聲音，讓阿走不由得驚訝地往路旁看去。翩翩飛舞的小旗海，就像暴風雨侵襲下的黑夜森林，頻頻發出低吼。

阿走接連超越了西京大與喜久井大的選手。觀眾看到眼前的逆轉戲碼，興奮地高喊。阿走跑步的模樣，讓觀眾瞬間忘了自己本來支持哪一所大學或選手。在他的身上，眾人見識到令人讚歎不已的美感、速度與力量，

到了十五・二公里附近，給水員從人牆中衝出來。這個穿著寬政大運動服的短跑社員跟阿走並跑著，但他一時間並未察覺。

「藏原！藏原！」

聽到對方的叫喚，阿走才望向一旁，看到對方手上拿著一瓶水，才想到：「到給水站了嗎？」這

天的氣溫很低，路面因為下雪而變得溼漉漉，所以阿走不覺得口渴。但對方拚命跟著阿走的速度追上來，努力遞出手上的保特瓶，於是他也就接過手來。

「藤岡好像快要創下區間新紀錄了！」

給水員飛快傳達了這句話。是嗎？果然如此，阿走心想。他沒時間多問詳細成績，把達成任務、不再並跑的給水員留在身後，一個人繼續往前跑。

藤岡到底是用多快的速度跑這段路的？我能不能超越他的成績？不對，我一定要超越他！

阿走目前跑在第八名的位置，不知道和前面的選手相差幾秒，也看不到對方的身影。但阿走要對抗的敵人，不是看得見的他校選手，而是時間。他必須把無形的時間拉到自己這一邊，盡可能提升寬政大的名次，就算只有一名也好。同時，也是為了在箱根驛傳的歷史上，留下自己迄今為止最精彩的表現。

馬路變成了四線道後，視野大開，讓速度感變得和剛才大不相同，感覺彷彿怎麼跑都沒怎麼向前推進。不要慌，阿走告訴自己，嘴裡含了一口水。我的狀況沒問題，還能更快、還能再跑。他渾身的細胞都在發熱，肌肉像快被撕裂般大聲吶喊著。再加速吧！突破自己極限的極限！

阿走把保特瓶往路邊一丟。沁涼的液體滑入體內。

「啊……」阿走不由自主地喊出聲，但沒人聽到他嘶啞的聲音。

他的體內深處，好像有什麼東西被刺穿，而且因此爆裂。從那個點湧出的力量，擴散到指尖。不，好像不是擴散，而是匯聚？這股能量的流速實在太快，讓他難以判斷分辨，只覺得自己的身體被一道漩渦吞沒。

那一瞬間，周遭所有聲音遠離，大腦冷澈又清晰。阿走感覺彷彿正在俯瞰著另一個自己奔跑中的身影，呼吸也突然變得順暢無比。飛舞的雪花，一片一片極鮮明地飄過眼前。

這種感覺是怎麼回事？與狂熱僅有毫釐之隔的靜謐。沒錯，無上的寂靜。彷彿奔跑在灑滿月光的無人街道上一樣。淡淡的白色光輝指引出他該前往的道路。

感覺好舒服，讓人想順著這條路一直跑下去，再也不回去現實的世界。然而，一股恐懼也油然而生。只有自己被孤伶伶地沖向一顆燦爛的恒星。有沒有誰能來攔住我？不對，誰都別來擋我的路！這樣很好，就這樣跑下去，前往更遠的地方。就算全身燃燒成灰燼也無所謂。看！另一個世界，在那裡閃耀著璀璨光芒。還差一點點。就快到了。

清瀨做完暖身運動回來，王子仍盯著手機螢幕看得入神。電視的轉播畫面，正好從奮力飛疾的阿走切換到藤岡跑完九區的影像。

「六道大的藤岡選手，以一小時〇九分整交出接力帶，創下區間新紀錄！」

下午十二點二十二分四十五秒，整個鶴見中繼站都為藤岡刷新紀錄而興奮不已。清瀨抬起頭，藤岡這時正好從中繼線那裡邁步往中繼站的準備區走來。

六道大學田徑社的低年級生為自己學校取得領先而歡喜若狂，把藤岡團團圍住。觀眾紛紛出聲讚許藤岡的優異表現，記者也爭相上前採訪。藤岡才剛跑完比賽，卻連坐下休息的時間也沒有。

藤岡神情帶著些許困惑，迅速環視四周歡騰不已的人群。最後，他的視線停留在中繼站的最角落——清瀨所在之處。他穿過層層包圍的人牆，朝清瀨走來。

「王子，打電話給房東，告訴他藤岡的成績，請他在二十公里處轉告阿走。」

清瀨小聲向王子下達指示後，對藤岡微笑說：「恭喜了。」

「你這是違心之論吧。」

明明剛創下區間新紀錄，藤岡卻面無表情，臉上絲毫不見半點勝利的自滿。

「你覺得藏原會打破我的紀錄對吧。」

「誰知道呢？」

清瀨臉上仍帶著笑，心裡卻已經披上一層不讓人看穿的盔甲。

中繼線附近又傳來一陣騷動，似乎是房總大的澤地交出了接力帶，跟六道大差了一分三十一秒。目前沒有任何其他大學接近的跡象。有資格爭奪冠軍的隊伍，已經縮小到六道大和房總大兩所學校。而在只剩一個區間的情況下，藤岡在九區拉開了一分半，可謂相當懸殊的時間差。從兩校負責十區的選手實力來看，六道大占有極大的優勢。

「冠軍應該就是六道大了。」清瀨接著說。「你的跑法，還是跟以前一樣有力又沉穩。」

「優勝應該是確定了，不過……」

藤岡欲言又止。附近的人手上的收音機，這時傳來現場的轉播報導。

「過了二十公里處，寬政大的藏原選手又開始加速了！這個選手的體力，簡直就像完全沒有極限一樣！九區的區間紀錄或許又要再被刷新也不一定！」

藤岡臉上終於露出微笑，但那個表情，就像明明吃下什麼很苦的東西、卻仍硬要說很甜一樣。

「清瀨，我們到底要跑到哪裡才能停下？以為已經抵達目的地，結果前方還有路，而且又長又遠。我所追求的跑步……」

清瀨在藤岡的眼中，看到暗淡的絕望之光。一個人孤獨地跑著，永無止境追求著。阿走身上也有跟他一樣的陰影。

藤岡，你並不孤單。託你的福，讓阿走變強了。今後你們倆一定會以彼此的存在相互激勵，朝更高的境界邁進，直到有一天，克服萬難，到達那個任何人都到不了的地方。

清瀨其實想這麼說，卻緊閉著雙唇不語，因為他心裡其實非常羨慕。羨慕阿走，羨慕藤岡。因為他們是被「選中」的人。於是，清瀨只是這麼說：「但你還是不會放棄吧？」

他只說這麼多。「你就是沒辦法放棄跑步，不是嗎？」

「說得對。」

藤岡這次真的敞開心房，嘴角揚起笑意。「反正就是再重新來過而已。」

藤岡和眾學弟一起離開中繼站。清瀨靜靜望著他的背影。藤岡那些隊友中沒有任何人發現，即使他跑出決定勝負的成績，同時創下區間新紀錄，但藤岡心裡仍然存在著一片無可填補的空虛。

這不是因為他輸了，而是因為他不滿足。而且正是這個原因，驅使他繼續跑下去，變得更加強大。

「原來，被選中的人也有很多煩惱啊。」清瀨喃喃自語著，往王子走去。「阿走應該已經收到情報了吧？」

「嗯，剛才房東打電話來，說他一報出藤岡的成績，馬上感覺到阿走好像鬥志更高昂了。」

清瀨盯著王子的手機螢幕，畫面上是阿走的鏡頭。離中繼站還有兩公里。阿走臉上完全不見跑了二十多公里的痛苦，兩眼直視著正前方。

就快到了。清瀨心想，同時隔著運動褲輕輕地揉了揉右腳。它卻像痲痹了一樣，只有似有若無的感覺，不過，痛感也一樣遙遠。沒問題，我能跑。

第三名的大和大，比房總大慢了五分〇八秒交出接力帶。之後，中繼站開始陷入一片混亂。北關東大、真中大也相繼來到中繼站。

「橫濱大、動地堂大的選手，請到中繼線就位。」工作人員拿著擴音器唱名。「接下來，請寬政大的選手準備。」

此話一出，中繼站所有人開始騷動起來，因為去程在蘆之湖取得第十八名的寬政大，竟然在回程一路挺進，即將在鶴見中繼站以第八名的順位遞交接力帶。在回程前四個區間內追過十個隊伍的寬政大，實際的名次到底是第幾名？是否已經晉升到足以取得種子隊伍資格的名次了？

寬政大的十區跑者清瀨成了眾人矚目的焦點，但他完全不理會他人的視線與耳語，神態自若地朝中繼線走去。王子也不在意他人眼光，接下清瀨的防寒外套和運動服，最後又瞥一眼他的右腳小腿。

清瀨既沒有戴護腿，也沒有裹運動繃帶，給人一種毫無防備的感覺。王子不禁擔心一問：

「你的腳不固定一下嗎？稍微給它一點保護？」

「不用了，我怕麻煩。」

清瀨平靜地答道，話中展現他絕不會拿舊傷來當藉口的決心。既然這樣，我只能笑著送他離開了。王子直視清瀨，告訴他：

「灰二哥，這一年來，我真的過得很開心。」

「我也是。」清瀨輕輕抓住王子的肩頭搖一下。

清瀨站上中繼線。雖然身旁的橫濱大與動地堂大正在交遞接力帶，但這一切已經不在清瀨的眼裡。

此時的他正目不轉睛望著中繼站前方的道路。九區的最後一百公尺。清瀨凝視著這條筆直道路上阿走朝他直奔而來的身影。

從第一次相遇的那天晚上起，我就知道了。我一直等待的、一心一意追求的，就是你，阿走。

阿走讓清瀨親眼目睹了自己心目中的跑步。那是他長久以來不斷渴求，卻因為遍體鱗傷而不得已打算捨棄的夢想，阿走卻輕而易舉地將它展現在他眼前。在這個世界上，我從沒見過比阿走更美麗的生物。

宛如劃破夜空的流星。你奔跑的姿態，就像那一道冷冽的銀色流光。如此璀璨奪目。我可以看到，你奔行的軌跡散發出白色的光輝。

阿走在九區二十公里處獲知藤岡創下的區間紀錄。房東的話一傳入耳中，他的身體就自動反應起來，立即加快速度，但其實他當時仍處於那種不可思議的零感狀態餘韻中。

阿走以前也體驗過所謂的「跑者高潮」（Runner’s High）。在那個當下，心理和生理處於一種興奮狀態，彷彿跑到天涯海角都不成問題。但他現在的感覺，跟「跑者高潮」有點不太一樣，而是一種更澄澈、更冷靜的恍惚感。

在這種情況下，阿走依然能分析腦中得到的情報。藤岡的成績是一小時〇九分，能否超越這個成績，就看自己在最後一公里能夠堅持到什麼地步。阿走如此判斷。

但其實這一切和他腦內的思考回路完全沒有關係。他大部分的意識與感覺，宛如已飄向遙遠的岸邊；他全身的神經無比清醒，意識卻輕飄飄地浮遊著。他對這個狀態完全無能為力。它就跟在半夢半醒的浪潮間浮沈時，那種如夢似真的情境一樣；像是明明已經起床準備上學了，睜開眼卻驚愕地發現自己還躺在床上。這種感覺，在阿走奔跑的過程中不斷向他襲來。

這一切並未讓阿走覺得不舒服，也沒造成什麼不良的影響。事實上，在這種接連不斷的溫和快感中，反而讓他覺得跑起來比平常還要靈活。只不過，不明白自己到底發生什麼事，以及原因不明的恍惚狀態，難免讓他心裡有點不安。

等到了大手町，再問問灰二哥吧。等箱根驛傳結束後，一定要把我現在的體驗告訴他。

阿走心裡這麼想著，以為自己正維持應有的節奏在跑着，下一刻卻發現身體竟然在加速衝刺。他連忙確認周遭的景色。看來，剛才他的意識似乎又陷入短暫的空白，自己在不知不覺間已經來到最後一公里。主辦單位在賽道旁立起標示，讓選手得知自己跑了多少距離。而阿走似乎是在無意識中看到標示，身體自然而且確實地判斷是決勝負的時候了。

絡繹不絕的人牆發出的歡呼聲，有如滾滾洪流一般傳入阿走的眼睛與耳裡。他看一眼手錶。從出發到現在，已經一小時〇八分二十四秒。來得及嗎？能不能打破藤岡創下的紀錄？有點危險。得再加速才行。好痛苦。心臟彷彿此刻才開始跳動，在頭蓋骨下發出激烈聲響。

跑完種滿行道樹的分支路線，就是進入鶴見中繼站前的最後直線賽道。剩下一百公尺。阿走看到路邊人群擁擠嘈雜。看到中繼線。看到清瀨就站在那裡。

清瀨的樣子有如自始至終都站在那裡一樣，定定凝視著阿走。他的神情喜悅中又帶點哀愁，對阿走綻開笑顏。

突然，阿走像是想起什麼，又像被無形的力量操控著，伸手摘下揹在身上的接力帶。剩下十公尺。跑步。交出接力帶。除了這兩個動作，其他都是多餘的。阿走屏住呼吸。眼睛一眨都不眨。體內所有氧氣與能量，全都用在最後這幾步。

清瀨跨出左腳、擺出起跑姿勢，朝阿走伸出右手。阿走毫不猶豫把右手往前伸。沒有必要呼喊對方的名字。只在接觸的一瞬間，眼神交會，一切盡在不言中。

灰二哥，我們終於來到這麼遠的地方。言語或肢體碰觸，在這最後一刻都不需要了。前往這遙遠的國度，我們一起做到了。

黑色接力帶從阿走的手中滑走。

他跨過中繼線、停下腳步，望著清瀨披上接力帶的背影往前奔馳而去。阿走再次開始呼吸，貪婪地大口吸氣，心臟狂暴地跳動，肩膀劇烈上下起伏。飛舞而下的雪花，一碰到阿走的皮膚就立即化為細小的水滴。

「阿走，你成功了！成功了！」

王子大叫著往阿走飛奔而來。

「寬政大藏原走的成績是一小時〇八分五十九秒！比藤岡選手剛才創下的紀錄還要快一秒，刷新區間紀錄！」

同一時間，王子的手機傳來播報員連珠砲一樣的結論。

王子激動得無以復加，抱住阿走的脖子、吸著鼻子發出啜泣聲。工作人員前來請他們倆離開中繼線。阿走只好讓王子掛在自己的脖子上，連拉帶扯把他帶到鶴見中繼站裡。

中繼站內的人紛紛上前向阿走道賀。電視台攝影機也跟在一旁，鏡頭對著他。有幾名看似運動雜誌記者的人也跑來要求採訪。

阿走徐徐看向左手腕上的錶。剛才忘記按停的馬錶，仍在繼續計時。這時阿走尚未完全從恍惚狀態中清醒，一臉呆滯，一時間還反應不過來。

走了幾步之後，剛才跑步時的高昂情緒漸漸平復。就像滑翔機翩然著陸一般，阿走的腦子慢慢找回現實感。

回過神後，他的第一個想法是：「不能在這裡繼續浪費時間。」

「王子，行李呢？」

「都收好了。」

「那我們去大手町吧。」

阿走提起放在中繼站角落的運動背包，完全沒休息就又跑起來。王子急忙拿起裝有替換衣物的紙袋。

「阿走，你至少也先擦個汗吧！」

王子從紙袋中拉出大毛巾和運動服，拚命追在阿走後面。「等一下！不要一下子就跑這麼快啦！喂！」

阿走和王子往鶴見市場站的方向跑去，把聚攏過來的群眾丟在中繼站，一臉錯愕目送他們離開。本來打算採訪阿走的電視台工作人員個個面面相覷，面帶難色：「這下怎麼辦？」

午後十二點三十三分二十八秒，阿走創下區間新紀錄，在六道大藤岡改寫區間紀錄後，僅僅相隔十分四十三秒後。箱根驛傳九區二十三公里的紀錄，雖然只比稍早短少區區一秒，卻確確實實首次突破了一小時〇九分的障壁。

寬政大在鶴見中繼站以第八順位交棒，之後東體大也在五十一秒後，以第十一名的成績交遞了接力帶。但是就實際時間來看，東體大仍然維持在第十名，而在戶塚中繼站排名第十六的寬政大，因為阿走在九區的奮力疾走，排名提升到第十二。雖然已經縮短與第十名東體大的時間差，但仍然差了一分〇二秒。

從鶴見中繼站第九名的西京大算起，往後依序是東體大、曙大、寬政大，然後是第十三名甲府學院大。這幾所學校的整體時間差，只有一分十八秒。也就是說，在第十名左右的五個隊伍，正在進行一場差距微小的拉鋸戰。每個隊伍都有可能取得種子資格，也都有可能被擠出前十名榜外。

比賽進行到箱根驛傳的最終區間：總長二十三公里的十區。從此刻開始，戰局進入以秒為單位的熱鬥。

在鶴見市場站等車的空檔，阿走向王子借手機打給阿雪。阿雪馬上接起電話說：「我都看到了，你太厲害了！」這是他對阿走刷新區間紀錄的感言。阿走愣了一會兒才會過意，因為這時他滿腦子都是跑十區的清瀨。

「謝謝你，阿雪學長。你現在人在哪裡？」

「除了城次和ＫＩＮＧ，所有人都到大手町了。」

「我和王子現在正要搭電車趕過去。這段期間，麻煩你負責支援灰二哥，分析時間和賽況，然後轉告房東先生。」

「你放心，我有準備祕密武器。」

什麼祕密武器？阿走納悶。電車正好這時進站，讓他來不及跟阿雪問清楚。

午後十二點四十六分，阿走和王子搭上京濱特快車，準備在川崎換乘東海道線，目的地是東京車站。阿走在車內迅速穿上運動服，然後披上清瀨的防寒外套。王子一邊用手機查詢路線，一邊說：

「如果從京急川崎全力衝到ＪＲ的川崎站，可能趕得上特急踊子號。你覺得呢？」

「那還用說，當然衝了啊。」

「那這個給你拿。」

王子把紙袋交給阿走。不能讓他空著雙手，否則王子根本追不上他跑步的速度。

午後十二點四十三分，清瀨通過位於三公里處的六鄉橋。越過多摩川，終於從神奈川縣進入東京都。

在全長超過四百公尺的巨大橋樑正中央，清瀨看到前方動地堂大選手的身影。動地堂大在鶴見中繼站比寬政大還早一分半左右交遞接力帶，沒想到會在這裡看見他。清瀨猜想那個選手可能身體狀況不佳。或許是肚子痛？天空還下著雪，氣溫也相當寒冷。整座橋上沒有任何遮蔽物。河面上陣陣寒風吹襲而來，氣溫應該在一度上下。

清瀨保持著一公里三分〇三秒的速度穩穩地跑著。雖然看得到動地堂大的選手，但這不表示他就要加速追過他。只要保持這樣的速度跑下去，在五公里左右應該就能超前動地堂大。不可以得意忘形。因為要是一開始就強加無謂的負擔在腳上，可能導致自己跑不完全程。

清瀨面對的敵人，不是其他大學的選手，而是時間，以及自己腳上的舊傷。

越過六鄉橋後，清瀨沿著國道第一京濱一股作氣朝東京跑去，左手邊可以看見京急本線，賽道就沿著軌道前行。

在五公里處，教練車上的房東傳來情報。

「到九區為止的合計時間結果出來了，第一名是六道大，成績是九小時五十三分五十一秒，房總大落後一分三十一秒排名第二。」

不需要這種情報。清瀨搖搖手示意。知道冠亞軍之爭的狀況，現在對我而言沒有意義。我想知道的是寬政大要搶進十名以內，至少要縮短多少時間。

房東本來還打算接著唸出第三名以後的各校成績，察覺清瀨的意思後，清了清喉嚨說：

「呃，中間省略，寬政大現在排名十二，時間合計是十小時〇六分二十七秒，第十一名曙大成績是十小時〇五分二十八秒，第十名東體大成績是十小時〇五分二十五秒。另外，比東體大早三秒出發的西京大現在第九名。」

清瀨腦袋裡開始飛快計算著時間差。簡單來說就是，他在十區必須比東體大快一分〇二秒以上。很辛苦，清瀨心想。表面上看起來東體大是跑在寬政大後面，所以對清瀨來說，沒有一個明顯的對手可以當成指標，讓他清楚知道「超過這個選手，就是第十名了」。而且，他沒辦法親眼確認東體大選手目前的速度，必須靠自己確實加快腳步來縮短差距。當然，要是他在這一區被東體大超前了，那就完全沒戲唱了。

能給選手指示的一分鐘時間已經快到了，房東也一鼓作氣加快速度補充：

「順帶一提，東體大通過三公里時的速度，一公里是三分〇五秒。完畢。」

為什麼房東說得好像親眼看到一樣？清瀨不禁覺得奇怪。一定是阿雪夠機靈，把蒐集到的情報轉達給房東的吧。

我現在的速度是一公里三分〇三秒，東體大是三分〇五秒。也就是說，以十區全程二十三公里來計算，我只能縮短四十六秒而已。這樣沒辦法逆轉。

必須加快速度，清瀨如此判斷。趁腳上的舊傷還沒痛起來之前，必須盡可能縮短時間差。

再往前一點，已經可以看到京急蒲田站的平交道。這個車站隸屬京急空港線，之後會與京急本線會合，途中的鐵軌就橫跨在賽道上。

不巧的是，平交道這時響起警鈴聲，似乎正好有電車要進站。沿途的擁擠人潮，看看清瀨、又看看平交道，異口同聲大喊：「快跑！」平交道柵欄不會放下來，由警察和工作人員出面指揮交通。只見他們急忙用紅色手旗擋下對向來車，同時不斷用無線對講機聯絡相關單位，以便讓選手及時穿越平交道。

絕對不能在這裡被平交道擋下來、停下腳步，否則跑步的節奏會被打亂。清瀨決定趁此機會加快速度，並以眼神示意工作人員。別攔我！千萬別攔我！清瀨衝進閃著警示燈的平交道。人牆中發出近似哀號的聲音，大喊著：一定要趕上！——然後改而爆出歡呼聲。

清瀨通過京急蒲田站平交道，觀眾全放心地長吁了一口氣。然後他挾著加速後的步調，一舉超前了動地堂大的選手。現在的速度已經是一公里三分鐘以內。清瀨冷靜掌握著自己的狀態。這一刻，腳還沒痛。

沿途綿延不絕的觀眾。這加油聲。我正在跑箱根驛傳。竹青莊眾人在昨天與今天經歷過的興奮與喜悅，身為寬政大第十名跑者，現在我也體會到了。

清瀨突然想起阿走在九區奔跑時的身影。在觀眾最多的橫濱車站前超越領先集團，真的很有阿走的風格。他的跑步很有看頭。壓倒周圍選手的速度自然不在話下，還能抓準時機讓人見識他的實力。

清瀨確信，箱根驛傳已經讓身為跑著的阿走又成長許多、更上層樓。不知道他本人是否有發現，他在跑步的過程中已經進入「ＺＯＮＥ」的狀態。「ＺＯＮＥ」的意思是指在精神高度集中下，身心產生變化的一種特殊狀態。據說，經過嚴酷訓練的運動員在比賽中發揮體能極限時，有少數人可以達到「ＺＯＮＥ」的境界。

清瀨自己沒有體驗過「ＺＯＮＥ」，但讀過相關的書籍。書中不只提到田徑選手，其他諸如高爾夫球、棒球、競速溜冰、花式溜冰等頂尖選手，各自闡述了他們體驗過的「ＺＯＮＥ」。起先清瀨思忖「ＺＯＮＥ」會不會就是「跑者高潮」，但書裡的描述讓他覺得兩者有些微妙的差異。

即使只是慢跑，也有可能出現「跑者高潮」的現象；當身心狀態都達到某種條件時，只要持續跑上一段距離，就可以進入這種狀態。

清瀨覺得「跑者高潮」是一種「習慣狀態」：只要習慣了，就會在它發生前，從身體的細微變化中察覺到「現在這種狀態，等一下就會進入『跑者高潮』！」就像有習慣性脫臼毛病的人，會知道當自己把手舉到某個角度，肩膀關節就容易脫臼；或是每次只要把啤酒加紅酒一起喝，就容易做惡夢。

這些其實都是身體已經記下這些習慣，在腦中引發的條件反射，

然而，「ＺＯＮＥ」的狀態似乎都是莫名、突然發生的，感覺比「跑者高潮」還要鮮明強烈，而且只會在比賽過程中瞬間出現。

鬥牛士在刺殺牛隻時，腦中會感受到一種不可思議的「真實瞬間」，彷彿超越時間的恍惚感——當清瀨讀到這篇資訊時，跟著恍然大悟。「跑者高潮」和「ＺＯＮＥ」這兩種現象雖然很相似，但啟發的回路大不相同。「跑者高潮」是由身體律動引起的，相對的，「ＺＯＮＥ」可能是因為心理極度緊張與專注造成的。

舉個簡單的例子來說，它就像我們踩空階梯時，那種突然襲來的腦子空白狀態。雖然不論是「跑者高潮」或「ＺＯＮＥ」，都是腦內麻藥的惡作劇所致，但如果能夠在比賽中專注到進入「ＺＯＮＥ」的境界，可以證明自己絕對有成為一流選手的條件。

阿走在跑過橫濱車站前那一瞬間，腳步比平常還靈活輕巧。即使是透過手機螢幕的小畫面，清瀨仍然看得一清二楚。之後阿走雖然看起來似乎對自己所處的狀態感到困惑，卻仍保持著高度敏銳感，一直到清瀨在鶴見中繼站從他手上接過接力帶為止。

阿走一定能成為受所有人喜愛的跑者，就像清瀨從第一眼看到他起，整顆心就被他擄獲了一樣。只要看過他跑步的樣子，一定都會為他深深著迷。

清瀨感到前所未有的滿足，對打在臉上的雪花與濕滑的路面，都毫不以為意。

午後十二點五十分，位於東京大手町的讀賣新聞大樓周遭，被人群擠得水洩不通。到現場來為寬政大加油的商店街人士，一心只想在路邊搶個好位置。

尼古、阿雪、神童、姆薩、城太與葉菜子為了避開人潮，選擇在皇居護城河畔等待。從這裡可以看到東京車站。尼拉也跟在他們身旁。葉菜子撫弄著牠的耳邊，只見牠瞇起雙眼，一臉很享受的樣

子。

「八百勝」老闆要準備慶功宴，所以留在商店街，由泥水匠代替他把尼拉帶來大手町。尼拉似乎不習慣見到這麼多人，一跳下貨車，就緊張地夾起尾巴。葉菜子看牠可憐，於是找牠來一起召開作戰會議。尼拉似乎是覺得「只要是人比這裡少的地方，哪裡都好」，開開心心地跟來了。

作戰會議的主角，就是阿雪所謂的祕密武器：一台筆記型電腦。他在賽前交給葉菜子保管，因此她這兩天來一直很小心地帶在身上。

「這些只會跑直線的人代表什麼啊？」

城太盯著阿雪放在膝上的電腦。「動作好像三十年前的電玩喔。」

筆電的螢幕上有幾個人物，動作僵硬地從左向右移動。

「十區比賽的模擬戰況。」

阿雪回答，飛快敲著鍵盤的手指沒有停下。「黑色這個是灰二，藍色是東體大選手，粉紅色是其他大學的選手。」

「這是我寫的程式。」

尼古補充說明。「只要在各隊到目前為止的時間，輸入跑者速度的預設值，就可以在畫面上呈現十區的賽況。」

「好厲害！」

姆薩感興趣地盯著畫面猛瞧。「你們看！灰二兄超前一個粉紅人了。」

「那應該是動地堂大。」

阿雪這麼說。

「動地堂？灰二哥剛才就超前他啦！」城太大叫。「比現實還慢的模擬，這不是白搭嗎！」

「好啦好啦，電腦已經很努力在算了。」神童戴著口罩，用仍帶著鼻音的聲音安撫城太。

銀色的筆電發出喀噠喀噠聲，彷彿十分吃力地在運算。城太嘀咕：「在方格紙上畫圖表示還比較快咧。」葉菜子也有同感，所以決定把話題岔開。

「城次他們好慢喔，不知道能不能在清瀨學長抵達終點前趕到。」

「阿走和王子應該趕得上。」

城太似乎害羞得無法直視葉菜子，只能對著趴在地上的尼拉回答。

「剛才傳簡訊給他，他回了一句：『踊子，趕得上。』。」

「你該不會是傳給舞廳公關[61]了吧？」

尼古歪著頭問。

「他應該是指特急踊子號吧。」

神童這麼說。

「阿走和王子平常沒在用手機發簡訊，能打出這幾個字對他們來說已經很厲害了。」

姆薩貼心地幫不在場的人解釋。

「那……城次呢？」

葉菜子低下頭，假裝看著尼拉，臉頰染上淡淡的紅暈。妳直接無視ＫＩＮＧ了……所有人都在心裡這麼想。

「ＫＩＮＧ和城次可能會晚點到。」

城太回答時，不動聲色地刻意強調了『ＫＩＮＧ』這個字。「剛才他們打電話來說，因為交通管制，要多花一點時間才能到戶塚車站。」

「模擬的結果出來囉。」阿雪從電腦螢幕上抬起頭來。

「給我看給我看。」

「結果怎樣？」

所有人都蹲著身子盯著電腦螢幕。阿雪神情嚴肅地說：

「結果是，假設灰二照平常速度下去跑，要超越跟東體大的時間差可能有點困難。」

「這種事不用模擬也知道！」

城太又一次大叫。「重點是該怎麼辦才對吧？」

「只要相信灰二、在這裡等他就對了。」

阿雪這麼說，神態自若地闔上筆電。

「這祕密武器到底幹嘛用的？根本是來鬧的吧！」城太第三度大呼大叫。

尼古馬上把模擬程式這檔子事從腦中刪除，緊盯著姆薩的攜帶型小電視。

「喂你們看！東體大的速度好像慢下來了。」

畫面上是跑過九公里處的東體大選手，只見他不時痛苦地按著側腹。

「快打電話跟房東說！」

清瀨在十公里處從房東口中得到東體大的相關情報。這時他剛通過京急大森海岸車站，與橫濱大的選手並排跑著。

東體大的速度慢了，對清瀨來說是好機會。問題是，他的右腳這時也開始痛起來。右腳每次踏到地面，小腿就傳來一陣不舒服的麻痺感。儘管如此，清瀨仍然保持著一公里三分〇四秒的速度。穿過高架橋下方後，電車行走的高架橋變到右手邊，他就沿著京濱特快車的軌道向前跑。

通往品川車站的街道，像被塗上了一層灰色的顏料。或許是因為天空籠罩著一層厚重的雪雲，也

61　踊子號原文為『踊り子』，在日文中為舞孃的意思。尼古應該是在故意裝傻搞笑。

可能是高聳的水泥高架橋，才會讓清瀨產生這種錯覺。封閉感，是清瀨對這裡的第一印象。一條小小的商店街進入他眼簾。店家看準新年期間的商機開門做生意，顧客也絡繹不絕。這個小鎮面向著東京灣卻被高架橋擋住視野，但長年住在這裡的居民，似乎把這裡經營得很有活力。

清瀨突然想起故鄉島根的天空。當年剛到東京時最讓他驚訝的事，就是這裡的晴天怎麼這麼多！然而，夜裡看得到的星星卻少得可憐。島根雖然陰天的日子占多數，記憶中的天空大多是灰色的，但一到夜晚，雲層不知道都跑哪兒去了，可以看到滿天的星斗。

這一帶的街道，感覺跟清瀨的故鄉相似。人們沒有被封閉在沉默的灰色景象中，而是腳踏實地生活著。

清瀨以前讀的高中，是縣內首屈一指的田徑強校。藤岡是從外縣市入學，所以住在宿舍。清瀨想起從前和藤岡一起慢跑的路線。夏天的田園間，飄散出甘甜的香味。夜裡練跑的時候，那條路上會出現無數發出淡淡黃綠色光點的螢火蟲。清瀨還記得，藤岡曾經面露噁心的表情：「這數量也未免太多了。」

能夠和實力堅強的隊友一起跑步，讓清瀨覺得很幸福。雖然他對當教練的父親的做法頗有微詞，但是跟藤岡在一起就能得到慰藉，偶爾一起互吐苦水，就能忘記對父親的不滿。然而，這樣的日子只持續到他的腳出現異樣。

在高中一年級那個秋天，他第一次感覺，只要稍微跑得猛烈一點，小腿就會感覺到疼痛。雖然嘗試了按摩、針灸療法，卻還是無法消除疼痛感，而且不久後演變成持續性症狀。清瀨瞞著父親去醫院，醫生診斷的結果是疲勞性骨折，還告訴他停止練跑是唯一的治療方法。

這時的清瀨，正在不斷刷新紀錄中，所以沒辦法停止練習。他長久以來已經習慣嚴苛的訓練方針，根深蒂固地認為不能減少練習量。同時，也因為脾氣固執，讓他不想在身為教練的父親面前示弱。

之後他開始採取減輕小腿負擔的跑法，結果反而造成膝蓋骨剝離性骨折。一塊骨頭的小碎片在關節裡滑動，最後只能動手術取出。高中二年級那年暑假，清瀨無所不用其極地復健，好不容易能夠再開始跑步，但他知道自己的速度已經無法像從前一樣再往上提升了。

一切都結束了，清瀨這麼想。他相信自己是為了跑步而生，打算把一生奉獻給跑步，但這副身體背叛了自己的意志。雖然父親告訴他不要著急，清瀨心裡卻只剩下深深的絕望。他比任何人都清楚，自己腳上的傷對田徑選手而言是致命的障礙。

清瀨的紀錄雖然在高中生當中稱得上傲人，卻已經沒辦法再上層樓了。如果他勉強自己，右腳恐怕會廢掉，再也無法參加比賽。但他仍抱著一絲希望，繼續練習。

清瀨感覺自己就像一株被關在黑漆漆的箱子裡、卻還在繼續生長的醜陋植物。頭頂上明明已經被蓋死，根部也已經枯萎腐朽，卻還是貪婪地想伸展枝葉；明知自己無法突破肉體的限制，卻還是不能放棄跑步。

他覺得，放棄跑步，自己也跟死沒兩樣了；而當精神死去，肉體也會跟著衰敗。他沒辦法忍受自己變成行屍走肉。就算他大腦裡的某個地方很清楚自己所做的一切都是徒然，卻還是在田徑比賽的世界中一直拚戰到極限為止——因為他找不到別的方法讓自己的心繼續活下去。

藤岡一直在旁邊支持著清瀨，安慰他只要先把身體養好，膝蓋的傷勢或許就會痊癒。他還說，難得六道大向他們招手了，就兩人一起去六道大繼續跑步吧。

清瀨思考了很久。關於長跑比賽，關於跑步這件事的意義，他都徹底思考過，最後選擇了寬政大。六道大的每個選手，毫無疑問都擁有繼續成長的實力。那樣的地方，他覺得不適合自己。但他想繼續跑下去的願念，又像火焰一般炙熱、無法平息，因此他覺得自己必須找一個地方，而那裡的人與跑步完全無關，然後再次省視自己、問自己。

我，到底為什麼而跑？

寬政大不是一個為跑步而打造的環境。入學之後，清瀨不知多少次曾為此後悔不已，甚至想過要放棄跑步，卻沒有真正付諸行動。住進竹青莊後，他終於明白了。

不管跑不跑步，每個人都有自己的痛苦，同理，也有各自的喜悅。不論任何人，都有他必須面對的煩惱；即使明知願望無法達成，也掙扎著向前進。

跟田徑保持一段距離後，清瀨反而認清一個道理：既然不論去任何地方都一樣，不如堅定立場，遵循內心的渴望堅持到最後。

清瀨抱著右腳上這顆隨時可能爆炸的炸彈，一邊跑，一邊等待機會。耐心等待的結果，終於讓他在四年級時遇到阿走，竹青莊也因此集結到十個人，現在正同心協力在箱根驛傳中戰鬥著。

箱根的山區並非海市蜃樓，箱根驛傳大賽也不只是一場夢，而是充滿跑步的痛苦與喜悅、再真實不過的比賽。它的大門永遠敞開，等待所有認真面對跑步的學生，等待掙扎著、拚命繼續跑下去的，清瀨。

元旦那天，清瀨接到父親難得打來的電話。自從他離開家鄉、進寬政大就讀後，有時就算放假回家，父親也幾乎沒跟他說上幾句話。

「家裡買了一台新電視，我會跟你媽一起看比賽。」父親在電話中這麼對他說。「你跟隊友的感情看起來滿好的。」

沒錯，這些人是我最棒的隊友！我的「希望」終於具體成形、掌握在手中，你好好看仔細了。看看我們十個人，怎麼用自己的身體來詮釋跑步這件事！

當我知道自己的腳受傷、沒辦法再像以前那樣跑步時，我感覺自己被背叛了；把一切奉獻給跑步，它卻背叛了我。但是，事實並非如此。如今跑步以更美麗的姿態復甦了，回到我的身邊。

我實在太開心了。高興到想流淚、想大叫，心中滿滿都是喜悅。

就算以後再也不能跑步也無所謂。能夠得到這麼美好的回報，對我而言，這樣就足夠了。

在十三公里處八山橋那一段平緩的上坡路，清瀨甩開了橫濱大的選手。數十條軌道匯聚在巨大的轉轍站，從這座橋下通過。之後賽道向右轉，下坡後會通過品川車站前方。

雪停了。

下午一點十四分，阿走從東京車站裡往丸之內的方向跑出來。他身上斜揹著一個運動背包，左手提著一個紙袋，視線不曾離開右手上的手機螢幕。從王子手上搶過手機後，他就一直盯著電視轉播看。

畫面上正在播放超越橫濱大後、在賽道上取得第六順位的清瀨。播報員說：「寬政大的主將清瀨灰二繼續奮勇往前衝。」

「不對。」阿走喃喃道。

他的腳開始痛了。壓力和寒冷，已經把灰二哥的身體逼到極限了。即便如此，灰二哥仍然一臉若無其事的樣子往前狂奔。

「阿走，往那邊！」

王子上氣不接下氣，跟在阿走後頭向他喊著。在阿走把手機搶走前一刻，阿雪剛好傳簡訊過來。

「大家都在護城河那裡，不是大手町。我們去那裡看看！」

一群人穿著寬政大的運動服和防寒外套，背對著皇居外苑站著。尼拉發現阿走與王子後，立刻跳起來。葉菜子用力握著牽繩，以免牠衝到車道上。城次和ＫＩＮＧ似乎還沒趕到。

「辛苦了！阿走，恭喜啦！」城太這麼說。

「怎麼感覺好像很久沒見了。」尼古笑道。

「看到阿走你跑步的樣子，電視台播報員說了一句很有意思的話喔。他說，呃……」

神童的身體似乎還沒完全痊癒，話說一半卻想不起最重要的部分，只見他拚命眨著因為發燒而濕潤的雙眼。姆薩趕緊接著往下說：

「是『黑色子彈』。播報員說：『寬政大的藏原走，跑起來像一顆黑色子彈！』」

阿走聞言不禁漲紅臉。

「大家為什麼待在這裡？」

「因為剛才在開作戰會議……」

葉菜子正想說明沒派上用場的祕密武器，阿雪馬上起身來打斷她的話：

「終點附近人實在太多了，所以我們先來這裡避難。現在差不多該回去了。」

眾人從護城河畔往大手町方向前進。風中傳來啦啦隊的演奏聲。各校互不相讓地飆起校歌，攪和成刺耳、完全不協調的曲音。

回程十區在東京車站附近的路線和去程一區有點不同。去程是從護城河畔直線前進接到田町[62]，回程則是由馬場先門[63]右轉，繞到東京車站東側，越過日本橋之後，朝皇居正面一直跑到大手町。阿走一行人從護城河畔的道路往大手町走，正好接到終點的正後方。

越接近讀賣新聞社的大樓，人潮就越多，喧鬧聲也變得越大。或許是受到人群散發的熱氣所影響，連大樓間隙吹出來的樓風也變得溫熱。

「很難想像自己昨天才從這裡出發。」

王子環顧著四周。「感覺像是一百年以前的事。」

辦公大樓的窗口，露出幾張看似公司員工的臉龐，向下俯瞰著街道。本來還訝異這些人連過年都要上班，仔細一看卻發現大多數人手上都拿著啤酒。看來他們似乎是特意前來公司，從樓上的「特等包廂」觀看選手衝過終點的高潮瞬間。

工作人員看出阿走一行人是寬政大學選手，拉開禁止通行的圍欄繩索讓他們通行。穿過繩索進入終點後，視野馬上變得開闊起來，下日本橋轉彎後到終點這段直線距離得以一覽無遺。

「哇……」

眾人不禁發出讚歎。寬廣的道路兩旁，大概圍了四、五層人牆。有拿著小旗子的觀眾，還有各校的啦啦隊，全都引頸期盼著選手的到來。厚實的人牆一望無際，過了東京車站的高架鐵橋後仍繼續不斷延伸下去。

「人多得嚇死人！」

城太看得目瞪口呆。

「電視上看不出有這麼多人。」

阿走點點頭。「親眼看到，真的很震撼！」

「這裡聚集的人潮，大概跟我家鄉鎮上的居民一樣多。」姆薩不知是太吃驚還是太感動，徐徐搖著頭說。

「我很肯定這裡的人絕對比我老家村子裡的人還多。」神童好像因此感到頭昏目眩，腳步有些踉蹌。

播報員和解說員谷中已經從攝影棚移動到現場，坐在讀賣新聞總部頂樓露台上設有麥克風的轉播台前。播報員從電視機傳出的聲音，與透過露台揚聲器往下傳出的聲音，兩者交疊傳入耳中。

「東京大手町現在的氣溫是〇・四度，雪已經停了，強風吹拂。再過十分鐘左右，應該就能看到第一名的選手，迎著樓風朝跑向終點。」

雖然只允許相關人員進入，但終點處仍然擠滿了人。阿走一行人好不容易才在大樓外牆一個內凹處找到地方站定。尼拉從剛才就一直被葉菜子抱在懷中，身子抖個不停，尾巴夾在兩條後腿間，兩耳

62　東京都港區東部，JR京濱東北線・山手線田町車站附近的舊地名。

63　江戶城內門之一，座落於日比谷門與和田倉門之間，日俄戰爭後拆除並填平溝渠。

往下垂，可憐兮兮的樣子。

尼拉是中型犬，葉菜子這麼一直抱著牠一定很累。阿走正想跟她說「我來抱吧」，想起自己手上還拿著紙袋，於是先把它往地上一擱，再次往前探出身子。但在同一時間，城太也注意到葉菜子的狀況。

「借我抱一下。」語畢，城太從葉菜子懷中抱走尼拉。「還滿重的咧。葉菜妹，妳力氣不小喔。」

「因為人家常常要幫忙搬青菜嘛。」葉菜子害羞一笑。

阿走已經伸出手，這下子不知該往哪兒擺，只好改而插進運動外套口袋裡。尼古和阿雪見狀不禁偷笑，神童和姆薩則是裝作沒看見。王子一如往常，自顧自看起從運動背包拿出來的漫畫。葉菜子跟王子搭話聊起來：「啊，這套漫畫我也看過，情節很有趣！」阿走趁這個機會，走到城太身邊低聲說：

「城次說他要跟勝田同學告白，還禁止別人搶先他行動耶。」

「不會吧！」聽到阿走的耳語，城太突然抓狂似地大叫。尼拉被他嚇到耳朵抖了一下。「那我也要！」

又不是好朋友相約一起小便，阿走心想。但看到城太臉上興奮的表情，他笑了出來。「那我也一起好了。」

「啥米！什麼意思？咦？難道阿走你也對葉菜妹……」

尼古這時正好出聲叫阿走，他趁機離開吵鬧的城太身邊。

「你覺得灰二的狀態怎麼樣？他的腳是不是在痛啊？」

尼古遞過來的手機畫面上，正在播放各選手跑過十五公里的成績。

六道大跑十區的一年級選手，正以企圖刷新區間紀錄的速度一個人獨跑著。看他氣勢驚人的跑步模樣，似乎想為藤岡的遺憾爭回一口氣。房總大落在後頭，望塵莫及。看樣子，如果沒有突發狀況，六道大已經篤定拿下冠軍了。

清瀨通過十五公里處的時間，僅次於六道大，排在第二名。然而，大家這一年裡與清瀨朝夕相處，所有人都看得出來，畫面上的清瀨臉上隱隱帶著痛苦的神色。

「灰二哥今天早上有請醫生幫他打止痛針。」

「果然……」

尼古搔搔頭，阿雪則嘆了口氣。

「就算請房東叫他不要勉強，應該也沒用吧。」

「東體大通過這裡的時間多少？」阿走問。

「目前排第三。中途雖然節奏有些亂掉，但後來好像又調整回來了。」

「人家也很拚呢。」

聽到尼古和阿雪的對話，阿走斬釘截鐵地說：

「灰二哥一定沒問題的。」

「你怎麼知道？」

「因為他跟我保證一定沒問題。」

阿雪同情地看著阿走。

「你啊，被他騙了那麼多次，怎麼就是學不乖。」

無所謂，阿走心想，兩眼直盯著不久後可以看到清瀨身影出現的轉角。被騙多少次都無所謂。只要灰二哥說他要跑，我就會等他。我會一直靜靜等下去，等著親眼看到灰二哥使盡全力跑來的那一刻。

經過品川車站後，放眼望去都是高樓大廈。在十六・六公里處從芝五丁目十字路口向左彎，清瀨從國道第一京濱跑進日比谷大道。馬路的車道變得寬廣起來，眼前的景致總算比較有都市的感覺了。兩側的大樓櫛比鱗次而立。清瀨一邊跑，發現路上綠色景觀出乎意料之外的多。他跑過芝公園的增上寺。連堂皇的山門前，也有觀眾在為選手加油。

在交通管制的寬敞道路上，清瀨一個人獨占整條路往前跑。現在的他，右腳一踏上路面，就傳來灼熱的劇痛，但眼前情勢不容許他去考慮右腳的傷勢。跟東體大的時間差，到底縮短了多少？說不定差距反而是被拉大了……總之他絕對不能在這時候鬆懈下來。

清瀨拚命跑著，分不清楚自己是在追逐，還是被追逐。就算是被獵豹盯上的斑馬，大概也沒這麼賣命在跑吧。清瀨心裡這樣想著，強壓下劇痛繼續加速。

一輛車出現在前方。是真中大選手的教練車。駕駛發現清瀨在步步逼近中，連忙切換到隔壁車道。清瀨盯著毫無防備的選手背影，一鼓作氣從右側超前他。

真中大選手也不願示弱，緊咬著清瀨不放，兩人就這麼並肩跑了約兩百公尺。分不清到底是由誰發出的，急促的呼吸聲不斷傳入耳裡。清瀨感覺到真中大選手的視線停留在自己左臉頰上，藉此刺探他的動向。但他完全沒有轉頭看對手，只是看著前方往前跑。

經過日比谷公園後，左側視野變得更加開闊，因為皇居護城河就在那一面。在馬場先門的十字路口向右轉時，清瀨突然靈光一閃，知道這是超越的好時機，於是利用轉彎時位於內側的優勢，一舉拉開與真中大選手的距離。清瀨至今歷經過無數場競賽的磨鍊，從身經百戰中學到了如何掌握勝負的最佳時機。

在意志力的驅使下，他的身體柔韌地加速。清瀨知道，真中大選手已有如沉入水中一般，在他背後漸落漸遠。清瀨咬緊牙根忍住呻吟。他的右腳無法承受加速的力道發出嘎吱聲，痛覺宛如直接連結在神經上，直衝腦門。

右小腿上就像長了一顆巨大的蛀牙一樣。這陣從腰部到大腦無一倖免的痛楚，讓清瀨反而忍不住想笑。原來骨骼和牙齒同樣都是鈣質組成的，所以痛起來也差不多嗎？事實上，清瀨現在若不逼自己笑一笑，根本無法再撐下去。

穿過高架鐵橋底下，接著要從八重洲[64]這一面通過東京車站。他明明不感覺冷，卻仍吐出白色的氣息。

在二十公里處，房東透過麥克風發出刺耳的咆哮。

「Mayday! Mayday!」（SOS）

房東喊了幾聲，測試麥克風功能是否正常。都什麼年代了，竟然還有人這樣試麥克風，清瀨苦笑著心想，隨即集中精神準備聽取情報。道路兩旁的歡呼聲有如雷雨般響亮，幾乎蓋過房東的聲音。

「以下是阿雪試算的結果。照現在這個速度跑下去，會跟東體大差六秒。」

可惡，我都跑成這樣了，還是追不上嗎？清瀨咬緊牙根暗忖。

不，還沒結束。還有三公里。絕不能放棄。我要跑，盡全力去跑。要是在這裡放棄，這一次我真的會失去最重要的東西。我好不容易才找回奮戰的理由，絕對不能讓它化為幻影。

絕對不能放棄。等著瞧，我一定辦得到。

左轉進入中央大道[65]。這是一條辦公大樓與百貨公司林立的熱鬧街道。還有兩公里。腳好痛。接力帶好沉重。就物理層面意義來說的那種重。從昨天開始吸收了雨水、雪水與十人分汗水的接力帶，沉甸甸地壓在肩膀上，感覺已經不是一塊普通的布條了。

剩下一公里。跨越位於首都高速公路高架橋下的日本橋。在這個陽光照射不到的地方，河川靜靜

---

64 位於東京都中央區西端，JR東京車站車側的商業區。

65 國道十五號第一京濱道路由日本橋到新橋之間稱為「中央大道」（中央通り）。

地流入大海。

過了日本橋後左轉，馬上就聽到如地動雷鳴般的人群歡呼聲，啦啦隊樂聲也以排山倒海之勢傳來。距離終點只剩下八百公尺的直線道。清瀨再一次從首都高速公路與電車的高架鐵橋下穿過。

一陣強勁的樓風襲來。

清瀨在前方看到自己追求的目標。竹青莊的夥伴們站在寫著「東京往返箱根大學驛傳大賽」的橫幅布條下。他們正在對清瀨大聲吶喊著。

這就是我的終點。好不容易，終於來到這裡。

清瀨再次加速。最後五十公尺。來得及嗎？讓我的時間暫停吧。讓我超越時間吧。這輩子就這一刻，我要像飛翔一樣向前飛奔。清瀨讓上身微微前傾，開始最後的衝刺。

右小腿的骨頭突然發出「啪」的一聲。這一瞬間，彷彿大批觀眾的加油聲全都不可思議地停止了。清瀨的耳裡，只聽到自己骨頭剝離發出的一聲輕響。

痛覺引發大量冷汗，從全身上下湧出。清瀨的身體幾乎快向右邊傾倒，卻仍堅定地跨出腳步向前邁進。阿走站在終點線後方，一臉快哭出來的樣子。強忍著悲傷與絕望的表情，看起來也像在生氣一樣。

傻瓜，我沒事的。

我一定會跑到那裡的。拂過身邊的強風告訴我，我還在跑。我正在用自己的身軀，體現我心目中的跑步。好痛快。這輩子從來不曾比現在還要幸福。

啊——清瀨突然看向天空。大樓上方寬闊的天空，覆蓋著厚實的雲層，但清瀨確實看到了。雲端的角落隱隱透著陽光，露出微微泛白的光。

終點的休息區內，得到冠軍的六道大成員正在接受採訪。穿著紫色隊服的田徑社隊員無不為了勝利而歡騰，到處都聽得到他們興高采烈的喊叫聲。

在人群圍成的圓圈裡，藤岡只是靜靜站在那裡。阿走被來來往往的選手與工作人員推過來擠過去，突然發現藤岡的存在。藤岡也看到阿走了。兩人不發一語，四目相對了幾秒鐘，以眼神稱許對方的優秀表現。

「總算趕上了！」

某個人一邊大喊著，一邊衝到阿走身後。回頭一看，原來是城次。看來他似乎是從東京車站一路跑來，一旁的KING也氣喘吁吁。

「比賽怎麼樣了？」

「房總大剛才通過終點，得到第二名。第一名是六道大，兩校相差四分四十一秒。」

「六道大還是沒有讓出王者的寶座嗎？」城次先哀嘆一聲，隨即打起精神、開朗地說：「沒關係，反正我們總有一天把他們拉下來。」

城次這番話充滿了自信，而阿走也沒有像以前那樣、劈頭就潑他冷水：「愛說笑。」現在的他，感覺只要說「好！大家一起努力吧」，一切都可能能成真。

因為十個人挑戰箱根驛傳，大多數人嘲笑他們是痴人說夢，結果阿走和這群夥伴真的辦到了。

下午一點四十一分，大和大以第三名的成績抵達終點。清瀨還沒有出現。電視上正在播放冠軍六道大的專訪，現場轉播暫時中斷，沒辦法從節目得知寬政大目前的名次。

「我們也差不多該去終點線附近了吧？」

無所事事的姆薩出聲提議。

「還早吧？」

尼古雖然嘴巴上這麼說，腳下卻開始動作了。

「不知道東體大現在怎樣了。」

阿雪低聲嘟囔，阿走不禁也小聲地回答：「不知道。」不安與期待幾乎撐破他的胸腔。竹青莊眾人紛紛移動腳步，阿走也跟著客氣地請旁人讓路，慢慢擠向終點線附近。

「又有選手往終點跑來了！」

播報員的聲音，在大樓之間迴響。「是北關東大！緊接著在高架鐵道下出現的是……」

「是灰二哥！」阿走大叫。

「真的耶！」

「灰二，快！可以的話，衝啊！」

城次和KING在原地跳起來，呼喊著使勁狂奔的灰二，並用力地對他揮手。

「是寬政大！沒想到第五名跑到大手町的學校，竟然是寬政大！」

播報員興奮到連嗓子都啞了。

「全隊只有十名選手，而且是初次參加箱根驛傳大賽的寬政大，竟然在十區跑出第五名的成績！起跑後在一區本來是最後一名，之後雖然順利提升名次，卻在五區又大幅落後。在今天的回程比賽，寬政大是以第十八名成績出發！」

「夠了喔，這種事不用倒帶強調啦！」王子嘀咕，神童也不太開心地踱步。

「但是，從那之後，寬政大展開猛烈的進擊！」

播報員語帶哽咽，甚至開始顫抖。

「六區的岩倉選手取得區間第二名成績，九區的藏原選手創下區間新紀錄。之後在十區，最後一棒清瀨選手也全力奔馳，現在正要越過大手町的終點線！他們確實靠十個人的力量跑了完全程呢，谷中先生。」

「是的。」

谷中用低沈的聲音回答：「我想，只要箱根驛傳繼續舉辦下去，這支小隊伍勇敢面對挑戰的事蹟，將會一直傳頌下去。寬政大的出場，讓這次的大賽變得更有意思，過程也非常刺激。」

谷中語畢，觀眾的歡呼聲更加響亮了。街道兩旁、大樓窗口中的觀眾，紛紛對穿著寬政大隊服的一行人獻上掌聲。城太低著頭，雙肩微微顫抖，神童則靜靜地閉上雙眼。

在朝他們傾瀉而來的加油聲中，阿走目不轉睛看著逐漸接近的清瀨。他知道清瀨正忍著腳上的劇痛，卻仍然沒有放慢速度。他的目標是超越東體大的時間差，就算只快一秒也好。

夠了，不要再勉強自己了！阿走想對清瀨這麼說，卻只能拚命壓抑這分心情。現在的清瀨，正傾注肉體與靈魂的所有力量在跑。緊張的氣氛瀰漫四下。為了進行最後的加速，清瀨的身體釋放出力量、散放耀眼的光芒。

就在那一瞬間。

不是眼睛看到，也不是耳朵聽到，阿走就是察覺到清瀨身上的異狀。他想要大聲呼喊灰二的名字，卻無法發出聲音。

清瀨踉蹌了一步，但立即重新站穩腳步，速度也沒有減慢。朝著終點線，清瀨的步伐越來越強勁。

快停下來，你會毀了自己！再跑下去，你會永遠都不能再跑了！在焦急與混亂的情緒下，阿走環顧身邊的竹青莊夥伴。你們都沒有發現嗎？為什麼？我該怎麼辦？阿走好想衝出終點線去攙扶清瀨。如果不用這種強硬的手段阻止他，會造成無可挽回的後果。

阿走的視線再度回到清瀨身上，幾乎已經準備衝到賽道上。但當他與清瀨四目相對時，看到清瀨汗水淋漓的臉上慢慢綻出微笑。那是當一個人豁出所有、也得到所求的一切時，才會露出的神情。

這就是比賽。清瀨全身上下都在這麼說。儘管他的右腳痛得像要碎裂了，他的決心卻未有一絲動搖。就算最後與種子隊資格失之交臂，但我們這支十個人的隊伍也奮戰到最後了。我們不需要虛情假意的言語，只要透過跑步表達堅持到最後的決心，為了爭取每一秒鐘而跑。奮戰不懈，抓住只屬於我們自己的勝利。不就是這樣嗎？清瀨用眼神向阿走傳達這股強烈的意志。

阿走收回踏上前的腳步。我沒辦法阻止他，也不能叫他不要再跑了。渴望跑步、決心為跑步獻出一切的靈魂，誰也沒有資格阻止。

阿走看到了。突然仰頭望向天空的清瀨，彷彿找到什麼珍貴又美麗的東西，臉上浮現豁然清明的神情。

灰二哥，你曾經對我說，你想知道跑步的真諦究竟是什麼。我們之間的一切，就從這裡開始。現在，讓我告訴你，我的回答。

我不知道。雖然我還是不知道答案，但我知道在跑步裡有幸福也有不幸。我知道在跑步這件事中，存在著我和你的一切。

阿走有一種近乎確信的預感。我，大概到死為止都會一直跑下去吧。

就算有一天，我的身體再也跑不動，我的靈魂在我嚥下最後一口氣之前，也不會放棄跑步。因為跑步帶給阿走一切。這地球上存在的最珍貴事物──喜悅、痛苦、快樂，或是嫉妒、尊敬、憤怒，還有希望──透過跑步，阿走學到這一切。

一月三日，下午一點四十四分三十二秒。

清瀨越過大手町的終點線。阿走趕緊上前扶住呼吸急促、膝蓋幾乎已經無法站直的他。

竹青莊眾房客一一上前擁抱阿走與清瀨，口中發出沒人聽得懂，有如野獸低鳴一般的吼叫。清瀨在人牆包圍的中心，高高舉起右手，拳頭中緊握著黑色接力帶。

寬政大學田徑社的接力帶，歷經兩百一十六・四公里[66]的漫長路程，再度回到大手町。

大夥兒興奮地幾乎無法控制自己。阿走用手架住清瀨的肩膀，發現他全身是濕黏的冷汗。

「灰二哥，我們快點去找醫生吧！」

「不用，我沒事。」清瀨抬起頭，馬上否決阿走的提議。「我想待在這裡。東體大呢？」

阿走和清瀨一同朝終點線望去。東體大的十區選手正在終點線二十公尺前全力衝刺著。竹青莊眾人聚集在一起，屏住了呼吸。東體大一行人在一旁異口同聲高喊著最後一棒跑者的名字，大叫著：「快呀！」榊的身影也在其中。阿走看著榊，心中不再有憤怒或厭煩。所有感覺都已經麻痺，甚至沒辦法祈求東體大最後一棒跑慢一點。

阿走只是在心裡某個角落不斷重複著「拜託、拜託」，但其實腦中一片空白，不知道自己在向誰祈求，也不知道自己在求什麼。

東體大的選手終於越過終點線。所有觀眾屏住呼吸，終點區瞬間陷入一片闃寂。

「時間多少？」

阿雪焦急地大吼。下一個瞬間，讀賣新聞大樓露台上，傳來播報員近乎尖叫的聲音。

「合計時間的結果出來了！東體大落後寬政大兩秒！」

這一分喜悅，讓所有人都說不出話來了。阿走、清瀨、尼古、阿雪、姆薩、神童、KING，以及城太、城次、王子，大家無語地緊緊相擁。十個人有好一會兒就保持著這樣的姿勢，合而為一。

「初次參賽的寬政大，獲得種子隊資格！」

播報員的口氣激動不已，接著繼續說：「寬政大的時間，合計是十一小時十七分三十一秒，排名第十。第十一名東體大以兩秒之差，含淚飲恨。」

KING全身顫抖著忍住嗚咽，神童和姆薩伸出手輕輕環抱住KING的肩膀。阿雪摘下眼鏡交給尼古，用手背揉揉眼睛。城次和王子相互擊掌，一旁的城太把下巴埋到懷裡的尼拉背上，流不停的淚水把尼拉身上的毛都弄濕了。

66 各屆箱根驛傳賽事的總路程時而略有變動。第七十五～八十屆因第十區間路線有所調整，總路程為兩百一十六・四公里。八十一屆起，總路程變動為兩百一十七・九公里。

阿走和清瀨並肩站著，看著對方的臉龐，然後同時開心地大叫出聲。就像狼群利用嚎叫傳達訊息一般，竹青莊的房客們一個接著一個發出「啊嗚——啊嗚——」的呼號，搭著彼此肩膀圍成一圈。

相機的閃光燈此起彼落，拍下他們欣喜若狂的激動身影。然後，兩台電視台攝影機、三名拿著相機的攝影師圍了上來。「恭喜你們獲得種子隊資格！」記者開口，準備進行採訪。在終點休息區內靜靜守候著的房東與葉菜子，這時也來到竹青莊眾人的身邊。

阿走一票人終於散開來，難為情地環顧四周，沒有人知道該說什麼好，最後只好由房東代替他們接受採訪。葉菜子拿出一個裝著冰塊的袋子，遞給清瀨。

「謝謝。」清瀨對她說。

「清瀨學長的成績是一小時十一分〇四秒，榮獲區間第二名。寬政大在回程以五小時三十四分三十二秒完成比賽。」葉菜子露出喜極而泣的神情。

「灰二哥……」

阿走又一次意識到大家一起達成了什麼樣的壯舉，愣愣地出聲叫清瀨。

「我們真的辦到了耶。」

「是啊。」清瀨的口氣也沒有什麼抑揚頓挫。「我們跑完箱根驛傳了。」

阿走和清瀨，緊緊相擁了一秒鐘。然後清瀨露出淘氣的神情，看著阿走。

「我早說了，青竹的房客都很有潛力。現在你總該對我有點信心了吧？」

「當然有！」阿走大聲回答。「信心這種東西，用什麼話來說都不夠！」

清瀨笑了，打從心底開心地笑了。接著，他環視每個人的臉龐：

「你們看到頂點了嗎？」

尾聲

不知從何處飄來的甘甜花香味，混雜在黃昏的空氣中。

又到了春天時節。藏原走望了望渡過鐵橋的小田急線快車，不禁想起和竹青莊夥伴們來到這裡的情景。那彷彿是前陣子才發生的事。

電車車窗透出車廂內的燈光。這一天多摩川仍然安穩地流動，夜色開始緩緩灑下。河邊杳無人跡。阿走緩緩放慢跑步速度，從河堤往下跑了幾步。柔軟的草叢包覆著他常穿的慢跑鞋。

阿走坐在河堤上，盯著對岸霓虹燈的水面倒影好一會兒。

「阿走學長。」

聽到有人叫喚，阿走抬起頭來。堤防上的道路，站著一名今年春天才加入田徑社的一年級新生。

阿走對他點點頭，一年級新生面露喜色地坐到他身邊。

「你一直跑到現在？」阿走這麼問，接著提醒道：「不要練過頭喔。」

「沒有啦。我剛剛是去商店街買東西而已。」一年級新生稍顯緊張地回答。「過頭的人是城次學長。他說『今晚要開趴』，買了一大堆肉和菜。」

看來晚上要吃烤肉，阿走心想。難怪白天他會看到城太去體育會館跟餐廳的歐巴桑借鐵板。一定是雙胞胎想吃牛肉，又想去「八百勝」買東西，才會決定晚餐吃烤肉。

「要拆掉真的很可惜。」一年級新生說。「我也很想住在竹青莊呢。」

「地板會破掉喔。」

「原來這是真的？」

「嗯。」

有這麼破爛喔，一年級新生笑著說。

「大家都到齊了嗎？」阿走問。

「到齊了。」一聽到阿走這麼問，一年級新生馬上正色回答。「其實，也是因為這個原因，我才會出來跑一跑。全都是些我不認識的學長，讓我有點不自在。」

突然，一年級新生坐正身子。

「請問……那個清瀨學長是怎麼樣的人啊？」

「怎麼樣的人？……為什麼這麼問？」

「因為城次學長跟我說，學長你本來可以加入實力更雄厚的大企業旗下的隊伍，結果卻選擇加入一支新成立的隊伍，就因為清瀨學長在那裡當教練。」

「我是因為我的個性很難融入那種大組織，才這樣決定的。」

「是喔……」一年級新生好像不是很懂阿走的意思。「不過我的心情有點興奮，因為，竟然可以見到清瀨學長本人！當年我就是看到他在箱根驛傳跑完最後一區，才決定一定要進寬政大，而且一定要加入田徑社的。」

阿走扯了一把河堤上的雜草，又放開手讓雜草隨著河床上的風吹走。

「有點變冷了，回去吧。」

阿走準備起身，一年級新生連忙也跟著站起來。阿走不著痕跡地配合一年級新生的速度跑著。

「你剛才問我灰二哥是什麼樣的人。」

「是的。」

「他是個騙子。」

「咦?」

「他很會說謊,你要小心別被他騙了。」

「什麼?」一年級新生聽得一頭霧水。阿走淡淡一笑。

他明明說「我沒問題的」。大騙子。他一定早就知道自己只要出賽,以後就再也不能跑步了。那一天,他卻騙了所有人。就為了遵守和我之間的約定,也為了實現我們所有人的夢想。

我從來不知道,世界上竟然存在這麼純潔又殘酷的謊言。

離開河邊的空地後,兩人在住宅區的小路上慢跑。櫛比鱗次的平房屋頂上,一座突兀的公共浴池煙囪寫著「鶴之湯」聳立在遠方。周圍景色已經覆上一層淡淡的夜色。道路兩旁的住家窗戶,飄出晚餐的香氣,和春天的空氣融合在一起。

「會說謊的人,適合當教練嗎?」一年級新生喃喃說道,不解地歪著頭。「不過,我們學校當年第一次到箱根比賽,真正的教練其實就是清瀨學長吧?而且他現在還是企業團的教練。」

「這個嘛……怎麼說呢?」

清瀨適不適合當教練,這個問題阿走從來沒有想過。因為在他心目中,清瀨就是清瀨,總是一派超然的樣子,永遠站在選手的立場來思考,比任何人都認真地追求跑步的真諦。他所追求的,也同樣嚴格要求選手去追求。只要有人願意獻身跑步、有心跑步,清瀨就會無時無刻、義無反顧陪伴在這個人身邊。

「對我來說,是灰二哥他教會我關於跑步的一切。」阿走說。「除了一件事以外。」

「那是什麼事?」

跑步的真諦到底是什麼?

只有這件事,灰二哥他沒有教我。或許,這是不能靠別人來教的事。

因為想知道答案,阿走才會跑步,持續不停地跑。他也曾經以為自己已經到達頂點,但那感覺總是瞬間即逝，而且這些成績也不代表跑步的意義。

「你很快就自己發現那是什麼了。」阿走平靜地對身旁的一年級新生說。「只要你繼續跑步，總有一天也會開始追尋它。」

越過轉角後，可以看到竹青莊的矮樹籬，裡頭傳來熱鬧的說話聲。最近由於上了年紀、散步距離變短的尼拉，也跟著附和似地拚命吠叫。一年級新生消失在矮樹籬的間隙中，阿走也跟著他跑進去。

竹青莊的前院裡，聚集了所有熟悉的臉孔。

尼古和阿雪相視笑著；竹青莊的窗戶上，透出王子穿梭在每個房間裡開燈的影子；姆薩和神童分配剛烤好的肉給大家；ＫＩＮＧ拿酒給尼拉舔，被房東罵了一頓；葉菜子和雙胞胎三個人湊在一起，開心地聊成一團。

這一切，說不定是在做夢。說不定是時光倒流，讓他又回到如夢似幻的那一年。

阿走踏過碎石子進入院內。清瀨正站在鐵板另一邊微笑著，兩手拿著盛滿酒的杯子，微跛著右腳走過來。

「回來啦，阿走。」

「我回來了。」

阿走接過他手上的酒杯。

這是竹青莊的最後一夜。明天阿走也要離開這裡了。

就算日後想回來這裡，過了今晚，竹青莊也不復存在。這裡將會改建田徑隊的新宿舍。不過，阿走不感到寂寞；就像比賽中每一項紀錄都會被改寫，只有記憶能夠永遠留在心中。阿走知道，他絕不會因為這裡被拆除就失去這一切。

竹青莊所有房間的電燈都已經打開，柔和的光線射向酒杯。阿走定定看著杯中的倒影。

「灰二哥，你還記得嗎？」

清瀨沒有反問阿走記得什麼，只是靜靜微笑著。

庭院一角傳來一陣歡笑聲。雖然還不到夏天，但他們點燃了一顆不合時節的小型煙火，潮濕的火藥味隨之飄向空中。阿走和清瀨肩並肩站在那裡，目光追隨著硝煙的白色軌跡向上。

那一瞬間，天空綻放出光點，在每個人臉上照映出繽紛的色彩。

這群無可取代的夥伴，曾經親密地共度無可比擬的一年。那樣的時光或許今後也不會再有。但即使如此……

——阿走，你喜歡跑步嗎？

四年前春天的夜裡，清瀨這樣問阿走。就像一臉純真的孩子在問，人為什麼要活在這世上。

——我很想知道，跑步的真諦究竟是什麼。

我也是，灰二哥，我也想知道，雖然我一直在跑，但現在我還是不知道這個問題的答案。直到現在，我跑步時都仍會思考這個問題，今後也會不停問自己。

我真的很想知道。

所以，讓我們一起跑吧，跑到天涯海角。

信念發出的光芒，永遠存在我們心裡。在黑暗中照亮延伸向前的道路，清楚地為我們指引方向。

「阿走，快來快來！」

在夥伴的呼喚下，阿走和清瀨一起邁開大步，走向他們圍繞著鐵板構成的那個圓。

致謝

在採訪與資料蒐集過程中，受到各方人士的協助，在此致上最誠摯的謝意。
本作中與事實相異之處，不論有意或無意，皆為作者的責任。

大東文化大學田徑社教練　只隈伸也先生
大東文化大學田徑社所有成員
大東文化大學田徑社社長　青葉昌幸先生

法政大學田徑社驛傳教練　成田道彥先生
法政大學田徑社所有成員
法政大學田徑社前社長　苅谷春郎先生

日產汽車田徑社　久保健二先生、山崎浩二先生、飯島智志先生

小島敏雄先生、榎本史一先生
上野武男先生、鈴木とし子小姐

關東學生田徑聯盟　故　廣瀨豐先生
成田雅子小姐
田中範央先生

主要參考文獻

歷年《箱根駅伝公式ガイドブック》（陸上競技社）
《講談社ＭＯＯＫ 写真で見る箱根駅伝８０年》（陸上競技社）
《箱根駅伝　熱き思いを胸に襷がつないだ８０年間》（ベースボール・マガジン社）

強風吹拂

風が強く吹いている

作　　者　三浦紫苑（三浦しをん）
譯　　者　林佩瑾（序章～第六章）、楊正敏（第七、八章）、李建銓（第九章～尾聲）
封面插畫　山口晃
人設插畫　阮光民
封面設計　莊謹銘
內頁排版　高巧怡
行銷企劃　蕭浩仰、江紫涓
行銷統籌　駱漢琦
業務發行　邱紹溢
營運顧問　郭其彬
責任編輯　林淑雅
總 編 輯　李亞南
出　　版　漫遊者文化事業股份有限公司
地　　址　台北市103大同區重慶北路二段88號2樓之6
電　　話　(02) 2715-2022
傳　　真　(02) 2715-2021
服務信箱　service@azothbooks.com
網路書店　www.azothbooks.com
臉　　書　www.facebook.com/azothbooks.read
發　　行　大雁出版基地
地　　址　新北市231新店區北新路三段207-3號5樓
電　　話　(02) 8913-1005
訂單傳真　(02) 8913-1056
二版一刷　2022年10月
二版七刷(1)　2024年7月
定　　價　台幣450元
ISBN　978-986-489-704-9

國家圖書館出版品預行編目 (CIP) 資料

強風吹拂/ 三浦紫苑著 ; 林佩瑾, 楊正敏, 李建詮譯. -- 二版. -- 臺北市 : 漫遊者文化事業股份有限公司出版 : 大雁文化事業股份有限公司發行, 2022.10
440 面 ;14.8*21 公分
譯自 : 風が強く吹いている
ISBN 978-986-489-704-9
861.57　　111014512